BAŞÖRTÜSÜ İÇİNDE AŞK

Pegasus Yayınları: 239
Bestseller Roman: 72

BAŞÖRTÜSÜ İÇİNDE AŞK

SHELINA ZAHRA JANMOHAMMED

Özgün Adı: LOVE IN HEADSCARF

Yayın Yönetmeni: Özkan Özdem
Yayınevi Editörü: Yusuf Tan
Bilgisayar Uygulama: Meral Gök
Kapak Uygulama: Y. Bora Ülke
Film-Grafik: Mat Grafik

Baskı-Cilt: Kilim Matbaası
Maltepe Mah. Litros Yolu Fatih Sanayi Sit.
No:12/204-232 Topkapı/İstanbul
Tel: 0212 612 95 59

1. Baskı: Şubat 2010
ISBN: 978-605-4263-46-2

Yayıncı Sertifika No: 12177

PEGASUS YAYINLARI
Gümüşsuyu Mah. Osmanlı Sk. Alara Han
No: 27/9 Taksim / İSTANBUL
Tel: 0212 244 23 50 (pbx) Faks: 0212 244 23 46
www.pegasusyayinlari.com / info@pegasusyayinlari.com

SHELINA ZAHRA JANMOHAMMED

BAŞÖRTÜSÜ İÇİNDE AŞK

Müslüman Bir Kadın 'Doğru Kişi'yi Arıyor

İngilizceden Çeviren:
GÜLNİHAL GÜLBİTTİ

PEGASUS YAYINLARI

☆☆☆

BAŞÖRTÜSÜ İÇİNDE AŞK

Shelina Zahra Janmohamed EMEL Magazine *ve The Muslim News* için makaleler yazmakta ve aynı zamanda *The Guardian,* BBC ve Channel 4'e de düzenli olarak katkıda bulunmaktadır. Kendisi radyo ve televizyonda yorumcu olarak büyük ilgi görmektedir ve aralarında *Newsnight* ve *The Heaven and Earth Show* da bulunan pek çok programda yer almıştır. Ödül kazanan blog'u Spirit 21, çok büyük üne kavuşmuştur. *Shelina Zahra Janmohamed,* Oxford New College mezunudur. Londra'da yaşamaktadır. *Başörtüsü İçinde Aşk* onun ilk kitabıdır.

Anneme ve babama
Her şey için

Maryam ve Amina'ya
Geleceğimiz için

Doğru Kişi'ye
Anlarsınız

"Sizi (erkek ve kadını) tek bir ruhtan yaratan O'dur."

Kuran (6-98)

"Onun en büyük alametlerinden biri de sizi kendi aranızdan eşler olarak yaratmış olmasıdır; böylece huzuru bulursunuz birbirinizde ve O da aranıza sevgi ve merhamet tohumları eker. Bunlar düşünenlere sunulmuş alametlerdir."

Kuran (30-21)

"Aşkın beş duyuyla, altı yönle yoktur işi,
Sevilenin cazibesine kapılmaktır ancak amacı.
Sonra belki Tanrı'dan izin gelir de,
Söylenmesi gereken sırlar söylenir,
Bu ince, gizli kinayelerden daha açık bir şekilde.
Sır ancak onu bilene eşittir.
Ondan şüphe edenin söylenmez kulağına."

Rumi (Mesnevi IV:5-8)

"Kalbimdeki bütün soruların yanıtı aşk.
Neden buradayız?
Nereye Gideceğiz? Neden bu kadar zor?"

Jack Johnson

İçindekiler

YAZARIN NOTU

☆☆☆

Aşk. *Amour, ishq, hubb, amor, pyar.* Tüm bunlar, tatlı ve dünyevi, karşı koyulamaz ve olağanüstü bir şeyi tanımlamak için kullandığım, sözlükten alınan kelimeler. Aşk büyük eylemlere, absürd tercihlere ve tahmin edilemez sonuçlara ilham kaynağı olur. Hayatlara yön verir ve kalpleri kırar ya da onarır. Ölüm ve yaşam arasında bir denge kurar ve vücudu ve ruhu bir şimşek ile birleştirir. İnsanlığın temelidir.

Medeniyetler aşkın var olup olmadığı konusunda fikir ayrılığı yaşamamıştır. Aşkın nesnesinin kim ya da ne olması gerektiği konusunda farklılık gösterebilirler. Aynı âşık için kavga ederler. Aşkın nasıl yürütülmesi gerektiği konusunda anlaşamazlar. Ama aşk, büyük A ile Aşk, her ruhun ve bedenin derinliklerinde yatar ve zamanın başlangıcından beri çeşitli dillerde ve paradigmalar yoluyla kitapları ağıtlar ve kasidelerle doldurur. Yalnızca gözümüzle gördüklerimizin kesin bir gerçekliğe sahip olabildiği ve bilimsel verilerin gerçeğin kozunu elinde tuttuğu, yalnızca ölçülebilenin var olduğu günümüzün modern dünyasında aşk, tüm bu kısıtlamalara baş kaldırır ve insanların gözleri önünde dans edip bilinmeyeni vaat ederek onlarla dalga geçer.

Aşk bizim neslimize gelene kadar kaybolmuş ve güzellik ve romantizme dönüşmüştür. Ondan bizi belirli bir yükseklikte tutmasını ister ve adrenalin akışı, rahat, arkadaşça bir sevgiye dönüştüğünde kendimizi aldatılmış ve reddedilmiş gibi hissederiz. Krallığını, mum ışığında yemekler ve ay ışığında yürüyüşlerle sınırlandırarak aşkı zincire vurduk. Toplum içerisindeki aşkı ise hafife aldık. Keşke bir bilinç olarak toplumumuz için aşkı kurtarabilsek ve enginlik ve büyüklük erdemiyle birleştirebilsek. Hepimiz içten içe aşkın arkadaşlarımızla, bize tavsiye veren kişilerle, ebeveynlerimizle ve aralarında yaşadığımız insanlarla aramızda bir bağ kurduğunu biliyoruz. Aşk sabır, bağlılık ve bencil olmamayı gerektirir. Benim gibi bazı kişiler de aşkın kendilerini yeri, zamanı veya şekli olmayan, yalnızca var olan İlahi olana, Yaratıcı'ya bağladığını da hissedebilir.

Müslümanlar toplum içerisinde aşktan pek söz etmezler. Ama pek çok diğer toplum ve kültür gibi Müslümanlar da onu saplantı haline getirmiştir. Aslında Müslüman kadınların ve erkeklerin çoğu, zamanlarını dünyanın neresinde kendilerine bir eş bulacaklarını merak ederek geçirirler. Özel birini bulmak Müslüman olmanın dokusuna o kadar işlemiştir ki ebevynler, kardeşler, teyzeler, amcalar, İmamlar, herkes, hatta komşular bile bu sürece dâhil olur.

Müslüman kadınların yarı saydam peçelerinin altında, atan kalpler, aşk rüyaları, peri masalları, prensesler ve sonsuza dek mutlu yaşamakla dolu hayaller yatar. İslam adına gerçekleştirildiği söylenen, yanlış yönlendirici terör ve yıkım başlıklarının arkasında, insanları yücelten ve içimizdeki görkemi dünyevi yaşamlarımızla birleştiren o tek şeyi, Aşk'ı paylaşan sıradan, normal insanlar olan Müslümanlar gizlidir.

Müslüman kadınların anlatacak pek çok hikâyesi vardır. Bunlardan bazıları korku verir. Güç ve kültürden kaynaklanan ama kadınların din adıyla karşılaştığı acı, baskı ve zulüm hiçbir zaman unutulmamalı ve durdurulmalıdır. Din kardeşlerim olarak acılarını paylaşıp aynı zamanda dinimin insanlık dışı sonlara hizmet etmek için uygunsuz hale getirildiğini, yanlış sunulduğunu ve kullanıldığını gördüğüm için iki kat üzülüyorum.

Benimkine benzer hikâyeler, İslam'ın uyguladığı zulüm ile ilgili hikâyeler anlatan basmakalıp kişilere ve İslam'ı reddedenlere tam olarak uymadığı için hiçbir zaman duyulmadı. Ancak bu hikâyeler Müslüman bir kadın olmanın anlamını çözmek konusunda çok büyük bir önem taşımakta. Bütün Müslüman kadınlar zorla evlendirilip, kaçırılıp, hapsedilmiyor. Siyah peçelerin altına gizlenmiş tek boyutlu yaratıklar değiliz. Benim gibi pek çok kadın, İslam'ı olumlu, özgürleştirici ve canlandırıcı bir tecrübe olarak görüyor. İçindeki her şeyle birlikte hayatlarımızı seviyoruz. Hikâyem, mizah, umut ve insanlığın bir kez daha *hikâyemizin* bir parçası olması için tüm Müslüman kadınlara adanmıştır. Müslüman kadınlar pek çok şekle, renge ve tada sahiptir ve bu hikâye yalnızca bir kadının yaşadıklarının hikâyesidir. Hikâyemin altında, hem kadın hem erkek pek çok Müslüman'ın, başka inançlara sahip diğer insanların ve hatta inançsızların, kendi arayışı en az benimki kadar korkutucu, kalp kırıcı ve eğlenceli olan herkesin insani arzuları ve umutları gizlidir.

Aşk arayışı, pek çok şeyi bulmanızı sağlayan bir yolculuktur. Bir eş ve dost arayışı, heyecan ve romantizm arayışıdır. Aynı zamanda kimilerinin beslemesi ve kimilerinin de beslenmesi için, merhamet edeni aramak için çıkılan bir yoldur. Anlık bir kabul ya da isminizin ölümsüzleşmesi için elde ettiğiniz bir şeyin bilgisi ve anlamı için giriştiğiniz bir arayıştır. Aşk, fiziki olandan ruhani olana veya akli olandan bedensel olana kaçışın ismi olabilir. Aşk arayışı insan olmanın anlamını öğrenmek ve bu insanlığı paylaşmak için girişilen, cesaret gerektiren bir yolculuktur.

☆☆☆

BAŞÖRTÜSÜ İÇİNDE AŞK

GİRİŞ

☆

Başörtümün altında çok şaşırtıcı bir hikâye saklıyorum. Bunu sizlerle paylaşmak isterim ama sırrımı saklayacağınıza söz vermelisiniz. Ben size hikâyemi anlatabilecek kadar cesurum, peki siz dostum olabilecek kadar cesur musunuz?

*Hicabım**, Nisan'da bir gün batımı veya koyu bir yaz gülü gibi pembedir. Bana saltanata ait sırmalı kumaşları ve kutsal keşifleri hatırlatan, koyu mora kaçan, uzun, akıp giden bir ipek parçası. Üzerine çok az *bukhoor* esansı sürülmüş; böylece gittiğim her yerde hafifçe, boğmadan beni çevreliyor.

En güzeli bu hikâyeyi size bir fincan kahveyle anlatmak; ben bir kapuçino alayım, şekersiz olsun. Zaten yeterince güleceğiz, şeker sadece bizi daha çok güldürür. Hikâye ilginçleşmeye başladığında, fincanları heyecan ve korku içerisinde kavrayacak, pijama partisindeki iki yeniyetme gibi durumun inanılmazlığından gözlerimizi patlatacağız. Kalp kırıklığı kısmına geldiğimizde ise gözlerimizi koyu renkli sıvının içine dikip, melankoli denizinden bir yudum alabiliriz.

Kurabiyelerimiz de olmalı, kalp şeklinde beyaz çikolatalı ve fındıklı kurabiyeler. Kurabiyeleri ısmarladığınızda muzırca gülümseyecek ama nedenini size söylemeyeceğim; en azından şimdilik. Sizin de kurabiyelerle ilgili bir anınız vardır

* Bir tür başörtüsü.

mutlaka. Hatıralarımızı yarıştırabiliriz. Kafeden çıkarken güneş gözlüklerimi ve gözlük kabımı almamı hatırlatın, lütfen; hep unuturum da.

Caddede öylece yanınızdan geçen bir Müslüman kadının hayatında olup bitenleri hiç merak ettiniz mi? Televizyonda veya gazetelerde gördüğünüz kadınlardan oldukça farklıyım: Siyah çarşaf giyip yüzümü peçe ile örtmüyorum. Yaşadığım sokakta cami yok. Bunun yerine üç şeritli bir yolun geçtiği bir banliyöde oturuyorum. Baskı altında veya mağdur değilim. Aslında bazen insanlar fazlaca küstah olduğumu düşünüyor ve gözlerini korkutuyorum. Bence çok komik bir durum. Sizce de öyle değil mi?

Sizi İngiliz, Asyalı ve Müslüman bir kadının dünyasına, benim dünyama davet ediyorum. Bazen yönünüzü farklı kültürler, düşünceler ve tarihler etrafında şekillendirdiğinizde hayat oldukça karmaşık bir hâl alabiliyor. Ne düşündüğünüz gibi bir Asyalı, ne de hayalinizdeki gibi bir Müslüman'ım. Diğer insanların zihinlerinde yarattıkları kalıplara uymuyorum.

Bu hikâye kendimi, inancımı ve aşkımı buluşumla, en önemlisi de "ben" olmamla ilgilidir.

BİR

☆☆☆

İlk Kez

Güzel Başörtüsü Günü ☆

Bronzun mükemmel bir tonu ile küf siyahı arasında bir renge sahip samosalar* mutfakta kızarıyor. Saçları eski bir havluyla sarılmış olan annem, gelmek üzere olan konuklar, fokurdayan koca bir tava dolusu yağa konsantre olmuş. Gelecek olan misafirler çok önemli kişiler; belki de bugüne kadar bu eve gelen en önemli misafirler.

Kapı çalıyor. Çay havlusuyla üst kata fırlıyorum. Evde herkes panik halinde; minderler kabartılıyor, perdeler düzeltiliyor. Mutfak kapısı çarpılarak kapatılıyor ve babam "Geldiler! Geldiler! Kapıyı aç!" diye haykıran seslerin istilasına uğruyor. Ev bir anda sakinleşiyor. Oturma odasındaki leylaklar zarif bir şekilde kendi hallerinde duruyor. Babam sakince ön kapıya doğru ilerliyor ve gelecekte belki de damadı olacak adamı karşılamak için kapıyı açıyor.

İlk kez ailem ve ben bir taliple *tanıştırılıyoruz.* Ne giyeceğimi seçmekte oldukça zorlanıyorum. Söz konusu adam için yeterince çekici, ailesi için ise mütevazı ve ağırbaşlı olmalıyım. Başörtüsü çekmecemin içindekiler pembe, mor, mavi ve yeşil köstebek delikleri gibi yatak odamın zeminine dikkatli bir şekilde serpiştirilmiş. Her biri bir kez sarılıp iğnelenmiş, estetik olarak ve bıraktığı etki açısından değerlendirilmiş. Koyu pembe, ipek olanı seçiyorum. Rengi yumuşak ve davetkâr, çocukça değil kadınsı. İpek başörtüsünü ikiye katlayıp oluşan üçgeni saçımın üzerine yerleştirdikten sonra çenemin

---

* Tavada, yağda kızartılan bir tür börek.

altından görünmeyecek şekilde iğneleyip, uçlarını gevşek bir şekilde durması için farklı yönlere atıyorum. Kumaş saçımı ve omuzlarımı nazik bir şekilde sarıp sarmalıyor. Şansıma, Güzel Başörtüsü Günlerimden birini yaşıyorum.

Pembenin aynı tonunda, uzun kollu ve kol ağızlarında fırfırlar olan gömleğim, yerde hafif hafif sürünen fırfırları bulunan bol, krem rengi eteğimle tezat oluşturuyor. Ailede herkes ne giyeceği konusunda telaşlı. İlk buluşma zorunlu bir kabul töreni. Benim tek buluşmam da olabilir. Anlamsız bir şekilde, derin, gür bir sesin "Artık bir kadınsın," demesini bekliyorum. Kimse "İyi şanslar," demiyor ve çocukluktan yetişkinliğe geçişimi kaydederken bana gurur dolu ve koruyucu bakışlarla bakmıyor. Dünyanın herhangi bir yerinde yaşayan, evlilik eşiğine gelmiş binlerce, milyonlarca kadından hiçbir farkım yok.

Aynanın karşısında durup, gergin bir şeklide kendi gözlerimin içine bakıyor ve hızla atan nabzımı kontrol etmeye çalışıyorum. Nefes alıp veriyorum. Nefes al, nefes ver. Nasıl biri olacak? Ne söyleyeceğim ona?

On dokuz yaşındayım ve daha küçük bir kız olduğum günlerden beri hazırlandığım bir dünyaya adım atmak üzereyim. Doğduğum günden beri Asyalı Müslüman omuzlarımda tatlı tatlı oturan geleneğin yükü hep masum, lezzetli Aşk bekleyişimden daha ağır basmıştır. İçimdeki seslerin tümü Aşk'ın varlığından emin. Hollywood yapımı romantik komediler ihtişamlı, arzulu aşkın varlığından emin. Çocuk masalları var olduğunu söylüyor. İslami öğretiler, herkese kendilerini tamamlayan bir eş bulacağını vaat ediyor. Asya kültürü, evliliği diğer her şeyin üzerinde tutuyor. Tatlı, mis kokulu, her yeri çepeçevre saran Aşk ise, her defasında evlilik kavramının tam kalbinde filizleniyor.

Talibimle birbirimizden hoşlanıp hoşlanmayacağımızı görmek için buluşuyor olmamız, bazıları için ağza alınamayacak kadar fazla modern bir durum. Müstakbel eşimle bu şekilde tanışacağımı hep biliyordum. Peki o zaman kalbim neden bu kadar hızlı atıyor? Adam ve refakatçileri, Beni Kontrol Etmeye geliyor ve tabii ki ben de Onu Kontrol Edeceğim. Kontrol etme durumundaki bu denge ise hiçbir şekilde gerginliği hafifletmiyor. Bu, yalnızca birbirini tanımayan iki kişinin değil aynı zamanda birbirini tanımayan iki ailenin de ilk buluşması.

Cilla Black, yatak odamdaki aynada arkamdan bana sırıtıyor. "Bir Numaralı Aile'yi, Londralı muhasebecileri mi seçeceksin? Yoksa Gloucester'lı doktorlar olan İki Numaralı Aile'yi ya da Birmingham'lı, ithalat-ihracatla uğraşan Üç Numaralı Aile'yi mi?"

Bu tanışacağım, tanışmam gerekecek ilk ve tek Yakışıklı Prens olabilir. Peki, burada yanlış olan ne? Prensimi istiyorum ve birbirini seven 'Âşık' bir çiftin bir parçası olmayı hayal ediyorum. Gerçekte ise onunla muhtemelen resmi tanıştırma süreci yoluyla tanışacağım.

Evimize geldiğinde, başkaları olmasa bile yanında en azından bir yetişkin olacak. Ailesini tanımak ve nasıl yetiştiğini anlamak da en az uzun, esmer ve yakışıklı olma özellikleri kadar önemli. O ve ailesi de beni aynı şekilde değerlendiriyor olacak: Umumi bir karara bağlı umumi bir buluşma ve ilgi odağı ikimiz olacağız.

Aynada tekrar kendime bakıp gülümsememem üzerinde çalışıyorum. Mona Lisa mı Julia Roberts mı? Parfümümü sıkıp gergin bir şekilde söylenerek yere devriliyorum. *Kuran*'dan, sinirlerimi çelik gibi sertleştirecek ve beni normal çalışma düzenine döndürecek ayetler okuyorum. Bu ritmik melodi ve sözcüklerin bilgeliği beni sakinleştiriyor. Evde bulunan, '*sadaka*' denen özel bir yardım kutusuna birkaç bozuk para atıp giysilerimi düzeltiyorum. İhtiyacı olanlar için para ayırmak kaos teorisine benziyor: Küçük bir çaba, pozitif enerji tekrar size dönene kadar büyür ve kocaman olur. Tam şu anda karmaya ihtiyacım var.

Ön kapı açılıyor; nefesim kesiliyor. Bay Doğru geliyor.

Aceleyle üst kata koşup, arabalarını park eden yakınlarını izliyorum. Pencerenin kenarı ve perde arasında kalan boşluktan onları dikizleyebilmek için diz çöküyorum. Grimsi-kahverengi bir Toyota dikkatimi çekiyor. Yoksa Honda mı? Tipik, güvenilir Asyalı bir ailenin arabasının tam olarak hangi marka olduğu önemli midir? Evimizin önündeki yolda sert adımlarla yürüyen çifte bir göz atıyorum. Çocukları Ali, arkalarından sessizce ilerliyor.

Misafirler, ziyaretlerinin tuhaf hiçbir tarafı yokmuş gibi mutlu bir şekilde ön kapımızdan içeri giriyorlar. Tanışma kısmında bile ziyaretin amacı gizli kalıyor ve konuşulmuyor. Ev havadan sudan sohbet edenlerin sesleri ile çınlıyor. Misafirler hayatımı altüst etmeye gelmiş olamayacak kadar masum ve *iyi* görünüyorlar. Beni ailemin kucağından almaya mı geldiler buraya? Ailemi seviyorum, burada mutluyum. Neden gitmem gerekiyor ki? Gelmiş olmaları beni duygulandırıyor. Ağıla dalmak için uygun anı beklerken, üst katta sessizce yalnız başına bırakılmış halde, panik içerisinde ellerimi çırpıyorum. Randevusu olan kız giriş yapmalıdır. Herkes bunu bilir.

Aniden durup kendi kendime kızıyorum. Âşık olmak ve sonsuza dek mutlu yaşamak istemiyor muyum? Bu adam Yakışıklı Prens'im olabilir. Beni güllerin ve Kül Kedisi'ne ait balo elbiselerinin olduğu bir dünyaya sürükleyebilir. Karnımda kelebeklerin uçuştuğunu hissedip, ilk görüşte âşık olacak mıyım acaba?

"Önemli olanlar" ve "ilgi çekmeyenler" olarak iki gruba ayırdığım dört gerçek var. 23 yaşında ve bir muhasebeci olması bilinmesi önemli olan iki gerçek. 'İyi' bir çocuk olması ve 'iyi' bir aileden gelmesi ise pek ilgimi çekmeyen gerçekler. Bu gerçeklerin on dokuz yaşımda, sadece âşık olmak isteğimle pek de alakası yok.

Herkes yerine yerleşirken, oturma odasından sohbet sesleri geliyor. Yavaşça merdivenlerden aşağı doğru ilerliyorum ve konuşulanları duyabileceğim bir şekilde saklanıp oturuyorum. Birkaç dakika boyunca, acaba hiç ortak akrabamız var mı diye kontrol edilirken, aile bağlarından ve kökenlerden bahsediliyor. Asyalıların ailelerinden konuşması İngilizlerin havadan sudan konuşmasına benzetilebilir: Sonsuza kadar sürdürülebilecek güvenli bir açılış konusu. Ayrıca küçük esprilerin altında sohbet ettiğiniz kişi ile ilgili kritik ipuçları yakalamanızı da sağlar. Geçmişleri, arka planları nedir, nasıl tanınırlar?

İki taraf ortak bir akraba bulana kadar bu sohbet devam eder. Asya dilleri bu amaca çok uygundur; karmaşık ilişkiler için çok uzak bir akrabayı bile kolayca tanımlamayı sağlayan özel isimler mevcuttur. Annemin kardeşinin kocasının kız kardeşini, İngilizcedeki gibi dört adım yerine iki adımla ya da babamın, kardeşinin karısının annesinin kız kardeşinin kayınvalidesinin kız kardeşinin kocasını yalnızca üç adımla tanımlayabiliyorum. Her iki taraf da aralarında bir bağ oluşturacak ortak bir akraba veya arkadaş bulma noktasında dürüst davranıyor. Ardından bir vızıltı duyuluyor ve biri "İşte budur! Ortak birini bulduk," diye bağırıyor.

Birkaç dakika sonra, içgüdüsel bir şekilde artık giriş yapma vaktimin geldiğini hissediyorum. Tekrar, aynada gülümsememi çalışıyorum; dudaklarımın kenarında yukarıya doğru küçük bir kıvrım mı olmalı yoksa kocaman bir gülümseme mi takınmalıyım? Yoksa odaya girdiğimde çok hafif bir şekilde başımı mı eğsem? Başörtümün arkasından çıkan asi saç tellerini başörtüsünün içine sıkıştırıyor, eteğimi düzeltiyor ve uzun adımlarla kapıya doğru ilerliyorum. Kalbim küt küt atıyor, kaşlarım nemleniyor, yanaklarım ise volkan kırmızısı. İşte o adamla tanışma vakti geldi.

Oturma odasının kapısı aralık. Kapıyı açıp, sohbet seslerinin yükseldiği odaya giriyorum. Odada birden sessizlik oluşmasını ve tüm gözlerin bana dönmesini bekliyorum. Orada birkaç saniye dikilmeme rağmen kimse beni fark etmiyor. Samimi sohbetlerine devam ediyorlar. El mi sallasam? Yoksa konuşsam mı?

Babam birden beni fark ediyor. Asyalılara özgü bir nida ile 'O-ho!' diye sesleniyor. "Bu, kızım Shelina." İçeriye girişim onları şaşırtabilir diye, konuklara açıklayıcı bakışlar atıyor.

Odanın ortasında tek başıma dikilirken, birden kendimi fark ediyorum. Salonumuzun duvarları açık yeşil ve koyu zümrüt renginde kadife perdelerimiz var. Avluya açılan kapılar, annem ve babam tarafından sevgiyle bakılan, resmedilmeye değer bir bahçeye açılıyor. Bahçeye tapıyorlar; bahçe de onlara tapıyor. Misafirler, odanın merkezini ve bu merkezde her kim varsa onu çevreleyen yumuşak, deri koltuklarda rahat rahat oturuyorlar.

Hemen gülümsüyor ve gergin bir şekilde çevremdekileri inceliyorum. Kural böyle olduğu için, kadınlar ve erkekler odanın farklı taraflarında oturuyorlar. Kadın konuk nerede? Nezaket kuralları öncelikle onu selamlamamı gerektiriyor.

Yakışıklı Prens nerede? Onu açık bir şekilde ama alçakgönüllükle selamlamalıyım. İnsanlar nasıl yerleşmişler? Ben nereye otursam uygun olur? Doğru izlenimi sağlamak için hızlı ve doğru kararlar vermeliyim.

Kadın konuğa doğru ilerleyip, "*Selamünaleyküm,*" diyorum; bu, "selam olsun sana" anlamına gelen İslami bir selamlama sözü. Kendisi, Ali'nin teyzesi. Yanaklarını öpüyorum, o da beni öpüyor. O anda çöpçatanın benim hakkımda söyledikleri kafasından geçiyor olmalı. Acaba kendisine neler anlatıldı? Beklentilerini karşılıyor muyum? Burada olmasa da çöpçatanın varlığı hissediliyor. Kendisi benim ve birçok bekâr kadın ile erkeğin hayatı üzerinde büyük bir hâkimiyete sahip.

Utangaç bir tavırla etrafa bakınıyorum. Çocuğa bakıyor ve nazikçe başımı eğiyorum. İçgüdüsel olarak kapının yanındaki bir sandalyeye oturuyorum. Düzgün bir şekilde oturup ellerimi zarif bir şekilde dizlerimin üzerine koyuyorum. Karşımdaki boşluğa doğru cana yakın bir şekilde gülümsüyorum. Sohbet canlanıyor. Bir kez daha nefes alıyorum ve kendimi toparlamaya çalışıyorum. Doğrudan ona bakmaksızın, talibime sezdirmeden onu inceliyorum. İncelendiğimin farkındayım. Rahat görünüyor, koltuğa sırtını yaslamış babamla sohbet ediyor. Babam kişilerin yaşlarına, seviyelerine ve statülerine bakmaksızın herkesle soğukkanlılıkla sohbet edebiliyor. Dışarıdan bakıldığında konuşkan, kendi içindeyse sessiz ve kararlı biri. Duruşuna ve asaletine uygun kısa, beyaz bir sakalı var. Sakalını şevkle yanaklarıma sürerek benimle eğlenmeyi sever. Çocukluğumdan beri sırf cildimi çizmesin diye sakallarını şampuanlayıp şekillendirir.

"Çalışıyor musun yoksa okuyor musun?" Oda sessizleşiyor. Boş boş çevremdeki insanlara bakıyorum. Soru bana soruluyor. Fark etmiyorum.

Sonunda tiz bir sesle cevaplıyorum: "Bana mı sordunuz?" Tiz çizgi kahraman sesinden kurtulmak için boğazımı temizleyip "Okuyorum," diyorum.

Ali'nin amcası olan, daha yaşlı, erkek konuk "Çok güzel. Psikoloji ve Felsefe okuduğunuzu duydum?" diye soruyor.

Sessizce başımı sallıyorum. Sesim, bu saçma sapan sosyal durumda üst katta, odamda beni protesto etmekle meşgul.

"Yani ne düşündüğümü söyleyebilir misin bana?" deyip kıkırdıyor ve o kadar içten gülüyor ki öksürmeye başlıyor.

"Shelina, *beti*, su getir," diyor babam. *Beti* insanların kızlarına seslenirken kullandıkları sevgi belirten bir isim. Bana olan bağlılığını ortaya koyuyor.

Bir bardak buzlu suyla odaya geri dönüyorum ve tekrar sandalyeme oturuyorum. Annem belli belirsiz bir şekilde başını sallayana kadar birkaç dakika boyunca sessizce oturuyorum. Sessizce odadan dışarı çıkıyorum; yumuşak halının üzerinde mutfağa doğru ayak izlerim oluşuyor. Su ısıtıcıyı doldurup çalıştırdıktan sonra sabırla suyun kaynamasını beklerken parlak bir şekilde yanan kırmızı gösterge ışığını izliyorum. Boş boş bakıp oturma odasına geri dönüyorum. En sevimli, en kibar müstakbel gelin sesimi kullanarak "Çay ya da kahve içer misiniz?" diye soruyorum.

Bir anda kendime daha çok güvenmeye başlıyorum. Oynamam gereken bir rolüm var. Ne içeceklerini, çay veya kahvelerine ne kadar şeker ve süt istediklerini sorarken sırayla misafirlerin her birine gülümsüyorum. Biri dört kaşık şeker ve şekerli konsantre süt istediğinde püskürmemek için kendimi tutuyorum; tam bir Asyalı çay tercihi. Şeker dolu çay, pek de nadir görülen bir istek değil. Siparişleri alırken Oğlan'a çok fazla bakmamaya çalışıyorum. O da benim kadar korkmuş görünüyor.

İçecek tercihlerini bir mantra gibi tekerleme halinde aklımda tutuyorum. Eskiden Avrupa'da da olduğu gibi yemek yapma ve misafir ağırlama becerisi 'gerçek' bir kadının göstergesi olarak Asya kültüründe çok önemli bir yere sahip. *Her* kadının evinin tanrıçası olması gerekiyor. Bu aşamada hata yapmak kesinlikle lehime olmayacak bir şey.

Mutfakta bir kez daha, salondaki oturma planına uygun olacak şekilde tepsinin üzerindeki fincanları düzenliyorum. Bu her içeceği doğru kişiye verme konusunda bana yardımcı olacak. Poşet çayları fincanların içine, kaşığıysa kahvenin içine yerleştiriyorum (rahatlık olsun diye hazır kahve kullanıyorum), şekerlerini ekliyorum, sıcak su dolduruyorum ve dökülenleri siliyorum. Giysilerimi tekrar düzeltip tepsiyi elime alıyorum. Eteğimin kıvrımlarına basmamaya çalışarak oturma odasına doğru aksak bir şekilde ilerliyorum. Sürekli fırfırlarına bastığım için, keşke uzun, dökümlü bir şifon etek giymeseydim diyorum.

Tepsiyi sehpanın ortasına koyup her fincanı doğru kişinin yanındaki bardakaltının üzerine bırakıyorum. Oğlan'ın çay fincanını alıyorum ve birden ne yapacağımı şaşırıyorum. Diğer herkese de yaptığım gibi sandalyesine yaklaşıyorum ve fincanını yanına bırakıyorum. Çayını servis yaparken, çok kısa bir süre için gözlerimi kaldırıp ona bakıyorum. Utandığım için hemen bakışlarımı başka bir yöne çeviriyorum. Cesaretsizliğimden pişman olup gözlerimi tekrar ona çeviriyorum ve beklenmedik bir şekilde kendimi onun gözlerine bakarken yakalıyorum. Paylaştığımız bu bakış bir anda sona eriyor ve normal uzay zaman sürekliliğine geri dönüyorum. Kendimi kıpkırmızı ve ölçüsüz hissederek mutfağa fırlıyorum.

Samosalar ☆

Üzerinde küçük tabaklar ve elle yenecek yemekler bulunan önceden hazırlanmış tepsiyi alıyorum. Yiyeceklerin arasında annemin mükemmel bir şekilde kızarttığı samosalar da var. "Samosa tepsisini salona getirmek" eskiden buluşma sürecinin ta kendisi olan, genç kızın geleceğinin tartışıldığı odaya girdiği tek an; artık gelenekten artakalan bir uygulama. Şimdiyse yalnızca kızın erkekle tanıştırılması için kullanılan alaycı bir edebi kalem.

Bu, kızın müstakbel damadı görmek için tek şansı olabiliyordu. Erkek de bu fırsatı iyi kullanmalıydı ve ihtiyaç gidermek için odadan çıkmış olmak için uygun bir an değildi. Tüm ailesi ile birlikte bu tek ve kısacık an için kilometrelerce öteden geliyordu ve hayatının geri kalanını geçireceği kadını görmek için eline geçen tek fırsat bu olabilirdi.

Acaba kıza baktığında gözleri parıldayacak mı? Kızın *dupattasının,* alt kıta kadınlarının başörtüsü yerine başlarına örttüğü şeffaf şalın, bağlanışını sevdi mi acaba? Ya kız tabakları bırakmak için eğildiğinde başındaki kumaş kayıp gider ve oğlan kızın gece gibi simsiyah saçlarını görürse? Çay fincanlarını masaya yerleştirişi ya da *helva* tabaklarını servis etme şekli kaderini değiştirebilirdi.

"Samosaların salona getirilmesi" aslında müstakbel damat ve yakınlarının gözlerini dikip müstakbel gelini inceleyebilmeleri amacıyla tasarlanmıştı. Bu uygulama, kızın bir fikir edinmesi ya da karar verme sürecinde rol oynaması için değildi; kızın kaderi damat ve ailesi tarafından belirlenecekti. Damat adayı avcı, genç kız ise onun avıydı.

Oğlan kendi kendine, "Kız çekici miydi?' diye soracaktı. Daha yaşlı olan erkek akrabalar, "İyi bir aday mıydı," diye düşüneceklerdi. Tüm bu süreç damadın, müstakbel gelinine attığı birkaç bakış ile mühürlenecekti. Kız, oğlanın kendisini görmesine izin vermeyecek kadar kapalı olabilir ya da çayını ikram ederken gözlerini kaldırıp küstahça oğlana bakmaya cüret edebilirdi. İşte tam o an, eski Bollywood filmlerinde veya Jane Austen'ın *Aşk ve Gurur* romanında yaşanan anların aynısıdır. İkram edilen samosalar geleceği, kaderi ve aileleri değiştirme gücüne sahipti.

Kız bu süreçte konuşmazdı. Rolü alçakgönüllü ve ölçülü olmasını gerektiriyordu. Daha geleneksel ortamlarda, ne benim yaptığım gibi önceden odaya girer ne de -Tanrı korusun- konuşurdu. Kızarmış, et dolu böreklerin yarattığı bir anlık bağlantı, damadın kararını belirlerdi ve zavallı kızın tek yapabileceği alınacak kararı beklemekti. Yanıt olumsuzsa ve 'iyi' aile kutucuğu çoktan işaretlenmişse, bakışlarının onu hayal kırıklığına uğrattığından başka ne düşünebilirdi ki?

Ziyarete gelen kadın akrabalar zavallı genç kadını sorguya çekecek ve kararlarını damat ve ailenin karar verme yetkisine sahip diğer erkeklerine iletecekti. Oğlan, müstakbel gelinle ilgili olarak yalnızca kadın akrabalarının ona anlattıkları kadarını öğrenebiliyordu. Sistem damadın kadın akrabalarının umduğundan farklı bir kadını çekici bulabileceği gerçeğine izin vermiyordu. Annelerin Her Şeyin En İyisini Bildiği kabul edilmeliydi.

Kadınların fikirlerinin önemi küçümsenmemeliydi. Evlilik yalnızca gelin ve damat arasında değil aileleri arasında da gerçekleşmekteydi. Geleneksel olarak, kadınlar çoğu zaman çalışmazdı. Geniş aileleri ile birlikte yaşıyor olabilecekleri için, gelin, eşiyle olduğundan çok kayınvalidesi ve görümcesiyle zaman geçirebilirdi. Çift birlikte dışarı çıktığında bile damat, erkeklerle zaman geçirirken, gelin kadınlarla sosyalleşecekti. Geniş ailenin yaşadığı evde mutluluk yaratmak yeni gelin için düğün odasında kıvılcımlar yaratmak kadar zordu.

Tabakları ve atıştırmalıkları ikram ediyorum. Bu kez Ali'nin yanından geçerken, sıcak bir gülümseme yöneltiyorum ona doğru. Bu sürecin bir noktasında kişiliğimi ve kendime olan güvenimi bulmaya başlıyorum ve kendimi iyi hissediyorum. O da bana gülümsüyor gergin bir ifadeyle ama sonunda aramızda bir bağ kuruyoruz. "Teşekkür ederim," diyor, ilk kez doğrudan benimle konuşarak. Mutfağa dönerken kendimi duruma daha fazla odaklanmış hissediyorum. Sadece benim için bizi ziyaret eden insanlarla dolu bir odaya girdim; gülümsedim, konuştum ve çirkin olmayan bir erkekle telsiz teması kurdum.

Mutfağa dönerken annem de peşimden geliyor. Açık kahverengi tenli, ufak tefek ve bir gülümsemesiyle beni en kötü ruh hâlinden bile kurtarabilecek bir kadın. Sırrını açığa vurması için onu teşvik etmek amacıyla, sevgi dolu gözlerle bakıyorum ona. Benimle fısıldayarak konuşuyor. Kafam karışık bir şekilde kaşlarımı kaldırıyorum. Arkasını dönüp mutfak kapısını kapatıyor. "Diğer odaya gidip onunla konuşman lazım," diyor.

Asıl aksiyon başlamak üzere, bir adamla "Evlenmek" hakkında konuşacağım.

Her şeyin yerli yerinde olduğundan emin olmak için yemek odasına dikkatle bakıp, oturuyorum. Burası görüşeceğimiz yer. Oturma odası gibi burası da kare, ama bu kez mavinin tonlarıyla döşenmiş; ortasındaysa büyük, maun rengi bir yemek masası var. Sandalyeler koyu kahverengi, kolları kıvrımlı ve krem rengi; üzerlerinde Şam işi minderler var. Masanın ortasında mavi vazodan fışkıran sarı fulyalar duruyor. Nereye oturacağını ve yüzümün iyi görünen tarafının ona dönük olup olmayacağını canlandırıyorum kafamda. Sol profilim kafamdaki konumuna karşılık gelecek şekilde oturuyorum, sonra sağıma dönüyorum ve sonra onunla konuşuyormuş gibi yapıyorum. Oturacağını düşündüğüm sandalyeye geçiyor ve o söylediklerime cevap veriyormuş gibi yapıyorum: "Nefesimi kesiyorsun, sana âşık oldum," diyor ağırbaşlı bir tavırla.

Tekrar gülümsememi çalışıyorum, büyük mü, küstahça mı yoksa cilveli bir gülümseme mi takınsam? Yoksa hiç gülümsemesem mi?

Bu aşamada çok fazla istekli ya da neşeli olmak uygun kaçmayabilir. Onu korkutmamak için her zamanki neşeli tavrımı dizginlemeliyim. Daha önce büyükler ve teyzelerim sık sık kendime çok güvendiğimi, çok zeki olduğumu ve erkeklerin bundan hoşlanmayacağını söylediler. Evlenme konusunda ciddiysem, bunu saklamak zorundaydım. Ufak bir ışık göstermenin bir sakıncası yoktu ama erkeklerin *fazla zeki* olduğumu düşünmemesi çok önemliydi. Hatta teyzelerim daha da ileri gidip Master ya da Tanrı korusun Doktora yapmamam gerektiğini, yoksa kimsenin benimle evlenmek istemeyeceğini bile söylediler. O zaman tek suçlu ben olacaktım. "Kimse gereğinden fazla eğitimli bir kız istemez," dediler. "Sonra yalnız kalıp rafa kaldırılacaksın. En iyisi önce evlen, kocanın dizginlerini eline al, sonra istediğini yaparsın."

Bu teyzeler hep iri yarı, balık etli kadınlardı ve kendilerine özgü büyüleyici ama aynı zamanda gıcırtıya benzer bir aksanları vardı. Sesleri çıldırmış Jiminy Crickets gibi kafamın içinde yankılanıyordu. Bu sesler çok yüksek ve güçlüydü ve yüzlerce yıllık gelenek ve mirasın verdiği tecrübe ile çınlıyordu zihnimde. Kimdim ki ben onların yasalarına karşı çıkıyordum?

"Sonia denen kızı biliyorsun," diye başlardı biri. "Nasıl da hoş bir kız; *hem* güzel, *hem de* alımlı."

"İyi bir aile ona talip oldu, oğulları da *çok* yakışıklıydı."

"Yakışıklıydı değil mi?"

"Evet, *çok* yakışıklıydı."

"Kız daha on yedi yaşındaydı."

"Evet, daha on yedisindeydi ama çok zekiydi."

"Evet, çok zeki."

"Çocuğun da iyi bir işi vardı."

"Evet, bir hukuk bürosuna ortaktı, duymuşsunuzdur."

"Sonunda onunla evlendi. Şimdi de üç çocuğu var. 45 yaşına gelene kadar çocuklarını büyütmüş, evlendirmiş ve kendi evlerine göndermiş olacak ve sonunda özgür kalacak. Ondan sonra istediğini yapabilir. Okula gider, çalışır, gezer."

"Üniversiteye başladı bile. Lisansını tamamladı; şimdi de yüksek lisans yapıyor."

"Ben bilmem, tek ihtiyacın mutfak temizleme yüksek lisansı," diyerek kahkaha attı Balık Etli Teyzelerin en balıketlisi.

"Roti ve biryani* pişirme yüksek lisansı!" diyerek kıkırdadılar şaşkınlık dolu, *paan* renkli sesleriyle. Nikotin gibi *paan* yaprağı da çiğnendiğinde kana uyarıcı salgılanır ve bu yapraklar dişlerde sarı lekeler bırakırdı.

Balık Etli Teyzeler önyargılı sözleriyle ensemdeki tüyleri diken diken ettiler. Kendi dünya görüşlerine sarsılmaz güven-

* Orta Doğu'ya özgü bir yemek.

leri kafamı karıştıran en önemli noktada, Müslüman, Asyalı ve İngiliz olma konusunda beni korkuttu. Altta yatan Asyalı bilgeliğini tam olarak anlayıp, değerlendirmek için, Jee-Teyze gözeneklerinden fışkıran kültür katmanlarını sıyıramıyordum. İsimleri bile –"teyze" saygı için, "Jee" ise daha da fazla saygı için– miras ve gelenek kalelerini daha da güçlendiriyordu. Kendimi ileri görüşlü ve modern olarak adlandırırken onları eski moda kalıbına sokuyordum. Zaman içerisinde bir noktada takılı kalmış kadın klişesinden tiksiniyordum. Yeniyetme hâlimle onlara ve temsil ettikleri geleneğe isyan ediyordum. Onların çok önemli bir parçasını oluşturdukları geleneksel evlilik sürecinin bir parçası olma konusunun ise mantıkla çelişen hiçbir tarafı olduğunu düşünmüyordum. Bir koca istiyorsam, işlerin böyle yürümesi gerekiyordu.

O anın, yıllardır hazırlandığım hayatımı değiştirecek o anın gelişini bekleyerek otururken, susturuyorum onları. Parmaklarımla masanın üzerinde ritim tutuyorum. Acaba birisi de onun kulağına gizlice diğer odaya geçmesini mi fısıldıyor? O da heyecanlı mı? Ya da utanıyor mu?

Kapı yavaşça açılıyor ve arasından küçük bir kafa uzanıyor. Gergin bir şekilde "Merhaba," diyor tiz bir sesle. Boğazını temizliyor. "Girebilir miyim?" Odaya sokulurken utangaç görünüyor. Beceriksizce birbirimize bakıyoruz. Her şey normalmiş gibi davranmak aklımızdan geçenleri kabul etmekten daha güvenli. Yalnızca Hollywood yapımı romantik komedilerde büyüyenler mi bu tür tanışmaları yapmacık ve utanç verici buluyor? Yoksa dünyanın her yerindeki talipler hayat arkadaşlarını bulma umuduyla kalplerini tamamen yabancı bir kimseye açma korkusuyla yüzleşmek zorunda mı? Duvarda kocaman bir poster olduğunu hayal ediyorum; üzerinde "Evlilik, evet mi hayır mı? Şimdi oy zamanı!" yazıyor.

Ev sahibi olarak görevimi yerine getirmek için ayağa kalkıp sandalyesini çekmesine yardımcı olmalı mıyım diye düşünüyorum. Misafirperverlik çok köklü ve önemli bir İslami değer olarak kabul ediliyor. Kafamın içindeki İngiliz ve Asyalı sesler yerimde kalmam konusunda ısrar ediyor, "Sandalye çekmek kültürümüzde erkeğin görevidir," diyorlar. Evlilik arayışı misafirperverlikten önce gelir diye öğüt veriyorlar.

Bunların yanı sıra kendi sesim de, kadının, erkeğin kendi erkekliğinin gururunu yaşamasına ve kadınlığa karşı hassas olmasına izin vermesi gerektiğini söylüyor. Erkeğin, Güçlü Erkek olmasına izin veriyorum.

Yemek masasının köşesine, birbirimize doksan derece açıyla, konuşmak için yeterince yakın ama fazla da samimi görünmeyecek kadar uzak bir mesafe ile oturuyoruz. Kapı, herkesin bizi görmesini ve konuştuklarımızı duymasını sağlayacak şekilde tamamen açık. Oturma odasındaki konuşmalar bize kadar ulaşıyor ve kendi sessizliğimizi daha da güçlü bir hâle getiriyor.

Omuzlarımı rahatlamak için düşürürken derin bir nefes alıyorum. Annem elinde, üzerinde iki fincan kahve, biraz bisküvi ve unutulmaz samosalar olan bir tepsiyle içeri geliyor. Gülümseyip, doğruca Ali'ye "İkiniz de içeceklerinizi unutmuşsunuz," diyor. Ali kızarıyor, ben kızarıyorum sonra annem de kızarıyor ve kendini kapıdan dışarı atıyor.

Bu adamla evlenebilirim, diye düşünüyorum. Düğünde giyeceğim gelinliği hayal ediyorum. Eşikten geçerken beni kucağında taşıyacak. Dört odalı, iki banyolu bir evde yaşayacağız ve akşamları kendi gül bahçemizde yürüyüşe çıkaracak beni. İlk çocuğumuzun odasını lila rengine boyayacağız; gerçek meşeden bir de beşiği olacak.

Duraksama uzuyor. Rahatlıyor ve sonunda burada olmaktan memnun görünüyor. Cebinde bir nişan yüzüğü var mı diye merak ediyorum.

Sonunda ona doğru dürüst bakabiliyorum. Kısa, bakımlı saçları, düzgün bir şekilde kesilmiş sakalları ve küçük metal çerçeveli bir gözlüğü var. Mavi bir gömlek ve krem rengi gündelik bir pantolon giymiş. Ne modası geçmiş ne de fazla uçuk bir tarzı var.

Boğazını temizleyip "Adın Shelina mı?" diye soruyor.

"Evet."

"Burası sizin eviniz mi?"

"Evet."

"Ailenle mi yaşıyorsun?"

"Evet."

"İngiltere'de mi doğdun?" Kibar bir ses tonuyla konuşuyor. Beni teşvik etmek için başını sallıyor; sohbete dâhil olmam için beni yönlendiriyor.

Umutsuz bir şekilde ona bakıp ürkek bir sesle "E-vet," diyorum.

Israrla devam ediyor: "Oxford'da okuyorsun değil mi?"

"Hı hı," diyerek doğruluyorum. Şimdiden bıraktığım kötü izlenim yüzünden teyzeler kafamın içinde "Tüh tüh!" diyorlar. Daha kötü bir başlangıç olamazdı.

"Çok zeki olmalısın." Yüzünü buruşturuyor. Bunun nedeninin gerginlik değil tiksinti olduğunu düşünüyorum. Balık Etli Teyzeler, etlerini sallaya sallaya bağırıyorlar. *Gördün mü? Biz sana söylemiştik. Sana şimdiden bunun bir sorun olduğunu söyledik. Ama yok, sen bizi dinlemedin. Siz gençler her şeyi daha iyi bildiğinizi sanıyorsunuz.*

Çaresizlik içerisinde yutkunup sessizce ellerime bakıyorum.

"Nasıldı?" diyerek çıkmaz sokağı umutsuzca zorluyor.

"İyi. Hmm, evet iyi," diye kekeliyorum. Aramızdaki çıkmazı nasıl ortadan kaldıracağımı bilmiyorum ve onun çabaları da aynı oranda yararsız kalıyor.

Devam etmemi bekliyor.

"Aslında çok iyiydi," diyerek abartıyorum.

Ellerimiz kahve fincanlarına uzanıyor. Fincanları ağızlarımıza götürüp duruyoruz. Tam bir yudum almak üzereyken bakışlarımız karşılaşıyor. Dudaklarımız fincanda, göz göze donup kalıyoruz. Yüzleşmeyi kabullenip fincanı ağzıma doğru kaldırıyorum. İçindeki sıvı çok sıcak ve yanmanın şokuyla dudaklarımdan dışarı fışkırıyor.

Gözlerini kocaman açıp bir taraftan oturma odasına doğru bakarken "İyi misin?" diye soruyor. Yaralanmamdan onu mu sorumlu tutacaklar?

Kazara gülümsüyorum ve saydam hâlimden çıkıp biraz daha yarı saydam bir hâl alıyorum. Utanıyorum. O da gülümsüyor, biraz kaygılı ama kahkaha atıyor. Hissettiğim ani hassasiyet hoşuma gidiyor.

"Benim hakkımda ne biliyorsun?" diye soruyor. İfadesi artık daha rahat ve daha nazik.

"Adın Ali. 23 yaşındasın. Muhasebecisin. Nasıl?"

"Zekice." Hem bilmişçe hem de etkilenmiş gibi kaşlarını kaldırıyor.

Kaşlarındaki ifadeyi taklit edip bahsi artırıyorum: "Bilmem gereken başka bir şey var mı?"

"Nairobi'de doğdum, buraya onlu yaşlarımda geldim, okulu bitirdim, üniversiteye gittim ve bir şekilde muhasebeci olup çıktım." Alaycı bir şekilde göz kırpıyor. Yumuşak bir ses tonuyla nazik bir şekilde konuşuyor. Sohbet çok etkileyici değil hatta ilginç bile değil ama kendince bir gidişatı var. Konuşuyoruz. Sohbet bazen akıp gidiyor bazen durup yeniden başlıyor. Kesinlikle unutulmaz değil.

Kısacık bir sohbetin ardından onunla evlenip evlenmeyeceğinize karar vereceğinizi bilirken bir yabancıyla konuşmak tuhaf bir duygu. Esprilerin gösterişi, karşınızdaki insanı oluşturan şeyleri öğrenmeye ve herhangi bir başka 'ilk sohbet' çerçevesinde tuhaf olabilecek sorular sormaya dönüşüyor. Bu süreç tarafların hayattaki amaçları, değerleri ve bir ilişkiden beklediklerine ilişkin çok hassas sorular sormasını sağlayacak şekilde tasarlanmış.

"Nasıl birini arıyorsun?" diye soruyor bana. "Çocuk istiyor musun? Evetse kaç tane?" diye soruyorum bense bunun karşılığında. Hobilerimizden, ilgi alanlarımızdan ve yaşlandığımızda yapmak istediklerimizden söz ediyoruz. Nasıl hayatlar kurmak istiyoruz? Hangi meslekler? Nerede yaşamak istiyor? Ailesi neler yapıyor? Karısından neler bekliyor? Sonra sohbet günlük hayata dönüyor. En sevdiği film ne? Ne tür yiyeceklerden hoşlanıyor? Ve sonra tekrar geri dönüyoruz. Üniversiteye devam etmemi umuyor. Ona katılıyorum; bu benim için bir öncelik. Evlenmeye hazır olup olmadığımı soruyor. "Evlenmeyi uzun zamandır mı planlıyorsun?" diye yanıtlıyorum. Bir ileri, bir geri devam ediyoruz.

Sohbet saçma bir şekilde başlamış olsa da gelecekteki hayat eşimle bu şekilde tanışmanın sıra dışı ya da tuhaf olduğunu düşünmüyorum.

Ortam nasıl olursa olsun, tüm ilişkiler birbirini tanımak için girişilen ufak sohbetlerle başlamaz mı? Bu durumun biriyle barda, kulüpte veya restoranda sohbet etmekten bir farkı var mı? En azından karşımdaki insanın ciddi bir ilişki yaşamak, evlenmek istediğini biliyorum ve zamanımı ilişki korkusu olan biriyle harcamıyorum. En azından bağlanma fikrine açık biri. Bir ilişkinin en başında insanların kalp ağrısı çekmelerine neden olan soruları içgüdüsel olarak biliyorum: "Ciddi bir ilişki istiyor mu? İsteyecek mi? İstemeyecek mi?" Filmlerin ve romantik kurguların lunapark treni gezileri yalnızca bu sorulara daha erken cevap alma ihtiyacımızı artırıyor. Bu tür bir başlangıç, bu cevapları hemen almamı sağlıyor.

İçinde bulunduğum süreç çok açık. Tanışmanın ardından aracılar yoluyla da olsa her iki taraf da niyetiyle ilgili bir açıklama yapmak zorunda kalacak. O yüzden, araya birbirimizin hayatları ve yaşadığımız eğlencelere ilişkin temel gerçeklerin serpiştirildiği büyük, anlamlı sorular sormak tuhaf görünmüyor. Bunlar hayatımız boyunca birlikte yaşayıp yaşayamayacağımızı, aşkı, mutluluğu ve refahı paylaşıp paylaşamayacağımızı belirleyecek olan kritik konular. Elbette onu etkilemeye çalışıyorum. Reddedilmek istemiyorum. Kim reddedilmek ister ki; hem de ilk seferinde?

Biri kapıyı tıklatıyor ve sahipsiz bir ses "Ali, seni çağırıyorlar, artık gitmek istiyorlar," diyor.

"Bundan sonra ne olacak biliyor musun?" diye soruyorum.

"Galiba sohbetimiz ve hislerin konusunda ailenle konuşman gerekiyor," diye yanıtlıyor nazik bir şekilde.

Bana bir tavsiye vermesi için zorlamıyorum onu. Aynı durumda fakat farklı taraflardayız. Son kez kapanış esprileri yapıyoruz ve yok etmeyi başardığımız beceriksizlik odaya geri dönüyor.

Oturma odasına tekrar girdiğimizde kızarıyorum. Birlikte olduğumuzu, halka açık bir yerde *konuştuğumuzu* biliyorlar. Sohbetimiz ziyaretlerinin ana nedeni de olsa utanıyorum. Paranoya içerisinde, bir takım işler, *ne olduğunu bilirsiniz işte*, çevirdiğimizi düşünüp düşünmediklerini merak ediyorum ama tabii ki yapmadık. Onlar da bunu biliyor. Utancım kendi kendime yarattığım bir şeytan.

Beklenmedik bir anda, giysiler hışırdamaya, cepler şıkırdamaya, sandalye ve masalar hareketlenmeye başlıyor. Misafirler ayağa kalkıyor. Ali bana doğru dönüp selam veriyor, bense içgüdüsel olarak gülümsüyorum. Daha sonra bu kadar doğrudan hareket ettiğim için kızarıyorum. Annem de aynı şekilde ikimize birden bakıp gülümsüyor. Gitmeliyiz diye nezaketen özür diliyor konuklarımız. Babamsa nezaketen "Daha çok erken," diyerek yanıtlıyor. "Çok teşekkürler ama yolumuz uzun," diye cevap geliyor karşıdan. Cevapları uzak mesafe bahanesini kullandıklarını açığa vuruyor çünkü sadece 5 kilometre mesafede oturuyorlar.

Kaba görünmeyecek kadar yavaş hareket ederek kapıya doğru ilerliyorlar. Ali'nin teyzesi annemin kulağına bir şeyler fısıldıyor. İki kadının sözleri evlilik makinesini yağlıyor. İkisi de tanışmanın ardından bu buluşmayı ayarlayan çöpçatanı arayıp haber verecekleri konusunda anlaşıyorlar. Her iki taraf da çöpçatana olumlu yanıt verirse bir sonraki aşamaya geçip, tekrar buluşacak ve daha ciddi konuları tartışacağız. Diğer herkes neler konuşulduğundan habersiz gibi davranıyor. Fısıltıları duyulmasa da hepimiz neden burada olduğumuzu ve ne söylediklerini biliyoruz. Geri kalan herkes, bu görüşme pazar günü öğleden sonra gerçekleştirilen sıradan bir ziyaretten farksızmış gibi davranıyor.

"Yine gelin," diyoruz. "Ziyaret sırası sizde," diye yanıtlıyorlar hep bir ağızdan. "Çok güzel bir akşamüstüydü." "Çok güzel bir eviniz var." "Yakında camide görüşeceğimize eminim." "Lütfen ailenize *selamlarımızı* iletin." "Bunu daha sık yapmalıyız."

Ali'nin teyzesi dönüp bana bakıyor. Başörtümden ayaklarıma kadar beni süzdükten sonra hafifçe yanağıma dokunuyor. Annesiymiş gibi Ali'ye baktıktan sonra bakışlarını yüzüme çeviriyor. "Gelmeden önce seninle ilgili pek çok şey duydum," diyor bilmiş bir tavırla. "Sonunda tanıştığımıza memnun oldum."

"Teşekkür ederim, teyzeciğim, ben de sizinle tanıştığıma çok memnun oldum. Ziyaretiniz bizi çok sevindirdi." Saygıyla gülümsüyorum ona. Benden yaşça büyük olduğu için hak ettiği saygıyı gösteriyorum.

Erkekler koridorda beceriksizce etrafa bakıyor ve her şeyin bir an önce bitmesini diliyorlar. Bu sürecin ayrıntılarından hoşlanmıyorlar.

"Her şeyin Allah'ın elinde olduğunu biliyorsun." Kadın doğrudan anneme dönüyor. Bu, dindarlığının bir göstergesi mi, yoksa doğrudan reddetmenin bir başka yolu mu? "Bu işler kader işi."

Vedalaşıp tek sıra hâlinde ön kapıdan çıkıyor ve saygın ama markası bulunmayan arabalarına doğru ilerliyorlar. Babam kapıda dikiliyor; bir eli kapının kolunda, diğeriyse ayrılan misafirlerimize bir uğurlama jesti yapmak için havada asılı. Arabaya binişlerini, kapıları kapatışlarını ve uzaklaşmalarını izliyor. Bir an güçlü bir şekilde elini sallıyor ve ardından araba ve içindeki Prens banliyönün ufkunda ortadan kayboluyor.

Oturma odasına dönüyoruz ve koltuklardan birine gömülüyorum.

"Çok yorgunum," diye feryat ediyorum. Başörtümün iğnelerini açıp, saçımı kontrol altında tutan saç bandını çıkarıyorum. Bir anda kendimi çok daha rahat hissediyorum.

Annem hafifçe başıma dokunup "Zavallıcık," diyor.

Elinde uzaktan kumandası ile televizyonu açıp haberleri izlemek için kendi koltuğunda oturan babama doğru dönüyorum. Haberleri izlemek için yaptığı hazırlıkları bölüp "Senin fikrin ne, baba? Ondan hoşlandın mı?" diye soruyorum.

"İyi biri gibi görünüyor," diye onaylıyor. "Bundan sonrası sana kalmış. Ne istiyorsan onu yap."

Somurtuyorum.

"Biz senin anne babanız," diye devam ediyor. "Sana tavsiyeler verebiliriz ama hayatının geri kalanını onunla geçirecek olan kişi sensin."

"Peki sizce?" diye soruyorum diğer herkese.

"Bence de iyi birine benziyor," diyor yengem bacaklarını kahve masasının üzerine uzatırken. "Bence çok iyi bir koca olur ve sen de çok mutlu olursun. Hoş bir ailesi, iyi bir işi var; dindar biri ve oldukça da yakışıklı." Duruyor ve numaradan alınmış gibi yapıyor. "Ne? Bir adamın yakışıklı olup olmadığına bakamaz mıyım?"

Fikrini sormak için anneme dönüyorum. "Biliyorsun ki eskiden aileler gelen ilk doğru dürüst teklifi kabul ederlerdi." Duraksıyor. "İyi bir seçim. Onu kaçırmamalısın." Tereddüdü güçlü sözlerini engelliyor. Duygularımın onun duygularını yansıttığından eminim ama tavsiyelerine değer veriyorum. Bir kadın, bir eş ve bir anne olarak, benim başlamak üzere olduğum seyahatte o çoktan yol almış durumda.

"Hoş görünüyor evet, ama hepiniz hoş, hoş, hoş deyip duruyorsunuz. Nasıl bilebilirim ki? Nasıl bilebilirim?" Herkese yalvaran gözlerle bakıyorum.

Bunu bilmek mümkün mü? diye soruyor gözleri.

Benim ilkimdi. Prensler arasından bir Prens. Hepsi bana bambaşka bir hayat verebilir. Nasıl seçeceğim?

Romantizm sordu: *Karnında kelebekler uçmasına neden oldu mu?*

Balık Etli Teyzeler fısıldadı: *İyi bir av mı?*

İnanç sordu: *Senin gibi dinine bağlı bir Müslüman mı?*

İnanç veya gelenekten ya da popüler kültür veya Asya kültüründen gelen, aşkla ilgili bu farklı bakış açıları arasında çelişkiler olduğuna dair kendi yanlış inanışım beni çok şaşırtmıştı.

Hepsi sonuçta aynı soruya çıkıyordu: *Doğru kişi o mu?*

Safura

☆

Ertesi sabah çöpçatan aradı. Şehir camisinde, yaşama sebepleri kızları ve oğullarının evlenmesini isteyen aileleri tanıştırmak olan bir grup kadından oluşan Evlilik Komitesi'nin bir üyesiydi. Çocuğunuz evliliğe hazır hâle geldiğinde, komiteye ulaşıp çocuğunuz için bir eş aradığınızı söylüyordunuz. Komite üyeleri bunun karşılığında olası talipleri çok geniş bir temas ağı içerisinden size sunup, ihtiyacınızı karşılamak için alışılmışın üzerinde bir enerji ve zaman harcıyordu. Toplum hep genç üyelerinin isteklerini elde ettikleri mutlu hayatlar sürmeleri için desteklenmeleri gerektiği konusunda gerçek bir kaygı içerisindeydi. Birbirine uygun iki kişinin eşleştirildiği mutlu bir evlilik ise çok kritik bir bileşen olarak kabul ediliyordu.

Çöpçatan bizi ilk aradığında, gençlerin uygun kişilerle evlendirilmesinin önemine dair saygın bir açılış konuşması yapmıştı. Bu süreci desteklemenin tüm toplumun görevi olduğuna ilişkin görüşünü belirtmişti. Çöpçatanın açılış konuşması nazik ve içtendi.

Evlilik toplumsal bir olaydır ve gönüllü olarak çöpçatanlık yapanlar aile biriminin korunmasında çok önemli bir rol oynar. İslami düşüncede, iki kişiyi evlilik bağıyla birleştiren kişinin, bu iyi davranışı karşılığında çok büyük bir ruhani ödül kazandığına inanılır. Çöpçatan, anneme, artık üniversiteye gittiğimi ve bir eş aramaya başlamak için çok uygun bir zaman olduğunu söyledi. Tercihi bu yöndeyse, genç bir kadının evlenmeden önce eğitimini tamamlaması kabul edilebilir bir durumdu.

Bu konuda uzmanmış gibi anneme, "Böyle şeyler zaman alır," dedi. "Doğru kişiyi bulursanız da, Shelina evlenip okuluna devam edebilir ya da nişanlanıp Shelina okulunu bitirince evlenirler."

Sonra kaygı verici bir şekilde, "Bugünlerde çocuklar hemen kapışılıyor," dedi. Duraksadı ve "Onun için birilerine bakmaya başlayayım mı?" diye sordu.

Annem de çöpçatan da bu sorunun nezaketen sorulduğunun farkındaydı. İkisi de çoktan araştırmaya başlamıştı bile. Anne babalar, çocuklarının küçüklüğünden itibaren olası eşleri inceler ve olası talipler büyüdüğünde tekrar bir bakmaya karar verirlerdi. Eş ararken uzun vadede düşünmek önemliydi. Adabımuaşeret, bir cevap verilmesini gerektiriyordu ve annem çöpçatanların karşılaştıkları zorlukları kabul edip İslami görevlerini böylesine bir özenle gerçekleştirdikleri için kazanacakları ödülü tekrar dile getirerek, ilgisi için teşekkür etti.

"Önerebileceğim biri var," diyerek araya girdi çöpçatan. "*Çok* hoş bir oğlan."

Annem cesaretlendirici bir sesle yanıt verdi ve çöpçatan ayrıntılardan bahsetti. Annem bir kâğıdın üzerine küçük notlar alıp, çöpçatan genç adamın erdemlerinden söz ettikçe hızla başını sallayarak dikkatli bir şekilde dinledi. Annem kim olduklarından emin olana kadar, çöpçatan genç adamın ailesini ve bağlantılarını anlattı. Ailenin maddi durumu, asaleti, ünü ve eğitim durumundan bahsederken ayrıntıları abarttı. Ardından müstakbel kayınvalide ve oğlu için istediği gelinin özelliklerini anlatarak devam etti. Konuşmasınıysa kısaca oğlanın kendisinden söz ederek bitirdi.

"Shelina ile konuşup ne düşündüğünü öğreneceğim," diye yanıtladı annem. "Sonra seni arayıp sonucu bildiririm." Duraksadı. "Shelina'yı düşündüğün için çok teşekkür ederim, sana minnettarım."

Daha sonra annem ayrıntıları bana ve diğer aile üyelerine anlattı. Dindar biriydi, eğitimliydi, iyi bir işi vardı ve saygın bir aileden geliyordu. Tam yaşındaydı ve görünüşe bakılırsa oldukça da yakışıklıydı. "Onda bir ışık var," diye yorumladım. Herkes benimle aynı fikirdeydi ve annem ilgilendiğimizi söylemek için çöpçatana telefon etti.

Daha sonra çöpçatan görücü ziyareti için bir tarih ve saat belirlemek için aradı. "Çok heyecanlandılar ve Shelina'yı görmek için sabırsızlanıyorlar," diye ekledi.

Şimdi, tanışmanın ardından, düşüncelerimizi öğrenmek için arıyordu. Erkeğin ailesiyle çoktan konuşmuş olmalıydı; arabanın şoför koltuğunda oturanlar onlardı ne de olsa.

Ben de konuşmayı dinleyebileyim diye annem telefonun hoparlörünü açtı. Bir süre günlük konulardan konuştular. Sonra çöpçatan bir anda, "Shelina ne düşünüyor?" diye sordu. Soruyu bekliyor olmasına rağmen, annem bir anda şok oldu. Elbette vereceği cevap, tüm bu konuşmanın tek nedeniydi. Annem soruya ilk cevap veren kişi olmamak için ustaca bir manevra yaptı ve "Ali neler düşünüyor, anlatsana?" diye sordu cevap olarak. Fikir belirtmek karmaşık bir durumdu. İlk olarak biz, onu beğendiğimizi söylersek ve onlar "hayır" demiş olurlarsa, bu, utanmamıza ve zayıf taraf olmamıza neden olur. Önce biz "evet" dersek, onlar da "evet" demiş olurlarsa, bu kez de çok hevesli hareket etmiş oluruz. Önce biz "hayır" dersek ama onlar evet demeyi planlıyor olurlarsa, reddedilmemek için fikirlerini değiştirip "hayır" diyebilirler ve gerçek niyetlerini hiçbir zaman öğrenemeyiz. Ama onlar önce konuşursa ve "hayır" derse, ardından biz de "hayır" dersek, aslında "evet" diyecekmişiz de, sırf onlar "hayır" dediler diye "hayır" demişiz gibi görünebiliriz. Bunun yanı sıra bu kişiler ve yakın akrabalarıyla camide ve sosyal etkinliklerde karşılaşabiliriz. Tanışmadan söz edilmese de herkes bunu düşünüyor olur. Kimsenin aşağılanmamasını sağlamak için çözüme diplomatik bir yolla ulaşmak gerekiyor.

Çöpçatan merhamet etti. "Ondan çok hoşlanmış ve Shelina da ilgileniyorsa, onunla tekrar buluşmak istiyor. Bugünlerde en az ikinci bir kez daha görüşmek oldukça yaygındı ve bu ikinci görüşme ilkine çok benzemekle birlikte, almayı düşündüğünüz evi ikinci kez görmeye gitmeye benziyordu. Asyalı ve Müslüman toplumların bazı bölgelerinde eskiden sakıncalı görülmesine karşın ilk tanışma artık standart bir uygulamaydı. *Kültürel* kabul edilebilirlik sınırları ise artık ikinci buluşmaya doğru itiliyordu. Modernite kötü yönde etkili olmaya devam ediyordu.

Eskiden erkeğin ailesinin bir buluşmadan sonra kızın ailesine teklif götürmesi oldukça yaygındı. Aslında, hiç buluşmadan da teklif götürebilirlerdi. Ailenin referansları yeterli görülürdü. Fakat bu günlerde ikinci hatta bazen üçüncü bir buluşma bile gerçekleşiyordu. O zamana kadar onun doğru erkek ya da müstakbel karınız olup olmadığına karar vermeniz gerekiyordu. Onlarla gerçekten doğru dürüst bir şekilde, çok yoğun zaman geçirip yaşamları, aileleri, niyetleri, itibarları ve beklentileri ile donatıldıktan sonra, karar verememenize ne neden olurdu ki?

Birlikte zaman geçirmekten hoşlandıysanız bizzat kendiniz de buluşabilirdiniz. Geçmişlerine, ünlerine, işlerine (maaşları da dâhil), boş zaman aktivitelerine, sosyal katılımlarına, dini veya camideki statülerine ve hatta sosyal sınıflarına dair referans alabilir ve hatta bilgileri CIA, FBI ya da NASA'ya kontrol ettirebilirdiniz. Dahası, yeni eşlere nasıl davrandıklarına ilişkin birimler ve evlilik boşanma oranlarıyla ilgili geçmiş performansları da dâhil olmak üzere aileleri ve aile geçmişlerini de öğrenebilirdiniz. Sohbetiniz açık ve uzun bir süreyle ilgili olabilirdi. Bu kişinin nasıl biri olduğunu ve ne yöne doğru gittiğini öğrenmeliydiniz. Bu, işe yarıyormuş gibi görünen dayanıklı ve uzun süreler test edilmiş bir yöntemdi. Teyzelerin de söylediği gibi, başarılı bir ilişki inşa edeceğimiz doğru kişiyi seçebilmek için ihtiyaç duyduğumuz da bu bilgi değil miydi?

Bu kadar kısa bir sürenin ardından biriyle evlenirken karşılaşabileceğinizi düşündüğünüz her türlü riskin üstesinden toplum yapılarıyla geliniyordu. Aile, ihtiyaçları ve kaygıları konusunda genç çifti desteklemek için hazırdı. Anne babaları ve akrabaları evliliğin ilk zamanlarında çıkan sorunlarda çifte akıl verebilirdi. Yeni evlilerden biri olarak bir Mills & Boon* öyküsü başlamadan önce ilişkinin oluşması için biraz zaman gerektiğini biliyor olabilirsiniz.

Teyzeler, bir insanı çok yoğun geçen üç buluşmada tanımaktansa üç yıl tanımanın neden sizi daha iyi bir çift yapacağını sordular. Bu noktada onlara katılmamak zordu. Yaşamı, romantik, heyecan verici, içinizde havai fişeklerin patlamasına neden olan aşkla, pratik hassasiyetlerin mantıklı bir değerlendirmesi arasında yapılması gereken basit bir tercihten ibaret olarak görüyorlardı. İlki tehlike, toplumdan dışlanma, risk ve geleneklere meydan okuma anlamına geliyordu. İkincisi ise tarih tarafından kanıtlanmış, toplumda bir yer ve saygınlık kazanmış, statü ve değerin onaylanmasını sağlamıştır.

* Çoğunlukla aşk kitapları yayınlayan bir yayınevi.

Bunun bir tercih veya aynı zamanda her ikisine de sahip olma arzusu olduğuna inanma ikilemlerini yaşadığımı fark etmem yıllarımı alacaktı. Özel olduğuma ve bunların her ikisine de sahip olabileceğime, sahip olmak *zorunda* olduğuma inanıyordum. İçgüdümün doğruluğunu yani aşk ve mantığın birbirine ihtiyaç duyduğunu ortaya çıkarmak için inancımı sorgulamam gerekecekti.

"Shelina ..." diyerek söze başladı annem.

"Ne kadar *hoş* bir oğlan, değil mi?" diye lafa girdi çöpçatan. "*Öyle* iyi huylu ve *öyle* yakışıklı ki! Ali, Shelina'nın çok hoş ve dost canlısı olduğunu söyledi."

"Shelina ..." diyerek tekrar sözüne başlamayı denedi annem ama sonra cümlenin ortasında durdu. "Evet, çok hoştu, ailesi de hoş görünüyordu." Annem ikinci cümlesini söylemek için ağzını açtığında hayatımın izleyeceği rota belirlenmişti.

"Shelina onunla devam etmek istemiyor."

Çöpçatanın kaşları saç çizgisine kadar kalktı ve ağzı açık kaldı. "Ne?" dedi ince bir sesle, şaşkınlığını gizlemeye çalışarak. "Ama neden?"

"Şey..." diye başladı annem. Hem inandırıcı olup hem de karşısındakinin gönlünü alacak ne söyleyebilirdi? Dahası kararıma da tam olarak katılmıyordu. Ailem onunla ikinci bir kez buluşmam konusunda teşvik ediyordu beni.

On dokuz yaşındaydım ve tanıştırıldığım ilk erkekti; tüm hayatımı birlikte geçirmeyi düşündüğüm ilk adaydı. Ortam çok zorlama ve yapaydı. Sinyaller, duygular ve kimyalarımız her zamanki sihrini gerçekleştirememişti.

Tanıştığımız yerin yapaylığının, içgüdüsel çekimi alıp götürdüğünün farkında değildim. Bu gerçeği göz ardı edişimle, bu buluşmada 'o duygunun' eksik olma nedeninin bu durum olduğunu anlamamıştım. Bir eş bulmak için kendime yanlış turnusol kâğıdı testini hazırlamıştım. Bu kadar iyi bir talibi reddetmiş olmanın verdiği rahatlama safçaydı. Aradığım tek şey 'o duyguydu'. On dokuz yaşındayken, Doğru Kişi'yi bulma konusunda umudum çok yüksekti. Geri dönüp baktığımda Ali'nin muhtemelen oldukça iyi bir eş olabileceğini düşünüyorum. Aslında, sonunda evlendi ve eşi her zaman mutlu ve ışıl ışıl görünüyor. Bazen onunla evlenmiş olsaydım acaba nasıl olurdu, diye düşünüyorum.

Ailem İslami sorumluluklarını çok ciddiye alıyordu. Müstakbel eşimi isteyerek ve mutlu bir şekilde kabul etmeliydim. Bana önerdikleri şey, görücü usulü evlilikti ve bu zoraki evlilikten çok farklıydı.

Görücü usulü evliliğin bir parçası olarak onların görevi, olası eşleri bulmak ve seçimim esnasında bana tavsiye vermek, beni desteklemek ve bilgilendirmekti. Bana sundukları birini beğenmezsem, benim istediğim oluyordu. Belirleyici faktör benim seçimimdi. Müslüman olarak inançları nedeniyle, eş seçimimde herhangi bir baskı olmaması gerektiği oldukça açıktı. Ayrıca hiçbir zaman benim istemediğim bir şeye zorlayamazlardı. Kendi haklarına sahip bir birey olarak bana çok saygı duyuyorlardı. Her şeyin ötesinde, evliliğin resmileştirilmesi konusunda herhangi bir güç kullanırlarsa, bu evlilik geçersiz olurdu. Ancak erkeklerin karşıma çıkmalarını ayarlamalarında kötü bir taraf yoktu. Bir kişinin hayatının aşkını bulmaya yardım etmenize kim karşı çıkardı ki? Anlaşma sürecinde de yardım etmeye hazırdılar. Ciddi bir hâl almaya başladığında ilişkiyi destekleyecek birilerinin olması, daha en başında o özel kişiyi bulmaya yardım etmek kadar önemliydi.

Ailem de bu tecrübe sayesinde yeni şeyler öğreniyordu. Bu, kızlarıyla ilgili ilk evlilik deneyimleriydi ve kızlar için kurallar oldukça farklı görünüyordu. İzlemeyi seçtiğim yolun ne kadar karmaşık olduğunu bilseler, Ali'yi düşünmem konusunda beni daha fazla teşvik ederlerdi; ama bence onlar da beyaz atlı prensin varlığına inanıyorlardı. Prensesleri için daha aşağısını nasıl ayarlayabilirlerdi ki?

"Shelina onunla bir kez daha buluşmalı. İlk defasında söylemek hep zor gelir, zavallıcık. Ali de, o da gergindi. Kendileri gibi davranmadılar," diye şakıdı çöpçatan.

Annem tüm annelerin kızları için istediğini istiyordu; mutluluk ve sevgi. Kendi hayatlarında ne kadar olumlu deneyimler yaşarlarsa yaşasınlar, anneler kızları için hep daha iyisini isterler. Bu yüzden annem oldukça modern bir kalıp kullandı ve "Aralarında bir 'elektrik' olmadığını söylüyor," dedi.

Çok büyük bir saygıyla anneme baktım. 'Elektriğe' inanıyordu. Buna şaşırmamalıydım. *Kuran*'da en sevdiği öykülerden biri Safura ve Musa'nın öyküsüydü. Güçlü ve yakışıklı bir genç olan Musa bir kasabaya varır ve kasabalı çobanlarla birlikte bir kuyunun başında koyunlarına su içirmektedir. Safura kendi sürüsünü sulamak için kız kardeşiyle birlikte beklemektedir ancak kadın oldukları için diğer çobanlar onları engellemektedirler. Cesur yabancı araya girip koyunları için yardımcı olur. Safura, Musa'yla karşılaştıktan sonra eve döner ve bu yabancı adamla ilgili olayı babasına anlatır. Babası bir iş adamıdır ve kız gücü ve iyi karakteri nedeniyle Musa'nın çok iyi bir çalışan olabileceğini söyler. Sohbetlerinin sonucunda, babası kızına Musa'yı akşam yemeğine çağırmasını söyler.

Hep acaba yeni gelen bu adamı babasına anlatmasının nedeni ona karşı bir şeyler hissetmesi miydi, diye merak etmişimdir. Ailesine karşı çok açıkmış gibi görünüyordu ve öyle bir ortamda bile bir kızın babasına bir adama karşı özel bir şeyler hissettiğini söylemesinin utanılacak bir yanı yoktu. Belki de Safura hissettiği 'elektriği' babasına anlatmıştı. Ailesi de onu daha iyi değerlendirebilmek için Musa'yı kendileriyle tanışmaya davet etmişti. Öyküyü ileri sardığımızda ise Musa ve Safura evlenirler.

Bu analoji annemin de babamın da içine işlemiştir. Kültürel evlilik normlarında 'elektrik' denen şey olmasa da, inançlarının onlara tanımladığı kadarıyla bu konsept konusunda bilinçliydiler ve onu keşfetmeye açıktılar. Her zaman *Kuran*'da anlatılanlar ve İslam tarihindeki Peygamberlerin öykülerinden bir şeyler öğrenmek isterlerdi. Ayrıca ailenin bu duruma dâhil olması kötü de değildi. Burnunu sokmak gibi değil de, tavsiye ve destek olarak düşünülebilirdi ve oldukça hoştu. Aşk ve ilişkiler herkesin işiydi, çünkü herkesi etkiliyordu. Dahası, anne babalar hayat konusunda daha tecrübeli ve bilgiliydi ve böyle büyük tercihlerde çok yardımları dokunuyordu.

Bir talibi reddetme sürecinde, çok daha büyük bir seyahate, hayatımın aşkını arama yoluna yelken açmış oldum. Doğru Kişi'yi bulmak görevimdi ve aşk arayışında yol boyunca kendimi, inancımı ve İlahi Aşk'ı bulacaktım.

Arayışın resmen başladığını ilan ettim.

İKİ

☆☆☆

Tire ile Ayrılmış

Masumiyet ☆

On üç yaşındayken kaderimde John Travolta ile evlenmek olduğundan emindim. Bir gün Londra'nın kuzeyindeki kapıma gelecek, bana delice âşık olacak ve onunla evlenmemi isteyecekti. Sonra İslam'a dönecek ve kendini Müslümanlığa adayacaktı.

İslam'a dönme kısmı dışında okul arkadaşlarımın da benzer hayalleri vardı. Tipik ergen fantezilerine sahip, onlu yaşlarda bir kızdım. Benim Milk Tray Adam'ım* herhangi bir romantizm yaşanmadan önce, Müslüman olmalıydı. Bu doğrudan evliliğe yol açmalıydı ve ikisi arasında kısa bir yol olmalıydı. Düğünden önce hiçbir oynaşma yaşanmamalıydı. Gençlik dolu gözlerimle, o kadar çekici bir seçenek olduğumu düşünüyordum ki İslam'a dönmek şanslı erkek için çok kolay, karmaşık olmayan ve açık bir seçenek olacaktı.

Balık Etli Teyzeler hiç de çekici olmayan bir ergen olduğumu düşünüyorlardı. Çok zayıftım ve Asyalılar için ölümden bile daha kötü olan bir lanet vardı üzerimde; esmerdim. Asyalılar renk konusunda kötü bir şekilde takıntılıdırlar. Açık tenli isen güzel, koyu tenli isen çirkin oluyordun. Açık renk bir cilde sahip olmak statü göstergesi ve kayınvalidelerin müstakbel gelinleri için arzuladıkları bir özellikti.

Evlilik için oğlunun kimlerle tanıştırılacağına genellikle kahramanın annesi karar verir. Kayınvalideler açık tenli ge-

---

* Milk Tray çikolata reklamlarında oynayan, tamamen siyahlara bürünmüş, kadınların evlerine gizlice çikolata bırakıp onları mutlu eden kimliği belirsiz adam.

linleriyle gösteriş yapmayı severler. Çirkin olduğuma ve hiç çekici olmadığıma inanarak büyüdüm. Umutsuzca iltifat görmeyi beklerken, teyzeler falanca kızın ne kadar *büyüleyici* olduğundan bahseder ya da "ah şu *sıra dışı* hatları yok mu?" gibi yorumlarda bulunurlardı. Açık tenli kızlarla karşılaştıklarında aynı anda "Aman Tanrım, ne kadar açık tenli ve *güzel*!" derlerdi.

Çocukken açık tenli ve çok güzeldim. Kabarık, parlak saçlarım ve dolgun yanaklarım vardı. "Yanaklarını sıkmak ne kadar güzel," derdi büyükler. Fazlasıyla uyanık ve oldukça mutluydum; saatlerce kendi kendime oyun oynardım.

En önemli farkım, çok küçük yaşta bile çok çalışkan bir öğrenci olmamdı. Okula gitmeyi ve ödevlerimi yapmayı çok seviyordum. Babam her akşam okul ödevlerimi bitirip bitirmediğimi sorardı ve genelde gerekenden fazla alıştırma yapardım. Tüm çocukluk hatıralarımda annem ve babam hep yanımdaydı ve benimle ellerinden geldiğince çok vakit geçiriyorlardı. Sevgilerinin tadını çıkardım ve tam bir altın çocuk gibi büyüdüm.

Akşamları televizyon izlemek için sekize kadar uyanık kalmama izin verirlerdi. Çok nadir olarak benimle aynı renkte olan insanlar görürdüm ve onlar da oturma odamızın köşesindeki küçük siyah kutunun arkasındaydılar. Uzaktan kumandanın icadından önceki karanlık çağda büyüdüm. Ailenin çocuğu olarak, yetişkinler istediğinde koltuktan fırlayıp kanalı değiştirmesi gereken kişi bendim. O zamanlar sadece dört kanal vardı ve bu oldukça ilkel bir durumdu. *Dilinize Dikkat Edin*, *Hastalıkta ve Sağlıkta* ve *Bu Hiç Sıcak Değil Anne* gibi programlar yayınlanıyordu ve bu programlarda İngilizlerin bir zamanlar kolonileştirdikleri ancak şimdi yavaş yavaş İngiliz kültürünün bir parçası hâline gelmeye başlayan siyah

Asyalılara nasıl baktığını gösteren, ayakkabı boyasıyla yüzleri boyanmış ve çok bilinmiş sözcük kalıpları ile karikatürize edilmiş az sayıda etnik karakter bulunuyordu. Biz de, bu portrelerin nadir bulunurluğu ve sadeliği nedeniyle heyecanlanıyorduk ve kendimizi televizyonda görmekten mutluyduk. En azından bu komedilerde bizi temsil eden karakterler barbar, ezilmiş ya da asi değillerdi; insancıl ve mizahi görünüyorlardı. Birbirimize "Sen Pakistanlı *poppadom*!"* deyip kahkahalar atıyorduk. "Sen Hintli *Çapati*!**" deyip gülüyorduk. "Binlerce kez özür dilerim," deyip alay etmeksizin başlarımızı sallıyorduk.

Çok daha nadir olmakla birlikte zaman zaman Müslümanlarla ilgili programlar da oluyordu. Gazetedeki televizyon programının sayfalarını bir süre çevirdikten sonra, belirli bir programı izlemek amacıyla evde toplanmak için aile ve arkadaşlarla telefon görüşmeleri yapılırdı. Program izlenir ve bu da analiz edilirdi. Ekranın karşısında toplanıp her bir sahneyi özenle izliyorduk. Video aldıktan sonra, her programı gelecek nesiller için kaydetmeye başladık. Bu programlar genelde hatalı ve çok düzdü ve İslam'ın öğretilerini yanlış sunuyordu. Bu, ana konu hakkında ne kadar gelişigüzel araştırma yaptıklarını, hiç özen göstermediklerini gösteriyordu. *İslam'ın Kılıcı* isimli bir diziyi çok iyi hatırlıyorum. Dizide çocukların boyunlarından kan emen bir vampir sürüsü gibi boyanmış, Asya ve Arabistan'da dehşet saçan bir grup kılıçlı savaşçı anlatılıyordu. İslam'ın böyle yabancı ve basmakalıp bir şekilde canlandırılması anne ve babamı dehşete düşürmüştü. Silahla din değiştirmeye zorlanmadık diye düşünmüştüm. Ailemiz, iş gezileri sırasında İslam'ı bulan tüccarlardı. Ben bile kılıç hikâyesinin bir efsane olduğunu biliyordum ve daha sadece

* Doğu'ya özgü bir çeşit yiyecek
** Bir çeşit gözleme

küçük bir çocuktum. Televizyondaki insanların işlerini bilmediğini düşünüyordum.

Okula başladığımda benim için en zor soru "Nereden geldin?" sorusuydu. Bu geldikleri yeri açıklamanın basit olduğu bebeklerle ilgili bir soru değildi. Onlar birden ortaya çıkmışlardı. Göbek deliğinden fırlamışlardı ve cinsiyetlerini öğrenmek için yüzlerine bakmak yeterliydi. Teyzemin ilk bebeği dünyaya geldikten sonra, annemle aralarında geçen bir konuşmayı duyup şok olmuştum. Kafam karışmıştı. Teyzem nasıl bir çocuğun olmasına neden olmuştu? Bebeğe 'sahip' olunurdu. Cevap oldukça açıktı: "Çocuklar Tanrı istediğinde, onları dünyaya gönderdiği için geliyorlardı."

Benim kökenim çok daha karışıktı. 1980'lerin Anglo-Sakson, tek kültürlü Kuzey Londrası'nın taşan etnik karmaşası içerisinde İngiliz, Doğu Afrikalı Asyalı, Müslüman bir kız olmak kökenlerimi kısa ve öz bir şekilde açıklamamı zorlaştırıyordu.

Altı yaşındayken birisi nereli olduğunuzu sorduğunda, vermeniz gereken cevap evinizin yeridir. Bu farklı görünmeyen, herkesin vereceği bir cevaptır. Ama fazlasını istediklerini bilirsiniz. Kuzey Londralıysanız cildinizin neden şeftali rengi olmadığını öğrenmek isterler. Neden bu parlak renkli, tuhaf şekilli giysileri giydiğinizi merak ederler. Yemeğinizin neden tuhaf koktuğunu ve neden medeni insanlar gibi çatal bıçak yerine parmaklarınızla yemek yediğinizi merak ederler. Neden kimi zamanlar ellerinizin üzerinde tuhaf kahverengi dövmeler vardır? Bu sorular, Alf Garnett gibi ırkçı komik karakterlerin ağızlarında oldukları için, gerçek hayatta hiçbir zaman doğrudan bana sorulmazlardı. Ama suçlarcasına, alçaltıcı bir şekilde, küçümser bir tavırla, dudaklar ve dişler arasında kıvrılıp beklerlerdi. Her zaman bir şeyleri saklamak, reddetmek veya birbirinden ayrı tutmak kolaydır. Dünyalar üst üste binmediği sürece hiçbir tehlike yoktu; ama sürekli bir çarpışma korkusu mevcuttu.

Hiçbir zaman evde köri yediğimizi söylemedim. Hiçbir zaman arkadaşlarımın yanında dua etmedim. Onlara camiye gittiğimi söylemedim. Tüm bunları, güzel, orta sınıf, bağımsız okulumdaki öğrenciler, üniversitede tanışıp evlenmiş, yapraklarla bezeli Winchmore Hill'den ev almış, hemen çoğalmış ve hayat döngülerini tekrarlamak için çocuklarını göndermiş, profesyonel bir baba ve ev hanımı bir anneden oluşan zengin, oturaklı ailelerden gelirken nasıl anlatabilirdim? Ancak bir süre sonra, dünya küçülüp, insanların görüşleri global kültürlerin karmaşıklığı konusunda genişledikten ve kendi inancıma ve kültürüme olan güvenim arttıktan sonra cevaplarım, lezzetli baharatlardan oluşan yemekler ve modaya uygun kına sanatı ve de artık daha güçlü olan inancım ve imanım ile ilgili olarak kesin bir hâl aldı.

Büyük büyükannem ve babam, on dokuzuncu yüzyılın sonunda Hindistan'daki Gücerat şehrinden Doğu Afrika'ya yerleşmiş. İngiltere Krallığı'nın alt-kıta kolonisinden, gelişmekte olan Doğu Afrika bölgelerine taşınan büyük Hintli dalgasının bir parçasıymışlar. İngilizler, Doğu Afrika demir yollarını inşa etmek ve bölgeyi geliştirmeye başlamak için gerekli iş gücünü sağlamak amacıyla çok sayıda erkeği göçe katılmaya teşvik etmiş. Kadınlar göçe daha sonra katılmış. Bazıları, Gücerat ve Pencap gibi bölgeler kıtlıktan zarar gördüğü için gitmiş. Diğerleri ekonomik gelişim için gitmiş. Asyalı göçmenler Güney Afrika'nın ucuna ve engin, ıssız kıtanın merkezindeki "Karanlığın Kalbi" olarak biçimlendirilmiş bölgeye kadar yayılmışlar. Bölgede zaten kendi tarihleri ve gelenekleri ile el değmemiş bir hayat sürmekte olan insanlar,

İngilizler tarafından göz ardı edilmiş. Alt-kıta Asyalılar hızla, şu anda Kenya'nın başkenti olan Nairobi gibi bölgeleri önce çadırlardan oluşan büyük bir kente, ardından da neredeyse bir gecede bir şehre dönüştürerek hızla yerleşmişler.

Asyalılar bu karmaşık kültüre dâhil olmuşlar. Doğu Afrika hem İngilizlerin hem de Almanların istilası altındaymış. Fransızlar ve Portekizlilerin de yakınlarda olan Kongo ve Mozambik'te bölgeleri varmış. Sahil bölgeleri uzun bir süre, Arap Yarımadası'nın köşesinde bulunan, denizcilikle uğraşan, ihraç ettiği buhur ile zenginleşen bir ulus olan Umman tarafından yönetilmiş. Baş döndürücü, hipnotize edici bir kokuya sahip, parfüm yapılıp dünyanın her yerinde çok yüksek fiyatlara satılan, özleri bulunan bu muhteşem ağaçlar yalnızca Umman'ın güney sahilinde yetişiyormuş. Özellikle de Afrika'nın doğu kıyısından güneye doğru yayılmak, imparatorluklarını genişletmek için zenginliklerini ve denizdeki becerilerini kullanıyorlarmış. Annem ve babamın evliliklerinin ilk yıllarını geçirdikleri Tanzanya'nın başkentine "Darüsselam", barış ve güvenliğin ülkesi adı verilmiş ve bu isim hâlâ kullanılıyor. Ummanlılar kıyılara Arapçada olduğu gibi "Sawaahil" de diyorlardı ve yerel lehçelerle karışması sonucu oluşan dil ise "Swahili" dili olarak biliniyordu. Bugün ise bu dil anne babamın ve büyükanne ve büyükbabamın memleketi olan Tanzanya da dâhil olmak üzere pek çok ülkede resmi dil olarak konuşuluyor.

1950'lerin ortasında büyük büyükanne ve babam daha sonra Tanganyika olan Gücerat'tan yola çıktılar; küçük Hindu toplumları İslam'a döndü. Aile tarihleri, yeni buldukları inançları çevresinde hayatlar yaratmaya çalışan, arzu ve sadelik içerisinde İslam'a dönen insanlara dikkat çekiyordu. Hikâyeler masum bir maneviyat arayışını ve gerçeğin sonuna kadar açık gözlerle fark edilmesini anlatıyordu. Elbette öğretmek ve öğrenmek için internet, yüksek hızlı teslimat ya da dünyanın çevresinde uçma şansı yoktu. Onun yerine bu tür toplumlara, Orta Doğu'nun tarihi Müslüman merkezlerinden öğretmenler gönderiliyordu. Geleneksel seminerlerden gelen bilim adamları daha sonra yerel dili öğreniyorlardı.

Kuran'ın kendisi de olmak üzere kitaplar yavaş yavaş, Arapça, Farsça ve hatta Urducadan Güceratiye çevriliyordu. *Kuran,* İslam inancının tam kalbinde yer alıyordu ve Müslümanların, hayatının son yıllarında küçük bölümler hâlinde vahiy ile Hazreti Muhammed'e geldiğine inandığı 114 bölümden oluşuyordu. İslam'ın ana inançlarını ortaya koyuyor ve iyi bir Müslüman olma konusunda rehberlik ediyordu. Muhammed öldükten kısa bir süre sonra yazılı hâle getirildi ve o zamandan beri hiç değişmedi. Tüm sözcüklerin kutsal olduğuna inanıldığı ve her biri çok katmanlı özel bir anlama sahip oldukları için Arapça metin en önemlisi olarak kabul edildi. Pek çok dilde çeviriler yapıldı ama bunlar yalnızca orijinal metni anlamak için yardımcı kaynaklar olarak görüldü.

O dönemlerde insanlar nadiren Arapça öğreniyorlardı. Büyük-büyükannem, çok uzun yaşamış olmasına rağmen hiçbir zaman Arapça öğrenmemiş, kızı da dâhil olmak üzere diğer insanların onun için Arapça metinleri yüksek sesle okumasını istemiştir. Bu yavaş yavaş değişti ve orijinal dilinde okumak standart bir toplum uygulamasına dönüştü. Pek çok erkek, Arapça ve Farsça konuşmayı öğrendi. Farsça yirminci yüzyıla kadar Hindistan'ın yönetim diliydi.

Ailem ve toplumum inanç konusunda yenilerdi. Bugün bile, genç İslam'ımız taze ve aç. Sadece birkaç nesil öncesine dayanıyor ve Hindistan, Afrika ve şimdi de İngiltere'nin gözlerinden görülüyor.

Anne ve babam da aynı kendi anne ve babaları gibi Tanzanya'da büyüdü. Yaşadıkları toplumun büyük bir kısmı Hintlilerden oluşuyordu ama Müslümanlar, Hıristiyanlar, Hindular ve Sikhlerden oluşan geniş bir dini yelpaze mevcuttu. Birbirlerine komşu olarak, değerlerini ve kültürlerini paylaşıp, birbirlerinin dini uygulamalarını destekleyerek hep birlikte mutlu bir şekilde yaşıyorlardı. Annemin ailesinde genç kızların eğitimi önemliydi. Annemin okula gidip gelişine yardımcı olsun diye babası ona bir bisiklet almıştı ve yaşadıkları kasabada okula bisikletle giden ilk kız oydu. Bu duyulmamış ve oldukça şaşırtıcı bir durumdu. Büyükbabam okula gitmesinin çok önemli olduğu ve güvenli bir şekilde gidip gelmesi gerektiği konusunda ısrar etmişti. Eğitim dinin bir parçasıydı ve Muhammed'in en önemli sözlerinden biri de "Çin'e gitmeniz bile gerekse, kendinizi eğitin," sözüydü. O zamanlar Çin dünyanın öbür ucundaki uzak ve gizemli bir imparatorluktu. Büyükbabamın, dinin her zaman kültürel beklentilerin önünde geldiğine ilişkin görüşü, annemin inancını derinden etkilemişti. Çünkü hâlâ hayata bakış açısında din, geleneklerden önde geliyordu.

Annem ve babam evlendikten kısa bir süre sonra, Tanzanya bağımsızlığını ilan etti. Babamın ailesi uzun zamandır İngiltere'nin Deniz Aşırı vatandaşlarıydı. Yeni politik durum Tanzanya ve İngiltere arasında bir seçim yapmalarını gerektirdi. 1960'ların sonundaki büyük küresel ve sosyal değişim döneminde, daha yeni bağımsızlığını ilan eden, büyüdüğü, ailesinin yaşadığı şehrin verdiği heyecan ile genç ailesini oturduğu yerden ayırıp İngiltere'ye, neler getireceği belli olmayan bir gelecek sunan uzak bir ülkeye taşınma konusundaki tek şansı arasında seçim yapmak zorunda kalmıştı. Bir İngiliz vatandaşı olarak bu ülke yıllardır ailesinin kanına işlemişti ve enerjik ve iyimser bir genç olarak bu riski aldı. İngiltere kıyılarına iki bavul ve ellerinde 75 paund ile vardılar.

Anne ve babam o zamanları unutulmuş zorluklar ve abartılan heyecanla dolu bir dönem olarak hatırlıyordu. "Zorlukları göz ardı ettik," diye anlatıyorlardı "Çünkü gençtik ve dünyadaki her şeyi tecrübe etmek istiyorduk." Darüsselam'ın merkezinde, ferah, modern bir dairede yaşamayı bırakıp, gri, soğuk Londra'nın kırsal kesiminde tuvaleti dışarıda olan, banyosu ve mutfağı ortak kullanımlı, soğuk, tek odalı bir yerde yaşamaya başladılar. Asya kökenli olduğu için babamı işe kabul etmediler. İlk evlerini aldıklarında, sırf Asyalı oldukları için banka müdürü yüzde 50 depozito istedi. Komşular evi alamasınlar diye onlara karşı kampanya başlattı. Bu ayrıma karşı durdular ve kendilerine sağlam bir hayat kurdular. Kendi ailelerinin Doğu Afrika'da azınlık olarak yaşadıklarını görmüşlerdi ve ellerindeki refah ve statüyü elde etmek için harcadıkları çabalar hâlâ tazeydi. Şimdiyse onlar kendilerini İngiltere'de benzer şekilde azınlık durumunda bulmuşlardı ve kendi yeni evlerinde de aynı işi yapmaya koyuldular.

Babama göre başarının anahtarı eğitim ve çok çalışmaktı. Çok sıkı çalışarak her iki çocuğuna da birinci sınıf bir eğitim kazandırdı. Basmakalıp bir özdeyiş ile örnek verirdi hep ve "Aç bir adama balık verirseniz o balığı o gün yer bitirir, ama balık tutmayı öğretirseniz her gün balık yiyebilir," derdi. Başarı ve maddi zenginliğe hiçbir zaman güvenmememiz gerektiği konusunda uyarırdı bizi. "Uganda'daki Asyalılara ne olduğunu gördünüz mü?" diye sorardı öğretici bir şekilde. "Güzel, rahat hayatları olan iyi insanlardı; ama bir gün her şeyi geride bırakıp evsiz mültecilere dönüştüler. Bu size zenginlik ve refahın bir anda gelip, gözünüzü açıp kapayıncaya kadar yok olabileceğini gösteriyor."

Kana susamış İdi Amin'in yükselişi, 1970'lerin başında Uganda'daki evlerinden soykırım tehdidiyle sürülen göçmen Asyalıların ders çıkarılması gereken öyküsüydü.

Modernite, rahatlık, tarz, statü ve romantizm gibi belirli ihtiyaçları doyurmanın bizler için önemli olduğuna ikna etmişti bizi. Ama bunlar vazgeçilmez değildi. Aslında, evlerinden sürülen insanların yaşadığı, hayatta kalmak için en büyük zorluklara göğüs gerilen bir yaşamdı.

"Tüm ülkelerde insanların konumu ne kadar büyük tehlikede?" Duraksayarak bizi sevgiyle uyarır, "Sizin için her zaman en önemli olan, size öğrettiğimiz ve sizi saklamaya zorladığımız, her zaman kendinize karşı dürüst ve bu dünyada iyi bir insan olmanızı sağlayacak şey, inancınızı terk etmemeniz ve her zaman Tanrıyı hatırlamanızdır," derdi.

Anne ve babam seyahat etmeyi severlerdi. Belki de bunun nedeni kanlarındaki göçmenlikti. Çok zengin olmamamıza rağmen okul tatillerimde ilginç, egzotik ülkelere tatile giderdik. Her yıl yeni bir yere gidip gizli hazinelerini keşfederdik. Hatıralarımda pek çok insan, yer ve deneyim biriktirdim. Bu geziler vahşi zihnime işaret direkleri yerleştiriyor ve hâlâ güçlü iyimserliğime yetişmek için dünyanın birbirine bağlı, çok yönlü yansımalarının oluşturduğu manzaraları işaretliyordu.

İlk tatil anılarımdan biri, dört yaşında uzak akrabalarımızı ziyaret için gittiğimiz Tanzanya gezisiydi. Bu gezinin görüntülerini içeren eski projektör filmimiz hâlâ duruyor. Bir tekerlek çevresinde döndürülüp, sonuna geldiğinde komik bir tık sesi çıkaran ve ekrana beyaz bir ışık yansıtan türden bir filmdi bu. Yıllar sonra beni en çok şaşırtan sahne ise, Darüsselam'ın güzel kumsallarındaki nakış gibi işlenmiş görüntüm. Kameranın beni çektiğinden habersizim ve sosyal kısıtlamalarla ilgilenmiyorum. Üzerimde en sevdiğim kırmızı şortum ve *Ormanın Kitabı* tişörtüm var. Ancak yıllar sonra o tişörtün artık giyemeyeceğim kadar küçük olduğunu kabul etmiştim. Kovam ve küreğimle meşgulüm, çevremde her sözümü dinleyip talimatlarıma uyan, her biri beni memnun etmeye çalışan erkek çocuklarından oluşan bir halka var.

Üç yaşındayken ana okuluna başladım. Anne ve babam özellikle benimle bir Gücerat lehçesi olan Kuchi dilinde konuşmayı tercih etmişlerdi ve bu yüzden okula başladığımda hiç İngilizce bilmiyordum. Birkaç hafta içinde akıcı bir şekilde konuşmaya başladım. Dört yaşındayken İngilizce çocuk kitaplarını rahatlıkla okuyabiliyordum. Aynı dönemde anne babam bana Arapça yazıları okumayı öğretmeye başladılar. Bir Müslüman'ın *Kuran'ı* doğrudan kendi dilinde okuması gerektiğine inanıyorlardı. Her akşam neşeyle babamın kucağına otururdum ve *Kuran'ın* okunuşuna ilişkin çocuklar için yazılmış kılavuzun bir sayfasını okurduk. Babamla böyle yakın olmaya bayılırdım ve sayfaları hızla yalayıp yutardım.

Arapça yazı, açığa çıkarmaktan büyük zevk aldığım bir gizemdi. Evimize yabancı değildi bu; kimliğimizin bir parçasıydı. Örneğin, anne babamın yatak odasında, yatak, yan tarafında iki seccadeye yer kalacak şekilde kenara itilmişti. Bunlar sabah, öğlen ve akşam gerçekleştirilen özel ibadetlerdi. *Kuran*'dan okunan belirli sözlerle, özel hareketlerin birleşmesinden oluşuyordu ve tüm dünyadaki Müslümanlar tam olarak aynı şekilde, Mekke'ye dönüp namaz kılıyordu. Namaz vakti geldiğinde seccadeleri sermek için yarışır, nazik bir şekilde neler yapmam gerektiğini gösteren annemin yanına dikilirdim. Namazın sonunda *Kuran*'dan en son öğrendiğim bölümü yüksek sesle okurdum.

Beş yaşında çocuk kılavuzunu okumayı bitirdim ve tamamen Arapça olan *Kuran'ın* kendisini okumaya başladım ve altı yaşıma girdiğimde onu da bitirdim. Bana çok kolay geldi; çünkü Arapça kalıpların melodik bir ritmi vardı ve dizeler neredeyse bir şiir gibi birbiriyle kafiyeliydi. Altı yaşında camide Hazreti Muhammed ve onun hayatından öğreneceklerimizle ilgili konuşma yarışmasına girdim. Titiz bir şekilde ve küçük bir çocuğun masumiyeti ve sadeliğiyle Peygamberin iyi tavırları ve nazik oluşuyla ilgili bir konuşma hazırladım kendime. Biraz bilgi aşırdığımı kabul ediyorum; neredeyse tamamını peygamberle ilgili bir kitaptan kopya çektim ve anlamadığım, telaffuz edemediğim bazı uzun kelimeleri altı yaş kelimeleri ile değiştirdim.

Konuşmanın sonuna, Hazreti Muhammed'le ilgili en sevdiğim hikâyelerden birini ekledim. *Her gün, inancını yaymaya çalıştığı Tanrı'ya inanmayan bir kadının bulunduğu bir caddeden geçmek zorundaydı ve bu kadın, kendisine her gün çöp atıyordu. Hazreti Muhammed her gün eve üzeri pis kokan çöplerle dolu olarak gidiyordu. Bir gün cadde boyunca yürüdü ama hiç çöp yoktu. Pek çoğumuz gibi kadının orada olmadığını görünce sevinmesi gerekirken, kadının neden her gün yaptığı şeyi yapmadığını araştırdı ve hasta olduğunu öğrendi. Yardım edebileceği bir şey var mı diye sormak için ziyaretine gitti. Kadın, bu kadar tacize rağmen böyle bir nezaket gösterdiği için çok şaşırdı. Hazreti Muhammed, kadına, Müslümanlığın size zorluk çıkanlarla bile ilgilenmek olduğunu söyledi.* Bu hikâyeyi konuşmamın sonunda kullanmanın bana ödülü kazandıracağına ikna etmiştim kendimi.

Cami, şehir kulübünden çevrilmiş küçük bir yerdi. Bazı camiler amacına yönelik inşa edilirken, bazıları küçük evlerden bozmaydı. Kimileri ise önce kapatılmış veya tamire ihtiyacı olan ve sonra kurtarılıp yine bir dini amaçla ama bu kez cami olarak kullanılan tapınaklardı. Zemin büyük halılarla kaplıydı ve tüm camilerde olduğu gibi, içeri girmeden önce vestiyerde ayakkabılarınızı çıkarmanız gerekiyordu. Cami, İslami toplum hayatının merkeziydi. Namaz camide kılınıyordu, çocuklara *Kuran* dersi veriliyordu; yetişkinlere dersler veriliyor, konferanslar düzenleniyor, başka çeşitli aktiviteler gerçekleştiriliyordu. Bir öğrenme ve maneviyat merkezi olduğu için Müslüman varlığın tam göbeğiydi; ancak aynı zamanda aile ve arkadaşlarla buluşulup, sosyal ihtiyaçların da giderildiği bir yerdi.

Normalde camiye vardığımızda, bir kadın olarak annemle kadınlar bölümüne katılırdım. Erkeklerse ayrı bir yerde otururlardı. Bunun yerine, yarışmaya katılabilmek için erkeklerin kısmına geçip konuşmam gerekiyordu. Daha altı yaşında olduğum için bunda bir sakınca yoktu. Erkekler bölümündeki tek kız olduğum için kendimi biraz tuhaf hissettim; her biri dikkatle bana bakmış, bu küçük çocuğun neler söyleyeceğini görmeyi bekliyordu. Parlak kamera ışıkları parıldıyor ve kameralar geziniyordu. Bir metre boyumla kendime güvenerek dikildim ve mükemmel bir ezber ve güzel bir tonlama ile etkileyici olmak için en doğru anlarda duraksayarak sunumumu gerçekleştirdim. Beş dakika süresince tamamen ezberden konuştum.

On yaşında bir erkek çocuğun ardından ikincilik ödülünü aldım. Onunsa iç görüsü ve derinlemesine analizi takdir edilmişti. Moralim bozulmuştu ve tabii ki onun konuşmasının benimkinden daha derin ve iç görülü olacağını belirtmiştim; ne de olsa ben daha altı yaşındaydım o ise on.

Birkaç hafta sonra okuldan, tüm çocukların dinlerinin sunulacağı dönem sonu gösterisi için kısa bir konuşma hazırlamamı istediler. Cami yarışmasındaki coşkumun yerini büyük bir isteksizlik almıştı.

Sınıfımda annesi ve babası Türk olan Müslüman bir kız daha vardı. Ama Müslümanlık hakkında benim konuşmamı istemişlerdi.

"İslam hakkında neden o konuşamasın ki?" diye inatlaşmıştım, pek huyum olmadığı halde. Bütün okulun önünde dikilip Müslüman hayatının ayrıntıları hakkında konuşmak istememiştim; çünkü bu durum okul dışındaki hayatımla sınırlıydı.

Annem, "Belki de öğretmenlerin çok iyi konuştuğunu düşündükleri için, İslam'ı da iyi açıklayacağını düşünmüşlerdir," dedi. İnancına olan güvenini ve bu inancın hayatının her alanında nasıl da doğal bir şekilde var olduğunu görünce kıskandım. Müslüman olmayan arkadaşlarına bile asla vaaz vermezdi; ama bilgeliği ve verdiği tavsiyeler inancından kaynaklanıyordu ve sözlerine ve hareketlerine doğal bir şekilde işlenmişti. Hiçbir zaman İslam'ı karmaşık hale getirmezdi ve iyi bir hayat yaşamayı tercih ederdi. Yaşadığım iki ayrı dünya bir seri birbirinden bağımsız, rahatsız "tire"den oluşuyordu. Onun dünyalarıysa memnun ve saygı dolu gülümsemelerle birbirine bağlıydı.

Dini pazar okuluna katılmayı seviyordum. Adına "medrese" deniyordu; Arapça "okul" anlamına gelen bir sözcüktü bu. Cami, haftada bir kez bu derse katılan birkaç yüz öğrenciye uygun öğretim tesislerini sağlayacak kadar büyük değildi; bu yüzden sabah için genelde bölgedeki bir okul kiralanıyordu. Yaşımıza göre gruplara ayrılıyor ve dört derse giriyorduk. Bu derslerin her birine dersi hazırlayıp vermek için gönüllü olmuş anne babalardan biri olan farklı bir öğretmen giriyordu. Her hafta ödev veriliyordu ve dönem sonunda raporlarımız verilip, aynı okuldaki gibi bir dönem sonu kutlaması gerçekleştiriliyordu.

Hâlâ ilk sınıflarda olduğum için, derslerimizde dinin temellerini öğreniyorduk. İlki, bir Müslüman olarak inancın ifade edilmesiydi: "Allah'tan başka ilah yoktur, Hz. Muhammed onun kulu ve elçisidir." Müslüman olmak için bu iki cümleyi gerçekten anlamak ve bunlara inanmak çok büyük önem taşıyordu. Bir kişi Müslüman olmak istediğinde, bu cümleyi söylemesi gerekiyordu. İlk kısmı tüm diğer tanrıları kalbinizden çıkardığınız anlamına geliyordu.

Öğretmenim, "Tanrı yoktur diyen bir kişi, Müslüman olma yolunu yarılamıştır!" diye şaka yapardı. Tek Tanrı, bu varlığın belirli bir yeri, zamanı veya fiziksel bir şekli olmadığı anlamına geliyordu. Muhammed'in son elçi olması inancı ise, ondan önce, Musa, İbrahim, İshak, İsmail, Nuh, Yusuf ve diğerleri gibi başka pek çok peygamber olduğu inancına dayanıyordu. Muhammed Peygamber de, insanlığa tüm diğer peygamberlerin verdiği mesajı vermek için gelmişti: "Tanrı'ya inanın ve iyi insanlar olun." Tüm peygamberlerin ve aralarında yaşadıkları tüm o farklı insanların hikâyelerini dinlemeyi seviyordum ve bu hep medresenin en sevdiğim kısmıydı.

Ayrıca Tanrı kelimesinin Arapçası olan Allah'ın, nazik, şefkatli ve sevgi dolu olduğunu öğrenmiştik. Tüm evreni Tanrı yaratmıştı ve insanlar yaratılanların en üstünüydü. En üstün olmak hep hoşuma giderdi. Ne de olsa Asyalı bir anne babanın çocuğuydum, her durumda en iyi olmam gerekiyordu. Son olarak ise, yaşadığımız dünyanın "son" olmadığını öğrendik. Göreceğimiz başka bir şey daha vardı ve buna "cennet" deniyordu. Cennetin Willy Wonka'nın Çikolata Fabrikası'na benzediğini hayal ediyordum.

Ayrıca Müslüman olarak yerine getirmemiz gereken görevleri de öğreniyorduk. İlki *salattı.* Her gün ritüel olarak geçekleştirilen duanın hareketlerini ve söylenecek sözleri zaten biliyordum, çünkü anne babam daha önce öğretmişlerdi. İkincisi oruçtu. Her yıl Ramazan ayı süresince, otuz gün boyunca Müslümanlar güneşin doğuşundan batışına kadar hiçbir şey yiyip içmezlerdi. Çok küçük olduğum için henüz oruç tutmam gerekmiyordu. Ve sonra *Hac* geliyordu. Bu Müslümanların hayatları boyunca bir kez tamamlamaları gereken bir yolculuktu ve bu yolculukta Mekke ve Tanrı'nın evi olan *Kâbe* ziyaret ediliyordu. Oruç, dua ve *hac* doğrudan Tanrı'yla iletişime geçmek için gerçekleştirilmesi gereken görevlerdi. Bir de zekat vermeniz gerekiyordu ve bunun için hem zamanınızı hem de paranızı harcamalıydınız.

Medresenin yıldız öğrencisiydim ve bu yüzden çocuklara namaz kılmayı göstermek için çekilen bir video için beni seçmişlerdi. Annem en sevdiğim yeşil *şalvar kamiz*imi giydirip, saçlarımı iki kalın örgü yaparak topladıktan sonra, başımı beyaz, pamuklu bir başörtüsü ile kapattı. Babam beni paketlediği gibi arabaya bindirdi ve videonun çekileceği evin bulunduğu Londra'nın diğer tarafına doğru yola çıktık. Filmin yıldızı olacaktım. Şöhret çok erken gelmişti.

Ünüm her yere yayılacak ve sel gibi evlilik teklifleri yağacaktı. Tabii ki bu altı yaşındayken olmayacaktı. Ama bu durum sosyal çevremiz ve toplumun zihnindeki kimliğimin temellerini atmıştı. Anne babam kalbime inanç, sevgi ve topluma hizmet tohumları ekiyordu.

Kendi kafamın içerisinde, hayatım Disney çizgi filmlerinin kurallarına uygun olarak gelişecekti. Büyüdüğümde, prensler ve evlilikle ilgili gizemlerin birden ortaya çıkacağını biliyordum. Şimdilik en sevdiğim peri masalını, *Güzel ve Çirkin*'i okumak benim için yeterliydi. Bu masalı her okuyuşumda karnımda kelebekler uçuşuyordu. Nihai romantik gerçekle dolu, mükemmel bir aşk hikâyesiydi. Hikâyenin kahramanı prens olarak inkar edilemeyecek şekilde yakışıklıydı. Çirkin olarak ise, vakur ve sabırlıydı. Canavar da olsa, bir erkek de olsa her zaman dürüsttü ve aşkına sadıktı. Kadın kahraman güler yüzlü, güzel biriydi ve çirkinin iç güzelliğini görmüştü. Hikâye beyaz bir gül yaprağına dayanıyordu. Çirkin, Güzel'i kazanana kadar her gece, aşkının bir nişanı olarak Güzel'e sunmak için en nadide güllerden birini koparıyordu. Evimizin arka bahçesinde de büyüleyici bir beyaz gül çalısı vardı ve peri masalının resimlerindeki gibi, temiz kar gibi yapraklarla doluyordu. Güller çocukluğumun peri masalı yazları boyunca masum bir koku yayarak hafifçe salınıyorlardı.

Kulcha ☆

Tüm Asyalı anne babaların çocuklarının evlenip, yuva kurmalarını istedikleri evrensel olarak doğrulanmış bir gerçektir. Bu, anne babanın çocuklarına karşı son ve en önemli görevidir. Çocuğunuzun uygun bir eş bulmasını sağlamak ayrıca İslami bir görevdir. Anne ve baba ancak çocuklarına bir eş bulduklarında rahat bir nefes alabilirler. Bu zorunluluk çok önemli ve ciddi olduğu için, eş seçiminin etkisi de çok büyüktür. Anne babalar çocukları doğduktan hemen sonra bir eş aramaya başlarlar. Bir iletişim ağı ile adayları bulup sıraya dizmek anne babaların, kaynanaların ve teyzelerin görevidir. Kız ya da erkek çocuğun bu sürece katılması gerekmez. Gerekiyorsa bir gün Ali ve benim de yaptığımız gibi açık bir görüşmeye katılmak için çağırılabilirler.

Her iki ailenin de nasıl hareket edeceğini toplumsal normlar belirlemektedir. Aile üyeleri bir araya gelip, çay ve nezaket eşliğinde, fark ettirmeden ama dikkatle karşı tarafı inceleyebilir. Hatta bazen kız ve erkek de bu ortamda bulunabilir. Kesin olan tek şey, bu buluşmanın, sohbetin merkezinde olan iki kişinin hayatını anlamlı bir şekilde değiştirebileceğidir.

Naylon *şalvar kamizleri* şifon *dupattalarıyla* bu yuvarlak, anaerkil Balık Etli Teyzeler zihinleri yıkamıştır; bu nedenle genç kızlar, erkekler ve çocuklarının birlikte bir hayat kurabileceği eşler arayan anne babaların hayatında, çöpçatanlar olarak çok büyük güce sahiptirler. Kapalı kapılar ardında, birkaç fincan çay ve çıtır çıtır kızarmış *pakora*lar eşliğinde, her biri teyzeler arasında çöpçatanlık görevi yapan terbiyeli kayınvalideler, naylon kaplı *nineler* ve büyükanneler, oğulları için bir eş arayan kayınvalide adayları ile bilgelik ve deneyimin verdiği otorite ile konuşurlar.

Aday: Ahmed'le tek başıma ilgilenemeyecek kadar yaşlanıyorum.

Naylon Nine: *Ona bir eş bulma zamanın geldi.*

Aday: *Biliyorum ama uygun birini nereden bulacağım? Yemek yapabilecek, eve bizim gibi iyi bakabilecek, bize torun verebilecek ve sorumluluklarını bırakıp gitmeyecek biri. Bugünlerde kızlar yalnızca kendileriyle ilgileniyor. Bizim kadar sabırlı ve hoş görülü değiller. Sen nine oldun bile; artık bir büyükannesin ve gelinlerini çok iyi seçtin. Bu günlerde kızlarla uğraşmak çok zor.*

Naylon Nine: *Haklısın, çok zor. Birçok çift evlenip boşanıyor. Oğlun Ahmed çok iyi bir oğlan. Onunla hiç memlekete gidip bir kız bulmayı konuştun mu? En iyileri oradakiler biliyorsun; iyi eğitimli ve itaatkârlar. Kayınvalideleriyle nasıl ilgileneceklerini biliyorlar.*

Aday: *Memlekete gidip bir kız bulma konusunda Ahmed'le konuşmak mı? Hah! Evlenmek hakkında konuşmak bile istemiyor. Evde birinin yardımına ihtiyacım olduğunu biliyor. Dahası (sesi burada yumuşar), kendisi için de birine ihtiyacı var; ben artık yaşlanıyorum. Ben öldüğümde ona kim bakacak?*

Naylon Nine: *Senin hatan. Erkekler hiçbir zaman hazır değildir; onları şaşırtman gerekir. Birkaç kız gösterdin mi, birkaç güzel kız gösterdin mi, hayır, hayır, hayır, diyen bile, kızlardan birine âşık olacaktır. Erkekler güzel kızlara dayanamaz. Onu biraz teşvik etmen, ikna etmen ve hatta biraz zorlaman gerekebilir. Ama sonunda sana teşekkür edecek.*

Naylon Nine duraksar ve sinsice, bir mafya babası edasıyla çevresine bakar. Çevrede duyabilecek kimse yoksa bile, bir komplocu gibi sokulur: *Bir gelin bulma konusunda bilmen gereken her şeyi anlatacağım sana. Yalnızca dört şey yapacaksın ve sonunda mutluluktan kahkahalar atıyor olacaksın. Öncelikle oğlunu işe karıştırma. Ne istediğini bilmiyor, o yüzden sadece ortalığı karıştıracaktır. İkinci olarak fazla başına buyruk kızlardan kaçın. Bir gelin için pek de iyi bir özellik değil bu. Böyle kızlar bağlanmazlar.*

Aday: *Hmm, evet. Çok akıllıca, çok akıllıca, haklısın. Ne kadar da bilgilisin.*

Naylon Nine: *Üç. Güzel olduğundan ve yemek pişirebildiğinden emin ol. Ne kadar genç olursa o kadar iyidir. Son olarak ise, aynı kültürden gelen bir kız ara, size uyum sağlayabilsin.*

Yaşlanıp oğullarım olduğunda, onlara birer eş ararken, kitabıma bir sonuç bölümü ekleyeceğim. Adı da *Naylon Dupatta ile Aşk* olacak.

BALIK ETLİ TEYZELERİN KURALLARI

Balık Etli Teyzelerin doğal ortamı, düğünler, toplantılar, akşam yemekleri ve genç, bekâr kızların bir arada oldukları diğer yerlerdir. Normalde iğrenç göğüsleri, kocaman yuvarlak karınları ve genellikle *paan* çiğnemekten aldıkları zevkle ayırt edilirler. Ya Rolling Stones'tan daha yaşlı bir evlilikleri, evli olan birçok çocukları ve torunlardan oluşan küçük bir kabileleri vardır ve bu onları evlilik uzmanı yapar ya da kendilerini genç nesli eşleştirmeye adamış yalnız kız kurularıdırlar.

Genç bir kadın olarak, bu teyzelere karşı büyük bir şüphe besliyordum ve onları gülünç buluyordum. Tek amaçları bana kendimi ufak ve işe yaramaz hissettirmek olan *cinler* gibi görünüyorlardı gözüme. Tek var olma nedenlerinin beklentilerimi küçümseyerek hayatımı zorlaştırmak ve acınacak hale getirmek olduğuna inanıyordum. Ama bunun karşılığında benim onlara kibar ve dostça davranmam gerekiyordu; çünkü Yakışıklı Prens'ime, hayallerimin erkeğine, hayatımın mutluluğuna beni ulaştıracak kişi onlar olabilirdi. Tabii ki bir de, konuşulmasa da geleneklerin gerektirdiği rolü oynamam gerekiyordu:

1. Arama sürecini üçüncü bir tarafın, tercihen 'büyük' olarak kabul edilen bir kişinin, ki ilk tercih bu teyzelerdir, başlatması gerekiyordu. Taraflardan birinin diğerini arayıp "Merhaba, çocuklarımızı bir araya getirelim mi?" demesi utanç verici bir sosyal tavırdı.

2. Her iki tarafın da aracılar yoluyla, diğer tarafın ailesi ve söz konusu kişi hakkında detaylı bir inceleme yapması gerekliydi.

Ancak, yeterli bilgi ve öneri sağlandığında, her iki taraf da bir sonraki aşamaya geçip bir görüşme ayarlıyordu.

3. İlgilendiklerini öncelikle erkek tarafı göstermeliydi. İlk adımı kız tarafı atamazdı, yoksa "umutsuz" görünürlerdi. Kız tarafı olası bir eş ile görüşmeye başlamak isterse, bunu, sanki bu erkek tarafının fikriymiş gibi gösterecek üçüncü bir taraf aracılığıyla yapmalıydı.

4. Kız, erkekten en az bir gün küçük olmalıydı. Bunun nedeni erkeğin kendinden yaşlı görünen bir karısı olmaması değil, otoritesini kabul ettirebilmesiydi. Ayrıca bunun bir diğer nedeniyse kızın "yoğrulabilir" olmasıydı; bu, Asyalı çöpçatanlara özgü bir sözcüktü. "Yoğrulabilir", kızın, erkeğin ailesinin alışkanlıklarına "ayak uydurabileceği" anlamına geliyordu. Kız daha gençse, daha az "kendi alışkanlığı" olurdu.

5. Kız topuklu ayakkabı giydiğinde bile erkekten kısa olmalıydı. Bunun nedeni çiftin yan yana dururken estetik açı-

dan da tatmin edici görünmesiydi. Erkek daha uzun görünmek için saçlarını yukarı doğru jöleleyebilirdi.

6. Kızın eğitim seviyesi erkeğinkinden daha düşük olmalıydı. Kocanın her zaman, tüm sorulara karşılık olarak, kendinden emin ve gururlu bir tavırla "Çünkü ben senin kocanım ve senden daha eğitimliyim, dolayısıyla ben haklıyım. Beni sorgulama!" deme şansı olmalıydı.

7. Erkeğin ailesi daha zengin olmalı ve erkek kıza bakabilmeliydi. Erkeğin "iyi", garanti bir işi olmalıydı ve en ideali Doktor, Diş Hekimi veya Muhasebeci gibi bir unvanı olmasıydı.

8. Kız açık tenli olmalıydı.

9. Kızın "evcimen" olması önemliydi. Evcimen kızlar, temizlik, yemek, çamaşır ve diğer ev işlerinde ustaydılar. "Evcimen" kelimesi onların bu işler için özel bir yetenekleri olduğu anlamına geliyordu.

10. Pek çok kez, "İyi huylu, dindar ve iyi bir aileden gelen birini bulmalısın," dendiğini duydum. Asya geleneğinde, evlilik yeni bir ailenin parçası olmak anlamına geliyordu; bu yüzden "iyi" bir aile seçmek çok kritik bir faktördü. Bu durum ailede dindarlık, nezaket ve kendini toplum hizmetine ya da hayır işlerine adamak gibi nedenlerle iyi ün kazanmış kişiler olmasını da içeriyordu. Skandallar ailenin ününe yıllarca zarar verebilir ve çocukların evlilik arayışlarını doğrudan etkileyebilirdi. Onlardan mümkün olduğunca çabuk uzaklaşmak gerekirdi. "İyi" bir aile kriterinin en başındaysa, aynı "memleketten", aynı ülkenin aynı bölgesinden, aynı şehirden, aynı köyden olmak geliyordu. Birçok toplumdakinin aksine, İslam'ın kökünde tüm insanların eşit değerde olduğu düşüncesi yer aldığı ve kast fikrine çok karşı olunduğu halde evlilik teklifleri yalnızca aynı kasttaki kişilerden beklenirdi.

Bu dile getirilmeyen kültürel kurallar, Muhammed Peygamber'in bilgelik ve sadelik ile bir eş seçmeye ilişkin kriterleri sade bir şekilde özetlediği, basit ancak pek önemsenmemiş "Güzellik ve zenginlik aramayın çünkü bunlar kısa zamanda geçecek ve elinizde hiçbir şey kalmayacaktır. Aradığınız şey iman ve inanç olsun, o zaman güzellik ve refah da dâhil, istediğiniz her şeyi elde edebilirsiniz," sözleriyle çelişiyordu.

Konuşulmayan tüm kültürel uygulamalara rağmen, her iki taraf için de sıra bir eş seçmeye geldiğinde fazla titiz görünmemek önemliydi. Çöpçatanlar eften püften sebeplerle eş adaylarını reddeden ailelerle ilgilenmiyorlardı. Fazla istekli görünmemek de önemliydi. Umutsuzluk kokusundan dünyanın her yerinde tiksinilir ama Asyalı için bu durum çok daha belirgin şekilde rahatsız ediciydi. Ne kadar çok isterse istesin, bir kızın evlenmek istediğini belli etmesi utanılacak bir durumdu. Çünkü kadınların, erkekler gibi dünyevi durumlarla ilgilenmemesi gerekiyordu. Örneğin kadının eş seçme konusunda ufak da olsa söz hakkına sahip olduğu geleneksel toplumlarda, isteği boşa çıkardı. Teyzelerden biri veya müstakbel kayınvalide evlenmek istiyor musun diye sorduğunda, kız utanarak kızarmalı, mahcup bir şekilde bir tarafına bakıp o malum basmakalıp sözü söylemeliydi: "Her şey Allah'a kalmış. Elbette tüm kızlar evlenmek ister."

Bu sürecin özünde öyle bir şey vardı ki tüm genç kızları kıvrandırıyor, tüm erkeklerin ise korkup kaçmasına neden oluyordu. Çok fazla utandırıcıydı. Kızlar da, erkekler de, hepimiz bu ritüelin acısıyla ciyaklıyorduk. Anne babalar, kayınvalideler ve teyzeler bu süreci bir arada tutuyordu. Oyuncu kadrosu ve koro onlardan oluşuyordu; kız ve erkek de küçük rollerde oynayabiliyordu. Her şey, her zaman mükemmel olmayabilir, dediler bize; ama "Geleneklere Göre Eş Arayışı" nesillerdir işe yaramıştı. *Dünyayı değiştirmek mi istiyorsun, yoksa sadece mükemmel bir eş bulup sonsuza dek mutlu yaşamak mı?* Kim bu konuda tartışmaya cesaret edebilirdi ki?

Ben küçük bir kızken, pazar günü öğleden sonra arabayla yapılan geziler aile geleneğimizdi. Bu geleneğin bir parçası da Londra'daki ilk büyük Asyalı radyo istasyonu olan Sunrise Radyosu'nu dinlemekti. Öğleden sonra, evlenmek için eş arayan insanların telefon ettiği bir program yayınlanıyordu. Müslümanlar, Hindular, Sikhler ve hatta Hıristiyanlar dâhil olmak üzere alt kıta nüfusu hedef alıyordu program. Genellikle oğullarına eş arayan müstakbel kayınvalideler veya ülkeye yeni gelmiş, kendilerine bir eş ve bonus olarak da bir İngiliz pasaportu arayan erkekler arıyordu programı. Çocukken bile bunu çok komik buluyordum. Büyüdüğümde bu tür tavırların hayatım üzerinde sahip olacağı etkiden tamamen habersizdim. Belki de bu yüzden benim dışımda herkes bunu bu kadar ciddiye alıyormuş gibi görünüyordu.

Aralara Urduca kelimelerin serpiştirildiği belirgin aksanıyla yaşlıca bir kadın "Oğlum için bir eş arıyorum," derdi.

Programın sunucusu da kibar ama ciddi bir ses tonuyla "Ne tür bir kız aradığınızdan bahsedin," derdi. Acaba kıkırdarken sesini mi kapatıyor diye merak ederdim. Yayındayken her zaman, oldukça kaygılı ve ağırbaşlı gelirdi sesi; Asyalı bir Sue Lawley-Claire Rayner karışımıydı.

"İyi bir aileden gelen, on sekiz yaşlarında, açık tenli, gösterişsiz ve evine düşkün birini istiyorum. Zayıf ve beyaz tenli olmalı. Yüksek okul mezunu olmalı. Uzun boylu olmasın lütfen. Açık tenli, gösterişsiz ve evine düşkün."

"Peki," diye devam etti Asyalı Sue Lawley, "oğlundan bahset."

"30 yaşında, boyu 1.62, yapılı, muhasebe bölümünde birinci sınıfta." Sırıttım. Tatlı dilli sunucunun araya girip sunduğu ve istediği şeyler arasındaki tezatı ortaya çıkarmasını bekledim; ama benim dışımda kimse çifte standartları fark etmedi.

"Ten rengi nasıl?"

"Koyu tenli ve biraz kilo aldı ama ne de olsa annesinin yemeklerini yiyor," diyerek hava dalgaları boyunca bir ışık demeti saçtı.

"Peki kızın çalışmasını istiyor musun?"

"Evlenene kadar çalışmasının bir sakıncası yok, çok *modern* bir aileyizdir. Oğlum muhasebecilik sınavlarını geçtikten sonra, evde kalıp hem oğlumla hem de benimle ilgilenebilir."

Kayınvalidenin modernliği bu kadar vurgulaması, güzel isimlerini daha "İngiliz" bir şeyle değiştirmiş olabileceklerinden emin olmamı sağlamıştı.

"Teşekkürler. Bu, 30 yaşında, 1.62 boyunda, koyu tenli ve yuvarlak, hâlâ okumakta olan ve annesiyle yaşayan oğlu Harry için evde oturup annesine bakacak, iyi bir aileden gelen, açık tenli, gösterişsiz ve evine düşkün bir eş arayan Sugar Teyze. Numarası 3378, güzel bayanlar."

Eşit olmayan bir oyun alanıydı, ama en azından kurallar ortadaydı.

Birbirine Geçmiş ☆

"Aşk evlilikten *sonra* gelir," yerel camimizin imamının çok bilindik bir sözüydü. Kendisi toplumumuz içinde hiçbir şeye boyun eğmeyen, çok sevilip sayılan bir figürdü. Evlilikle ilgili olarak en sevdiği sözlerden biri de buydu. "İnsanların aradığı bu 'elektrik' de neyse?" derdi. "İlk karşılaşmada erkek saçlarını arkaya taramış ve en iyi tıraş losyonunu sürmüş oluyor. Kızsa makyaj yapıyor, çok güzel kokuyor. Her ikiniz de en iyi tavrınızı takınıyor, rahat davranıyor ve yalnızca iyi taraflarınızı gösteriyorsunuz. Sonra ikiniz de '*Ahh*! Âşık oldum', diye düşünüyorsunuz. 'Ne mükemmel bir erkek', 'İşte doğru kız'. Sonra bir sabah kalkıp erkeğin ağız kokusunu duyduğunuzda ve kızın *cin* gibi dikilmiş saçlarını gördüğünüzde, işte ancak o zaman aşkın ne olduğunu anlarsınız."

Güzel ve Çirkin'in ya da John Travolta'nın romantizmi kesinlikle bu değildi. İmam, romantizm karşıtı değildi; yalnızca kör romantizm karşıtıydı. Çevremde yaygın bir şekilde dönüp dolaşan "Doğru Kişi'yi Bulma", "Âşık Olma", "Evlenme" ve "Sonsuza Kadar Mutlu Yaşama"yla ilgili anlatılara karşı çıkıyordu. Açıkça söylemiyordu ama Sally ve Harry bir araya geldiğinde, *Seattle* artık *Uykusuz* kalmadığında, erkek kızı elde ettiğinde filmlerin saçma bir şekilde bitmiş olduğunu ima ediyordu. Tehlikeli neşenin zirvesinde hikâye sona erer. *Sonsuza Dek Mutlu Yaşadılar,* dediklerindeki "Sonsuz"un gerçeği neydi? Sonsuz yaz esintileri ve dalgın, yüz kızartan bakışmalar mıydı? Yoksa kirli bulaşıkların yanında girilen bir tartışma, bitmemiş "Kendin Yap" projeleri ve ödenmemiş faturalar mıydı?

Aşk aslında arzulu bir insan deneyimiydi; imamın bundan şüphesi yoktu. Dönüştürücü olabilirdi ama evcilleştirilmeli ve doğru yöne yönlendirilmeliydi. Gerçek yeri evlilikti; burada üstün erdemleri karmaşa olmaksızın kendini gösterebilirdi. Ancak hem karıya hem de kocaya resmi bir güvence sağlayan böyle bir bağlılık yapısı içerisinde ve ancak hem kadın hem de erkek tarafından bir ilişkiye başlamak için verilen resmi onay ile aşk büyüyüp gelişebilirdi. Evlilik bir tür ibadetti ve aşk ise bunun karşılığında verilen hediyeydi.

İmam iki şeyin önemi konusunda çok açıktı: Her iki bireyin kendileri tarafından gerçekleştirilen anlaşma ve ilişkiyi destekleyecek resmi, yazılı bir sözleşme. Onun kendi sözleriyle, evlilik, sözlü bir anlaşma ve yazılı bir sözleşme arasındaki farktı. Çok önemli konularla uğraşmanız gerektiğinde, yasalar her iki tarafın da haklarının korunması ve ilişkinin doğasının açıklanması için yazılı bir sözleşme imzalanmasını istiyordu. Kişisel ilişkiler söz konusu olduğunda da aynı kurallar uygulanmalıydı ve bu nedenle evlilik, onayladıkları ilişkiyle ilgili olarak iki taraf arasında imzalanan bir sözleşme olmalıydı. Aşk, evlilik ve ortaklıklardan konuşmam büyüme sürecimin çok yaygın ve doğal bir parçasıydı. Çok küçük yaştan beri, bana Aşk'ı öğretiyorlardı. Yalnızca çiçeklerden ve çikolatalardan değil, aşkın zorlukları, fedakarlık gerektirmesi, ilahi anlamı, verdiği neşe ve zevkten de bahsediyorlardı. Aşkın getirdiği çok sayıdaki ve sürekli artmaya devam eden ödüller için çalışmak gerekiyordu ve bu ödüller zamanla ve sabır gösterilerek elde ediliyordu. Bu öğüdü, aşkın bu ritmik, lirik müziğini tekrar tekrar dinledim.

"Evlilik ve aşk hayatın gerçekleri dışında var olan büyük soyut duygular değil," diye açıklardı imam. "Günlük hayatınızın yüklerine zincirlenmiş olarak girerler hayatınıza." Bu pek çok kişinin, özellikle de benim gibi onlu yaşlarındaki romantiklerin göz ardı etmeyi tercih ettikleri bir gerçekti. "Ama yine de, bir Müslüman olarak yaptığınız her şey," diye abartarak devam ederdi, "bir tür ibadettir."

"Muhammed Peygamber'e göre, insan olmak çok kolaydır: 'Tanrı'yı tanımak ve insanlığa hizmet etmek.' Sıkıcı olduğunu düşünseniz ve yapmaktan hoşlanmasanız bile, dünyada size düşen görevleri yerine getirmek, hatta çamaşırları yıkayıp, yerleri paspaslamak bile aydınlanma yolunda size yardım edebilir."

İmamın görüşleri aşkla ilgili saf gerçekleri yansıtıyordu. İnsanları âşık olmaya teşvik ediyordu ama devamlı olarak bunun sürekli romantizm demek olmadığını hatırlatıyordu. Ev işi ve evi süpürmek de namaz ve meditasyon kadar değerli birer kendini Tanrı'ya adama yoluydu.

Neredeyse üç, dört haftada bir kez pek çok düğüne katıldık. Düğünler hep sosyal etkinlikler olarak görülür ve çok uzaktan akraba da olsalar, çok az tanınsalar bile herkes davet edilirdi. Davet edilmezlerse, bu, *kötü bir izlenim* yaratırdı. Gelinle damadın ve iki ailenin bir araya gelişini kutlamaya gelen yüzlerce kişi olabilirdi. Bu tür davetlere katılmak topluma karşı sosyal bir zorunluluk olarak görülürdü ve biri nedeni belirtilmeden bu davete katılmazsa düğünü gerçekleştiren taraflarca hakir görülür ve bu davranışı bir kenara yazılırdı.

Misafir sayısının çokluğu nedeniyle düğünler genelde camide veya şehir kulüplerinde gerçekleştirilirdi. Gittiğim düğünlerde genellikle erkekler bir tarafta damat ve ailesinin etrafında toplanır, kadınlarsa diğer tarafta tüm şıklıklarıyla salınırlardı. Giydiklerimizi seviyordum. Hep kırmızı, pembe, turkuvaz, zümrüt yeşili ve mor gibi güzel, parlak renkli ve ışıldayan kristaller, pullar ve boncuklarla bezeli giysiler giyerdik. İpek, şifon ve jorjet gibi gösterişli, kadınsı kumaşlardan yapıldıkları için çok daha güzel görünüyorlardı. *Şalvar kamez* ya da daha küçükken küçük bir bluz ve etek giyerdim. Daha büyük kızlar ve kadınlar, ağır işlemelerle bezeli, ipek korseler ve uzun, prenseslerin giydiklerine benzeyen eteklerden oluşan *lenghalar* giyerlerdi. Ben de peri masallarını anımsatan bu güzel elbiselerden giymek isterdim. Kadınların çok şık bir şekilde giydikleri ve kıvrımlarını iyice belirginleştiren *sari*leri giymeyi çok daha fazla istiyordum ama genç kızlar sari giymiyorlardı. Büyüyene kadar beklemek zorundaydım.

Gelin salona, baş nedime eşliğinde girerdi ve duvağı yüzünden aşağı indiği için yüzü neredeyse hiç görünmezdi. Elleri ve ayakları zarif bir şekilde kına ile süslenirdi. Bazı gelinler kırmızı giysiler giyerken, biz geleneksel olarak beyaz giyerdik. Gelin geleneksel bir sari giymeyi tercih edebileceği gibi, daha "modern" bir gelinse, *lengha* giymeyi de tercih edebilirdi. Küçükken, gelinin kıyafetini ve ne kadar büyüleyici olduğunu görebilmek için diğer küçük kızlarla birlikte gelinin yolu boyunca tek sıra halinde koşardım. Sonra da annemin yanına koşup, soluk soluğa, "Gelin çok güzel! Benim de öyle bir giysim olabilir mi?" diye sorardım ve annem, "Elbette! Hem senin kıyafetin çok daha güzel olacak," diye cevap verirdi.

Düğün töreni imam ya da şeyh tarafından gerçekleştirilen *hutbe* isimli konuşma ile başlardı ve bu konuşmada genellikle evliliğin erdemlerinden söz edilirdi. Bize, Peygamber'imize göre, evlenmenin "inancımızın yarısını tamamlamış olmak" anlamına geldiğini hatırlatır ve "Evliliği reddeden benden değildir," şeklindeki sözlerini konuşmaya eklerlerdi.

Ardından evlilik gerçekleştirilirdi. Gelin ve damat birinden İslami düğün töreni olan *imam nikâhına* katılıp kendilerini temsil etmelerini isterlerdi. Törende ilk adımı gelinin tarafı atar ve damadın evlenmeyi kabul edip etmediğini sorardı. Bunun amacı gelinin evleniyor olduğu için sevindiğinden emin olmaktı. Damat tarafı kabul ederek yanıt verirdi. Bu kısımda genellikle Arapça sözler kullanılırdı. Gelin "kendimi veriyorum" anlamına gelen "ankatu" sözcüğünü söyler ve damat "kabul ediyorum" anlamına gelen "kabiltu" kelimesiyle karşılık verirdi. Evliliğin parçası olarak damat, geline bir hediye verirdi ve bu hediyeye de *mahr* denirdi. Genelde küçük bir miktar paradan oluşan bu hediye bu iki kişinin yeni bir hayata başladığı bu zamanda, damadın geline olan sevgisinin bir göstergesiydi. Gelin damada, hediye olarak ne istediğini söyleyebilirdi ve bu kendisine bir şey öğretmesini istemekten, bir tatile, bir arabaya kadar her şey olabilirdi. Son olaraksa imam yeni evli çifti kutsamak için bir dua okurdu. Tüm tören yalnızca birkaç dakika sürerdi.

Kuran'a göre Tanrı, çifte merhamet ve sevgi verirdi. *Kuran*'da bu sevgiden, onu bildiğimiz romantik aşktan daha tatlı, daha güzel kılan bir saflık ve ruhanilik ile saygın bir şekilde söz edilirdi. Bu sevgi, *muvaddah,* adanmış bir ilişki içindeki kişiler ve bu bağlılığı gerçekleştirenler için özel bir armağandı. Benim evlenmek istememin nedeni de buydu; bağlılık, inanç ve kendini adama karşısında evliliğin aşkı getireceği ve bu aşkın tatlı, nazik ve arzulu olacağının garantisi vardı. Aşk ve evlilik, at ve at arabası gibiydi. Yoksa at arabası ve at gibi mi?

Düğünden önce, iki ailenin kadınları pek çok kutlama düzenlerdi. Küçük bir kızken bu tür toplantılarda oturup, evliliğin nasıl başarıyla yürütüleceğine dair konuşulanları dinlediğimi hatırlıyorum. Aşk ve evlilikle ilgili tartışmalar benim gibi küçükler de dâhil olmak üzere tüm toplumu içeriyordu. Çok küçük yaşlardan itibaren başarılı bir evlilik ve aile isteği beynimize sokuluyor ve bunu gerçekleştirmek için gerekenler konusunda bize yol gösteriliyordu. Medresede bile nasıl iyi bir eş seçeceğimiz öğretiliyordu. Ne tür özellikler aramalıydık? Aşk dolu bir ilişkiyi nasıl beslemeliydik? Uzun sürmesini nasıl sağlayacaktık? Çok küçük olabilirdik ama dersler kalplerimizde varlıklarımızın özünde gelişecek şekilde tasarlanmıştı.

Canımı sıkan tek bir şey vardı: Tüm bu tavsiyelerin ve hazırlığın hedefi küçük kızlardı. Küçük erkeklerin de aynı şekilde hazırlanmıyor oluşu adaletsiz ve aptalca geliyordu bana. Onların da ilişkiye hazır olmaları gerekmiyor muydu?

Kuran bana kadın ve erkeğin, eşit ve dengeli bir şekilde birbirini tamamlamak için eş olduğunu söylemişti ama kültürümüzün geleneklerini temsil eden teyzeler, evliliğin başarılı olmasının kadının ellerinde olduğu konusundaki görüşlerinde oldukça nettiler. Adalet ve İslam anlayışıma ters düştüğü için bu yük beni rahatsız ediyordu.

Diğer taraftansa bölge imamı sürekli "gençlerin" şişirilmiş beklentilerinin onu ne kadar çok üzdüğünü ve kızdırdığını söylüyordu. İnsanların daha gözü tok olmayı ve büyük resmi anlayabilmeyi öğrenmeleri gerektiğini, her zaman romantik arzunun sancılarını hissetmenin mümkün olmadığını düşünüyordu. İnsanların çok kolay vazgeçtiğini hissediyordu. "Boşanmanın eşiğindeki çiftler bana gelip '*Molla,* artık onu umursamıyorum,' diyorlar," diyordu. Tüm dünyayı görüp geçirmiş biri gibi iç çekerdi. "Artık *umursamadığın* için pes edemezsin. Onunla *evlisin.* Bir umursayıp bir umursamamak olmaz," derdi. Çoğu zaman çok rahattı ama böyle çocukça uçarılıkların onu kızdırdığı da belli oluyordu.

Onlu yaşlarımda evliliğe hazırlık olarak okuyup ek bilgi sağlamak için *Evlilik ve İslam Ahlakı* isimli bir kitap vermişlerdi. Evlilikle ilgili basılı materyal üretmek başlı başına bir endüstriydi ve pek çok diğer İslami kitap gibi eş bulma konusunda önemli noktalardan, evliliğe nasıl başlanacağından, nasıl (öhö öhö) samimi ilişki kurulacağından ve nasıl mutlu bir evlilik sürüleceğinden bahsediliyordu. Amacı, gençlerin bir ilişkide olmanın ne olduğuna dair beklentilerini belirlemek ve nasıl güçlü ve uzun süreli ilişki kuracaklarını göstermekti. Bunların tümü *Kuran*'dan alınan sözlere ve İslami geleneklere dayanarak hazırlanmıştı. Arkadaşlarım diş teli ile nasıl öpüşüleceğiyle ilgili gençlik dergileri okurken, ben akşamları kocamla zaman geçirmek için güzel giyinip parfüm sıkmam gerektiği ve onunsa her zaman ne kadar güzel ve kibar olduğumla ilgili olarak iltifat etmesi gerektiğiyle ilgili şeyler okuyordum. Kadınlığa farklı açılardan geldik. Onlar rahat hissetmediklerinde nasıl "hayır" diyeceklerini öğrenirken, ben doğru zamanda "evet" demenin ne mutluluk verici bir şey olduğunu öğrendim.

İkisi birleşene kadar bu kitapların pek çoğunu ve grafik gençlik dergilerini tekrar tekrar okudum.

"EVLİLİK NEDEN YENİ SİYAH?"

Bir karı/koca sahibi olmak doğal bir ilişki halidir. İnsanlar yalnızlık ve bekârlık için yaratılmamıştır.

Evlilik uzun süreli bir bağlılıktır ve aşk ile güç zaman içerisinde gelişir.

"Kadın ve erkek birbiri için birer giysi gibidir," der Kuran. Evlilik dişi ve erkek kaz için iyidir.

S-E-K-S utanılacak bir şey değil, iyi bir şeydir. Kutsayıcı bir tarafı vardır ve evliliği güçlü kılar. Ancak evlilik içerisinde tutulmalıdır.

Kitaplarda öncelikle bu temel bilgiler verildikten sonra, hızla diğer konulara geçilirdi.

"DOĞRU KİŞİNİN O OLDUĞUNU NASIL ANLARSINIZ?"

Kişilik, kaliteli bir karakter ve Tanrı inancı anahtar noktalardır. Bu şekilde size her zaman iyi davranacağından emin olabilirsiniz.

Seçim sizin. Hiç kimse sizi biriyle evlenmeye zorlayamaz ve evlenmek istediğinizde de geçerli bir sebep olmadıkça kimse buna karşı da çıkamaz.

Dine göre, zenginlik, ırk, kast, ten rengi, aile "adı" tercih kriterleriniz arasında olmamalıdır.

Görünüş önemlidir ama karar verme kriteri olmamalıdır.

Çocuğunuz için iyi bir anne ya da baba arayın.

Evlilik süreci, inanç ve kültür karmaşalarıyla ilgili çözmeyi başaramadığım pek çok karışıklık çıkarıyordu ortaya. Kültür ve inanç kuralları birbirine ters düşüyor gibi görünse de onları birbirinden ayırmak neredeyse imkansızdı. Büyüme sürecimde, ne kadar farklı olduklarını ve hatta birbirleriyle çeliştiklerini fark etmemiştim.

İslami kılavuzlar ilişkiler için elde edilebilir bir ütopya arzusu yaratmıştı. Çok düz ve basit görünüyorlardı. İyi, dürüst bir adam bulup evlenirseniz Tanrı ilişkinize sevgi ve merhamet enjekte ederek sizi destekleyecektir. Prensipler, insanları yüzeyde görünenler için değil, içlerindekiler, gerçek kişilikleri için sevmenin ve bu nedenle onlara saygı duymanın önemini vurguluyordu. Her şeyin başı inanç, maneviyat ve iyi bir insan olmaktı. Irk, zenginlik, kültür ve sınıf önemsiz şeylerdi. Bu kurallar, Sultan'ın kızı prenses Yasemin'in, içinde bir cevher saklı olan beş parasız Alaaddin ile evlenmesine izin vermişti. Gerçeğin dile getirilmesinde büyük bir gücü olan kültür, eş arayışının gerçekleştiği acımasız dünyada dünden oldukça farklı görünüyordu. Bu süreç, çöpçatanların alt kümelerini oluşturduğu "teyzeler" ve müstakbel damadın annesi olan "kayınvalideler" olmak üzere iki önemli mimar tarafından hazırlanıp yürütülüyordu. Çöpçatanlık süreci, hiç kimsenin çözüp açığa kavuşturamadığı, kültürel efsanelerin tanımlanamayan, puslu kökenlerine kadar iniyordu. Süreç böyle gerçekleşiyordu çünkü böyle gerçekleşmesi gerekiyordu. Hiç kimse pratik olmadığını söyleyemezdi. İlgili taraflar bir araya getirilir, bir değerlendirme gerçekleştirilir ve karar verilirdi. İlgili herkes bu durumun evlilikle sonuçlanacak iyi ve gerçek bir eşleşme ve mutlu evli bir çiftle sonuçlanmasını isterdi.

Çevremdeki medya kültürü ise aşk ve romantizmle ilgili kendi güçlü görüşlerine sahipti. *Grease* ve *Kül Kedisi* gibi filmleri gözlerimi kocaman açıp, beni tamamlayacak birini bulmak isteyerek defalarca izledim. Hangi genç kadın, Sandy ve Danny ya da Kül Kedisi ve Prens arasındaki romantizm ile sürüklenip gitmez ki? Yakışıklı Prens John Travolta'nın prensesi olabilirdim. Birbirimizi fark edip, birbirimizin gözlerinde parıldayan gerçek aşkı görebilirdik. Aşk, evliliği getirirdi ve evliliğin sonucunda ise sonsuza dek mutlu yaşardık. Bu, aşk efsanesinin en güçlü haliydi. Filmler ve dergiler doğru olduğunu söylüyordu. Ama "Aşk"ın ne demek olduğu hiçbir zaman belli değildi; hikayaler hep bunu açıklamadan sona eriyordu. Neden önemliydi? Günlük hayatımızdaki anlamı neydi?

Aşk hikâyelerinin zirveye ulaştığı nokta her zaman büyük, gösterişli bir düğündü. Aşk herkes için böyle olmalıydı ve bunu elde edemezseniz başarısız olurdunuz. Yeterince beklediğinizde *ve* yeterince güzelseniz aşkın "gerçekleşmesi" gerekiyordu.

Kadınlar için aşk, Uyuyan Güzel'in kurtarıcı prens gelene kadar pasif bir şekilde süregelen hareketsiz uykusu gibi, biçare bir bekleyişti.

İslami parametreler dâhilinde aşk hikâyesi tam ters uçta başlıyordu. İki insan evleniyordu. Daha sonra bu, inançlarını tamamlıyordu. Kendileri bir aşk ilişkisi yaratmaya çalışırlarken aşk ile kutsanıyorlardı. Aşk ise onlara mutluluk, romantizm, uzun süreli memnuniyet getiriyor ve benlik duygularını tamamlıyordu. Bir eşinizin olması daha iyi bir insan ve Müslüman olmanıza ve Tanrı'ya yaklaşmanıza yardımcı oluyordu.

Aşk geleceği etkiliyordu. Siz, aileniz, söz konusu erkek, onun ailesi, yani tüm toplum bunu ileriye taşıyordu. O kişiyi bulmak yalnızca birinci basamağı oluşturuyordu. Düğünden sonra olanlara yaklaşımınız asıl anahtar konuydu. Düğün sadece bir kapıydı ve tüm sihir siz evliliğiniz için çok sıkı çalıştığınızda gerçekleşiyordu. Ama sıkı çalışmak hiçbir zaman aşk kadar büyüleyici değildi.

Pazar okulundaki dersler, camideki seminerler, düğün törenleri ve hatta aile üyelerinin ve cami liderlerinin tavsiyeleri bile evliliğin ne olduğu, neden evlenmeniz gerektiği ve ardından olacaklara odaklanıyordu. Eş bulmanın yolları kadar, onu elinizde tutmanın yollarına ilişkin tavsiyeler de vardı.

Yaşlı amcalar bize doğru parmaklarını sallayıp, "Evlilik güllerle örtülü bir yatak değildir," derlerdi.

"En az iki yıl çok zor geçecek," diye uyarırdı teyzeler. "Bu süre içerisinde sizden ne isterlerse yapın, ondan sonra hayatlarınızın geri kalanı boyunca, onlar sizin her istediğinizi yapacaklardır." Yaklaşımın temeli, evliliğin meyvelerini toplayabilmek için plana sadık kalmaktı. Rahat ve mutlu bir gelecek için yapılan bir yatırımdı bu.

Doğru Kişi'yi denenmiş ve onaylanmış geleneksel yöntemlerle bulmak istiyordum. Böylece romantizm yaşayabilecek, âşık olacak ve inancımı tamamlayacaktım. Her ikimiz de aynı inancı paylaştığımız için evli bir çift olarak Tanrı'nın bize vaat ettiği huzur ve memnuniyeti bulmak için çalışacaktık. Sonraysa sonsuza dek mutlu yaşayacaktık; *Amin*.

Pek çok şey istiyordum. Yakışıklı bir prens, romantizm dolu bir aşk ve sonsuza dek mutlu yaşamaktı istediklerim. Bir eş bulmaya ilişkin kültürel gelenekleri gözlemlemek istiyordum. Evliliğe ilişkin İslami idealleri izlemek istiyordum. Ayrıca, ruhani aşk ve uyumu da ortaya çıkartmak istiyordum. İlahi olana uzanmak istiyordum.

Ama aslında istediğim şey çok basitti; genç bir Müslüman kadın olarak karşılaştığım zorlu çelişkileri ve düğümleri anlamak istiyordum.

ÜÇ

☆☆☆

Süreç Prensesi

Biyolojik Veri ☆

İlk tanıştırma toplantımın ardından düzenli bir talip akınına uğramıştım. Anne babaları, arkadaşları, imamlar ve uzak akrabalarıyla birlikte ön kapımızdan içeri yığılıp sonra da evi boşaltıyorlardı. Çoğu zaman potansiyel kayınvalide ve kayınpederle tek başlarına yüzleşebilecek kadar cesur olduklarını göstermek için kendi başlarına gelerek meydan okuyorlardı. Her hafta sonu samosa pişiriyorduk.

Potansiyel eşlerin akınına rağmen, tamamen göreve odaklanmış olmak önemliydi. Uyumlu birini bulmak en önemli husustu. Harcanacak zaman yoktu. Ailedeki her çocuğun evliliğinde olduğu gibi, benim evliliğim için de kolektif bir çaba harcanıyordu ve ilgi odağıydım. Bu maceraya herkesin katılması sağlanıyordu. Sonunda evleneceğim adam, aile, arkadaşlar ve çöpçatanlar tarafından bulunan bir havuz dolusu aday arasından seçilecekti. Ne kadar çok kişiyle tanışırsak, muhtemel alıcı havuzumuz da o kadar geniş olacaktı. İstatistiksel olarak bu bana en yüksek tercih sayısını ve Doğru Kişi'yi bulmaya ilişkin en yüksek ihtimali veriyordu.

Eşleşme törenine katılmak için, her bir adayın önce kendini tanıtması gerekiyordu ve sonra bu, müstakbel aileler ve çöpçatanlar arasında elden ele geçiriliyordu. Bu genelde sözlü olarak yapılan bir şeydi ama zaman zaman özgeçmişe benzer bir belge şeklinde yazılabiliyordu da. Hatta kişinin bir fotoğrafını bile içeriyordu. E-posta ve internet çıktığından beriyse, tanışma sürecini hızlandırmak için müstakbel eşlerle ilgili bilgi, aşka aç elektronlar tüm dünyada hızla dolaştırılarak elektronik ortamda gönderilmeye başlanmıştı. Oldukça kişisel olan bu detaylar, kahramanın karakteri, özellikleri ve bir eşte aradığı özelliklerin bir tanımı ile ambalajlanıyordu.

"Biyolojik veri" sözcüğünün sertliğinin etkisi altındaydım. Ama aşkı arayan bir romantik olduğum için, bu kelime beni dehşete düşürdü. Bu teknik kontrol listesi, arayışın duygusal ve insancıl tarafını kurutuyordu. John Travolta büyük olasılıkla barajı bile *geçemezdi.* Elimden geldiğince kendi biyolojik verilerimi toplamakta ısrar ediyordum. İnsanlıktan çıkıp bir dizi formüle dönüşmek istemiyordum. Ama bunlardan bir tane hazırlamayınca, müstakbel bir aday ayarlanamıyordu; bu nedenle ben de kıskanarak bu sürece boyun eğdim.

Sonunda bu, benim adıma araştırma yapanlar için oldukça kullanışlı bir belgeye dönüştü. Kafa avcıları gibi, ben yokken bile uygun adayları konumlandırıp tanımlamalarını sağladı. Kriterlerimin net olmasının çok önemli olduğunu öğrendim. Böylece uygun olmayan seçenekleri sunmayacaklardı. Ancak kriterlerin tuhaflıklar ve kusurlar konusunda açık fikirli olabilecek şekilde çok detaylı olmaması da önemliydi. Ayrıca bu, çok seçici, fırsatlara fazla kapalı, kendini beğenmiş ve inatçı olmakla ilgili suçlamaları da engelleyebilirdi.

Bir kalem ve boş bir kâğıt alıp, kendimi tanımlayarak yazmaya başladım. Bütün bir yaşam, bütün bir kişi, bir ruha saklanmış bütün bir evren; tüm bunlar bir avuç sözcüğe dönüştü.

Yirmili yaşlarının başlarında, daha önce evlenmemiş, üniversite mezunu, "dindar". *Hicab* takar. 1.62 boyunda, ince, iyi bir aileden.

Bu sözcüklerin gücü, çöpçatanın ya da benim adıma arayışta olan kişilerin kişisel önerileri ve toplumda kendimin ve ailemin sahip olduğu ün sayesinde, aşk ve evlilik umudum kaybolmuyordu. Bunlar, bir eş adayı olarak kişiliğimin temellerini oluşturuyordu.

Gelecekteki eşimi tanımlayacak olan sözcükleri bulmaya geçtim.

Yakışıklı

1.76-1.82 boyunda

Çok iyi bir giyim anlayışı olan

Dünyadaki en yakışıklı adam, başka hiçbir erkeğin ondan yakışıklı olması mümkün olamaz

Güzel kokan

Yakışıklı (Yakışıklı olması gerektiğinden daha önce bahsetmiş miydim?)

On üç yaşında mıydım? Listeye dehşet içerisinde baktım. Kendi kendini yazmıştı. Ozmoz ile Mills ve Boon, *Just Seventeen* dergisi ve Brigitte Jones'tan geçen sözcükler önümdeki sayfaya dökülmüştü. İşe yaramaz bir yeniyetme konuşmasının içindekiler bölümü, ergen çıkma ansiklopedisinin ek kısmıydı. Bunların hepsi herkesin görünüş ve tarz aradığının ancak bunların karakterden daha zor bulunduğunun bir göstergesiydi. İnanç ve kültür bana, kişilik ve karakteri en ön sıraya koymamı öğretmemiş miydi?

Talipler tarafından hazırlanan kişisel tanıtım da, kendi sözlerimin benimle ilgili hiçbir şey ortaya koymaması gibi, onların kişilikleri ile ilgili hiçbir ayrıntı vermiyordu. Bu etkileyici tavır ile onları size getirecek süreç için şık giysilerini giyip, saçlarını tarayıp, sakallarını şekillendiriyorlardı. Gerçekte ise, bu sürecin stresi ve kısıtlamaları, karakterleri ile ilgili olarak bilmeniz gereken her şeyi size gösteriyordu. Oyunda çok yüksek bahisler ve çok daha büyük bir gerilim mevcuttu. Talibin gerçek kişiliği, çığlık çığlığa gerçek karakterlerinden fırlıyordu.

Kimilerinin düşündüğünün aksine, aşkı arıyor olmak hiçbir zaman kötü davranışların bahanesi olmamalıdır. Aksine aradığınız şey, onu arama şekliniz ve en önemlisi arayışınızın sizi götürdüğü kişilerle iletişim kurma şekliniz, size karakterinizin vitrinini gösterecektir. Aradıklarımı sıralarken kendi karakterimin vitrinini ortaya çıkartma vaktim gelmişti.

Gerekliliklerimi duyarlı bir şekilde olması gerekenler ve tercihler olarak kategorize ederek, tam bir tanım yazdım.

ÖNEMLİ

Erkek

Bekâr

En açık şeyi bile belirtmek önemliydi.

Dinini uygulayan bir Müslüman

Bu benim için çok önemliydi. Müslüman olmayan biriyle evlendiğimi hayal bile edemiyordum. Değerlerimi ve hedeflerimi, hayat arkadaşımla ancak bu şekilde paylaşabileceğimi düşünüyordum. Benimle birebir aynı olan birini istemiyordum ama benzer prensiplere sahip birini istiyordum. Müslüman olmak bu bakış açısını doğruluyordu ve bu isteğimin gerçekleşmesine izin veriyordu. "Dinini uygulamasını" istedim; çünkü bu şekilde dini anlamak isteyip merakla yaklaşabilirdi. Yani din gibi görülen gelenekleri ve kültürel öğeleri kör bir şekilde kabul etmemesi gerektiği anlamına geliyordu. Çevrelerindeki her şeyi gerçek fiyatıyla kabul edip bunu inanç olarak tekrar paketleyen birini istemiyordum.

Yirmilerinde veya otuzlarının başında

En fazla iki üç yaş küçük olması benim için sorun değildi. Yedi yaşa kadar büyük olmasının da bir sakıncası yoktu. Çöpçatanlar da genelde çizgiyi en fazla sekiz, on yaşa çekiyorlardı.

Sosyal aktivitelere katılan

Çevresindeki dünyaya katılan ve bu dünyayı daha iyi bir yer haline getirmeye çalışan birini istiyordum. Çok güçlü bir toplum anlayışına sahiptim ve toplumsal çalışmalara faal olarak katılıyordum. Eşimin de benim gibi olmasını istiyordum. Futbol dulu olmak istemiyordum. Şöminenin önündeki rahat koltuklarımızda oturmuş, yaşlı, buruş buruş hallerimizle ben örgü örüp o gazetesini okurken birlikte yaptıklarımızdan dolayı gurur duyabileceğim ve arkasında durabileceğim bir erkek istiyordum.

***Hicab* taktığım için benim adıma mutlu olmalı**

İslam'ın gerekliliklerinden birinin bu olduğunu düşündüğüm için, Müslüman bir adamın başörtüsü takıp sade giyindiğim için benim adıma mutlu olması gerektiğini belirtmek zorunda kaldığımdan dolayı üzüldüm. Pek çok erkeğin, eşi *hicab* taktığı için mutlu olmadığı görülüyordu. Bunu savunmak zorunda değildi ama en azından bu konudaki kararımı desteklemeliydi. Sırf güzel olduğum için benimle gösteriş yapılmasını istemiyordum. Karısı *hicab* taktığı için diğer insanların nasıl tepki vereceğini düşünmek yerine kendi hayatımla ilgili olarak yaptığım seçimlerde destekleyici olmasını istiyordum. Gurur duyabileceği ve saygı duyacağı bir eş arayan bir adam istiyordum. Baş başa kaldıklarında ise onu karşı koyamayacak kadar çekici bulmalıydı.

Zeki

Bana meydan okuyabilecek, konuşmalarıyla beni canlandırabilecek açıkgöz ve kıvrak zekalı birini istiyordum. Elbette ki zeki bir adam da benim gibi zeki bir kadınla birlikte olmak isteyecekti.

Kalemimin arkasını çiğnemeye devam ettim ve "konuşabileceğim biri" diye ekledim. En önemlisi bir bağlantı, bir iletişim kurabilmekti.

Müslüman Travolta, zihnimde şekillenmeye başlıyordu ve o materyalleştikçe onu her zamankinden daha da çekici bulmaya başlıyordum. Hayalimdeki mükemmel adama ilişkin istek listemi formüle etme sürecinde, babamın en ünlü evlilik sözü ortaya çıkıyordu. Çok bilge sözcüklerdi ve gençliğimin getirdiği kibir ve iyimserlikle alakaları yoktu. "Listende altı başlık varsa ve bunların dördünü elde edersen, bu iyi bir sonuçtur. Asla her şeyi aynı anda elde edemezsin." Ama hangi dördünün yeterli olacağını nereden bilecektim? Neden altısını birden isteyemiyordum? Neden kimse isteyemiyordu? "Altıda dört," diye tekrarladı dürüst bir şekilde. Gönülden gelen ve anlamlı tavsiyesi, Mills ve Boon, Hollywood, Bollywood ve sayısız "Sonsuza Dek Mutlu Yaşadılar" diye biten prenses hikâyesine rakip olmuştu.

Altı maddeden oluşan listemi hazırlamaya odaklandım. Önemli olanlar listemde sekiz madde vardı ama ilk ikisi *sayılmazdı.* Beni bekleyen yolculukta bana eşlik edecek altı tane madde kalmıştı. Müslüman, doğru yaş aralığında, toplumsal olaylarla ilgilenen, *hicab* takmamdan memnun olan, zeki ve konuşabileceğim biri.

Ama fazlasını istiyordum, fazlasını arzuluyordum, fazlasını diliyordum, fazlasına ihtiyaç duyuyordum. Hepsi benim olmalıydı! Evet! Evet!

Konuya pratik açıdan yaklaştığımda, kendime daha açık bir liste hazırlarsam Bay Doğru'nun çok daha belirginleşeceğini ve benim için önemli olan özellikleri taşıma ihtimalinin artacağını söyledim. Listeme ekleyeceklerimi, zorunlu olmayan bir bölüme ayırarak mantıklı hale getirdim.

ARZULANABİLİR

Çekici

Evet, listeme yeniden girdi. İslami kılavuzlar bile eşinizi "arzulamanız"gerektiğini belirtiyor.

Üniversite Mezunu

Bu, paylaşabileceğimiz bir dilimiz, deneyimlerimiz ve iletişimimiz olduğunun iyi bir göstergesiydi. Zorunluluk değildi ama kendimi bunun iyi bir temel olduğuna ikna etmiştim.

İngiltere, Kanada ya da ABD'de doğmuş ya da en azından 18 yaşından beri bu ülkelerden birinde yaşıyor olmalı

Dünyanın her yerinden, özellikle de "memleketten", ki bu benim için Doğu Afrika anlamına geliyordu ama Hindistan ve Pakistan'ı da kapsayabilirdi, pek çok erkek çıkarılmıştı karşıma. Elbette ki dünyanın her yerinden erkeklerle tanışabilirdim ama benzer şartları paylaştığım biriyle daha iyi iletişim kurabileceğimi düşünüyordum. İngiltere'de büyüdüğüm için, evlilikten ve Müslüman olmaktan anladığımın ve beklentilerimin farklı olduğunu düşünüyordum. Buna uyum sağlayabilecek birini istiyordum ve evliliğimin ilk bir yılını uyum sağlamaya çalışarak geçirmek istemiyordum. Bu kriterlerin aynı zamanda sırf İngiltere pasaportu arayan kişilerden uzak duracağım anlamına geldiğini belirtmekte yarar vardı. Eş olmak istiyordum, vatandaşlık bileti değil.

Sosyal bir çevresi olmalı, yalnızca çalışıp futbol oynamaktan fazlasını yapmalı

Bu tek cümlenin ne kadar çok sayıda erkeği elediğini görünce çok şaşırdım.

Şu ana kadar hayal kuruyor ve hayal gücümün, beklentilerimin ve kalbimin uçup gitmesine izin veriyordum.

Okumayı, seyahat etmeyi seven, genel anlamda etkileyici ve ilginç biri. Dünyayı değiştirmek ve daha iyi bir yer haline getirmek istiyor. Vizyon ve biraz ışıltı. Karizmatik ve havalı. Evvet, yürü be!

İç çektim. İşte karşımdaydı; hayallerimdeki erkek. Yalnızca onu var etmek istiyordum. Kalbim elbette dışarıda bir yerlerde böyle bir erkeğin var olduğunu ve onu bulmamı beklediğini söylüyordu. Zihnim onu nasıl bulup ortaya çıkaracağımı merak ediyordu. Listemi uzatmayı kestim. Teyzelerin kafamın içindeki sesleri, arzularımı dizginlememi söylüyordu. *Kızlar bu kadar talepkar olmamalı. Ne utanç verici!*

Şanslıydım. Ailem isteklerimi anladı ve bana şans diledi. Mutluluğum için çalışan bir takımmışız gibi hissettim. Onların desteği olmadan, onlar beni yüreklendirmeden hayatımdaki en özel insanı aradığımı hayal edemiyorum ve ellerinde olan her şeyi mutlu ve bütün bir hayat sürebilmeme katkısı bulunacak birini bulmama yardım etmek için kullanmak istiyorlardı.

Bilgelikleri ve deneyimleri iyimserliğimi, gerçekçi bir doza indirgemeye zorluyordu onları. Listemi okudular ve bu meleğe benzer kahramanla ilgili düşünceleri çok ciddiymiş gibi yaptılar.

Annem ve babam "Cennetten kucağına bir adam düşmesini mi bekliyorsun?" diye sordular. "Belki Woolsworth mağazasında satıyorlardır," diye dalga geçtiler benimle.

Çok korkmuş gibi yaparak alaycı bir yüz ifadesi takındım. "Daha pahalı bir yer bulamadınız mı?" dedim soluk soluğa. "Harrods ya da Harvey Nichols'tan kişiye özel tasarım alsak?"

"Seni de Woolsworths'ten almıştık," diye devam ettiler sevecen bir şekilde gülerek. Küçükken bana bebeklerin nereden geldiğini bu şekilde açıklıyorlardı ve şaka tam yerine oturmuştu. "Woolsworths iyi bir eş olur."

Kişiler eşlerini özel dikim sipariş etmezler. Anne babamın Yakışıklı Prens'in hazır olarak alındığına ilişkin yorumları çok daha doğruydu. Listedekilerden biri hep eksik kalacaktı. Ama hangi özelliklerden isteyerek vazgeçebilirdim? Babam "dört özellik seç" dediğinde, hangi ikisinin gereksiz olduğunu nasıl bilebilirdim? Tercih standartlarımı düşürmem gerektiğini kabul etmek istemiyordum ve bu nedenle, bilge, babacan tavsiyesi bir kulağımdan girip, diğerinden çıkıyordu. Zaman içerisinde tavsiyesi altıdan üçe düştü. Sonunda kararlılığı zayıfladı ve en zorlu saatlere girdiğimizde gerekliliği yalnızca altıdan ikiye düşürdü. "Çok titiz olamazsın," dedi bana. Yardımsever ve gerçekçi bir şekilde beklentilerimi azaltıyordu. "İki bile bir nimettir, *beti*," diyerek teselli etti beni. "Bizim tek isteğimiz senin mutlu olman."

Arayış süresince Birmingham'lı dişçi, Güney Londralı doktor, Bristollü öğretim görevlisi, çeşitli bilgi teknolojileri danışmanları, iş adamları, eczacılar ve diğer hatırlanmaya değmez profesyoneller geldi geçti. Adaylar yaptıkları işlerle tanımlanıyorlardı. Profesyonellik dereceleri ne kadar yüksekse, çöpçatanlar da müstakbel eşin şerefine o kadar çok gürültü çıkarıyorlardı ve bu, her zaman gerçeği yansıtmıyordu.

Toplum iyi etiketleri olan insanları bir araya getirmeyi seviyordu. Bazı nişanların duyuruları, tombalada sayı çekmeye benziyordu.

"İki doktor, ne şeker; çok iyi bir çift oldular." "İki dişçi, ne şeker; birlikte kendi muayenehanelerini açacaklar." "İkisi de çok açık tenli ve çok güzel, bembeyaz; çok yakışıklı çocukları olacak."

Genelde "hayır" diyen taraf bendim. Ailem genelde çocuğun benden hoşlanacağını varsayardı. "Kim hoşlanmaz ki?" derdi annem. "Güzelsin, zekisin, kibarsın ve dindarsın." Kızarırdım. "Tabii ki böyle söyleyeceksin, sen benim annemsin," deyip gülerdim ona. Bazen de reddedilen ben olurdum ve şaşkınlıkla kaşlarımızı kaldırırdık. *Biri beni neden reddedebilirdi ki?* Bir yarışa benzeyen bu eş bulma dünyasında, dürüstlük gözden çıkarılabilir bir özellikti.

Eğlenceli Sevgililer Günü Kartı ☆

İnanç ve ibadet, hayatımın ayrılmaz birer parçasıydı. Doğduğum günden beri bir Müslüman olarak yetiştirilmiş ve Müslüman bir aile tarafından büyütülmüştüm. Namaz kıldım. Ramazan ayında oruç tuttum. Yardım kuruluşlarına para verdim. *Kuran'ı,* İslam'ın ortaya çıkarılan kutsal kitabını okudum. *Hicab* taktım. Anne babama karşı iyi davranmaya, toplumuma katkıda bulunmaya ve iyi bir yaşam sürmeye çalıştım. Ömür boyunca bir kez gerçekleştirilen Mekke'deki İslami hacılık gezisi için hacca gitmeyi umdum. Kısacası beni görevlerini yerine getiren ve bundan mutluluk duyan bir Müslüman olarak tanımlayabilirsiniz. Hayatım, İslam'ın aşılağıdı gibi iyi bir insan olma çabası çevresinde şekillenmişti.

Çocukken benim adıma verilen kararlar, anne babamın anlayışı çerçevesinde İslami inançlara dayalı olarak verilmişti. İslami prensipler onları, iyi bir yaşam sürmek ve burada, şimdi, maddi olarak ve sonra ruhani olarak kendilerine, çocuklarına ve toplumlarına yardım etmeye çalışırken yönlendirmişti. Bir Yaratıcı'ya ve ölümden sonra hayat olduğuna inanmak bu fikirlerin temelini oluşturuyordu.

Daha çok küçükken, bu prensiplere bağlı olarak tercih yapmayı öğrenmiştim. Bazıları Müslüman olmakla ilgiliydi. Domuz eti veya pastırması yememem gerektiğini içgüdüsel olarak biliyordum çünkü İslam tarafından yasaklanmıştı. Dört yaşına gelene kadarsa okulda sosis yememem gerektiğini anlamıştım. Domuz etinden yapılıyorlardı. Et *helal* olmadığı için

Çoban Böreği de yemeyi reddediyordum. Sütlaç yemeyiyse iğrenç göründüğü için reddediyordum.

İnsanları önemsemek, bağış yapmak ve yaşlılara saygı göstermek gibi diğer prensipler İslam ve diğer kişisel ahlak kuralları arasında ortaktı. Okudukça, dinledikçe, öğrendikçe İslam, dünyayla ilgili olarak bana mantıklı gelen daha bütünsel bir bakış açısı öneriyordu. Hayatımla ve bana nasıl mutlu olacağımı göstermekle ilgiliydi. Müslüman olarak doğmuş olmama rağmen, *Müslüman olmaya* kendim karar verdim; çünkü bana mantıklı gelen buydu. Bana, çok büyük ve karmaşık gelen bu dünyada huzur veriyor ve yön gösteriyordu. Keşfetmem, başarı için çalışmam ve araştırmam için bana ilham veriyordu. Beni, kendimi ve çevremdekileri incelemeye itiyordu. Başarı yolunda teşvik ediyordu ve bu maddi ve manevi refahla ölçülebiliyordu.

İslam'ın belli başlı kuralları vardı. Herkesin kendi kuralları vardır. Bir kez hayatınızın bir parçası haline geldiler mi, artık onları fark etmemeye başlarsınız. Dışarıdan koyulan kurallar, her zaman içsel anlamlar taşır. Zaman ve mekânda sabitlendiğim düşünülürse, bazı kuralları gerçekten anlayıp anlamadığımı merak ediyordum. Anlama sorununu doğuran ben miydim? Biz miydik? Burası ve şimdiki zaman mıydı? Orta Çağ'da Avrupa'da dünyanın düz olduğuna dair yaygın inanışı düşündüm. Einstein'ın nasıl yeni bir teori geliştirdiğini veya artık keşfedilecek bir şey kalmadığı düşüncesinin asla doğru olmadığını, her zaman yapılmayı bekleyen keşifler olduğunu düşündüm. Modern bilimin nasıl da eskiden hayal bile edilemeyecek bir paradigma yarattığını düşündüm. Bu tekrar olamaz mıydı? Tekrar?

Kuralların eski olduğu önermesinden çıkmadım yola. İyi olmak, eşitlik ve adalet için savaşmak, nazik ve merhametli olmak gibi temel prensipler mantıklı geliyordu. Bunun yerine kültür, güç ve yorumlamaların etkisiyle bulanıklaşmaya başlayan alanları sorgulamaya başladım. İnsanlar kendi bencil çıkarları için bazı şeyleri saptırmaktan hoşlanıyorlardı. Kendi yararları için bazı şeyleri değiştiriyor ve ardından bunun "gerçek" olduğunu iddia ediyorlardı. Asıl zorluk ise, evrensel olarak kabul edilen prensiplerin her yeni neslin canlı gözleri ile yeniden incelenip, araştırılmasıydı.

Hayatımın her bölümünün, ruhani rehberlik göstermeye gerek duyulacak kadar önemli oluşunun çok canlandırıcı olduğunu düşündüm. Anlam katmanlarının ve gizli derinliklerin hassasiyeti ve karmaşası, içimde keşfedilmeyi bekleyen küçük bir evren olduğu anlamına geliyordu. Gizli dünyamın haritasını, İslam yoluyla keşfettim. Küçük hikâyeler, sözler, öğretiler yoluyla insanoğlunun tabiatı ve ruhu tanımlanmıştı. Bu yolculukta bana eşlik edecek birine ihtiyacım vardı ve bir seyahat arkadaşım olacaksa, benimle aynı haritayı paylaşması gerekiyordu. Aksi takdirde nasıl aynı yolda seyahat edebilirdik?

İlk Sevgililer Günü kartım Müslüman olmayan bir adamdan gelmişti.

Sevgililer Günü sabahı erken bir saatte üniversite yurdundaki odamın kapısına iğnelenmiş olarak buldum onu. Zarfı yırtarak açıp içindekileri bir nefeste okudum. İçinde el yazısı bir şiir vardı ve geleneksel kaligrafi yöntemiyle yazılmıştı. Yavaşça okuyup gülümsedim. Şiir espriliydi, bir ritmi ve mükemmel bir kafiyesi vardı.

Üzerinde isim yazmamasına rağmen, gönderen kişinin kim oluğunu hemen anlamıştım. Gururum okşanmıştı. Zeki, etkileyici ve genelde insanların beğendiği biriydi. Birinin içinde kendi yazdığı bir şiirle birlikte Sevgililer Günü kartı gönderebilecek kadar benden hoşlanmış olması ne kadar da hoştu!

Güçlü duygular, anlamlı bir tavır, büyülü bir imge ya da his oluşturan şık sözcüklerle uyandırılabiliyordu. Şiir, baştan çıkarmanın en üst noktasıydı ve benden önceki tüm kadın nesilleri gibi ben de bu büyüye karşı korumasızdım. Sık sık *Kuran*'ın da bu nedenle şiir veya şairane nesir biçiminde yazılmış olduğunu düşünürdüm. Şiir aşka ilham vermesi için tasarlanmıştı ve İslam, Evrenin Yaratıcısı'na âşık olmak demekti. Arapça basit ve ritmikti ve her okuyuşunuzda kendini size gösteren farklı anlam tabakalarından oluşuyordu. Dönemin Arapları sözcüklerin şıklığı ve gizeminden o kadar etkilenmişlerdi ki Muhammed Peygamber'e büyücü demişlerdi. Düşüncelerin ve güzel konuşma sanatının ruhu baştan çıkarma ve bir devrim yaratmadaki gücünü anlamışlardı.

O gün ilerleyen saatlerde Sevgililer Günü kartını göndereren kişiyi gördüm. Çok yakın kız arkadaşlarımın da aralarında olduğu, ortak tanıdıklarımızdan oluşan büyük bir grupla bahçede oturuyordu. Çok güzel bir ilkbahar akşamıydı ve gökyüzünde parıldayan yıldızlardan başka bir şey yoktu. Çakıllarla kaplı yol boyunca, eriyen karın oluşturduğu su damlacıklarına ve başlarını cesurca dünyaya kaldırmaya başlayan ay çiçeklerine hayran olarak yürüdüm. Tüm öğleden sonram dalgın dalgın olabilecekleri düşünüp kendi kendime gülümseyerek geçmişti. İçimdeki romantik ergen ortaya çıkmış ve on üç yaşındayken John Travolta'yla ilgili olarak kendi kendime sorduğum soruların aynılarını sormuştu yine. Benden hoşlanıyor muydu? Müslüman olur muydu? Her zaman olduğu gibi, önkoşul Müslüman olmasıydı. Ama kartın göndericisi çok hoştu, diye düşündüm. İnanç ve ruhla ilgili devasa soruları çözmeli ve kendimizi nereye koyduğumuzu görmeliydim. Bibirimize dürüstçe konuşabilirdik. Hayatın bizi nerelere götüreceğini görebilirdik.

Gruba doğru yürüdüm. Nezaket gereği, yaptıklarını kabul etmem gerektiğini düşündüm. Duygularını açığa vurmak onun tarafından çok daha fazla cesaret gerektirmiş olmalıydı. Ayrıca tabii ki, romantik kaderin sesi de içimden fısıldayıp duruyordu: *Ya... ya ... ya... Müslüman olursa*?

"Merhaba," dedim ona.

"Merhaba," diye yanıt verdi.

Gülümsedi.

"Makaleni bitirdin mi?" diye sordu ciddi bir şekilde.

"Teşekkürler," diyerek yanıtladım saçmalayarak.

"Teşekkürler mi? Ne için?" Dudaklarının köşeleri yüzsüzce kıvrıldı.

"Kart..."

Sırıttı. "O zaman benimle çay içmeye gelecek misin?"

Farklı olduğumu biliyordu ve bence bundan hoşlanıyordu. Alkol kullanmadığımı biliyordu, yani içki içmek için beni bara götürmezdi. Alçakgönüllülüğüme saygı duyuyor ve aynı zamanda *hicabımın* altındaki gerçek beni görebiliyordu. Daha sonraki yıllar boyunca başörtümü bahane olarak gösteren pek çok Müslüman erkekle tanıştım. Göz ardı edilemeyen bir şeydi. *Ben*i göremiyor ve beni olduğum gibi kabul etmiyorlardı. Gördükleri tek şey yürüyen bir dini kural kitabı, zavallı abartılı bir karikatürdü. Ama karşımda Müslüman olmayan genç bir adam vardı ve *ben*den etkilenmişti. *Ben*den.

"Şimdi burada oturuyorum değil mi?"

İkimiz de gergin bir şekilde gülümsedik ve arkadaşlarımızın arasında, sohbetleri çevremizde sürüp giderken sessizce gecenin tadını çıkardık.

Gökyüzüne baktım ve yıldızların bütün o güzelliği nefesimi kesti. Büyüleyici ve tanımlanamayacak kadar güzeldi. Ötesinde neler olduğunu merak ettim. Ama bunlar yalnızca fiziksel şeylerdi. O zaman Yaratıcı neydi? Hayal edilemez, akıl sır ermeyecek kadar haşmetli, bu olağanüstü evrenleri yaratan Estetikçi. Yanımda insanlar olduğunu unutup, kaybolmuştum.

Arayışıma gökyüzünde mi devam etmeliydim, kendime ve her şeyin anlamına ilişkin cevapları orada mı bulacaktım? Binlerce yıl boyunca insanlar yıldızlar ve cennetten geldiği düşünülen maddeler tarafından büyülenmiş ve hatta bunların tanrı olduklarına inanmışlardı. Bana göreyse bunların hepsi birer eserdi; güzel, nefes kesici eserler. Bunun anlamıysa bir yaratıcıları olduğuydu. İbrahim Peygamber de yıldızlarla bu şekilde konuşmuştu. Onlar tanrılar mı, diye sormuştu. Gecenin içinde kaybolup giderlerken, çok daha büyük bir şeyin varlığından emindi. Bugünün bilimi de öyle miydi? Bilimsel keşiflerin parıldayan ışıkları arkasındaki Yaratıcı'yı bizden saklıyor muydu? Yoksa bilim aslında Tanrı'nın yarattığı mucizeleri ve böylece de Tanrı'yı ortaya mı çıkarıyordu? Arayışım, çıktığım seyahat bu yönde olmalıydı; Yaratıcı'yı tanımak ve sevmek yönünde ve belki bu arada yıldızlar arasında, samanyolunda kaybolabilirdim.

"Ben olduğumu nereden anladın?" diye sordu utangaç bir şekilde.

"Anladım işte, belki de sezgilerim güçlüdür."

"Harika. Harikasın."

Kızardım ve konuyu değiştirmeye çalıştım. Bu konuda pek de başarılı değildim.

"Yıldızlar ne güzel, değil mi?" diye sordum. "Binlercesi bizden çok uzaklarda parıldıyorlar ama bir o kadar da yakınlar. Kim bilir onların olduğu yerde evren nasıldır! Mükemmel bir eser! Yıldızlara baktığımda nefesim kesiliyor. Eminim oralardan bir yerden bakabilsek, hayatın gerçek anlamını anlayabilir ve bu dünyayı daha anlamlı kılabilirdik."

Dehşete düşmüştüm. Çok uzun bir essizlik oldu ve onun da yanımda olduğunu unuttum.

Birkaç dakika sonra tekrar konuştum. "Bana, kendimden daha büyük bir şeyin varlığını hissettiriyorlar. Birçok gizem, araştırıp bulunması gereken birçok şey barındırıyorlarmış gibi geliyor bana. Küçük 'i'yle mi büyük 'İ'yle mi yazılmalı bilmiyorum ama bana ilahiyat hissi veriyorlar."

Ona baktım. Sorduğum şeyi, yücelik arayışımla ilgili olarak ona açtıklarımı anladı mı anlamadı mı merak ediyordum. Bu yolculuk için hazırlıklı mıydı?

Mistik, kristal gökyüzüyle çerçevelenmiş hâlde duruyordu; ona bakıyordum. Gece çok berraktı. Ay parlaktı. Duraksadı. Bense anlayışla gülümsedim. Evrenin katmanları ve gizledikleri, gizemli bir şekilde üzerimizde parlayan yıldızların ve gezegenlerin bilinmeyen ama hissedilebilen güzelliğiyle ilgili karizmatik bir tanım bekledim ondan. Kendi ruhuyla ilgili arayışı, içinde barındırdığı devasalık, sadelik ve karmaşaya duyduğu hayranlıkla ilgili bir şeyler söylemesini istedim. Anlamak istedim.

Sonunda, "Yıldızları gördüğünde sen ne düşünüyorsun?" diye sordum.

Gizemli gökyüzüne baktı ve "Noktalardan biri olmayı hayal ediyorum," dedi.

Kunduz Günü* ☆

Görücü ziyaretleri zaman içerisinde son hızına vardı. Haftalar, aylar süresince yavaş ve metodik bir şekilde, olası prenslerden oluşan bir sıra boyunca yolumuza devam ettik. Yeterince sabır gösterip, her erkeğe gerekli zamanı ve dikkati veriyordum. Bu süreci mükemmel bir hale getirmiştik: Benim ailem, onun ailesi, ben ve o; biraz çay, tatlı ve sohbet. Ertesi sabah telefonları elbette her zaman çöpçatandan geliyordu. Bazen ikinci bir görüşme gerekleştiriliyordu. Çoğu zaman durum felsefi bir hal alıyor ve bir sonraki adaya geçiliyordu. Dışarıda bir yerde olmalıydı. Olmalıydı. Onun doğru kişi olduğundan emin olmam gerektiğini söyledim kendime. Doğru erkeği bulmak önemliydi.

Görücü koltuğu her hafta beklenmedik çeşitlilikte asil popolarla dolduruluyordu.

Hoş bir vücudu vardı ve yakışıklıydı. Bir arkadaşın arkadaşının Samir adındaki oğlu. Üniversiteyi henüz bitirmediğini duyduğumda hemen kaygılanmıştım, ama yine de açık fikirli olmaya çalıştım. Kimya, en alakasız insanlar arasında ve en şaşırtıcı konumda yer alabilirdi. Eğitimde çeşitlilik ufak bir noktaydı, hatta önemli bile sayılmazdı. Kâğıt üzerinde birbirine uyan özelliklerin işaretlenmesi erdemli bir yöntemdi ve çoğu zaman işe de yarıyordu ama bence en ilginç ilişkileri ortaya çıkaran, beklenmeyenin büyüsüydü.

* Özellikle ABD ve Kanada'da 2 Şubat'ta kutlanan gün. Efsaneye göre, o gün kunduzun kendi gölgesini görüp görmemesine göre kışın uzayıp uzamayacağı anlaşılırmış.

Samir kendi işini kurmak için okulu bırakmıştı ve şimdi girişimci bir meteordu. Uzun adımlarla içeriye girdi ve babamın rahat koltuğuna oturdu. Samir gelmeden önce babam her zamanki tavsiyesini vermişti yine: "Altı özelliği taşıyan bir eş arıyorsan ve bu kişide bu özelliklerin dördü varsa, elde edebileceğinin en iyisi odur."

Samir kendine çok güveniyordu. Sohbet açmaya çalışmıyordu; doğrudan ona sorulan sorularaysa kısa ve sert bir şekilde cevap veriyordu. Diğer zamanlarda, pencereden babamın güzel bir şekilde düzenlenmiş bahçesine bakıyordu. Babamla Samir'in amcası şakalaştılar; aileler arasındaki bağları ortaya çıkarmak için mecburiyetten on dakika harcadılar ve sonunda diğer tarafın büyük teyzesiyle evli ikinci bir kuzen buldular.

Her zamanki gibi biraz gergin olan bense, gülümseyip, kafamı sallayarak odadaki herkese *selam,* diyerek girişimi yaptım. Çocuğun karşısındaki boş bir koltuğa oturdum, ellerimi bağladım; nefesim biraz düzensizdi. Vazo bu kez kokulu kırmızı güllerle doluydu. Bana dönüp hor görür bir şekilde baktı ve ardından hor görür şekilde duvara baktı.

Birkaç dakika kibarca sohbet ettikten sonra, çay yapmak için kalktım. Yapacak bir şeyimin olması beni rahatlattı. Geri dönüp çay ve kahveleri ve tabii ki olmazsa olmaz tatlıları doğru sırayla dağıttım. Yeniden çocuğun karşısına oturdum. Babam ve şaperon bahçeye açılan kapıyı hızla açıp, dramatik bir şekilde bahçeye doğru yol aldılar. Samir'le beni, paylaştıkları hayatın sonbaharında bahçelerini izleyen yaşlı *budho* ve *budhi* gibi aniden birbirimize baktıktan sonra çimlere bakarak oturur bir halde bıraktılar.

Bana ve odanın köşesini kaplayan, tavandan yere kadar uzanan kitap raflarına umursamaz bir bakış attı. Her renkte ve boyutta kitaplarla doluydular; hatta öyle doluydular ki her rafta birbiri üzerine yığılmış, hatta bazı yerlerde iki sıra şeklinde duran kitaplar vardı. Dolup taşan edebiyat yığınını gördüğünde gözleri buğulandı. Büyülenmişti.

"Bunlar kimin kitapları?" diye sordu benim merak ve dehşet olarak algıladığım bir tonla. Gururla gülümsedim. "Hepsi benim," diye böbürlendim.

Dönüp şaşırtıcı bir şekilde bana baktı. "Kitaplardan nefret ederim, tüm kitaplardan nefret ederim. Asla ve asla okumam ve kitapları seven insanlardan da hoşlanmam."

Arkadaşım Sara ve Noreen de kendi Bay Doğrularını arıyorlardı. Benimle birlikte büyümüşlerdi ve evlilik sürecinin aynı aşamasındaydılar. Onlar da üniversite mezunuydu ve profesyonel hayatlarına başlamak üzereydiler. Benim gibi onlar da toplum çalışmalarına katılıyorlardı. Benimkine çok benzer hikâyeleri vardı. Benim gibi *hicab* takan Sara, onu öneren imamla birlikte gelen Feyyaz'ın hikâyesini anlattı. Kişisel bilgileri çok şey vaat ediyordu. İyi eğitimliydi, dindardı, iyi bir aileden geliyordu, *hicab* takan bir kadınla evlenmek istiyordu, iyi bir işi vardı ve seyahat etmekten hoşlanıyordu. Şimdiden kendi dairesinde yaşıyordu; yani hem "evine düşkün"dü hem de bağımsızdı. Referansları da mükemmeldi.

Dinle ilgili bir mesleği olan herkes gibi, imamın da çok konuşkan olduğunu anlattı. O görüşmeyi anlatırken biz de kıkırdadık. "Feyyaz ağırlığını bir kalçasından diğerine geçirdi. Başlangıçta sabırlıydı ama sonra bana umutsuz bakışlar atmaya başladı. İki saat sonra, oldukça etkin olan imam ona dönüp neden hâlâ benimle konuşmadığını sordu. Feyyaz'la diğer odaya geçtik. İmamın neden bu kadar çok konuştuğunu hemen anladım." İmam ne kadar konuşkansa, Feyyaz'ın da o kadar sessiz olduğunu söyledi. "On beş dakikalık berbat bir sessizliğin ardından, yanlarına dönmemiz için bizi çağırdılar. Ardından İmam araya girdi ve 'Çok güzel sohbet etmiş olmalısınız,' deyip bana göz kırptı. Ardından 'Ah bu buluşmalar, ha ha ha! Benim de imam olan bir arkadaşım vardı. Bir arkadaşının adına bir kıza görücüye gitti. Kızdan o kadar çok hoşlandı ki onunla kendisi evlendi! Ha ha ha!' diye güldü."

Sara, Noreen ve ben çığlık atarcasına kahkahalara boğulduk.

Noreen'in de bir hikâyesi vardı: "Jameel uzun boylu ve yakışıklıydı. Doktordu ve uzun zamandır evlenecek birini arıyordu. Zeki, eğlenceli ve oldukça çekiciydi. Büyükannem ve küçük yeğenim de dâhil olmak üzere herkes ondan çok hoşlanıyor gibi görünüyordu. Hikâyeleri çok komikti. *Dini,* yani ruhani yaşamı, *dünyayla,* yani gerçek yaşantımızla birleştirecek bir eş arıyordu. Annesi benimle konuşana kadar onun mükemmel biri olduğunu düşünüyordum."

Noreen, hareketli kayınvalide sesini takındı:

"Çok iyi bir çocuk, sürekli başka insanları düşünür, özellikle de zavallı, yaşlı anneciğini." Annem de coşmaya başlayınca inanamadım. "Çok hoş görünüyor, bugüne kadar kapılmamış olmasına şaşırdım!"

Noreen tekrar kayınvalide havasına büründü. "Birkaç kızı beğendi, ama ben hiçbirinden hoşlanmadım. Bana hep, 'Anne, sen daha iyisini bilirsin, sen karar ver,' der. 'Seni de mutlu edecek bir kız bulana kadar yıllarca beklememiz gerekse bile önemli değil.'"

Jameel hâlâ bekâr.

Bazen ziyarete yalnızca kayınvalide gelirdi. Yine Samosa ve çay ikram edip, kalplerini kazanmaya çalışırdım. Yurt dışından gelen ve oğulları için evlilik turu düzenleyenler de vardı. Gelin adayları incelenip, kritik grup belirlendikten sonra Prens Londra'ya gelip, hepimizle teker teker görüşürdü. Annesi, iyi davranmamız gereken kapı görevlisiydi. Bir sonraki aşamaya geçmemizi sağlayacak daha kısa listeye girebilmek için her şeyi yapıyorduk. Atıştırmalıkları ve pastaları kendim hazırlıyordum ve müstakbel gelinin çok lezzetli bir çilekli pasta yapabiliyor olması gözlerinin keyifle parlamasına neden oluyordu.

Ama en büyük korkum, camideki kayınvalide toplantısıydı. Vaazdan sonra veya toplantı sona erdiğinde annemle birlikte bir kayınvalide bulup, görüşmem için sessiz bir köşede onunla dikilmemiz gerekiyordu. Camide bizim bulunduğumuz bölümde yalnızca kadınlar olduğu için, başörtümü takmıyordum. Annem, saçımın ve rujumun doğal görünmesine dikkat ederdi, böylece olabilecek en güzel halimle görürlerdi beni. İkimiz de evhamlıydık. Sadece sürecin kendisi zor ve sıkıcı değildi, içinde bulunduğumuz çevre de çok zorlayıcıydı. Birkaç cümleyle belki de oğluyla evlenmeyeceğim bir kadının kalbini kazanmam gerekliydi.

Diğer kadınlar arkamızdan akın ediyor, etrafımızda gruplar halinde dikiliyor, hemen yanımızda yüksek sesle şen kahkahalar atıyorlardı. Ağzımızı sıkı tutmamız gerekiyordu; aksi halde hemen ertesi sabah çocuğun ailesine daha bir fincan çay ikram etmeden olası eşlerle ilgili evlilik dedikoduları yayılmaya başlardı. "Kimle konuşuyordunuz?" "Üç tane yakışıklı oğlu varmış diye duydum; oradaki kadının kızıyla konuşuyorlardı." "Kız yıllardır en büyük olanı bekliyor. Sonunda oğlanı isteyen herhangi birine razı olacaklarına eminim."

Sara onunla konuşurken Habib ağladı. Anne babası boşanalı beş yılı geçmiş olmasına rağmen hâlâ bu yüzden çok üzgündü. Evlenmek istemişti ama başından bir boşanma geçerse sinir krizi geçirebilirdi. Sara, ilk konuşmalarında bu durumun onu kaygılandırdığını söylediğinde Habib çok kızmıştı. "Gerçek dünya aşk değil! Gerçek dünya!" demişti çok sert bir şekilde.

Sonra Noreen, Akil ile buluşmuştu ve oğlan "Gitmem lazım, arkadaşlarımla maç izleyeceğim," demişti.

Beni Bilal'le tanıştırmışlardı. "Annem yaşlanıyor ve bana evlen deyip duruyor. Dürüst olmak gerekirse gerçekten bir dost arayan kendisi, ben değilim. Şahsen ben bu konuya o kadar takılmıyorum."

Sara'yı ziyarete Javed geldi. "Çok zekisin, bu hiç bana göre değil," dedi.

Mizan, Noreen'e, "Bu evlilik işini hiç istemiyorum ama anne babam beni anlamıyor. Bekâr kalmak istiyorum," dedi.

Sonra, Wadud bana, "Gelmek istemedim ama ya gelecektim ya da beni evden atacaklardı," diye itiraf etti.

Ahmed çekici bir adam değildi. Zeki bir adam da değildi. Görünüşünü göz ardı edip, kişiliğini tanımaya çalıştım. Ailemizle tanışmaya geldiğinde, tekli koltuğa oturup odaya bir göz attı. İlgisiz görünüyordu. Sessizliği beni rahatsız etti. Bu kez yemek odasına postalanmadık. Annem ve babam, misafirlerle birlikte görünmeden avlu kapısına yürüyüp bahçeye geçme sanatını iyice geliştirmişlerdi ve bu şekilde bizi oturduğumuz yerde, dışarıda bulundukları yerden duyabilecek ve görebilecekleri bir konumda bırakmış oluyorlardı.

Ahmed çok az konuştu ve çok az karşılık verdi. Ama konuştuğunda dili çok keskindi. Sohbet açmakla ilgili öğrendiğim tüm teknikleri kullandım. Soğan çekirdeğine benzeyen gözleriyle dik dik bana baktı. Finansal hizmetler sektöründe çalışan arkadaşlarımızdan söz ederken biraz espriyle aradaki soğukluğu yumuşatmaya çalıştım. "Hepsi de aslında muhasebeci, sadece maaşları yüksek," diyerek konuşmaya biraz espri katmış olmak için, son moda bir hareketle sırıttım. Basit ve klişe bir söz söylediğimin farkındaydım, ama Asya toplumunda muhasebeci olmak şaka gibi bir şeydi; o yüzden bunun üzerine gittim ve her ikimizi de aynı karikatür üzerinde birleştirmeye çalıştım. Öyle soğuk bir bakış attı ki başörtümün altındaki saçlarımın dipten uca diken diken olduğunu hissettim.

Kibirli bir ses tonuyla beni aydınlattı: "Hepsine finansal hizmetler dense de muhasebecilerin, bankacılar ve sigorta uzmanlarından farklı olarak pek çok uzmanlığı mevcuttur. Bu, bilmek için fazla zeki olmayı gerektirmeyen basit ve açık bir gerçek."

Bir tabak dolusu yapışkan pelte kadar ahmak olduğumu düşünüyordu. Daha önce böyle bir şey yaşamamıştım. Daha önce buluştuğum çocuklar, onlara göre çok zeki olduğumu söylemişlerdi; bu nedenle de ya benden korkmuş ya da benimle ilgilenmemişlerdi.

Ahmed'in bugüne kadar tanıştığım en sıkıcı ve en zor insan olmasını umursamadım. Beni en çok hafifmeşrep olduğumu düşünmesi üzmüştü.

Hafifmeşrep mi?

Ertesi gün çöpçatan aradı. "Shelina ne düşünüyor?" diye sordu anneme. Ben de bu çocuğun sosyal becerilerden yoksun olduğunu, sohbet etmeyi beceremediğini ve hiç de çekici olmadığını özetledim anneme; ama adil olmak gerekirse, bunu kendisi de fark etmişti. Ahmed'in çok zorlu olduğunun ve ne kadar anlamsız olursa olsun zaten her zaman rahatsız ve zor olan bu durumu, sohbete girerek kolaylaştırmak adına hiç çaba göstermediğinin farkındaydı. İki kişi de bu işin yürümeyeceğini daha en başında anlasalar bile belirli bir düzeyde sosyalleşip medeniyet göstermiş olmak için durumu mümkün olduğunca hoş hale getirme konusunda sorumluluk sahibidir. Ahmed, "Bir Eş Nasıl Bulunur?" kursunun bu konuyla ilgili bölümünü kaçırmıştı.

Annem oldukça kısa ve sert konuştu. Çöpçatan şaşırmıştı. Annem telefondayken, odanın diğer ucundan telefonda oflayışı duyuldu. "Ama Ahmed Shelina'dan gerçekten hoşlanmıştı."

Bu söz annemin de karşılık olarak oflamasına neden olmuştu. Ona Ahmed'le ilgili sert bir konuşma yapmıştım; bu yüzden görüşmemizden hoşlanmış olması beklenmedik bir durumdu.

"Hmm," diyerek sözüne başladı annem. Kendini topladı ve "Ama Shelina konuşmadığını, çok mutsuz göründüğünü ve sadece kendisinin konuşmak zorunda kaldığını söyledi," dedi. "Ahmed tüm bunları bana açıkladı," diye yanıt verdi çöpçatan. "Bunun bir test olduğunu söylüyor."

Test mi? Evlilik ve aşk zaten yeterince karmaşıktı. Kaba ya da dürüst ve açık sözlü olamayan bir erkek istemiyordum. Beni daha hiç tanımadan test etmek isteyen bir adamla harcayacak zamanım yoktu. Çöpçatansa hâlâ erkek tarafını tutuyordu.

"Kızın nasıl tepki vereceğini görmek için yaptığı bir test olduğunu ve Shelina'nın oldukça başarılı olduğunu söyledi. Ondan hoşlanmış."

Hı?

"Shelina onunla yeniden görüşmek istiyor mu?"

Umudumu yitirmeye başladım. Bu adamlar nereden geliyordu? Erkek türüyle ilgili olarak bilmem gereken başka bir şey var mıydı?

Hepsi de normal görünüyordu ama derinlerde çok gariplerdi. Yaşadıklarımızı Sara ve Noreen'le paylaştığımızda şüphelerim doğrulandı.

Deneyimlerinin konuyu aydınlatmama yarayıp yaramayacağını görmek için anneme ve arkadaşlarına "Erkekler hep böyle miydi?" diye sordum.

"Tuhaf bir topluluk," diye beni doğruladılar. "Sabırlı olmalı ve istediklerini yapmalarına izin vermelisin. Bir tane fazladan çocuğun olması gibi bir şey."

Erkeklerle ilgili olarak şikayet etmiyor ve onları kötülemiyorlardı. Bana bu bilgiyi verirken gülümsüyorlardı. Neredeyse "İşte bu yüzden onları seviyoruz," diyecek gibiydiler. Belki de bunun nedeni, erkeklerin oldukları gibi kabul edildikleri daha anlayışlı zamanlarda yetişmeleriydi. Belki de erkekleri mükemmel kılanın bu tuhaflıkları olduğunu anlamışlardı.

Benim neslim gençti ve Yakışıklı Prens'imizle karşılaşmamızın an meselesi olduğunu ve biraz çaba göstermemizin yeterli olduğunu biliyorduk. Kendi kendimize, o zamana kadar karşılaştığımız tuhaf adamların bir sefere mahsus göreceğimiz acayiplikler olduğunu söylüyorduk.

İyimserdik. Tüm kuralları altüst etmiştik. İyi eğitimliydik, iyi üniversitelerde okumuştuk ve mükemmel işlere sahiptik. Çekici, ilginç, güzel konuşan, dindar ve aile odaklı kişilerdik. Yeniden vurgulamak gerekirse, bu kesinlikle birazcık çaba ve zamana kalmıştı.

Bu görüşmelere felsefi bir bakış açısıyla yaklaşmayı öğrenmiştim. Öğrenmek zorundaydım. Bu Y kromozomu taşıyan bireylerden birinin beni onlarla evlenmeye ikna edecek herhangi bir şeyi olduğuna dair küçücük de olsa bir umudumun kalması akıl sağlığım açısından önemliydi. Ne de olsa insanlar sürprizlerle dolu değil miydi? Süregelmekte olan bu iyimserlik, eski moda bir İngiliz kendini beğenmişlik ifadesi ile birleşti ve bu, arayışıma azimle devam edeceğim anlamına geliyordu.

Bu bir istatistik oyunuydu. Asıl soru ise "Hangi istatistik?"ti: "Doğru Kişi'yi bulmak" mı, yoksa "Altıda dört" mü?

DÖRT

☆☆☆

Tek Bağlantı

Beklemek ☆

Saat sabahın dördüydü. Dışarıda hava gecenin son karanlığı ile şafak vaktinin soluk grisi arasında bir renkteydi. Saatimin alarmı yüksek sesle çalıyordu ve babamın sesi koridorda yankılanıyordu. "*Beti,* uyanmalısın." Sabah namazı vaktiydi.

Sabahın bu saatinde nasıl oluyor da her zaman bu kadar enerjik ve neşeli oluyordu? Anne babam bir saattir uyanıklardı ve gecenin bir yarısı namaza gömülmüşlerdi.

"Allah, yarattıkları, kıymetli uykularından vazgeçip, onu seçtikleri için en çok sabahın bu saatini sever," derlerdi bana. Gözleri heyecanla parıldardı. Yüzlerindeki ışıkta, sözcükleriyle birlikte titreşen farklı bir şey vardı; berrak ve hoşnuttu. "Ne istiyorsan, dilemek için en uygunu bu vakittir." Öyle sessiz ve kesintisizdi ki sanki sadece kalbiniz ve İlahi Olan vardı. Daha soruyu sormadan, cevaplar netleşiyordu.

O sabah çok arınmış hissetmiyordum kendimi. "Beş dakika daha," dedim boğuk bir sesle. Bacaklarımı acıyla yatağın kenarından sarkıttım; başım dirseklerimin arasında, çapaklı gözlerle ve uyuduğum birkaç saatlik uyku yüzünden bulanan midemle kendimi hassas bir şekilde yataktan attım. Üç saatten daha kısa bir süre sonra işe gitmek zorunda olduğum düşüncesiyle, dua edebilecek kadar uyanık olmakla, tekrar uyumama engel olacak kadar uyanık olmamak arasındaki hassas dengeyi bulmaya çalıştım. Ayağa kalkabilmek için kendimi çok zorlamam gerekti.

Namaz kılmak için hazırlanırken, sessiz evin içerisinde anne ve babamın başka bir yere taşınmakla ilgili hızlı hızlı konuştuklarını duydum. Bu, çoğu insanın uykuda olduğu, büyülü *fecr* vaktiydi. Mevsimler değiştiğinde *fecr* bazen daha erken olurdu; örneğin yaz aylarında sabaha karşı ikide bile olabilirdi ve kışın sabah 7'ye kadar çıkabilirdi. Bu, günü parçalara bölen ve bir ritim kazandıran beş namazın ilkiydi. *Fecr* günü başlatmak için; *Zuhr* ve *Asr* öğleden sonra, meşgul bir iş günü içerisinde gün ortasına geldiğinizi ve günün amacını hatırlatmak, sizi yorgunluktan arındırmak için; *Mağrib* ve *Isha* akşam, dinlenmek ve huzur bulmak, yaşanan gün için şükretmek, ev uyumadan önce Yaratıcı'yı hatırlamak için.

Her namazın başlangıç ve bitiş zamanlarını öğrenmek için, camiden bir program alabilir ya da bu programa internetten ulaşabilirdiniz. Süreleri hesaplamak için basit bir matristen yararlanılabilirdi. *Fecr* 3.56'da başlayıp, 5.53'te sona ererdi. Namazınızı bu iki saat arasında istediğiniz zaman kılabilirdiniz; ama erken kılmak her zaman en iyisiydi. Duyarlı olduğunuzu ve kendinizi buna verdiğinizi gösterirdi.

"Sevgilinizle randevunuz varsa, tüm varlığınızla angaryaları alt eder ve zamanında buluşma yerinde olmak için elinizden gelenin en iyisini yaparsınız," derdi imam.

Namaz vaktini hesaplamak için kullanılan prensipler güneşin hareketlerine dayalıydı ve bu nedenle yıl içerisinde günün uzunluğu değiştikçe, namaz zamanları da değişiyordu. *Zuhr* namazı güneş tam tepedeyken, gölgeler en küçük hallerindeyken kılınıyordu. *Mağrib,* akşam karanlığı çökmeye başladığında gün ve gecenin birleştiği saatte kılınıyordu. Şehir yaşantısında namaz saatleri, doğanın ritmine daha fazla hassasiyet gösterilmesini gerektiriyordu. "Gün çalışmak için yaratılmıştır," diyordu *Kuran*'da, "gece ise dinlenmek için."

Her namazdan önce ise, vücudu temizlemek ve sembolik olarak ruhu arındırmak için vücudun belirli bölgelerini yıkamak gerekiyordu. Her aşamanın bir de duası vardı. Ağzımı yıkıyordum: *Lütfen dudaklarımdan tatlı sözler dökülsün.* Yüzümü yıkıyordum: *Yüzüm ışıldasın.* Bu sözler daha çok odaklanmamı ve yücelmiş hissetmemi sağlıyordu. Kolumun, dirseklerim ve parmak uçlarım arasında kalan bölümünü yıkıyordum: *Ellerimin iyi işler yapmasını ve kötü hareketlerden ve adaletsizlikten uzak durmasını sağla.* Parmaklarımı hafifçe başımın üzerinde gezdiriyordum: *Çevremdeki baskı artmaya başladığında, sakin kalmamı sağla.* Son olarak ise ayaklarımı yıkıyordum: *Beni iyilik yapabileceğim yerlere götürmelerini sağla.*

Odama dönüp seccademi açtım. Koyu kırmızı kadifeden yapılmıştı. Yaklaşık bir metre uzunluğunda, yarım metre genişliğineydi ve ucunda sembolik olarak namaz yönünü gösteren küçük bir yay çizilmişti. Seccadeyi güneydoğuya, *kıbleye,* yani merkezinde Mekke'deki *Kâbe*'nin bulunduğu yöne doğru yere serdim. Tüm dünyada yüz milyonlarca, hatta belki milyarlarca insan gün boyunca aynı noktaya yöneliyordu. Saçımı, omuzlarımı örtüp, belime kadar uzanan, uzun bir kumaşla kapadım. Onun altına en sevdiğim mavi saten pijamalarımı giymiştim. Derin bir nefes alıp odaklanmaya çalıştım.

Önce *kıyamda,* ayakta durma pozisyonunda dikildim ve *Kuran'*dan Arapça sözler okudum.

Bismillahirrahmanirrahim. Esirgeyen ve Bağışlayan Allah'ın adıyla.

Elhamdülillahirabbilalemin. Övülmek, tüm alemlerin rabbi olan Allah'a mahsustur.

Tüm sözleri tamamlayana kadar devam ettim. Sonra diz çöktüm, ellerimi dizlerime yerleştirdim, sırtımı büktüm ve yere bakıp dua etmeye devam ettim:

Allah büyüktür, Allah büyüktür, Allah büyüktür.

Son olarak iyice kıvrıldım ve *secdeye* varıp, ellerim vücudumun iki yanında, neredeyse kıvrılmış bir cenin pozisyonunda, alnımı yere koydum. Alnım yerde, bu kadar aşağılayıcı bir pozisyonda gururum daha fazla ezilemezdi ve hiçbir insanın karşısında bu kadar aşağılanamazdım. Yalnızca Yaratıcı bu kadar bütün bir bağlılığı hak ediyordu.

Bu hareketleri tekrarlayıp namazı tamamladım. Şaşkınlık içerisinde seccadenin üzerine oturdum. Bekâr oluşum, insanın kalbini kıran eş arama süreci ve bir eş bulamama durumumu düşündüm. Kendimi çok yalnız hissettim. Tek başıma yaşlanmak istemedim.

Hayalimdeki Mükemmel Prens standartlarına uymayan kişileri kabul etmememin nedeni acaba gururum mu diye merak ettim. Ama uygun bir eş olabileceği halde reddettiğim hiçbir erkek gelmedi aklıma. Başımı aşağı doğru devirdim, saçımın tutamları gözlerimin önüne düşüyordu. Ne kadar çok çabaladığımı düşündüm.

"Çabanın ödüllendirilmesi gerekmiyor mu?" diye sordum Tanrı'ya. "İstesen bir anda Mükemmel bir erkek yaratabilirsin. Gücün her şeyin üzerinde. *Kuran*'da bize 'Ol,' dediğinde her şeyin olduğunu söylüyorsun," diye hatırlattım O'na huysuzca. Tanrı'nın, söylediklerinin kendisine hatırlatılmasına ihtiyacı olmadığı ortadaydı.

Gözlerim sulandı ve yanaklarımdan aşağı yaşlar süzülmeye başladı. Her iki elimi de yukarıya bakar şekilde açıp kaldırdım. Tanrı yukarıda değildi; herhangi bir fiziksel konumda değildi. Ama ellerim, yalvarırcasına içgüdüsel olarak hareket etti. "Gerçekten evlenmek istiyorum, bir eşim, bir ailem olsun istiyorum. Evlenmenin inancımızın yarısını tamamlamak olduğunu bize sen söylemedin mi? Senin söylediklerini yapmak istiyorum ve birini bulmak için çok çabalıyorum. Neden bana birini göndermiyorsun?" diye şikayet ettim.

Gözyaşlarım hızlanıp, durdurulamaz hale geldi. Sızlandım, burnumu çektim ve biraz daha ağladım. Hayatım pek çok açıdan çok güzeldi. Mükemmel bir aileye, güzel bir eve, iyi bir işe, seyahat etme şansına ve yakın arkadaşlara sahiptim. "Bir tek bunun eksikliğini hissediyordum. İyi bir şey istiyorum, birlikte olabileceğim ve seveceğim biri; beni sevecek ve sana yaklaştıracak biri tek isteğim. Haftalar boyunca, tüm bu tuhaf insanlarla birlikte bu süreçten geçiyor olmak çok korkunç. Tek isteğim hayatımı sürdürmek... Henüz evliliğe hazır değil miyim? Öğrenmem gereken daha çok şey mi var? Yoksa Prensim mi henüz benim için hazır değil? Ruhumu tamamlayacak o kişiyi bulmadan önce bilmem, tecrübe etmem gerekenler neler?"

Sabırlı olmalıydım. İstediğini elde edemediğinde ya da henüz ona sahip olamadığında, onurla ve şükranla kendini tutup bekleyebilmek, edinilmesi gereken en zor özelliklerden biriydi. "*Allah* sabredenin yanındadır," diyordu *Kuran*. "Tüm güzellikler bekleyenin olur," dedim kendi kendime. Daha ne kadar sabırlı olmam gerektiğini merak ediyordum.

Hayatım beklemedeydi. Okul, tamam. Üniversite, tamam. İş, tamam. Seyahat, tamam. Eş, kocaman bir çukur. Takılıp kalmıştım, ilerleyemiyordum. Tanrı ihtiyaç duyduklarım için beklemeyi mi öğretiyordu acaba? Yoksa hayatı yaşamaktan kendimi alıkoyan yine ben miydim? Hayatı kucaklasam, kendimi ruhumu geliştirmeye, yeni deneyimler edinmeye ve daha iyi bir dünya için çalışmaya adasam, aşk beni bulur muydu? Öğrenmem gereken ders neydi?

Zamanla birlikte hayatımızı yöneten kurallar da değişiyordu. Yirmili yaşların başından ortalarına doğru ilerlerken, dedikodular konusunda daha az endişelenmeye başladım. Dedikodular da daha az benimle ilgilenmeye başladı. Eskiden yalnızca fesat olduklarını düşündüğüm teyzelerin ve çöpçatanların eskiden olduğu gibi aynı tavrın altından gizlice de olsa gerçekten endişelendiklerini gördüm. Gerçekleştirdikleri işlev bir zamanlar bütünüyle eleştireldi; gelenekleri sürdürüyordu ve çok hassas olan sosyal yapıyı inşa ediyordu. Yönlendirici olma hakkını kazanmış ve şu anda sahip oldukları gücü elde etmiş olmalıydılar. Evlilik, toplumu bir arada tutuyordu ve evliliklerin şef mimarları olarak, saygınlık ve zarafet ile renklendirilmişlerdi.

"Onu en kısa zamanda evlendirmeliyiz," diye fısıldıyordu teyzeler kaşlarını benim adıma kaygıyla kaldırarak. "Yakında tüm iyi teklifler sona erecek ve sonra, herhangi birini seçmek zorunda kalacak, herhangi birini." Destekleyici olmaya ve beni teşvik etmeye çalışıyorlardı ama bunun yerine kötü şansın kara bulutlarını kapıma çağırıyorlardı. Yılmayı reddettim.

Genç kızlar evliliği eskiden olduğu gibi kadınlığa açılan bir kapı olarak görmüyorlardı. Özsaygı bir eş olarak ve çocuklar yoluyla kazanılmıyordu. Sosyal hayatta kabul görmek ve statü için gerçekleştirilen evlilikler yavaş yavaş sistemimizden çıkıyordu. Bu durum kimi zamanlar evliliği reddetmek, kültürü reddetmek, erkekleri reddetmek olarak yanlış yorumlanıyordu. Ancak bunun gerçekle uzaktan yakından alakası yoktu.

Hâlâ evlenmek için yanıp tutuşuyorduk ama bunun nedeni unvan ve statü değil, yoldaşlık ve aşktı. Artık bizi evliliğe itecek bir kumanda kolu olarak suçluluk ya da gerekliliğe karşı savunmasız değildik. Sosyal baskı nedeniyle bunu yapmıyorduk, birer insan olarak ihtiyaçlarımızı fark etmiş ve kabul etmiştik. Bir eş istiyorduk ve eş olmak istiyorduk. Havadaki değişiklik sismikti ama yine de sistemin buna yetişmesi gerekiyordu.

Daha yaşlı olmanın da kendine özgü yararları vardı. Çevrede parıldayan gözlerin eleştirileri ve geleneksel süreç daha rahat bir hal almaya başladı. Dedikodu daha genç kızlara odaklandı ve taliplerle görüşmenin yeni ve daha az resmi yollarından faydalanmaya başladım. Daha doğal bir ortamın, erkekten bir teklif almak ve kızın da bunu kabul etmesi için daha uygun olduğuna inanılıyordu. İşte bu nedenle, ev dışındaki ilk buluşmama gittim. Sara ve Noreen bunu daha önce denemiş olmalarına rağmen tanımadığım biriyle buluşacağım için benimle dalga geçiyorlardı. "Daha önce buluştuğumuz kişilerin de hiçbirini tanımıyorduk," diyerek dikkat çektim.

Syed, Leicester'da yaşıyordu. Londra'da buluşmaya karar vermiştik ve iki şehir arası arabayla bir buçuk saatti. Evden ve bizi dikizleyen gözlerden uzak olmak istemiştim. İkindi kahvesi için, şehrin popüler bir bölümündeki, çevresinde araba park etmek için pek çok uygun yer bulunan oldukça küçük bir kafede buluşmayı önerdim. Kahve mükemmeldi. Her şey yolunda giderse akşam yemeği de yiyebilirdik. Kötü giderse de hemen bitebilirdi. Öğleden sonra 5'te buluşmaya karar verdik. Benden beş yaş büyük bir muhasebeciydi ve fizik mezunuydu. Buluşmayla ilgili ayarlamaları yapmak için telefonda çok kısa konuşmuştuk ve sohbetimizi yalnızca kafenin konumuyla kısıtlı tutmuştuk. Çok hafif ve canlı bir ses tonu vardı ve bu hemen rahatlamamı sağladı. Çok eğlenceli ve rahat görünüyordu.

Beş dakika geciktim. Modaya uygun olarak, kadınca gecikmek istemiştim. Odaya bir göz attım. Çevrede rahatsız ve gergin bir şekilde kıvranan yalnız bir erkekten eser yoktu. Her masada birbirinin gözünün içine bakan bir çift oturuyordu. İnce porselenden yapılmış çay fincanları ellerindeydi ve kiraz dudaklarıyla öyle gülümsüyorlardı ki melek süslerine benziyorlardı. İyimser bir ifadeyle burun kıvırdım. Acaba havadaki aşk kokusu bize de bulaşır mıydı?

İkimiz için de aydınlık bir ortam olması için güneş ışığı alan bir masa seçtim. Kafenin arka kısmındaki güzel duvar resmine yüzümü dönüp oturdum. Bu sayede güneş, özel olarak seçilmiş açık yeşil başörtüme vuruyordu. Her zaman açık renk giymemi tavsiye ediyorlardı. Anlaşılan erkekler açık renklerden hoşlanıyordu ve yeşil cazibenin rengiydi. Ceketimi çıkarıp oturdum, çantamı dizlerimin üzerine koyup, cep telefonumu bulmak için karıştırmaya başladım. Dipsiz çantamın, sonsuz derinliğinden çıkardığım telefonumu, beklendiği üzere masanın üzerine koydum.

5.15: Sürekli girişe bakmak için kapıya doğru dönerken, kendimi yaralamamak ve küçük düşmekten kaçınmak için sandalyemi değiştirip, kapıya dönük olana geçiyorum.

5.20: Ceketimi onun sandalyesinden kendiminkine geçiriyorum.

5.30: Garson kahve isteyip istemediğimi soruyor. Başımı sallıyorum, *bekliyorum.* Tek kaşını aldırıyor. Syed 30 dakika gecikti ve uzaktan geliyor. Telefonuma bakıyorum. Gecikeceğini söylemek için aramadı.

5.35: Nerede olduğunu sormak için aramalı mıyım? Henüz onu tanımadığım için bunun doğru olmayacağına karar verdim.

5.40: Acaba iyi mi? Belki de kaza geçirmiştir. Belki de otoyolda bir kan gölünün içinde yatıyordur. Belki de ambulanstadır ve hastaneye götürülüyordur. Olsun, ben bir kızım, onu arayamam ve aramam bir işe yaramaz.

5.45: Bir kapuçino ısmarlıyorum. Gelir ya da gelmez, ben yine de kahveyi istiyorum.

6:00 Elindeki adres doğru mu acaba? Telefon numaramı yanına almayı mı unuttu? Bir saat oldu, onu aramaya karar veriyorum. En azından nedenini öğreneceğim. Gelmeyecekse ben de eve giderim. Buluşmamız, sonucu merak eden başka tarafları da kapsıyor. Buluşmanın başarıya ulaşması için elimden gelen her şeyi yaptığımdan emin olmalıyım; böylece bu işten suçsuz bir şekilde çıkabilirim. Vazgeçmemiş gibi görünmem önemli.

Numarasını çevirip bekliyorum. Sonunda telefonu açıyor ve radyoyu duyuyorum. Sesi rahat geliyor. "Evet, yoldayım, bilirsin otoyol hep dolu. Her zamanki trafik işte. Ama yaklaştım merak etme. Yarım saate orada olurum."

Biraz kızgın, biraz rahatlamış halde iç çekiyorum. Bir buçuk saat geç kalıyor ve aramaya bile zahmet etmiyor. Aklından neler geçiyor acaba? Bu genel tavrıyla ilgili pek çok şey ifade ediyor. Hayatımın geri kalanını bu kadar geç kalıp bana haber vermeyecek kadar düşüncesiz biriyle mi geçirmek istiyorum? Daha buluşmadan karakteriyle ilgili pek çok şey öğreniyorum.

Diğer yandansa insanlar hakkında bu kadar çabuk karar vermemem gerektiği beynime kazındı. Belki iyi bir nedeni vardır? Belki araba kullanırken arayamamıştır? Belki yollar tehlikelidir ve konsantre olmak zorunda kalmıştır? Belki, belki, belki... Açık fikirli olmanın bir zararı yoktur, değil mi?

Genel olarak rahatlamış hissediyorum ve yeniden heyecanlanmaya çalışıyorum. Ekilmedim ve çöpçatana başarısız bir buluşma olduğunu bildirmek zorunda kalmayacağım. Bir erkeği kahve içmeye bile ikna edemediğim için bana acımasını istemiyorum. Er ya da geç, en azından bir talipte buluşuyorum. Bilemezsiniz, belki de doğru kişi odur.

6.30: Acıkıyorum. Beyaz çikolatalı ve fındıklı kurabiye sipariş ediyorum. Geldiklerindeyse gülümsüyorum çünkü kalp şeklindeler. Bu belki de bir işarettir.

7:00 Tam onu aramak için telefonu elime alıyorum ki geliyor. İki saat gecikti. Büyük bir gülümseme takınıyor. Bir yetmiş beş boyunda, zayıf; kot pantolon ve bembeyaz bir gömlek giymiş. Saçları kısa, derli toplu ve koyu kahverengi. Parfüm kokuyor, yumuşak ve duygusal bir koku.

Sandalyesine oturup arkasına yaslanıyor. Garsona dönüp bir kahve istiyor. "Uzun bir yoldu," diye açıklıyor. Onaylar şekilde başımı sallıyorum. Indiana Jones değil ama hoş görünüşlü biri ve beni rahatlatıyor. Belki bu bekleyiş de almam gereken bir dersti.

"Kahveye eşlik edecek tatlı bir şeyler yemem lazım," diyor özür dilercesine. Kurabiyeleri gösteriyorum ama burun kıvırıyor.

"Buranın pastaları da güzeldir," diyerek pis pis sırıtıyorum.

Kaşları bir anda havaya kalkıyor. "Gerçekten mi?" Heyecanlı görünüyor. Gamzesi ortaya çıkıyor. Zaafım, *gamzeler.* Diğer zaafımsa ela gözler; ama gözleri ela değil.

Gamzesiyle, baştan çıkarıcı bir şekilde bana doğru salınıyor. "Çikolata?"

Tekrar başımı sallıyorum ama bu kez olumlu bir şekilde. Ben de çikolatayı severim. Bana küstahça bir bakış atıp garsona bağırıyor: "İki dilim çikolatalı pasta!" Sırıtarak geri dönüyor. Bağırmasından utanıyorum ama bunu yaparkenki rahat ve çekici tavrı beni etkiliyor. Garson bu zorunluluktan memnun görünüyor. Bunu nasıl başardığını merak ediyorum.

Koyu renkli, yapış yapış ve kreması taşmış pasta geliyor. Kendi dilimimi, ufak, derli toplu parçalar halinde yiyorum. Çatalım saf çikolata katmanları arasında kıvrılıyor; hızla, rujumu bozmamaya dikkat ederek dudaklarımdan içeri dalıyor. Katmanlar arasındaki pandispanya ve frambuazlarla oynuyorum. Başımı kaldırıyorum ve pastası yok olmuş, gözleri ışıl ışıl. Kahve fincanını eline almış. Fazlasıyla sempatik. Peki o benden hoşlanacak mı? Kendime, daha eğlenceli olmaya çalışmalısın, diyorum.

Sohbet ediyoruz. O konuşuyor, bense kıkırdıyorum. O iki saat hemen unutuluyor. Seyahat etmekle, camiyle ilgili konuşuyoruz. Kriketten hoşlanıyor. Kriketi çok seviyor.

"Çikolatalı pastadan daha çok," deyip yaramazca gülümsüyor bana. Kriket hastası değilim ama bu öğleden sonra bir deneme maçı olduğunu biliyorum.

"Benim yüzümden kaçırdığın için üzgünüm," diye dalga geçerek özür diliyorum. Duraksıyorum. "Belki de değmiştir?"

Kocaman gülümsemesiyle "Belki de," diyor.

Ben de ona gülümsüyorum.

Biraz daha sohbet ediyoruz. Onun işi, benim işim, onun ailesi, benim ailem. Akşam yemeği vakti geliyor ve ben acıkmaya başlıyorum. Onun da aç olup olmadığını soruyorum. Evden çıkmadan önce kocaman bir paket cips yediğini söylüyor. "Koca bir paket peynirli ve soğanlı cipsi bitirmeden kriket maçının sonunu izleyemezsin," diyerek tavsiye veriyor bana. Peynir ve soğandan hoşlanmam. Sonradan kokularını parmaklarımdan çıkaramadığımda midemi bulandırırlar.

Bir garson yakalamak için arkasını dönüyor. Tüm bu sohbet onu susatmış. Kafamın içinde genişleyip, oksijeni emen ve beni sinirlendiren büyük bir balon var. Artık tam olarak neden geç kaldığını öğrenmeliyim. "Sence kriket maçı kaçta bitmiştir?" "Beş buçuktan hemen sonra," diye yanıtlıyor şaşkın bir şekilde, bir taraftan da hâlâ garsonu arıyor. Bulmacanın parçaları yerine oturmaya başlıyor.

Şaşkınlık içine "Maçın tamamını evde mi izledin?" diye soruyorum. Titreyen parmaklarımı kontrol etmek için, masanın üzerinde hâlâ dokunulmamış halde bekleyen kurabiyelerle oynuyorum. Küstahça gülümseyip, buzlu maden suyunu höpürdeterek içiyor. Kurabiye aniden tam ortadan ikiye ayrılıyor. Ona parçalanan kısmı ikram ediyorum. İki saat boyunca kafede tek başıma onu beklerken, o hâlâ evdeymiş ve tüm saygısızlığıyla *iki saat* geç kalacağını biliyormuş. Ben dehşete düşüyorum. Oysa ilgisiz.

Kibar davranmak için kahvemi bitirene kadar bekliyorum. Onun kadar kaba olmama gerek yok. Kendi karakterim ve korumam gereken bir ünüm var. Onunla ilgili içgüdülerim doğruymuş ve önsezime güvenmeliymişim. Buluşma çok açıklayıcı oldu. Farkına bile varmadan, hareketleri bana o görünümün altındakilerle ilgili pek çok şey gösterdi ve bu gördüklerim tüm etkileyiciliğine ve mizacına rağmen karakterinin en önemli kusurunu, başka insanlara saygı göstermediğini ve değer vermediğini açığa çıkarıyordu. Nezakete karşı kriket.

Anne babamın ve teyzelerin, iyi huylu ve iyi yetiştirilmiş birini bulmam gerektiğiyle ilgili verdikleri tavsiyeler kulağımda çınlıyor. Din de size iyi davranacak birini aramanızı söylüyor çünkü o kişinin diğer insanlara karşı nasıl davranılacağını bildiğini söylüyor.

Bu sürecin çok muhteşem olduğunu düşünüyordum. Diğer kişilerin en içgüdüsel davranışlarına ulaşmanıza ve ilk elden kendi dolaysız yanıtınızı görmenize izin veriyordu. Hayatı birlikte geçirme konusuna yaklaşımınızdaki bu hamlık, bu süreci çok önemli bir deneyim haline getiriyordu.

Birbirimize yabancıydık ama geleceklerimiz konusunda birbirimizle derinlemesine ve samimi bir şekilde konuşmak zorundaydık. Syed'in eşine vereceği değeri ve diğer insanlara karşı saygılı davranmayı nasıl beceremediğini bana sözlerle açıklamasına gerek yoktu. Bunu hareketlerinde gördüm. Söyleyecekleri bana yalnızca, kendiyle ilgili neye inanmak istediğini, kendiyle ilgili ne *düşündüğünü* gösterebilirdi.

Aynı zor soruları kendime sormaya başladım. Kendimle ilgili inançlarım, gerçek davranışlarımla çelişiyor muydu? Yoksa sözlerim ve isteklerim arasında bir bütünlüğe ulaşmayı başarmış mıydım? Syed'le yaşadıklarımdan sonra olası bir hayat arkadaşıyla buluşuyor olmanın, bir karakter kusurunun özrü olmadığından emin oldum.

Ayrıca Syed'le yaşadıklarım bana, içgüdülerime güvenmem gerektiğini hatırlattı.

İki saat bekleyip, bu gecikmeyle ilgili herhangi bir şekilde özür duymadığım için onun gerçek yüzünü görmüş olmalıydım. Ama kültürel kurallar, ne olursa olsun evliliğin peşinden gitmemi ve kendi düşüncelerimi ve içgüdülerimi bu süreçte göz ardı etmemi söylüyordu. Bunun yerine, Yaratıcı'nın *fitrahıma* neyin doğru olduğunu ve neyi hak ettiğimizi görmemiz için her birimizin içine koyduğu içsel bilince güvenmeliydim. *Fitrah,* insanın çok ilginç bir parçasıdır. Herkesin neyin doğru olduğunu bilmesi, doğru şeyi yapmak istemesi ve karşılığında doğru şekilde davranılmasını istemesini sağlayan doğal içgüdü olarak da düşünülebilirdi.

Benim doğrum nezaket görmekti. İçinde yaşadığım kültür, kendime karşı sahip olmam gereken özsaygıyı küçümsüyordu. Diğer yandan dinimin bana saygıyı tavsiye ettiğini, içimdeki sese güvenmem gerektiğini söylediğini görüyordum. İnancımın bana gerçekten bir şeyler sunduğunu fark ettim ve o anda, onu kitaplardan çıkarıp hayatıma uyguladım. Ben bir insandım ve saygı görmeyi hak ediyordum.

Ne Kadar Çok Değişirse, O Kadar Aynı Kalıyor ☆

Kişinin güçlü bir beyne sahip olması karakterinin de iyi olacağı anlamına gelmiyordu. Khalil için de bu geçerliydi. Oldukça başarılı bir diş hekimiydi. Okulu döneminin birincisi olarak bitirmiş ve gelişen bir muayenehane açmıştı. Londra'da doğup büyümüştü. Annem sadece selamlaşacak kadar da olsa annesini tanıyordu. Bana anne babasının çok zeki, çok hoş ve dindar kişiler olduğu söylenmişti ve o da onların oğlu olduğuna göre evlilik için çok uygun olmalıydı. Çöpçatan ilgilenip ilgilenmediğimizi öğrenmek için annemi aradı. Uzun zamandır haber aldığımız en iyi talip gibi görünüyordu. Olumlu yanıt verdik. Çöpçatan Khalil'e doğrudan benimle konuşması için numaramı verip veremeyeceğini sordu. "Konuşurlar ve birbirlerinden hoşlanırlarsa kendileri bir buluşma ayarlarlar," diyerek açıkladı. Bu süreç çok mantıklı ve çok daha rahat geldi.

Khalil, pazar akşamı, güzel altın rengi bir yaz gün batımında aradı. "Merhaba," diyerek gülümsedi telefonda. Ben de "Merhaba," diyerek gülümsedim. Hemen anlaşıp, biraz ciddi, biraz da şakalaşarak sohbet etmeye başladık. On beş dakika ve iki göz kırpma süresinin ardından tekrar arayacağını söyledi ve ben de bekleyeceğimi söyledim. Kendini, 1.72 boyunda zayıf ve "tabii ki oldukça yakışıklı" olarak tanımladı. Ben de kendi görünüşümü tarif ederek karşılık verdim. Kısa da olsa bir telefon görüşmesi gerçekleştirdim ve bu çok daha kolaydı. Kendi görünümüyle kibirlenir bir şekilde dalga geçmesi beni o kadar çok güldürdü ki hiç kusuru olup olmadığını sordum. Nazik bir aksan takındı ve "Çok ufak bir uyku apnesi sorunum var, hayatım, ama hanımlar genelde bunun en çekici tarafım olduğunu söylerler," dedi. Horladığını itiraf etmesinden açıklanamayacak bir şekilde etkilenip kıkırdadım.

Ertesi akşam aradı ve yine konuştuk. Çok iyi anlaşıyor gibi göründüğümüz için, cuma akşamı yemeğe gitmek isteyip istemeyeceğimi sordu. Şimdiden "konuşabileceğim biri" kutucuğunu işaretlemişti bile. Bu, işaretlemenin en zor olduğunu düşündüğüm kutucuktu.

Ertesi akşam, öylesine sohbet etmek için tekrar aradı. Bunun çok olumlu bir işaret olduğunu düşündüm. İki kez kendiliğinden aramıştı. Gülümsedim. Akşam yemeğine sadece üç gün kalmıştı.

Salı ve çarşamba aramadı. Perşembe günü aradı. Ses tonu oldukça farklıydı. "Sana söylemem gereken bir şey var. Umarım bu aramızdakileri değiştirmez ama sana karşı dürüst olmam çok önemli," dedi. Kalbim hızla atmaya başladı. Olamaz! Nasıl bir sırrı vardı acaba? Evli miydi? Ölümcül bir hastalığı mı vardı? Daha önce hapse mi girmişti?

"Sana, boyu yalnızca 1.57 olan biriyle evlenemeyeceğimi söylemek istedim," dedi çok ciddi bir ses tonuyla. "Çok iyi anlaştığımızı biliyorum. Bana anlatılanlara bakılırsa çok da çekici biri olduğundan eminim. Ama benim için çok kısasın. Bu nedenle lütfen yarın buluştuğumuzda beklentilerini yüksek tutma."

Uzun bir sessizlik oldu. Ne söylemeliydim şimdi? Güç dengesini altüst etmişti.

"Ama sen de 1.72 boyundasın, değil mi?" diyerek kaşlarımı kaldırdım. "Benimle kıyaslandığında bu pek de uzun bir boy değil. Hatta kimileri bunun mükemmel olduğunu bile söyleyebilir." Bu durumdan bir şeyler kurtarmaya çalışıyordum, bu hafta temellerini attığım umutları ve filizlenen hayallerimi yok etmesini engellemeye çalışıyordum. Bu kadar doğal bir kıvılcım yakaladığım birini bulmak çok sık gerçekleşen bir durum değildi.

"Sadece böyle düşünüyorum," dedi çocukça bir tavırla; bunu da çekici tuhaflıklarından biri gibi göstermeye çalışıyordu. Horlama konusunu hatırladım.

"Neyse," dedi canlı bir şekilde. "Hâlâ bir restoran seçmedin mi?"

"Buluşmanın bir anlamı olduğunu düşünmüyorum," dedim ona.

"Sığ olduğumu düşünüyorsun, değil mi?" dedi üzgün bir şekilde, onu hayal kırıklığına uğrattığımı belirterek. "Eğer böyle düşünüyorsan gerçekten çok yazık." Ağırbaşlı davranmak için özellikle duraksadı. "Mükemmel bir diğer yarıyla ilgili bir resim var mı aklında?"

"Evet," diye homurdandım, aklından geçenlerden emin olamayarak.

"Benim de aklımda bir resim var ve o senden daha uzun boylu."

"Herkesin aklında bir resim vardır," diye yanıtladım kesin bir şekilde. "Ama gerçek bir insanın bu resme benzeme ihtimali kadar benzememe ihtimali olduğunu da biliyorum. Tamamen beklenmedik, kafamda canlandırdığım kişiye hiç benzemeyen birini bulabilirim. Belki de hayal ettiğimden çok daha iyi biri olur. Ama bu kadar kesin düşüncelerin varken bunu nasıl bilebilirsin? Çok kısa ya da çok uzun boylu olduğu için o mükemmel insandan vazgeçer misin?"

"Vazgeçerim," dedi yumuşak bir ses tonuyla, pişmanlık duymayarak. "Ama yine de seninle buluşmayı çok isterim," diye tatlı bir sözle beni kandırmaya çalıştı. "Lütfen bunu bir düşün."

Benden çok daha bilge ve sezgileri çok daha güçlü olan babama bu üzücü durumu anlattım. Çok basit bir yorum yaptı. "Kadınların boy ölçüsü ile satılmadığını söyle ona."

Mantıksız bir şekilde, davetini reddedemedim ve akşam yemeği için onunla buluştum. Merak mı? Çekim mi? Bir türlü yılmayan iyimserlik mi? Kötü talihin çekiciliği mi? Beni zaten "uygun olmayan" olarak tanımladığı için, kendisine ilişkiye devam etme seçeneğini bıraktığını ve benim onu reddedebilme ihtimalimi tamamen yok saydığını fark etmeliydim. Tüm gücü kendi eline almıştı ve bense zayıf bir şekilde duruma ayak uydurmuştum.

Yemekte herkesin kendi payını ödemesi konusunda ısrar etti. Niyetini zaten açık ettiğini bir kez daha vurguladı. Sadece arkadaştık. "Aslında çok güzelsin. *Çok* çekicisin," diye vurguladı. "Ama çok kısasın, çok yazık." Kısa insanların duyguları olmadığını mı düşünüyor, diye merak ettim.

Bu kadar kaba olduğu için içten içe ona köpürdüm. İngiliz, Asyalı ve İslami adabımuaşeret kurallarında eşit derecede mevcut olan evrensel iyi terbiye standartlarını karşılayamamıştı. Cimriydi. Erkeklerin ödemesi veya en azından ödemek istiyor gibi yapması hâlâ bir kibarlık göstergesiydi. Zaten her şekilde hesaba katkıda bulunacaktım.

Restorandan ayrıldım. Israrla tatlı yemek istediğini söyledi. Yemekten sonra kendimi çok şiş hissediyordum ama o pudingini yerken çay içmeyi kabul ettim. Ben çay sipariş ettim, o da çay, tatlı ve yemek sonrası çikolatası. İkimizde de hesabı denkleştirecek kadar bozuk olmadığı için, onar paundluk birer banknot koyduk. Garson, içinde fişimizin bulunduğu bir fincan tabağı ve para üstüyle geri döndü. Bozuk paraları aldı ve hem kendi payını hem de benim payımı gözünü bile kırpmadan kendi cebine koydu.

Bir kez daha aşk arayışındaki bu yoğunluğun, bir insanla ilgili ne kadar çok şeyi ortaya çıkardığını düşündüm. Khalil'in içimde uyandırdığı duygu, bana karakterin ne kadar önemli olduğunu unutturmuştu. Peygamber'in sözleri, zihnimde net bir şekilde çınlıyordu. "Görünüşü ve zenginliği yüzünden bir eş seçmeyin çünkü bu özellikler yok olacaktır." Khalil beni reddetmişti çünkü nasıl görünmem gerektiğiyle ilgili sabit fikirleri vardı ve bunlar kesinlikle çok mantıksızdı. Aradığı bir eş değil, kendi tarifine uygun olarak yapılmış bir oyuncak, bir bebekti. Peki parayla ilgili o tuhaf tavırlarına ne demeliydim? Hayatımı cömert ruhlu biriyle paylaşmak istiyordum. Ancak böyle bir erkek beni Yaratıcı'ya daha da yaklaştırabilirdi. Kocamdan, daha iyi bir insan olmayı öğrenebilmek istiyordum. Cimri olan ve bunun dışında hiçbir şey düşünemeyen bir adamla evlenemezdim.

Khalil'in gerçekçi olmayan, mantıksız beklentileri çok iyi bir eş olabilecek biriyle birlikte olabilme ihtimali de dâhil olmak üzere, önündeki tüm ihtimalleri yok ediyordu. Kibar ve konuşkan biri olmasına rağmen, hareketleri çevresindekilere ne kadar az saygı duyduğunu gösteriyordu. Ne kadar mükemmel görünürse görünsün, kontrolcü ve çevresindekileri kullanan bir kişiyle hayatımı geçiremezdim. Birkaç gün telefonda konuştuktan ve birkaç saatliğine buluştuktan sonra bu sürecin sertliği Khalil'i elindekileri göstermek zorunda bırakmıştı. Çıkıyor olsaydık, önyargılı fikirlerini açığa çıkarmadan önce beni uzunca bir süre aldatabilirdi. Kendimle yüzleştim ve dürüst olmak gerekirse kendime meydan okudum. Benim beklentilerim de bu kadar katı mıydı? Ben de kendi gerçekçi olmayan isteklerime karşı bu kadar kör ve mantıksız mıydım? Sorular beynimin içinde uçuşuyor ve midemi bulandırıyordu.

Çok kısa süre sonra Mobeen'le tanıştım ve daha açık fikirli olmaya çalıştım. Bir kez daha, dedikoducu gözlerden uzakta, Londra'nın merkezinde buluşmaya karar verdik. Telefonum çaldığında, randevumuz için seçtiğimiz dondurmacının önünde onu bekliyordum.

"Selamünaleyküm," dedi ses.

"Aleykümselam," diye yanıtladım.

"Merhaba, ben Mobeen." Hoş, net bir sesi vardı; zeki ve sofistike geliyordu.

"Merhaba, Mobeen," diyerek karşılık verdim.

"Çok özür dilerim ama birazcık gecikeceğim."

Geç. Hayatımda her şey gecikiyor gibiydi.

"Sorun değil," dedim. Bağışlayıcı olmaya, ona bir şans tanımaya, önyargıyla yaklaşmamaya, daha önceki gibi kendimi suçlu konumunda görmemeye çalışıyordum. Belki de geçerli bir sebebi vardı. En azından beni arayıp haber verdi. Ama nasıl oluyor da erkeklerin çoğu böyle geç kalıyordu? Televizyonda ne zaman bir kriket maçı görsem hâlâ kendimden utanıyordum.

"Ne kadar geç kalırsın?" diye sordum.

"Yaklaşık yarım saat."

"O zaman görüşürüz." Telefonu kapadım, çantama koydum ve bakınmak için mağazalar boyunca yürümeye başladım. O varmadan önce hemen geri dönebilirdim ve istediğinde beni arayabilirdi. Herkesin içinde ümitsizce dikilmemin bir anlamı yoktu. Durumu değerlendirip, mağaza vitrinlerine daldım. 30 dakikalık gecikme yüzünden gerilmeme izin veremezdim. Fazladan zamanı değerlendirmeye karar verdim.

Genç Asyalı bir adam bana yaklaştı. "Pardon, galiba sizi tanıyorum."

Tanımadan buluşacağım adam geç kalıyor ve şimdi de ben tamamen yabancı biri tarafından lafa tutuluyorum.

Bana o kadar büyük bir özgüvenle bakıyordu ki bir an, acaba onu tanıyamadım mı, diye düşündüm. Belki de onu tanıyordum. Açık açık onu tanımadığımı söylesem ve bir aile dostu olduğu ortaya çıksa kabalık etmiş olurdum. Onu tanıyor olma ihtimalimi göz önünde bulundurarak dikkatli yanıtlar vermeye çalışıyordum.

"Nerede tanışmıştık?"

Gerçekten bana baktı. "Kolejden." Beni de, ona katılmaya teşvik edercesine gülümsedi. Bakışlarına boş bir karşılık verdim. "Yüksek okul sınıfında birlikteydik," diye ekledi.

Onu yakaladım. "Ben kız okuluna gittim, sınıfta hiç erkek yoktu," diyerek cevaplayıp, topuklarım üzerinde döndükten sonra yürümeye başladım. Peşimden koştu.

Hızlanırken, *hayır olamaz,* diye düşündüm. *Beni herkesin içinde takip eden yabancı bir adamı etkiliyorum.* Daha sinirli bir şekilde yürümeye başladım.

"Shelina! Shelina!" diye bağırdı. Adımı nereden biliyordu? Korkmaya başladım.

"Shelina! Shelina! Benim, Mobeen!" Durup ona döndüm.

"Mobeen mi? Ama, ama gecikeceğini söylemiştin!" deyiverdim. Mobeen 30 dakika uzaklıkta olmalıydı.

Yabancının bana yaklaştığı ve benimle konuştuğu yere bakmak için döndüm.

"Ama, sen, şimdi, orada, ama..." Şaşkınlık ve endişeyle ona baktım. Bana sırıtarak karşılık verdi. Beni yakındaki bir kafeye oturtup, iki kahve sipariş etti.

Mutlulukla, güneşten gelen küçük bir ışık demeti gibi gülümsedi ama içimde koyu renkli tehditkar bir bulut olduğunu hissettim. Önyargılı davranmamam, sabit beklentiler yüzünden suçlu duruma düşmemle ilgili mantramı tekrarlayıp duruyordum. Belki birazcık gergindi o kadar?

"Espri anlayışın var mı görmek istedim," diyerek başladı konuşmaya, "o yüzden sana küçük bir şaka yapabilirim diye düşündüm." Hâlâ mutlu bir şekilde gülümsüyordu. "Çok iyi bir espri anlayışın var, bunu çok iyi kaldırdın!" Sırıtmaya devam etti. "Bunu gerçekten sevdim, çoğu kız böyle ayak uyduramaz."

İEA testini geçmekten memnundum. Kendi saygıma ve erdemime sahip olmaktan daha da mutluydum. Ne yazık ki Mobeen bunlara sahip değildi. Bir eşte ne aradığını düşünürken, benim üzerimde nasıl bir etki bıraktığını unutmuştu bile. Hareketlerinin bana, karakteriyle ilgili olarak söyleyebileceği tüm sözlerden daha fazlasını anlattığını da unutmuştu.

Büyükannem, onun zamanında nasıl eş seçildiğini anlatmıştı. Bir erkek kendini, kızın ailesine takdim ederse ve aile onun iyi bir karaktere sahip olduğuna, iyi bir geçmişi olduğuna, iyi para kazandığına ve hiçbir kötü huyu olmadığına karar verirse, kızın ailenin bu teklifini kabul etmekten başka şansı yoktu. Kimse "çekim" veya "uyum" aramıyordu. Seçici davranamazdınız. Bir aile kızlarını uzun süre yanında tutarsa, ayıplanırdı. İlk gelen teklifi kabul etmemeleri için nasıl bir sebep gösterebilirlerdi ki? Ya bu kızın alacağı en iyi ya da tek teklif olursa o zaman ne olurdu?

Büyükanneme, yirminci yüzyılın ilk yarısında, Tanzanya'da Asyalı bir kadın olarak büyümekle ilgili pek çok soru sordum. Deneyimlerinin yalnızca Müslüman olmaktan kaynaklandığına inanmıyorum. Bunlar o dönemin Asya toplumunun özelliklerini yansıtıyordu. Onun büyüdüğü kasabada çok sayıda olan Hindu, Sikh ve Hıristiyan akranlarını düşünüyorum; onların da yaşadıkları büyükanneminkilerden pek de farklı olmasa gerek.

On beş yaşındayken bir gün, her yönden çok kibar, cömert, sevecen ve oldukça da dindar olan babasının, onu evlerinin penceresine götürüp, perdeleri hafifçe araladığını anlattı bana. Ona evin önünden geçen ufak tefek bir adamı gösterip "Bu adamla nişanlısın," demiş. Çok kısa süre sonra da evlenmişler.

Büyükannem bu hikâyeyi hiçbir şaşkınlık ifadesine yer vermeden, bu onun zamanında sıkça yaşanan bir tecrübeymiş gibi anlatmıştı. O zamanlar işlerin böyle yürüdüğüne ve babasının onu çok sevdiğine inanıyorum. Annem onun kızlarını oğullarından daha çok sevdiğini söyler. Eşi bir erkek doğurduğunda, ebeye ve yardımcılarına mecburen bir hediye verirmiş. Kızı olduğundaysa onun iki katını hediye edermiş. Toplam yedi çocuğu var. Bugün bile pek çok kültürde olduğu gibi erkek evlatların kızlara kıyasla daha ayrıcalıklı olduğu öyle bir dönemde, bu oldukça sıra dışı, yol gösterici ve her şeyden öte İslami bir hareketti. Bu yüzden kızları için birer eş bulmak için kullandığı yöntemlerde de aynı derecede erdemli, dindar ve sevgi dolu olduğunu düşünüyorum. Bir kadın başka türlü nasıl evlenip, kendi evine sahip olabilirdi ki?

Yaşıtları gibi büyükannem de, onlarla çok az karşılaştığı için muhtemelen erkekler hakkında çok az bilgi sahibiydi ve bu yüzden, babasının kararlarına ve uygun birini bulmak için sahip olduğu bağlantılara güveniyordu. On beş yaşlarında evlenmezse, başka ne yapardı ki? Bu yaşlardaki genç bir kadın oldukça olgun olurdu ve yetişkin olarak kabul edilirdi. Bugün bile, bu yaştaki kızlar fiziksel ve zihinsel olarak yetişkinler ve hatta bazılarının kendi çocukları bile var.

Genç bir kadın evlenmediyse, kendinden küçük kardeşlerinin "yolunu kapatıyor" diye kabul edilirdi. Büyük kız evlenene kadar küçük kız evlenemezdi. Aksi takdirde büyük kardeşin evlenme şansı tamamen yok olurdu. Genç bir kadının yaptığı her tercih ya da gerçekleştirdiği her eylem, çevresindekiler tarafından yönlendirilen ve aynı zamanda onları etkileyen bir toplum olayıydı. Tüm insanlar gibi, genç kadınlar da bir boşlukta yaşamıyordu ve hâlâ da yaşamıyorlar. Çevresindekilerin kaderi onunkiyle iç içe geçmişti.

Her genç kadın evlenmeliydi. Yaşlanana kadar ailesiyle birlikte yaşaması, o dönemin toplumuna tam olarak girmesine engel oluyordu. Ayrıca hiç de pratik değildi. O dönemde kadınlar, Batılı toplumlarda olduğu gibi mali ve sosyal açıdan bağımsız olamıyorlardı ve toplum aile temeline dayanıyordu. Anne babası öldüğünde ona kim bakardı? Nasıl özerklik kazanırdı? Sosyal ve kültürel açıdan bakıldığında evlilik, kadınlar için bir statü kazanma ve kaderlerini kontrol etme yoluydu. Kadınlığa, kendi şovunu gerçekleştirdiği kendi evinde geçeceğine ve farklı bir mutluluk yaşayacağına inanılırdı. İslami açıdan bakıldığında kadınlar da erkekler de evlendiklerinde gerçekten tam olurlardı. Dahası, doğru veya yanlış, kadınların en çok kendi kontrolleri altında bir evleri ve çocukları olmasını istediğine inanılırdı.

O dönemin evlilikleri, kadın ve erkek arasında sosyal olarak kabul görmüş sorumluluk dağılımını yansıtıyordu. Koca eve para getirir, karısı ise eve ve çocuklara bakardı. Onları birbirine bağlayan bu İslami evlilik anlaşması, bu görevleri gerçekleştirmesi için kadını zorlamıyordu. Koca kesinlikle, karısı ve ailesi için kalacak bir yer sağlamak ve onlara bakmak zorundaydı. Kadın da isterse ya da ihtiyaç duyarsa aileye maddi açıdan katkıda bulunabilirdi ama buna mecbur değildi. Bir eş olarak resmi zorunlulukları temizlik, yemek ve hatta çocuk bakımını bile içermiyordu. Sorumluluğu kocası için iyi bir yoldaş olmaktı. Ama İslami yasalarda, *şeriatta* her açıdan zorunluluklar en az şekilde belirlenmişti. Bu zorunlulukları yerine getirdiğinde yasanın gerektirdiklerini takip etmiş oluyordun; ruhunu değil. Müslüman olarak, arzulu ve nazik olmaya ve kuralların ötesine geçip karşılığında almak istediğinden fazlasını vermeye teşvik ediliyordun. Büyükannemin zamanındaki evliliklerde bu kesinlikle erkeklerin ev işlerinde kadınları desteklemeleri ve kadınlarınsa bunun karşılığında kocalarına ve ailelerine bakmaları anlamına geliyordu. Yasalar sizi bunlara zorlamıyordu. Bunları yapmanızın nedeni birbirinize karşı olan sevginizdi.

Büyükannemin on çocuğu vardı. Onu bir elinde tespihi, bir elinde *Kuran'ı* ile sürekli gülümserken hatırlıyorum. Elli yıldan uzun süre her gece sabah namazını kılmak için uyandı ve sabaha kadar uyanık kalıp *Kuran*'dan bölümler okudu. Bizde kaldığı sabahlarda, sabahları kahvaltı için alt kata indiğimde, çoktan kalkmış çay yapıyor ve gülümsüyor olurdu. Her zaman gülümserdi.

Herkese yayılan bir enerjisi olduğunu hatırlıyorum ve bunun benim üzerimde sonsuz bir etkisi oldu. Ne kadar zorlukla karşılaşırsa karşılaşsın, her zaman halinden memnundu. Annem kendini bildi bileli büyükannemin böyle olduğunu söylerdi. Bunu yalnızca iki şeye bağlayabiliyorum: Sakin tavrı ve her zaman Tanrı'nın bilincinde olması. Her zaman Yaratıcı'sıylaydı; her zaman ona destek vereni düşünüyordu. Onunla sürekli bağlantı halindeydi. Eşi, çocukları ve topluma olan sevgisi, herhangi bir çaba gerektirmeksizin *Sonsuzluk Aşkı* ile iç içe geçmişti. Onun çok rahatlatıcı ve sakinleştirici olduğunu düşünüyordum. Sırrını öğrenmek istiyordum. Ama herhangi bir gizli yöntemi yokmuş gibi görünüyordu. Yalnızca kendini Yaratıcı'ya adamıştı ve herkese kibar davranıyordu. İslam'ın somutlaşmış haliydi. Sıradan, ünlü olmayan biriydi, dünyayı değiştirecek hiçbir şey yapmamıştı. Ama kendi içindeki dünyayı baştan aşağı değiştirmişti. Çevresindeki tüm insanların kalplerini kazanmış ve tüm bunlar onu kendi yaşamında bir kahraman haline getirmişti.

Evli bir kadın olmakla ilgili kendi hikâyelerini anlatır ve iyi bir koca bulabilmem için dua ederdi. "Onlara iyi davran ki onlar da sana iyi davransın," derdi. "Toplumuna göz kulak ol. Sıkı çalış. Evliliğin iyi ve kötü zamanları olacak. Bugün evliliğin süresince izleyeceğin yol, evliliğimde benim izlediğim yolla aynı olacak."

"Kocana bakmak zorundasın. Bugün daha farklı fikirleri olan insanlar tanıyorum; ama sen ona bakarsan, o da sana bakar. Zor bile gelse, istediğini elde edemesen de bunu hiç unutma. Bir kez evlendin mi, asıl zor kısım ondan sonra başlar. Senin hatan olmasa bile özür dilemeyi bil. Erkekler kadınlardan farklıdırlar. Biz kızdığımızda içimizde tutarız; erkeklerse bunu içlerinden atıp sonra da unuturlar. Elli yıl sonra hanginizin hatalı olduğunu kim hatırlayacak? İkiniz de aynı taraftasınız. O hata yaptığında sen özür dilesen ne fark eder ki? Sonunda, yalnızca onu seven ve bunca yılın ardından hâlâ sevdiği bir eşi olduğunu hatırlayacak."

Sonra gülümseyip yüksek sesle kahkaha atardı. "Halime bak, yaşlı bir kadın sana tavsiye veriyor."

"*Naanima,*" diye yanıtlardım, kalbim hayatımın bir parçası olan bu parlak ışığa karşı sevgiyle dolup taşarken. "İyi bir koca bulayım diye benim için dua edecek misin?" Elini başıma koyar ve bir annenin ses tonu ve başka bir dünyanın ışığıyla "Tüm çocuklarımın mutluluğu için dua ediyorum. Tanrı seni koruyup, kutsayacak. Her şey O'nun elinde. Sen sadece O'na dua et," derdi.

Sonra sevgisi eriyip, kocaman gülümsemesine karışırdı ve benimle evlilik konusunda dalga geçeceğini anlardım.

"Biraz zayıfsın," diyerek gülerdi. "Şimdilerde erkekler bundan mı hoşlanıyor?"

Şimşek ☆

Gün batımında romantik yürüyüşlere çıkıldığında ve ayın doğuşunu izlerken geleceğine inandığım o duyguyu arzuladım. Ama bir yandan da bunun hayatın gerçeği olmadığını biliyordum. Buzdolabındaki küflü yiyeceklere bakıldığında, en yakışıklı, şairane, romantik prens bile mutfağın sert floresan ışığı altında çabalamak zorunda kalırdı. Hangi kadın ya da erkek zaman içerisinde birden fazla fotoğrafta mükemmel çıkardı ki? Her insan sürekli değişiyor ve bugün romantik bir kahraman olsalar bile, yarın onlarla ilgili yeni bir şeyi ortaya çıkartan bir keşif yapabilirsiniz.

Hayalciliğim yalnızca Müslüman kadınların başının belası değildi. Pek çok başka kadın ve erkek tarafından da paylaşılıyordu. Tüm bu konularda anlaşıp evlensek bile, aşkı ararken harcadığımız onca enerji, odaklanma ve kalp ağrısı diğer aktiviteler için kullanılabilirdi. Aşk, arzu ve ilişki arayışı içerisinde, ülke çapında ne kadar zaman, çaba ve para harcandığını merak ettim. Hükümetin, aşk arayışı yolunda kaybedilen zenginlik, gönüllülük ve mutluluk potansiyeline dair bir istatistiği var mı diye merak ettim.

Bir perşembe akşamı Karim aradı. Doğu Afrika kökenli değil, Hint orijinliydi. Anneme bunun sorun olup olmayacağını sormuşlardı. Annemse, "İyi bir Müslüman olduğu sürece hiçbir sakıncası yok," diye yanıtlamıştı. Oldukça umut verici görünüyordu. Bir gazetede fotoğrafçı olarak çalışıyordu. Muhasebeci *değildi.* Prestijli bir üniversitede güzel sanatlar bölümünde okumuştu, benden bir yaş büyüktü ve İngiltere'de büyümüştü.

Annem, buluşma için bir zaman belirlemek için annesiyle görüşmüş ve oldukça dostça ve cana yakın davrandığını söylemişti. Cumartesi günü öğleden sonra saat 3'te gelmeye karar verdiler. Ertelemenin gereği yoktu. Bu olmazsa, bir sonrakine geçmek zorunda kalabilirdik ve bu yüzden tanışmayı ertelemenin bir anlamı yoktu. *Vakit nakittir,* diye uyarılıyordum sürekli. Karim'in annesine, aileden birinin düğünü yüzünden 6'da evden ayrılmamız gerektiğini söyledik. Üç saatin, çay içip bir ön görüşme gerçekleştirmek için yeterli olacağını hesaplamıştık. Yakında oturuyorlardı; o yüzden işler yolunda giderse, istediğimiz zaman tekrar görüşebilirdik. Kötü gidecek olursa da en azından güvenebileceğimiz bir kaçış stratejimiz vardı.

Saat 4'te hâlâ gelmemişlerdi. Geç kalacakları için aramamışlardı da. Hâlâ acele etmemize gerek yoktu ama yalnızca iki saatimiz kaldığı için prosedürün kısıtlı bir kısmı gerçekleşebilecekti. Giriş kısmı çok fazla protokol gerektiriyordu ve bu nedenle çok az kısaltılabilirdi. Görüşmeyi hızlandırırsak ayıp etmiş olurduk. Annem ne olduğunu öğrenmek için onları aramayı denedi. Cevap yoktu. Evden çıkmış olduklarını varsaydık. Onları yoldayken arayabileceğimiz bir cep telefonu numarası yoktu elimizde. Denemeye devam etti ve sonunda 4.30'da başardı.

"Eşimi bekliyoruz," diye açıkladı Karim'in annesi. "Eminim az sonra evde olur, sonra da hemen çıkacağız, merak etmeyin," dedi.

Merak etmedik, köpürdük. Kulaklarımızdan duman fışkırdı. Gecikeceklerini haber vermeye bile zahmet etmediler. Sonunda 6'da geldiler. Düğüne zamanında yetişebilmek için, şık, hafif eteğimi ve gömleğimi çıkarıp, parlak turkuvaz renkli ipekten yapılmış, bol işlemeli *şalvar kamezimi* giydim. Düğün için mükemmel bir seçimdi ama tanışma için hiç de uygun değildi. Aynı zamanda deneysel bir süreçten geçiyordum ve Karim'i beklerkenki sıkıntımı gidermek için tırnaklarıma da giysime uygun turkuvaz rengi oje sürmüştüm. Umursamaz biriyse bunun eğlenceli olduğunu düşünebilirdi.

Geldiklerinde çok şaşırmıştım. İnanılmazdı. Çok güzel bir yüzü ve harika ela gözleri vardı. Kibar ve çekiciydi ve hafif, sıcak varlığıyla odadaki tüm gerilimi hafifletiyordu. Mantıksız bir şekilde, geciktikleri için kızgın olmama rağmen oldukça heyecanlıydım. İlk kez biriyle tanışırken böyle bir tepki veriyordum. Aramızda romantik bir bağ olduğunu hissettim.

Düğün yolculuğumuzu biraz erteleyip kısa bir süre sohbet ettik. Üç saat geciken taraf onlar olmasına rağmen, onlara karşı kibar ve dürüst olmak zorunda olduğumu düşünüyordum. Karim zeki ve etkileyiciydi. Bir Müslüman olarak dinine çok bağlıydı ve bununla ruhumu kazanıyordu. Onunla konuşurken kalp atışlarım hızlandı. Gülümsemesi bana doğru yayıldı.

İlk kez dilimin tutulduğunu hissettim; ama o, sohbeti sürdürebilecek kadar ince ve yetenekliydi. Çok kısa konuşmamıza rağmen, büyüyü hissedebildim. Saat 7'de hep birlikte evden ayrıldık. Onlar evlerine döndüler, biz de düğüne gittik.

Bu kadar geciktikleri ve saygısızlıkları için onlara hâlâ kızgındım ama etkilenmiştim. "Shelina'nın Olmazsa Olmaz Görücü Kriterleri"nde altıda altı yapmıştı. Başkalarında bulmakta zorlandığım özelliklerin hepsi onda fazlasıyla mevcuttu. Kendi bölgelerindeki camide gençlik aktiviteleri düzenlenmesine aktif olarak katılan, dindar bir Müslüman'dı. *Hicab* takan bir eş istiyordu. Tam olması gereken yaştaydı ve oldukça zeki biri olduğu için onunla konuşmak çok kolaydı. Güzel gözlerine baktığımdaysa, "Olsa İyi Olur" kriterlerimin de bir kısmını karşıladığını görüyordum.

Sonunda, inanç anlayışımı paylaşan ve uyumlu olacağımı düşündüğüm birini bulmuştum. Onu düşünüp duruyor ve onun da "aynı" duyguları hissetmesini umut ediyordum. Aslında öyle olduğundan emindim. Bütün işaretleri görebiliyordum. Konuşurken doğrudan gözlerime bakmıştı ve gülümsemesi çok sıcaktı. Hepsinden önemlisi, bana ne kadar hoş olduğumu ve benim gibi biriyle tanışmanın ne kadar rahatlatıcı olduğunu söylemişti. Yeniden görüşeceğimize emindim.

Birkaç gün geçmesine rağmen kimse aramamıştı. Annemin onları araması uygun düşmezdi. Kızın ailesi bu kadar açık olmamalıydı. Bir sonraki adım erkeğin ailesinden gelmeliydi. Hepimiz nasıl da erkek tarafının merhametine kaldığımız ve tüm durumu onların kontrol edişinin ne kadar küçük düşürücü olduğu konusunda dırdır ediyorduk. Birbirimize, Muhammed Peygamber'in çok başarılı bir iş kadını olan ilk eşi Hatice'nin, ilk adımı atıp Muhammed'e evlilik teklifi gönderdiğini hatırlatıyorduk. Ama buna rağmen, kültürel standartların baskısı nedeniyle, onları aramanın çok utanç verici olduğunu düşündük.

Günler geçtikçe umudumu kaybettim ve yaralarımı sarmaya başladım. Sonunda hoşlandığım, çok uygun birini bulduğum ama o benden hoşlanmadığı için üzülüyordum. Belki de nedeni turkuvaz ojeydi.

Üç hafta sonra, bir cuma günü öğleden sonra, telefon geldi. Arayan Karim'in annesiydi: "Yarın, yani cumartesi öğleden sonra 2'de size gelmek istiyoruz; böylece Karim ve Shelina bir kez daha görüşmüş olur." Hepimiz çok şaşırmıştık. Üç haftadır hiç ses çıkmamıştı ve şimdi yarın bize gelmek istiyorlardı.

Annem bu teklif karşısında öyle şaşırmıştı ki sakin kalması gerektiğini unutup, o gün için sözleştiğimiz başka misafirlerimiz olmasına rağmen bu teklifi hemen kabul etmişti. Hemen yeniden bir düzenleme yapmaya girişti. Görücüler hep ilk sırayı kapardı. Aksi takdirde bir daha ne zaman görüşme şansınız olacağını hiç bilemezdiniz.

Sabah saat 10'da evi temizledik. Gün ortasında samosaları ve tatlıları hazırladık. Öğleden sonra saat 1'de güzel ve sade görünecek şekilde hazırlanmaya başladım. Saat 2'de beklemeye başladık. 2.30'da beklemeye devam ettik. 3'te biraz daha bekledik ve sinirlenmeye başladık. 3.30'da sinirden çıldırmıştık. Saat 4'te geldiler. Onu görüp eridim. Uzun uzun konuştuk. Bana gülümsedi ve güzel, ela gözleri parladı. Onların içinde boğulup gittim. Daha ne isteyebilirdim ki? Görüşmenin sonunda birbirimizin cep telefonu numaralarını ve e-posta adreslerini aldık. Ayrılırlarken annesi bana çok samimi bir şekilde sarıldı. Gözlerimin içine bakıp, hayran bir tavırla "Çok tatlı bir kızsın, Shelina, seni çok sevdim," dedi. Sevgiyle gülümsedim. Annesinin kalbini kazanmıştım.

Karim ve ben birbirimizin iletişim bilgilerini aldığımız için anne babam, onun ailesiyle olan resmi ilişkinin sona erdiğini düşünerek diğer gelişmeleri kendi aramızda halletmemiz için bizi yalnız bıraktılar. Elbette olan biteni uzaktan takip etmeye devam edeceklerdi. Bunu daha önce yapmamıştım. Görüşmelerin kuralları değişiyor, farklı haller alıyordu. Genel tavrın değişmesi ve gelişen teknoloji sayesinde cep telefonunda görüşmek, e-posta yollamak mümkündü. Salı gününe kadar ondan hiçbir haber almadım. Modern bir kadın olarak geleceğimin iplerini elime alıp onunla iletişime geçebileceğime karar verdim. Ona kısa bir e-posta yolladım.

Selamünaleyküm, Karim

Cumartesi günü seni tekrar gördüğüme sevindim. Umarım hafta sonun iyi geçmiştir. Pazartesi işe dönmek hep zor gelir. Biraz canım sıkıldı ve ben de sana bir e-posta atıp, önümüzdeki pazartesi günü tatile çıkıp Kanada'da yaşayan büyükannemi ziyaret edeceğimi haber vereyim dedim. Bu tatil için sabırsızlanıyorum. Daha önce birkaç kez Toronto'ya gitmiştim ama bu kez Montreal'e de gidip orada da birkaç gün geçireceğiz. Gerçekten çok heyecanlıyım.

Sende ne var ne yok?

Shelina

Bu e-postanın, ilgisiz görünmekle, baskı hissetmeden yanıtlayabileceği kadar açık bir kapı bırakmak arasında tam bir denge kurduğunu düşündüm. Özellikle nötr bir soruyla bitirdim ki, kendini yanıtlamak zorunda hissetsin ama bunun güçlü bir anlamı olduğunu düşünmesin. Ayrıca uzaklara gideceğim için bu notla benimle tekrar iletişime geçmek için kısıtlı bir zamanı olduğunu da belirtmiş oldum.

Hiçbir cevap gelmedi.

Ertesi pazartesi, Kanada'ya gitmek üzere olan bir uçağa bindim. Pes edip, ona bir kısa mesaj gönderdim: *Bugün Kanada'ya gidiyorum. Umarım her şey yolundadır. Döndükten sonra hafta sonu görüşürüz. Shelina.*

İlgi ve ilgisizlik arasındaki o tutumu yakalayabilmek için bu mesajı yazmam yarım saatimi aldı. Ergenlik çağında gibi hissettim kendimi. Heyecanlıydım, nefesim kesiliyordu ve onun "Doğru Kişi" olduğuna çok içten inanıyordum. Montreal'den ona hediye olarak bir tişört aldım. Daha önce hiç böyle bir şey yapmamıştım. Bunu ona nasıl ve ne zaman vereceğimi hiç bilmiyordum ama yine de aramızdaki bağı hissedebiliyordum. Bir şekilde hayatımda özel bir yeri olacağını biliyordum.

Dönüşümden bir hafta sonra hâlâ cevap gelmemişti. Bir e-posta daha göndermeyi denedim ama yine yanıt alamadım. Karim'in annesi ertesi hafta annemi aradı. Gergindi.

"Shelina'yı çok beğeniyorum," dedi anneme, "çok hoş, çok dindar bir kız. *Hicab* takıyor olması da çok güzel. Ama oğlumla ne yapacağımı bilemiyorum. Ona ne zaman sorsam 'Evet, hoş bir kız,' diyor ama sonra hiçbir şey yapmıyor. Artık evlendiğini görmek istiyorum. Eğitimli, dindar bir eş istiyor. Ona Shelina'yı gösteriyorum. Beni görmezden geliyor. Arkadaşıyla yeni bir iş kurmaya çalıştığı için çok meşgul olduğunu, o güzelim işini bırakacağını söylüyor. Ne yapmalıyım?"

Annem, bu zavallı kadını teselli etmekle oğlunu bana ayarlamak arasında sıkışıp kalmıştı. Ama bir taraftan da bu oyalanma durumuna kızmıştı. Daha önce buna benzer şeyler yaşamıştık ve dürüstlük ve açıklığın en iyi yol olduğuna derinden inanıyorduk. Bunun yanında, Karim gibi birine burun kıvırmamızın ilerisi için hiç de bizim lehimize olmadığını da deneyimlerimiz sayesinde biliyorduk.

Annem, Karim'in annesine e-postalardan ve kısa mesajlardan söz etti ve sonra onu kibar bir şekilde teselli edip, sabırlı olması gerektiğini söyledi.

Birkaç gün sonra e-postama yanıt geldi.

Sevgili Shelina, selamünaleyküm.

Mesajların için çok teşekkürler. İlk e-postanı gördüm ve tam yanıtlayacaktım ki evimize yıldırım düştü!

Bilgisayarıma elektrik akımı gitmiyordu ve onu tamir ettirmek zorunda kaldım. Galiba sabit disk bozuldu ve e-postanı ve e-posta adresini kaybettim. Bir hafta içinde seni arayacağım.

Kendine iyi bak.

Karim

Daha sonra ondan bir daha hiç haber alamadım.

Bunu daha fazla sürdüremeyeceğim. Sürdüremeyeceğim. Hepsi de nasıl bu kadar berbat olabilir? Hoşlandığım çocuk bana ikinci bir şans bile vermedi. Belki de babam haklıydı, belki de mükemmel erkek diye bir şey yoktu. Yakışıklı Prens'i aramayı kesmeli miydim? Bu rüya hiçbir zaman gerçeğe dönüşmeyecek miydi? Belki de Yakışıklı Prens hayalim bununla sınırlıydı. Hiçbir zaman gerçekleşmeyecek bir şey, bir ideal, bir hayaldi yalnızca.

Belki de sorun benden kaynaklanıyordu. Beklentilerim çok mu fazlaydı? Tabii ki âşık olmanın sonsuza dek mutlu yaşamak anlamına gelmediğini biliyordum. İnancımın derinliklerine dalmış ve evliliği dini görevlerimi tamamlamanın bir parçası olarak görüyormuş gibi davranırken, aslında aradığımın peri masallarındaki Yakışıklı Prens olduğunu itiraf etmek zorundaydım. Yaratıcı'dan öyle birini istemiştim. Doğru tavırla karşılık vermeyi başaramamıştım. Eşimi, bir hayat arkadaşı ve bir inanç arkadaşı olarak doğru gözlerle görmeyi başarabilseydim, zaten mükemmel biri olurdu.

Belki de Karim'le yaşadıklarım sayesinde mükemmel erkek diye bir kavram olmadığını öğrenmem gerekiyordu. Kâğıt üzerinde tüm kriterlerimi karşılamasına ve malum duyguyu bende uyandırmasına rağmen hem bana iyi davranabilecek kadar iyi bir karaktere sahip değildi, hem de benimle olmak istemiyordu.

Reddedilmek beni bir eşten istediklerimi ve eş seçme sürecinin gerçeklerini dürüst bir şekilde değerlendirmeye zorlamış olmalı. Bana iyi davranıp davranmamasına dayalı olarak birini seçmeli ve bize vaat edildiği gibi birbirimize karşı, merhamet, arzu ve aşk verecek olan Tanrı'ya güvenmeliydim. Karim'le yaşadığım tecrübe bana bütünlük ve huyun o güvenilmez parıltıdan daha önemli olduğunu gösterdi.

Ama yine de hâlâ, o duyguyu her şeyin önünde tutuyordum. Hâlâ romantik hayallerimin gerçekleşmesini bekliyor ve bunun bana bir bütünlük duygusu ve mutluluk getireceğine inanıyordum. Ama o aşk, "o duygu" sözüyle açıkladığımız aşk, sonsuzluğu ve "Evrensel Aşk" gerçeğini açıklamıyordu. O yüzeysel çekim duygusu, İlahi Aşk'tan olabildiğince uzaktı. Bunu açıklayacak kelimeleri bilmeme ve bir Müslüman olarak, inancım, aşkın olağandışı bir şekilde evrensel oluşu ve sonsuzlukla bağlantısı konusunda öğrendiklerimi kusmama rağmen, aslında gerçekten *bilmiyordum.* Bir şeyi bildiğini *söylemek* kolaydır; ama bunu tüm benliğinizle *yaşamak* bambaşka bir şeydir. Kendimi toparlayıp, doğrudan aşkın yüzüne bakabilmem için daha sert düşmem gerekiyordu.

BEŞ

☆☆☆

Yukarıdakilerin Hiçbiri

Kendine Acımanın Altı Basamağı ☆

Zaman geçtikçe teyzeler tarafından sunulan adamların kalitesi daha da hızlı düşmeye başladı. Her tanışma gerçekleşip, bir talip daha reddedildikten sonra annem ve babam kaygıyla birbirine bakıyorlardı. Hiçbir zaman tam kendime göre birini bulamamam ve bugüne kadar görüştüğüm erkeklerin herhangi biri iyi bir seçenek miydi diye düşünmem gerektiği konusunda kaygılıydılar. Bir erkekte bulunmasını istediğim şeyler listesindeki maddelerin azalan sayısına gönderme yaparak "Altıda üç," dedi babam. Zamanda geri gitme şansımız olsa ve görüştüğümüz erkeklerden birini seçmeleri gerekse hangini tekrar düşünürlerdi diye sordum onlara. Çok büyük üzüntüyle hepsi de hiçbirinin uygun bir eş olmadığını doğruladılar. Boş bir kara tahtanın önünde oturuyorduk.

Evlenene kadar hayatım beklemeye alınmıştı ve arkadaşlarım için de aynı şey geçerliydi. Kızlara yaşamak için iki dönem sunuluyordu: Evlilikten önce, evlilikten sonra. Bu nedenle bir eş bulana kadar, diğer her şey beklemek zorundaydı. Çok kısa süre sonra bunun yanlış bir sınıflama olduğunu ve aslında bir yandan hayatıma mutlu bir şekilde devam ederken, diğer taraftan da bir eş arayabileceğimi fark ettim.

Arkadaşlarım Sara ve Noreen'le, bu arayışımız sırasında aldığımız notları karşılaştırmak için düzenli olarak görüşüyorduk. Birbirimizden ilham almak ve birbirimizi teselli etmek amacıyla bu samimi duyguları ve karşılaştığımız duygusal stresi paylaşmak için sabırsızlanıyorduk.

Her buluşmamızda sohbetimiz aynı formatta ilerliyordu: Kendine Acımanın Altı Basamağı...

1. (MÜSLÜMAN) KADINLAR MÜKEMMELDİR

Sohbetlerimizin basmakalıp sözünü kullanıp "Anlamıyorum," diye başlıyordum. "İkiniz de çok güzelsiniz, çok zekisiniz, çok eğlencelisiniz. Erkekler neden sizinle evlenmek için birbirleriyle yarışmıyorlar anlamıyorum."

Noreen kıkırdamaya başlıyordu. "Biz de sana aynı şeyi sorabiliriz... Syed ve onun kriket hastalığıyla evlenebilirdin veya 10 santim daha uzayıp, belirli uzunlukta bir eş arayan diş hekimi Khalil'e 'evet' diyebilirdin."

"Gülmeyin!" diye azarlıyordum. "Bu tür erkeklerden bahsetmek hiç de eğlenceli değil."

"Evet, değil, gerçekten," diye doğruladı sözlerinin farkına vararak.

"Ben de anlamıyorum," dedi Sara, Noreen'in zamansız bir şekilde histeriye dalışına aldırış etmeksizin. "Üçüncü Aşama"ya geçene kadar görüştüğümüz erkeklerin genelde ne kadar berbat olduklarıyla ilgili yorum yapmaya başlamıyorduk. Sara, Müslüman kadınların ne kadar yetenekli olduğundan ve eğitimlerinde, kariyerlerinde, toplumlarında ve manevi olarak ne kadar kusursuz olduklarından bahsederek onları övmek için bizi dikkatli bir şekilde birinci aşamaya geri döndürdü. "Bugün olduğumuz kadınlara dönüşebilmek için çok çalıştık, bu hiç de kolay bir süreç değildi."

Noreen ve ben başımızı sallayarak onayladık. 1960'lar, 70'ler ve 80'lerde anne babalarımız, göçmen dalgasının bir parçası olarak buraya yerleşmişlerdi. Bu dönemde, İngiltere sosyal ve kültürel açıdan değişiyordu. Aynı zamanda dünya daha bütün bir yer olmaya başlamıştı ve hepimiz artık "global bir köyde" yaşıyorduk. Ailelerimizin ve toplumumuzun İngiltere'de doğup büyüyen ilk nesliydik. Bu, tüm Asyalıların ve Müslümanların karşılaştığı zorluklarla karşılaştığımızda kendi yolumuzu kendimiz bulmamız gerektiği anlamına geliyordu. Bu zorlukların çoğu, hem kendi ailelerinin kültürü hem de büyürken kendilerini içinde buldukları kültürü birleştiren sağlam bir kimlik anlayışı geliştiren her ikinci nesil göçmen çocuğunun karşılaşabileceği zorluklardı.

Müslüman kadınlar bu zorluklara karşı direnmişti ve onlara sunulan tüm fırsatları kullanıyorlardı. Okulda, üniversitede ve bazı durumlarda işlerinde bile erkekleri geçiyorlardı. Ayrıca kimlikleri ve inançları ve Asyalı-İngiliz kültürlerini birleştirmek konusunda yollarını bulmada kendilerine daha fazla güveniyor gibi görünüyorlardı. Hayatlarını oluşturan bu farklı öğeler konusunda da daha açıktılar. Bizim arkadaş çevremizde, tanıdığımız tüm Müslüman kadınlar üniversite mezunuydu ve kendi alanlarında uzmandılar.

Ancak oldukça açık olan bir konu vardı ki o da tanıdığımız Müslüman kadınların toplumlarına, camilerine ve inançlarına hâlâ derinden bağlı olduklarıydı. Tüm bu alanlarda erkeklerden çok daha görünür haldeydiler ve bunları bir arada tutmak için çok çalışıyorlardı. Müslüman erkekler bu alanlara ancak evlendikten sonra dönüyorlardı. Müslüman kadınlar toplumun İslam anlayışına ilişkin tartışmayı sürdürüyorlardı. İnancımızın uygulandığı yolda "işlerin nasıl yürüdüğünü" sorguluyorduk. Maneviyat ve inancımız bizim için çok önemliydi ve kendi sesimizin duyulup, kendi sorularımızın yanıtlanmasını istiyorduk. Müslüman toplumunda gerçek ve olumlu bir değişiklik gerçekleştirip, İslam inancını, uygulama kısmına kök salmış kültürlerden arındırabilecek kişiler olduğumuza inanıyorduk.

Sıkı çalışma, çaba ve olumlu değişiklikler yaratmış olmanın ödüllendirileceği ve hayatlarımızda mükemmel erkekler hak edip etmediğimizin belirsiz olduğu o uzak, çok uzak alternatif evrende, koca bulamadığımız için kız arkadaşlarımızla düzenli kalp onarma seansları düzenlemeyecektik. Gerçek hayat böyle olmalıydı, ama değildi.

"Size kendinizi daha iyi hissettirecekse, harika olup, harika erkekler bulmak konusunda yalnızca Müslüman kadınlar zorlanmıyor," diyerek teselli ettim kızları.

"Haklısın doğru adamı bulmanın zor olduğunu düşünen pek çok inanılmaz kız arkadaşım var," diyerek bana katıldı Noreen.

"Hayır," dedi Sara başını sallayarak, "bu kendimi hiç de iyi hissetmemi sağlamıyor."

2. TÜM O DÜZGÜN ADAMLAR NEREDE?

"Dışarıda olmalılar," dedi Noreen, "bir yerlerde."

"Ama nerede?" diye yakındı Sara. "Her yere baktım. Acaba görünmezler mi?"

Yıllardır arıyorduk ve düzgün birini bulamadık. Nerede saklanıyorlardı?

"İyi olanların hepsi evli," diyerek iç çekti Noreen.

"Ama belki de eşleri tarafından şekillendirildikten sonra 'iyi' olmuşlardır." Kızların yanında yüksek sesle düşünüyordum. "Belki de onları 'düzgün' birer erkek yapan bir kadınla yaşıyor olmalarıdır?"

"O zaman belki de potansiyele sahip bir erkek bulmalı, onunla evlenmeliyiz ve sonra sırf bizimle birlikte yaşadığı için büyülü bir şekilde mükemmel Yakışıklı Prens'e dönüşür!" Noreen heyecanla ellerini havaya kaldırdı.

"Ya da belki de," dedi Sara nefesi kesilerek, "üstlerine atlayacağımızı düşündükleri için hepsi bizden saklanıyordur. Bir tür yeraltı sığınağında veya ıssız adada bizden saklanıyor olmalılar. Onları bir bulabilirsek, aralarından tercih yapabileceğimiz bir sürü erkek olacak elimizde!"

Elimi Sara'nın alnına koydum. Bu arayışın yoğunluğu ve stresi onu delirtti mi diye düşündüm.

Ortalıkta düzgün adam bulunmaması konusunda umutsuz olan yalnızca biz değildik. Cami ve toplum liderleri de onları nerede bulacaklarını bilmiyorlardı.

"Geçen ay düğünde birkaç tane hoş çocukla tanıştım," dedi Noreen. Düğünler, daha önce tanımadığınız insanlarla tanışmak için çok iyi yerlerdi. Daha sıradan sosyal aktivitelerde bulunmuyorlardı ama bu tür önemli olaylara aileleri nedeniyle katılmak zorunda kalıyorlardı. "Her ikisi de, iyi birer seçenek gibi göründü gözüme. Biri kendi işini kuruyordu, diğeriyse mimardı. İkisi de çok hoş, zeki ve etkileyiciydi."

"Çok zeki," dedi Sara dalga geçerek. "Peki, ne oldu?"

"İletişim bilgilerimizi verdik birbirimize. Ama ikisinden de geri dönüş olmadı."

"Sen onlarla iletişime geçtin mi?" diye sordum ve sinsice ekledim, "belirli bir amacın varken, çekingen olmanın bir anlamı yok."

"Evet, geçtim," dedi Noreen, "ama cevap alamadım. İletişime geçmeyi sorun etmem ama çaresizmişim gibi de davranmayacağım."

"Bence bu erkekler, ailenin ve arkadaşların geleneksel yollarıyla bir kadın aramıyorlar. Belki de bunun çok 'modası geçmiş' olduğunu düşünüyorlardır," diye yorumladı Sara. "Bizimle bu çevrelerde tanıştıkları için de bizim çok 'gelenekçi' olduğumuzu düşünüp, onlar gibi dışarıdan birini istememize rağmen, bizi olduğumuz gibi göremiyorlardır."

"Nerede saklanıyor bu adamlar?" diye sordum tekrar.

Sara yanıtladı: "Daha da önemlisi, kiminle evleniyorlar?"

3. BELKİ DE HİÇ DÜZGÜN ERKEK KALMAMIŞTIR

"Kimse onları bulamıyorsa, belki de yokturlar," diye haykırdı Noreen. "Herkes birbirini ya da diğerlerini tanıyan birini tanıyor. Yani şu ana kadar aramızdaki biraz düzgün, nefes alan tüm erkeklerle tanışmış olmalıydık."

"Haklısın," dedi Sara, "bence yoklar. Hayatlarımızı, naylon *şalvar kamezlerimizin* içinde, yeni bir seri kız ve erkeği, evlenmeleri için eşleştirerek yalnız, kız kurusu teyzeler olarak sürdürmek zorunda kalacağız."

"Onlara karşılarına çıkan ilk kişiyi kabul etmelerini söyleyeceğim," dedi Noreen ciddi bir şekilde. "Keşke ben de öyle yapsaydım. En azından şimdi bu bahtsız, yalnız durumda kalmazdım."

"Belki de bu erkekler, eş arama işini annelerine bırakmışlardır ve 'iyi, geleneksel eş' kalıbına uymadığımız için arayışın dışında bırakılmışızdır!" Sara karşı çıktı. Erkekler ve eleştirileriyle ilgili kötü şeyler düşünmeye başlamıştı. Durumun kısa süre sonra çirkinleşeceğinden emindim.

"Bir eş bulmak için çok çalışmak zorunda kaldık ve bu adamlar yalnızca içeri girip istediklerini alıyor ve bizim sıraya geçmemizi bekliyorlar. Düzgün adam böyle olunmaz! Yemek yapmayı, evle ilgilenmeyi sevmeme ve çok sayıda çocuk istememe rağmen bu, benden bütün gün evde kalıp geleneksel anlamıyla 'kölelik' yapmamı bekleyen birini istediğim anlamına gelmiyor!" Sara'nın yanakları kırmızı neon lambaları gibi olmuştu.

Noreen, onu sakinleştirmek ve rahatlatmak için kollarını Sara'nın omuzlarına doladı ama Sara'nın öfke dolu bir şikayeti daha vardı: "Neden bu erkekler evlenmek için 'memlekete' dönüyorlar? Biz kendimiz gibi büyütülmüş, yerimizi oluşturmak için yaratmak zorunda kaldığımız yeni kimliği ve bakış açısını paylaşan erkekler arıyoruz. 'Memleketten' biriyle evlenemem, çünkü onlarla konuşamam ve onlar da içinde bulunduğumuz yeni çevreyi anlayamaz. Erkekler bunu umursamıyor, sadece geleneksel bir eş bulup, rahat bir yaşam sürmek istiyorlar. Düzgün adam olmamasına şaşmamalı; hepsi de 'memlekette' evleniyor ve bize bir şey kalmıyor."

"Biliyorum, biliyorum," diye sakinleştirdi Noreen; ama onun da gözleri yaşlıydı: "Erkekler aileleri ve toplum tarafından, buradaki bekâr kadınlara ne olacağını umursamaksızın 'memleketten' biriyle evlenmeye teşvik ediliyor." Boğazını temizledi ve ortamı canlandırmaya çalıştı: "Korkunç buluşmalar listemize eklenecek harika bir hikâyem var."

Sara ve ben dehşet içerisinde derin bir nefes aldık. "Bir tane daha mı? Kim inanır buna!"

Noreen devam etti: "Geçen hafta kahve içmek için bir taliple buluştum. Otuz beş yaşında, uluslararası bir şirketin genel müdürü. Yanında annesini getirdi."

"Hayır!" dedik Sara'yla aynı anda.

"Bana bir dahaki görüşmemizde yanımda pasaportumu da götürmem gerektiğini, gerçekten İngiliz vatandaşı olup olmadığımı kontrol edeceğini söyledi..."

"Hayır," diye tekrarladık bu kez daha yüksek bir sesle.

"Böylece oğluyla vatandaşlık veya para için evlenip evlenmediğimi görecekmiş."

Kötü deneyimler antolojimize eklenecek son hikâyeyle birlikte, "Üçüncü Aşama" tamamlanmıştı. Şimdi konuşmada sıra, "bütün" olma sancımızdan bahsetmeye gelmişti.

4. BELKİ DE YANLIŞ TÜR KADINLARIZ

"Düğünde birkaç teyze beni köşeye sıkıştırdı," dedi Noreen. Gözlerini dehşetle devirdi. "Kaşlarını kaldırmış, hızla parmaklarını bana doğru sallarken tam da olmaları gerektiği gibiydiler."

"Ah, evet. Peki sana verdikleri müthiş tavsiye bu kez neydi?" diye sordu Sara, kızgınlıkla. Patlamanın ardından hâlâ duygusaldı.

Noreen, teyzelerin konuşmalarındaki ritmi ve aksanı taklit etmeye çalıştı. "Her şeyin değiştiğini biliyoruz. Biliyoruz, tatlım. Düşündüğün kadar modası geçmiş değiliz. Siz genç kızların çalışmasının iyi bir şey olduğunu biliyoruz. Ama sana söyledik. Sana çok defalar, önce kendine bir koca bulup evlenmeni, sonra istediğini yapabileceğini söyledik. Ona bakmaya bir başla, bu bağımsız, modern saçmalıklarıyla sonra uğraşırsın. Erkekler özgür kadınlarla arkadaş olmayı sever ama sıra evliliğe ve bir eş sahibi olmaya geldiğinde hepsi de aynı şeyi ister: Onlara bakacak güzel, geleneksel bir kadın. Erkek erkektir, bunu değiştiremezsin."

Hepimiz homurdandık. Ama üzülmemizin nedeni onların yanlış olması mıydı, yoksa bizim yanlış olmamız mı?

"Geleneksel" süreci uyguluyorduk, çünkü Müslüman olarak inancımıza bunun uygun olduğunu düşünüyorduk.

Ama "geleneksel", "kadın kocasından sonra gelir" anlamına geliyorsa, "geleneksel eş" tanımını reddediyorduk. En temel zorunlulukların belirlendiği ve sevgi ve dostluğun en önemli basamakları oluşturduğu, daha İslami bir ilişkiden anladığımız neyse onu yaşamak istiyorduk. Belki de bu süreç bizim için bu nedenle işe yaramıyordu. Çünkü oyunu kurallara uygun oynasak da o kurallara ruhen bağlı değildik.

Olayın asıl zor kısmı, geleneksel bir eş olmakla veya geleneksel süreci izlemek ve erkeklerin ve annelerinin istediği gibi eşler olmak konusunda ne düşünürsek düşünelim, zor durumda kalanların hep kızlar olmasıydı. Erkekler her şeye rağmen evleniyordu. Bekâr ve sevgisiz kalıp ailelerine ve arkadaşlarına dert yanan taraf bizlerdik.

Kültür ve inanç karmaşaları boyunca bir yol oluştururken güçlü bir denge yarattığımızı ve bu yolla inancımız, ailemiz ve toplumla olan ilişkilerimizi sürdürdüğümüze inanıyorduk. Bu dengeyi sağlamanın cezasını, "geleneksel" erkekler (ve anneleri) için yeterince geleneksel olmayıp "modern" erkekler içinse fazla "sıkıcı ve dindar" olarak mı ödüyorduk?

"Teyzeler yeterince geleneksel olmadığımızı söylüyor..." dedi Noreen "...Ve bizim istediğimiz özelliklere sahip olan erkekler de fazla geleneksel olduğumuzu söylüyor," diye ekledi Sara.

(A) Fikirlerimiz mi yanlıştı yoksa (B) yanlış kadın tipi miydik?

5.AMAN TANRIM! ASLA EVLENEMEYECEĞİZ

"Dışarıda hiç düzgün adam yok," diye yakardı Sara tekrar.

"Biz de yanlış kadın tipiyiz," diye söylendim ben de.

Tek bir sonuç vardı ve bunu da Noreen'in söylemesi gerekiyordu: "Asla evlenemeyeceğiz."

Yaşadığımız toplumda patlamak üzere olan bir saatli bomba gibi, bekâr, eğitimli, (Müslüman) yirmi birinci yüzyıl kadınları mıydık? Uygun bir eş bulunamadığı için bütün bir nesil evlenemezse, yalnızca bizim için değil, toplum için de bunun etkisi nasıl olurdu?

"Evimizde kediler koşuşurken, yaşlı, kırış kırış bir halde ve bekâr olarak öleceğiz," diye ekledi Sara dramatik bir tonla. "Asla birini bulamayacağız ve evlenemeyeceğiz."

6. MÜKEMMEL ADAM DIŞARIDA BİR YERLERDE BİZİ BEKLİYOR

Karşılıklı olarak mutsuzluğun, umutsuzluğun derinliklerinde kaybolduk. Acımızı paylaşmak iyi geldi ama kalbimizin derinliklerinde, dışarıda bizi bekleyen biri olduğunu biliyorduk. Belki de henüz bize hazır değildi ve onu kendine getirecek bir hayata ihtiyacı vardı. Ya da belki Doğru Kişi'ye hazır olmadan önce hayatın kendine getirmesi gereken bizlerdik.

Bu durumda yalnız olmadığımızı bilmek bizi yüreklendiriyordu. Arkadaşlarla yapılan güzel bir sohbet, üzüntüyü avuntuya dönüştürüp, tekrar umutlanmamızı sağlıyordu.

Ben Değil Sen ☆

Küçükken yaptığım o ödüllü konuşmadan beri düzenli olarak camilerde ve diğer sosyal ve toplumsal etkinliklerde İslam'la ilgili kısa konuşmalar yapıyordum. Yakın bir arkadaşımın düğününde, düğünden birkaç gün önce gerçekleştirilen kına partisinde birkaç kelime etmemi istediler.

Kına partisi, eski moda kına geceleri gibi yalnızca kadınların katıldığı bir etkinlikti. Gelin, kız arkadaşları ve akrabalarla, onu önündeki evlilik hayatına hazırlamaları için bir kutlama düzenlerdi. Bu kadınların kadınlıklarını kutladıkları, ilişkilerle ilgili bilgilerini paylaştıkları ve annelerin, kızların ve teyzelerin, kadın olarak birlikte göğüs gerdikleri zorluklar, paylaştıkları mutluluklar ve gözyaşları ile bütünleştikleri bir etkinlikti. Evli olanlar kendi düğünlerini hatırlar ve deneyimlerini anlatırlar, evli olmayanlarsa bir gün ilginin merkezindeki kadın olmaları için diğerleri tarafından dua yağmuruna tutulurlardı. Görkemli bir kadın festivaliydi bu. Partinin sonunda bir sanatçı, kocasına güzel görünmesi ve düğün günü güzel olması için gelinin ellerine ve ayaklarına kına ile desenler çizerdi.

Bu, yalnızca kadınlara özel bir etkinlik olduğu için, en parlak giysimi seçip saçlarımı özel olarak yaptırdıktan sonra, tüm yüzümü makyajla kapladım. Başörtüsü, peçe ya da uzun cüppeden eser yoktu. Her yeri küçük parıltılı kristallerle işlenmiş, üzerinden şıklık akan kırmızı, güzel bir etek seçtim. Üzerine aynı kristallerle işlenmiş küçük bir korse giyip, kollarımdan aşağı göz kamaştırıcı bir şekilde dökülen ipek bir şal aldım. Görünümümü tamamlaması için uzun bir çift küpe ve kibar bir kolye seçtim. Kendimi bir prenses gibi hissettim. Böyle giyinmeyi seviyordum ve güzellik sadece kendim ve bana yakın olan kişiler içindi. Güzel görünmeyi seviyordum. Tüm kadınlar sever; kadın olmanın bir parçasıdır bu. Ama toplum içinde, başörtüsü takıp sade giyiniyordum çünkü beni tanımlayanın görünüşüm olmasını istemiyordum.

Partide ne hakkında konuşacağıma karar verirken, sadece bir konunun, "İlahi Aşkı ve Arzu"nun uygun olduğunu düşündüm. Başlık bir düğüne çok uygundu. Bir eşe sahip olmanın anlamı aşk ve arzuydu.

"Allah *Kuran*'daki her bölüme 'Esirgeyen, Bağışlayan Allah'ın adıyla' sözleriyle başlar," diyerek giriş yaptım.

"Hoşlandığınız biriyle ilk karşılaşmanızda..." duraksadım ve geline dönüp haince gülümsedim. O da kıkırdadı. "... Ya da sonunda evlenmeyi umut ederek biriyle tanıştığınızda..." deyip bu kez kaşlarını kaldırmış olan annelere, teyzelere ve çöpçatanlara döndüm. Hepsinin onları övecek miyim, onlara kötü bir şey mi söyleyeceğim yoksa çok şaşırtıcı bir açıklama mı yapacağım diye merak ettiğini görebiliyordum. "... Tanışmaya hep güzel bir şeyle başlanır. O kişinin en iyi yanı olduğunu düşündüğünüz özelliği seçer ve bununla söze başlarsınız."

Neşeyle gülümsedim: "Allah'ın, Yaratıcı'nın bizden istediği, onun *Rahman* olduğunu, yani sevgi ve arzuyla dolu olduğunu ve *Rahim,* yani nezaket ve merhamet dolu olduğunu bilmemiz. Bunlar O'nun en iyi bildiğimiz isimleri ve O'nun da kendisiyle ilgili olarak en sık kullandığı sözler."

Tanrı'nın onu tanımlayan pek çok ismi vardı ve bunların en ünlüleri "Doksan Dokuz İsimdi". Bunlar Tanrı'nın, kendi doğasını tanımladığı 99 yoldu ve bu sayede "Yüce Olan"la bir bağlantı kurabilecektik. "Güç", "Görkem" ve "Kuvvet" gibi isimlerin yanı sıra "Kibar", "Sevgi Dolu" ve "Cömert" gibi isimler de vardı. Bu isimleri ve özelliklerini anlamak Tanrı'yı anlamaya yardımcı olabilirdi. İnsanlar da aynı özelliklere sahipti; sadece bunları açığa çıkarmamız ve daha iyi bireyler olmak ve sonsuzluğa yaklaşmak için kendi içimizde geliştirmemiz gerekiyordu.

Sıra "Yüce Olan"la ilgili kısmı bırakıp önümüzdeki romantik düğünü düşünmeye gelmişti. "Evlilik, nezaket ve arzuyu öğrenmek için en iyi yerdir. Bu özellikler ilişkinin temelini oluşturur ve karı koca arasındaki sevgiyi yansıtır."

Partinin geri kalanında misafirlerden biri yanıma geldi: "Karşımıza dikildiğinde öyle güzel ve son moda göründün ki hepimiz 'Bu süslü püslü, başörtüsüz, modern kız bize dinle ilgili ne anlatacak?' diye düşündük."

Moda ve dinin karşılıklı olarak birbirinden ayrı olduğuna dair bu üstü kapalı fikir bana dilimi ısırttı. Aynı çıkarımda bulunan tek kişi de o değildi. Müslümanları ve İslami öğretileri bilmeyenler de onun gibi düşünüyordu ama tam ters biçimde. Başörtü takmanın fazlasıyla bağnazca olduğunu ve modaya uygun giyinememek olduğunu düşünüyorlardı.

Sözüne devam etmesine izin verdim. "Ama yalnızca güzel görünmekle kalmıyorsun, çok da güzel konuştun. Kalplerimize dokundun ve hepimiz çok etkilendik."

Yanlış anlaşılan bir çıkarımı tersine çevirmiştim.

Shelina, bir. Klişeler, sıfır.

Muhammed Peygamber MS 570'de, Arap Yarımadası'nın kalbinde bulunan Mekke'de doğmuştu. Araplar etnik kökenleriyle gurur duyan ve Arap asıllı olmayanları hor gören kabile insanlarıydılar. Muhammed, önde gelen kabilelerden biri olan *Kureyş* kabilesinde doğmuştu. Çevresindeki Araplar gibi kendi üstünlüğüne inanmıyordu ama kabileleri birleşmeye teşvik etti.

Ailesi nesillerdir, İbrahim Peygamber tarafından tek tanrı için inşa edilmiş olan ama içinde pagan Araplar tarafından tapılan yüzlerce putu barındıran Kâbe'yi koruyordu. Çok bilge olduklarını, zamanlarının ötesinde olduklarını düşünüyorlardı ve şiirlerinin güzelliği ve etkileyiciliğiyle gurur duyuyorlardı. Bu şiirlerin bazıları günümüze kadar gelmeyi başardı. Çok tanrılı Arapların yanı sıra, Yahudi ve Hıristiyan kabileleri de vardı.

Bazıları kitaplarında yakında bir peygamber geleceğinin belirtildiğine inanıyordu.

Muhammed'in babası o daha doğmadan, annesi ise o altı yaşındayken hayatını kaybetti. Kabilelerin yöneticilerinden kabul edilen büyükbabasıyla yaşamaya başladı ama o da çok kısa süre sonra öldü. Sonra amcasının yanına yerleşti ve orada mükemmel bir karakteri ve sıra dışı tavırları olan bir adama dönüştü.

Mekke birkaç ticaret yolunun merkezindeydi, bu nedenle o bölgede yaşayan pek çok kişi gibi Muhammed de bir tüccar oldu ve mal alıp satmak için seyahat etmeye başladı. Çok çalışkan ve dürüst bir çalışan olarak nam saldığı için, iş krallığı ve muhtemelen güzelliği yüzünden Arapların Kraliçesi olarak tanınan Hatice isimli zengin bir iş kadını tarafından işe alındı. Ne istediğini ve onu nasıl elde edeceğini bilen zeki, sofistike bir kadındı Hatice. Onunla ilgili hikâyeler okuduğumda, yalnızca onun erdemli ve yüce oluşuna değil, azmine ve kendine güvenine de hayran kalıyordum.

Muhammed'in ticari zekasından ve kervanları onun adına diğer şehirlere götürdükten sonra getirdiği kârdan etkilenmişti. İlişkilerini yürütürkenki erdemi ve dürüstlüğündense daha da çok etkilenmişti. Muhammed'in *sadık,* doğrucu ve güvenilir biri olarak tanındığını biliyordu. Onun değerli bir yoldaş ve eş olabileceğini öngördü ve evlilik konusundaki düşüncelerini soruşturdu. Bir akrabasından Muhammed'e evlilik fikrini götürmesini istedi. Muhammed memnun olmuştu ve kabul etti çünkü o da Hatice'nin kendisi için iyi bir yoldaş ve eş olacağını anlamıştı. Evlilikleri her açıdan oldukça güçlü ve içtendi ve Hatice'nin ölümünün ardından yıllar sonra bile Muhammed, onun kendisi için her zaman tek olduğunu ve onu hiçbir zaman unutmayacağını söylüyordu. Daha sonra kimse onun yerini alamadı.

Hatice'nin Muhammed'e evlilik teklif etmesi ve ardından evlenmeleri, İslam'da kadın haklarına ilişkin konuşmalar yapılırken sık sık hatırlatılır. Kadın konusu, statüleri ve onlara muamele edilme şekli hep çok tartışmalı bir konu olmuştur. Genelde medya ve çevremizdeki toplum ya da kadınların kendileri tarafından dile getirilmiştir. Müslüman kadınların dünyanın her yerinde fiziksel olarak sömürüldüğünü, acı çektiğini ve işkenceye maruz kaldığını görüp bunun nedenini nasıl sormayız? Bunun inancımızın bir parçası olduğuna inanmıyorduk ama nasıl durduracaktık? Haberlerde siyah çarşaflı, peçeli kadınlar gösterilip, "Bu kadınlar eziliyor mu?" diye soruluyordu. Mirasımızı ve hikâyemizi oluşturan prensipleri anlamak için, inanç insanları olarak, İslam'ın temellerini atan Muhammed ve Hatice gibi kişilere bakıyorduk. *Nereye gittiğini anlamak için, nereden geldiğini bilmek gerekir.*

Hatice, iyi bir eş olacağına inandığı erkeği bulan bir kadındı. O zaman da şimdiki gibi görücü usulü evlilik diye bir şey vardı; bu süreç, zamana direnmişti. Ama bir erkeğin teklif etmesini beklemek yerine, Hatice ilk adımı atarak müstakbel eşine yaklaşmış ve bir elçi aracılığıyla ona kendisi teklif göndermişti. Bu pek çok Müslüman kadın ve erkek tarafından oldukça liberal ve yön verici bir hareket olarak görülür. Onlara katılıyordum ama Müslüman bir kadının böyle bir şey yapması muhteşem görülüyorsa, neden kızın ailesi evlilikle ilgili konuşmak için erkeğin ailesine yaklaştığında bu utanç verici kabul ediliyor diye sormaktan alamıyordum kendimi.

Bu hikâyenin bir de ilginç tarafı vardı. Hatice Muhammed'den büyüktü ve aralarında neredeyse 15 yaş fark vardı. Bu da, Müslüman kadınlara, evliliğin kâğıt üzerinde iyi bir eş bulmaktan öte, kişinin doğru özelliklerini görmek olduğunu göstermek için tartışma konusu ediliyordu. İslam'ın doğuşunun tam merkezindeki bir ilişkide kadın, Muhammed'den yaşlıyken, günümüzde kızın erkekten küçük olmasına ilişkin olarak konuşulmasa da kesin olan bir kural mevcuttu, diye düşünürken buldum kendimi.

Ve bu da insanların *İslam olarak nitelendirdikleriyle, gerçek İslam* arasındaki çelişkiyi düşünmeye itti beni.

Müslümanlar, İslam'ın Avrupa da dâhil olmak üzere, dünyanın tüm diğer bölgelerinden önce kadınlara pek çok hak vermiş olduğunu konuşmaktan hoşlanırlardı. Muhammed, kadınların da erkekler kadar değerli olduğunu ve en iyi erkek ve kadının iyi insan olmak için en fazla çalışanlar olduğunu söylemişti. Bu sözüyle kadınlar ve erkekler arasında hiçbir fark olmadığını açıkça söylüyordu. Kadınlara kendi mallarına sahip olma ve bu malları kocalarına vermeye zorlanmama hakkını vermişti. Kadınlar erkeklerin sahip oldukları mallar değildiler ve kadınların sahip oldukları da erkeklerin değildi. Avrupa yasaları bu hakları kadınlara yüzlerce, hatta kimi durumlarda binlerce yıl sonra vermişti.

Kendi zamanında İslam öncü olsa da, buna *radikal* diyebilirsiniz, ama bu görüş zaman içerisinde kalın kültür katmanları altında gömülüp kalmıştı.

Müslümanlar kendilerine karşı dürüst olmalıdır, dedim.

Çok önemli olan eşitlik fikrinin zaman içerisinde bulanık bir hal aldığını kabul etmek ve bunu yeniden alevlendirmek, bu İslami fikirlerin zaman içinde kültürlere sızdığını savunmaktan daha kolaydı. Bazı Müslümanların, çok kötü sözler olmasına karşın onlara "Satılmış" ve "Batılılaşmış Feministler" diyerek Müslüman kadınları durdurmaya çalışıyor olmasını ise çok daha korkunç buluyordum.

Ama çelişkileri görebiliyorsak, düşünen insanlar olarak onlara karşı çıkmak da bizim görevimizdir, diye düşündüm.

Hatice ve Muhammed arasındaki samimi bağ, yeni Müslüman toplumunun kalbinde yatıyordu ve zamanla insanları Muhammed'in sunduğu yeni fikirlere alıştıracaktı. Allah'tan, tek Kutsal Varlık'tan başka tanrı olmadığına ilişkin ana mesajı dışında, çok basit ama bir o kadar da yıkıcı bir sözü daha vardı: "Yaşı, inancı, ırkı veya rengi ne olursa olsun tüm insanlar eşittir." Hiyerarşiye dayanan, ırkçı ve kadınları ezen bir toplum için bu oldukça önemli bir sözdü. Muhammed'in en yakın arkadaşlarından biri de siyahi, Afrikalı bir köle olan ve Müslüman olarak inançları yüzünden işkence gören Bilal'di. Bir diğer arkadaşı Salman ise, aslen Farstı. Her ikisi de Arap kökenli olmadıkları için aşağılanmış ve küçük görülmüştü. Muhammed bu ırkçı yaklaşımı reddetti ve Bilal'i, ezan okuyan kişi olan *müezzin* pozisyonunda görevlendirdi. Salman'a da "saf olan" ismini taktı çünkü çok dindardı.

Müslümanların, ırkçılığa karşı gerçekleştirilen bu direnişi çok basit gördüklerini ve İslam'ın temelinde yatan eşitlik için hak iddia ettiklerini düşünmüştüm. Evlilik süreci boyunca edindiğim deneyimler, beni sosyal olarak uygulamak zorunda bırakıldığımız kuralların inancımıza uygun olup olmadığı konusunda zor sorular sormaya itiyordu. Öyleyse neden başka bir etnik gruba ait biriyle evlenmek duyulmamış bir olay olarak kabul ediliyordu? Asya toplumundan geliyorsanız, çok mükemmel bir karaktere de sahip olsa Salman'la evlenmeye karşı çıkılırdı. Daha da kötüsü, ki kocaman bir korku dalgası yaratmadan böyle bir fikir önermek bile imkansızdı, Bilal'le evlenme fikriydi.

Bu tür çelişkiler, din ve kültürün birbirinden çok ayrı olduğunu ve bu iki kavramla ayrı ayrı baş etmeyi öğrenmem gerektiğini anlamaya zorladı beni. Kültür, korunması ve kıymetinin bilinmesi gereken harika, çok güzel, kendi dokusuna sahip bir insan deneyimiydi. Benim bir parçamı oluşturan kültürüme tutunmak istiyordum. Kültürel gelenekleri, süreçleri ve tuhaflıkları seviyordum. Onlarda tarih ve güzelliklerin yanı sıra sadelik ve şıklık buluyordum. Çoğu zaman kültür sayesinde çok karmaşık sorulara çok basit yanıtlar bulunabiliyordu. Bazen de kültür bizi yanlış tarafa yönlendiriyordu. Bunu itiraf etmenin utanç verici hiçbir yanı yoktu; kültürün zaman zaman düzenlenmesi gerekiyordu ve bu nedenle kültürün oluşturduğu hataları düzeltmek için çok sayıda peygamber gönderilmişti.

İnsan olarak vizyonumu belirleyen, Müslüman olarak inancımdı. Bu iki kavramın birbiriyle temas ettiği ve zıtlıklar oluşturduğu durumlarda, inanç öncelik sahibi olmalıydı. Artık, sürekli karşıma çıkan çelişkileri görmezden gelemiyordum. En komik çelişki ise İslam'la ilgili söylenenler ve yapılanlar arasındaki çifte standardı ortaya çıkaranın, Asya kültürünün en önemli geleneksel bileşenlerinden biri olan evlilik sürecinin ta kendisi olmasıydı. Bunu fark ettiğimde, beni kendi hayatımı yaşamaktan ve inancımı tam anlamıyla uygulamaktan, keşfetmekten ve sorgulamaktan alıkoyan kültürün bağlarından kendimi kurtarmak için kendi adımlarımı atmam gerekiyordu.

Bu kararın önemli sonuçları vardı. Kültürün, bireyleri, özellikle de kadınları hizaya sokmak için kullandığı sosyal itaat enstrümanları olan nam, dedikodu, sosyal gruba dâhil edilme ve evlilik yolunun açılmasına cesur bir şekilde karşı koymak zorundaydım.

Bir kimseye sosyal yönden zarar vermek çok kolaydır. Bu dört aracın her biri hızla kullanılıp, sadece konuşularak bir birey, özellikle de genç bir kadın kolaylıkla yok edilebilir. Oldukça zararsız görünen şu resmi kafanızda canlandırın: *Paan* çiğneyen iki teyze son haberleri tartışıyor: "O kıza neler oldu biliyor musun?" [Bu kısma da biraz tatlandırılmış bir hikâye ekleyin.] "Hiç utanması, kültürümüze hiç saygısı yok. Kızlarına onunla zaman geçirmemelerini söyle, yoksa onlar da lekelenir. Aklımda onun için iyi bir çocuk var, ama onun gibi bir kızı annesine nasıl önerebilirim? Yok yok, listemden çıktı artık."

Bazı şeylerin değişme vakti gelmişti. Bu değişimin yavaş olmasının bir sakıncası yoktu. Ancak Gandhi'nin de söylediği gibi, yaratmak istediğim değişikliğin kendisi *olmalıydım.* Ne kadar yol kat ettiğimi ve bir zamanlar düşüncelerimin nasıl da cüretkar olduğunu düşündüğümü görünce gülümsedim. Artık açık ve mantıklı olduklarını düşünüyordum çünkü inancımın benliğimin en önemli parçası olduğunu kabul etmiştim. Hayatımı ve çevremdekilerin hayatlarını iyileştirmeye çalışırken İslam'ın vizyonunu kullanırken bir karar verdim. *Değişimin kendisi* olmak için, silahlarım zeka ve espri anlayışı olacaktı.

İlk olarak iyi kızların yapmadığı bir şeyi yapmaya karar verdim. Bir dağa, büyük bir dağa tırmanacaktım. Daha da kesin konuşmak gerekirse Afrika'nın en yüksek noktası olan, tam Tanzanya sınırındaki Klimanjero'ya tırmanacaktım. Benimle çok yakın aile bağlarına sahip böyle bir ülkede böyle bir maceraya atılmak çok özel bir heyecandı.

"İyi kızlar dağlara tırmanmaz," demişti bir teyze.

"Neden?" diye sordum.

"Çünkü kızlar bu tür şeyler yapmazlar."

"Neden?"

"Çünkü bu iyi bir şey değil. Ayrıca insanlar konuşacaktır." Ardından argüman yön değiştirir. "Hem neden bir dağa gidip tırmanman gereksin ki?"

"Gereklilikten değil. Heyecanlı ve zorlu olacağını düşünüyorum sadece." Tartışmanın kültür ve kişisel gelişim konularının uçlarında dolanmasına izin verdim.

"Heyecanlı başka şeyler de var."

"Ama Tanrı dünyayı gezip yarattıklarını görmemizi söylüyor. Hatta *Kuran'da* pek çok kez bizim için yarattığı dünyayı gezmemiz gerektiğini söylüyor."

"Bugüne kadar her şeyin uygulanma şekli" ile İslami öğretiler arasındaki çelişkiyi gösterdikten sonra, vereceği bir cevap kalmamıştı.

"Bir erkek gibi her istediğini yapabileceğini sanma. Sen kızsın ve yerini bilmek zorundasın."

Tartışmanın buraya varmasına şaşırmamıştım; kızlar ve erkekler için nelerin doğru nelerin yanlış olduğuna ilişkin çok eski bir kuşkuyu uyandırmıştı yalnızca.

"Erkeklerin dağlara tırmanmasında bir sakınca olmadığı ama kızların tırmanmamaları gerektiğinden emin misin?"

Kaşlarımı kaldırıp sinsice gülümsedim. Tam o anda çok rahatsız edici olduğumun farkındaydım.

Kafamın içinde ona "Arkadaşını aramak ya da izleyicilere sormak istemiyor musun? Son kararın mı?" demek istiyordum ama bunun yerine duraksayıp hız kestim ve daha ciddi bir havaya büründüm.

"Peygamberle ve özellikle de eşi Hatice'yle ilgili hikâyeleri çok severim. Peki ya sen? Bu kadar dindar bir erkekle evlenmek onun için çok teşvik edici olmuş olmalı. Kendini ona bakmaya adamıştı. Peygamber sık sık 'her şeyden uzaklaşmak' ve meditasyon yapmak için böyle bir yere giderdi. Bu yerin ismi Hira Mağarası'ydı ve *Kuran'ın* ilk ayeti burada gelmişti; burada Cebrail, Muhammed'e, tüm dünyaya yalnızca tek bir Tanrı olduğunu ilan etmesi ve bu mesajı yayması gerektiğini söylemişti."

Bu, Müslüman toplumunun ilk günlerine ilişkin oldukça sürükleyici bir hikâyeydi ve her Müslüman bu anların tüm detaylarını bilirdi.

"Bu haberi ilk olarak eşi Hatice'yle paylaşmış ve Hatice de bunu kabul etmişti. İslam'ın doğuşundaki somut temellerden biriydi kendisi."

Rahatsızlıktan kaynaklanan bir öksürük sesi geldi. "Bu elbette ki çok hoş bir hikâye ama iyi kızların dağa tırmanmadığı gerçeğini de değiştirmiyor. İtibarını korumalısın yoksa kimse seninle evlenmez."

"Ah, ama bu her şeyi değiştirir teyze. Bunu gerçekten anlamayı başarabilirsek bu hikâye her şeyi değiştirir. Hira Mağarası, tırmanmanın hiç de kolay olmadığı oldukça dik bir dağın en tepesinde. Peygamber orada oturup, meditasyon yaparken, Hatice her gün onu görmek için bu dağa tırmanıyordu. Ben de aynısını yapacağım."

Geriye dönüp kendime bakabilmemi ve arkamda hiç pişmanlık bırakmamamı sağlayabilecek tek bir yol vardı ve o da doğru olduklarına inandığım kuralları seçip onlara uygun olarak yaşamaktı. Tercihimi İslam'dan yana kullandım. Sonra da insanlar ne derse desin tek bir prensip geçerliydi: *Yalnızca kendi doğruna inanmak.*

Bir ekim sabahı öğlene doğru Klimanjero'nun zirvesinde dikiliyordum. Yolculuğun ilk üç günü aşamalı bir tırmanıştı; önce tropik ormandan geçtik, ardından bulutların arasından ve sonra yüksekliğe alışabilmek için bir gün boyunca dinlendik. Dördüncü ve sondan bir önceki günümüz, kraterin tabanına doğru neredeyse yarım ay şeklinde bir zemin boyunca uzun ve sonsuz bir yürüyüşle geçti. Büyük zirvenin ayağında kamp yaptık. Bu yükseklikte oksijen az olduğu için altüst olmuştuk, karnımız açtı ama midemizin bulanmasından korktuğumuz için yemek yemek istemiyorduk.

Gece yarısı, volkanın ağzına varabilmek için dik krater duvarının üzerine doğru son yokuşu tırmanmaya başladık. Hava karanlıktı ve dağın dimdik yüzeyinde görünmez bir şekilde sıkışmış kayalara ayaklarımız takılıyordu. Gün ağarırken, yorgunluktan tükenmiş bir halde volkanın ağzına vardık. Orada, zirvede, ellerinde termos olan iki İngiliz adamla karşılaştım. "Çay ister misin?" diye sordular.

Gece boyunca tırmandıktan sonra şimdi, 5800 metre yükseklikte her adımımız hayal bile edilemeyecek bir çaba gibi görünüyordu gözüme. Önce bacaklarım yürüyüşe katılmayı reddetti ve tüm kararlılığımla, teker teker bir ayağımı diğerinin önüne atmaya odaklanmam gerekti. Sırt çantamdan bir kalıp çikolata çıkarabilmek için eldivenlerimi çıkardığımda, eksi 25 derecede ellerimin renginin maviye döndüğünü gördüm. Soğuk ve yorgunluk, zirveye tırmanma konusundaki kararlılığımı etkiliyordu. Volkanın ağzına varmıştım, en yüksek noktaya çıkıp çıkmamam fark eder miydi?

Bu kararlılık nereden geldi hiçbir zaman bilemeyeceğim; ama bacaklarımı, vücudumu ve tüm benliğimi santim santim, Uhuru Zirvesi'ne taşıdım. Afrika'nın zirvesine çıktım. Altı kat termal giysi, iki kat kapüşon ve başörtümün üzerinde bir beysbol şapkasıyla, 5900 metrede yorgun, mutlu ve gururlu bir halde fotoğrafımın çekilmesi için fotoğraf makinemi uzatan Prusya mavisi ellerimle bir oyuncak ayıya benziyordum. En yüksek noktaya çıkmıştım. İnanılmaz ve unutulmaz bir andı. *Başardım.*

Dağın zirvesinde, neşeyle bu muhteşem yere sağ salim vardığımız ve çok az insanın tadabileceği böyle bir tecrübeyi yaşayabilecek kadar özel olduğumuz için dua ettik. Her yeri aydınlatan güneşin altında başka bir dünyaya ait gibi görünen bir ışıkla parlayan görkemli buzullara ve huzur dolu kar tepelerine baktık.

Buna ulaşmak hiç de kolay değildi ve kendimle gurur duydum. Hem zihni hem de vücudu çalıştıran bir egzersizdi. Fiziksel olarak bir tepeye ve metaforik olarak ise "insanların" kendim için koymamam gerektiğine inandığı bir hedefe tırmandım. Dört günlük ağır tırmanış süresince, İlahi Olan'ın yarattıkları beni dehşete düşürdü ve yapabileceğime benim bile inanmadığım şeyleri elde edebileceğimi öğrendim. Vücudumu daha önce hiç yapmadığım kadar çok zorlayabilmiştim. İç benliğimi, daha önce hayal edebileceğimin çok daha ötesinde ve çok daha fazla konsantre olarak zorlayabilmiştim.

İnancımın teşvikiyle, başka şekilde asla yapamayacağım bir şeyi yapıp yaradılışın güzelliğini gördüm. Bu deneyim zaten ortada olan bir şeyi gösterdi: *Güzel* kızlar istedikleri her şeyi yapabilirler.

Dağa tırmandıktan sonra, üstü açılabilen, gürültülü, James Bond tarzı bir yarış arabası almaya karar verdim. Erkeklerin ilginç arabalar almalarına izin veriyorlardı, hatta erkeklerin sıra dışı arabalar almaları *bekleniyordu.* Güzel kızların böyle bir şey alması ise *beklenmiyordu.* İnsanların kafası karışabilir ve renkli olanın araba değil, *kız* olduğunu düşünebilirlerdi.

Arabayı camiye *götürmememi,* çünkü insanların benimle ilgili yanlış izlenimlere sahip olabileceğini söylediler. Beni doğduğum günden beri tanıyorlardı ama böyle bir arabam olması gibi minicik bir konu, eski *iyi itibarımı* tamamen ortadan kaldırabilirdi.

Başörtüsü takan kızların bu tür arabalardan kaçınmaları gerekirdi. Bunun inançlarına bir yararı olmadığı gibi, korumaları gereken saygınlıklarına da uymadığı düşünülüyordu. *İnsanların konuşacağının* farkında olmalıydım.

"Bırak konuşsunlar," deyip omuz silktim. Bu insanların konuşabileceği en ilginç konu benim arabamsa, onlar için üzülmekten başka bir şey yapamam. Dedikodularına renk katacak ve hayatlarını daha eğlenceli bir hale getirecekse, arabamı bir toplum hizmeti olarak kabul edebiliriz."

Güneş gözlüklerimi torpido gözünden çıkardım, arabanın üzerini açtım ve gün batımına doğru gaza bastım.

Hicab Hedefi Gösteriyor ☆

İş yerinde sıradan bir salı günüydü. Ofiste çalışma masalarımızın oluşturduğu sıra, beşinci katın tavandan tabana uzanan penceresinden dışarı bakıyordu. Thames'in üst kısmındaydık ve bir taraftan Parlamento Binası'nı ve diğer taraftan da birkaç köprünün ardından, şehrin bulanık, kalabalık manzarasını görebiliyorduk. Hemen arkamızda ise kalabalık bir Londra caddesi vardı.

Hava ortalama bir sonbahar havasıydı. Kuru, çatırdayan yapraklar renkleriyle caddeleri canlandırıyordu. Yavaş yavaş ortalığı kaplayan eylül akşamlarında, şık, şehirli ayakkabılarını takırdatarak kaldırımlarda evlerine koşuşturan şehirli tipler yakalarını kaldırmışlardı. Medya sektöründe çalışan şık, baştan aşağı siyahlara bürünmüş kadınlar daha kalın ve ortalamadan daha uzun montlarını giymişlerdi.

Oldukça güçlü ve kaşlarınızı çatmanıza neden olacak kadar da saf, Anglo-Alman bir kadın olan Emma'nın yanında oturuyordum. Arkamda Elaine ve Nicola isimli, benim yaşlarımda, üniversiteyi bitirip Londra'ya taşınmış olmanın heyecanını yaşayan iki kadın oturuyordu. Çaprazımdaysa, yakışıklı, çok seyahat etmiş, kibar Jack vardı; farkına varmadan ve hiçbir çaba harcamadan insanları etkileyen, yönetimle ilgili saçmalıklara bitkin bakışlar atan ve iş arkadaşları arasındaki şakalaşmaya iyi kalplilik ve istekle katılan Amerikalı kolej çocuğu. Jack, iyimser düşünürsek Amerikalı, gerçekçi düşünürsek tam bir New York'luydu. Espritüel, sürekli kendini küçümseyen kinizmiyse, Londra'ya tam olarak ayak uydurduğunu gösteriyordu.

Öğle yemeğinden sonra, eve gitmeden önceki aralıkta, klavyelerimizi tıkırdatıyorduk. E-postalar gelip gidiyordu, internette sörf yapıyorduk ve dijital kararlar alıyorduk. Odanın diğer tarafında bir fısıldaşma vardı.

Karşımdaki kafalar yukarı kalktı ve birinin "Dünya Ticaret Merkezi'ne uçak çarptı," dediğini duydum.

Doğruldum. Odada heyecanlı bir kıpırdanma vardı; herkes şaşkınlık içerisindeydi ve kaşları havaya kalkmıştı. Herkes huzursuzdu ama bir korku veya şok hali yoktu ortamda.

Aynı sözcükleri yeniden duydum: *Uçak çarptı.* Küçük bir planör olduğunu düşünüp, Manhattan gibi çok iyi izlenen bir bölgeye girip nasıl kontrolünü kaybettiğini merak ettim. Kötü bir kaza dışında bir şey olabileceğini düşünmemiştim.

Yazmaya devam ettim. Sonra birden, çılgınca bir ses yükseldi: "Aman Tanrım! Bunu kantinde dev ekranda izlemeliyiz!"

Sandalyeler gıcırdadı, ayakkabılar patırdamaya başladı ve vücutlar aceleyle hareket etti. Her gün öğle yemeğini yediğimiz açık alana doğru birbirimizle yarıştık. Koşarken, bir yandan gözlerimiz canlı haberlerin gösterildiği büyük televizyon ekranına kilitlenmişti. Kamera, bir sonbahar gününde uzayıp giden, dünyanın en ünlü iki binasının kaskatı görüntüsüne sabitlenmişti. Şaşkınlık içindeydik. Dünya Ticaret Merkezi, içinden çıkan yoğun bir duman bulutuna sarmalanmıştı.

Korkudan donup kaldık. İnanılmaz bir durumdu. Ne olup bittiğini tam olarak anlayamamıştık. Sonra, gözlerimizin önünde, ikinci bir uçak görüntüye girdi ve ikinci kuleye çarptı.

İkinci çarpmayı tekrar tekrar gösterirlerken şok içindeydim. Bu gerçek olamaz, diye düşündüm; yalnızca Kıyamet Günü'nü anlatan hastalıklı bir gişe filmi olmalı.

Kimse ne diyeceğini bilemiyordu. Olaylar açıklanabilir değildi. Daha önce buna benzer bir şey hiç olmamıştı. Bu, hatırlayabildiğimiz kadarıyla Amerika'ya karşı gerçekleştirilmiş, bu tür tek saldırıydı. Aynı çarpma sahnesini tekrar tekrar izlemeye katlanamaz hale geldikten sonra masalarımıza döndük. Ne olduğunu anlayamıyorduk.

Jack ve ben, daha fazlasını, fazladan herhangi bir şeyi öğrenebilmek için internette çılgınca dolanıyorduk. BBC'nin internet sitesi çökmüştü, CNN çökmüştü, Fox News çökmüştü. Hepsi de İkiz Kuleler'den yayın yapıyordu ve oradan yayın yapmayanlarsa internet sitesini ziyaret edenlerin sayısıyla baş edememiş ve sistemleri çökmüştü. Bilgi edinmeye çalışan milyonlarca insan arasındaydık ve tam o anda hiçbir bilgiye ulaşamıyorduk. Jack'in binada çalışan arkadaşları vardı. Arkadaşımın nişanlısı da orada çalışıyordu. Herkes İkiz Kuleler'de çalışan bir dostunu ya da iş arkadaşını hatırladığı için bizim katta bir panik havası hâkimdi.

Bunu kim yapmış olabilirdi? Filistinli bir grup, topluluklarını tanıtmış olmak için sorumluluğu üstlendi. Daha sonraysa bu iddianın başa çıkamayacakları kadar büyük olduğunu fark edip geri çekildiler.

Eve döndüm. Tüm dostlarım ve iş arkadaşlarım gibi televizyona kilitlenip kaldım. Londra hiçbirimizin alışık olmadığı bir durgunluğa bürünmüştü. Dakikalar geçip gidiyordu ama hâlâ hiçbir haber alamamıştık; hiçbir şey açığa çıkmamıştı. Korku ve güvensizlik boşluğuna gömülüp gittik. Bir sonraki şehir hangisi olacaktı? Bu saldırıyı kimin gerçekleştirdiğine ve amaçlarının ne olduğuna ilişkin çok az bilgi vardı ve bu yüzden bir sonraki hedefin Londra olabileceğini düşünüyorduk.

George W. Bush, suçlunun El-Kaide olduğunu açıkladı. El-kim? Daha önce isimlerini hiç duymamıştım. Dünyanın en çok aranan adamı birden Usame Bin Ladin olmuştu. Daha önce onun da ismini duymamıştım. Saldırıları Bin Ladin ve işbirlikçilerinin gerçekleştirdiği anlatılıyordu. Müslümanlardı ve Batı'da cihat ilan etmişlerdi. Dokuz gün sonra, buna karşılık olarak George W. Bush kendi savaşını "Teröre Karşı Savaş" olarak ilan etti. Sanki bu savaşı bize, Müslümanlara karşı ilan etmişti. Kendimi, lekelenmiş, köşeye sıkıştırılmış gibi hissediyordum. Tüylerimi diken diken eden şey sonbahar havası değildi.

Halkın geri kalan kısmı gibi ben de kızgındım ve korkuyordum. İnsanlar korku nedeniyle kolaylıkla sert çıkışlar yapabiliyordu ve herkesle aynı korku ve paniği paylaşmamıza karşın benim gibi Müslümanlar öfke dolu, ölüm saçan, barbar caniler olarak görülmeye başlamıştı. *Çifte bela,* diye düşündüm kendi kendime. Şimdi iki yönden birden korkuyla yüz yüzeydik.

Gözlerini kocaman açmış, korku dolu insanlarla dolu caddelerde yürürken, başörtüm birden ışık saçan bir neon lambasına dönmüştü. New York'taki korkunç trajedi ve binlerce masum insanın ölümü benim suçum gibi görünüyordu.

Her kanalda bir tartışma, münazara ve analiz vardı. Jack, saldırıların ardından arkadaşlarının ve ailesinin iyi olduğundan emin olmak için kısa süreliğine New York'a gitmişti. Döndüğünde, Sıfır Noktası'nın kalıntıları üzerinde vatanseverliğin nasıl da grup düşüncesi gibi yayıldığını anlattı. Amerikalıların kendi kendilerine, "İnsanlar bizden neden nefret ediyor?" diye sorduğunu söyledi. Ayrıca, şu anda yaptığı şeyin –analiz etmek ve bu durumu neyin takip edeceğini merak etmek– sosyal olarak yasak olduğunu da belirtti. İnsanların öncelikle yas tutması gerekiyordu.

Suçluların, korkunç eylemlerini, şehit olup cennete gideceklerine inandıkları için *cihat* olarak gerçekleştirdiği söyleniyordu. Korkmuştum. Bunun sonucu olarak, tüm dünya Müslümanların dini inançlarının onları masum insanları öldürmeye teşvik ettiğini düşünüyor gibiydi. Bu, çevremizdeki dünyada barış ve huzuru sağlamamız gerektiğine inanan ben ve benim gibi pek çok diğer Müslüman için anlaşılamaz bir durumdu. "İslam" kelimesinin anlamı bile "barış" demekti. "Kendini Müslüman olarak adlandıran insanlar bunu nasıl yapabildiler?" sorusunun cevabını anlamak bizim için çok zordu.

Cihat kelimesi, Batılı yorumcular tarafından "kutsal savaş" olarak tamamen yanlış çevrilmişti. Bu, Müslüman olduklarını ve şiddet eylemlerinin "düşmanlarına" karşı gerçekleştirdikleri *Cihat* olduğunu iddia eden suçlular tarafından çok kötü bir şekilde çarpıtılarak kullanılmıştı. *Cihat* kelimesinin gerçek anlamı, "ruhsal çaba"ydı. Yani hayatı en ahlaklı şekilde sürdürebilmek için elinden geleni yapmak anlamına geliyordu. Dini terminolojide yer almasının nedeni kendine özgü ve çok zor bir aktivite olmasıydı. Zihninizin, tam olarak insan gibi davranmanızı engelleyen kısmını durdurmak için girilen bir kavgaydı. Bunun fiziksel bir çaba haline gelmesine, yalnızca kendinizi bir saldırıdan korumanız gerektiğinde izin veriliyordu. *Cihat,* masum sivillerin öldürülmesine izin vermiyordu.

Günler, saatler geçtikçe, neler olduğuna ilişkin incelemeler devam etti. Bu işe on dokuz kişinin karıştığını öğrendik. Ayrıca bu adamların, planlarını uygulamaya geçmeden önceki son saatlerinde sarhoş olup kim olduğu bilinmeyen kadınlarla ilişkiye girerek zaman geçirdiklerini öğrendik. Bu durum hiç mantıklı değildi. Medyanın tanımladığı gibi kendilerini buna adamış bağnazlar olsalar, İslami hal ve hareketlerin dışında olan böyle davranışlar gerçekleştirmezlerdi. Ve eğer eylemlerine yön veren din değilse binlerce insanla birlikte kendilerini havaya uçurmalarının amacı neydi?

Amerika'nın yaşadığı şok, dünyayı duygusal bir durgunluk noktasına getirdi. Bu güçlü kuvvetli topluma kendi topraklarında saldırılmıştı ve bu ülkenin vatandaşları daha önce böyle bir şey yaşamamıştı. Çok derin bir acı ve karmaşa içindeydiler ve tüm dünya onlarla birlikteydi. Tüm diğer ülkeler, kendi yıkımlarını ve acılarını bir kenara koyup, Amerika'nın kederini paylaşmıştı. Masum insanlar öldürülmüştü ve buna katlanmak mümkün değildi. İslami, insani ahlak kuralları, bu kişi kim olursa olsun tek bir masum bile öldüğünde yas tutulmasını gerektiriyordu. Kaybedilen kişinin değeri, dünyada olan diğer şeylere bağlı değildi. Nerede ve kim olursa olsun, bir insan ömrünün sona ermesi, tüm insanlığın kaybıydı.

Dünyanın her yerinden Müslümanlar en içten baş sağlığı ve kınama mesajları yolluyorlardı ama bu yeterli değildi. Acımasız eylemleri ne kadar kınarsak kınayalım, asında onları desteklediğimiz söyleniyordu. Onları daha ateşli, daha öfkeli bir şekilde kınamamız gerektiği söyleniyordu. O yüzden biraz daha kınadık; bu kez de samimiyetsiz olduğumuzu söylediler. İslam'ın barışçıl, insancıl prensiplerini açıklamayı denediğimizde, yanıldığımızı söylediler; yoksa bu adamların gerçekleştirdikleri acımasız eylemin "İslami" olduğunu nasıl vurgulayabilirlerdi? İslam'ın öğretilerini yalan yanlış yorumladıklarını ve iğrenç eylemlerini savunmak için her yola başvurduklarını da söyledik. Bunları yüksek sesle söylemek, daha fazla dikkat, acı ve öfke toplamamıza neden oluyordu ama sessiz kalmak da bir seçenek değildi. Sessiz kalmak diğerlerinin acı çekmesine ve Teröre Karşı Açılan Savaş'ın kontrolden çıkmasına izin verecekti.

"Kötü" ve "terörist" olarak yaftalandığımı düşündüğüm için korktum. Gelecekte bir Müslüman olarak beni bekleyenlerden korkuyordum. Hayatımda ilk kez "Benim adıma değil" demeye teşvik ediliyordum. Kendimi benim sorumluluğumda olmayan bir şeyden uzaklaştırarak, bir Müslüman olarak olanları kötülemem bekleniyordu. Dehşet verici saldırıları tüm kalbimle reddettim ve ölümlerden kaynaklanan korkumu tüm ruhumla açıkladım. Bir insan olarak; şiddetten, masum insanların öldürülmesinden ve insanların, mülkiyetin ve sembollerin bilerek yok edilmesinden tiksinen bir dünya vatandaşı olarak bu eylemleri kınadım.

Bir insan olarak "Benim adıma değil," evrensel bir sözdü. Ancak Müslüman olarak "Benim adıma değil" demem beklendiği için kızgındım. Müslüman olabilirdim ama bunu yapan kötü adamlarla hiçbir bağlantım yoktu; o yüzden neden "Müslüman adıma değil" demem gerekiyordu ki? Neden var olmayan bir bağ yaratmalıydım? Ben de ancak diğer herkes kadar bu işin içindeydim. Bugüne kadar bana barış ve uyumdan başka bir şey öğretilmemişti. İnancın temeli de buydu: Yaratıcı'yla, kendinle ve diğerleriyle barış içerisinde olmak.

7 Temmuz'dan sonra Londra'da hâlâ "Benim adıma değil" sözleri yankılanıyor ve hâlâ ne zaman bir şiddet eyleminde bir Müslüman'ın adı geçse söylenmesi bekleniyordu. Altı derece teorisindeki gibi dünyadaki herhangi bir insanla aynı yakınlıkta olan başka insanların eylemleri için müdafi olmam bekleniyordu. Ama yalnızca kendi eylemlerimden sorumlu tutulmalıydım. Bu hem bir insanlık hem de İslam prensibiydi.

11 Eylül 2001'den sonra ve yine Temmuz 2005'te Londra'da gerçekleşen olaylardan sonra rengim, adım ve başörtüm beni damgalamış ve "terörist" olarak etiketlemişti. İngiltere'de ilk kez insanlık dışı görüldüğüm ve kendi ülkemde yaşamaktan korktuğum gün 11 Eylül'dü.

New York'taki olaylardan çok önce, Müslüman kadınlardan oluşan sosyal bir ağ kurmak için bir grup Müslüman kadınla bir buluşma ayarlamıştım. Bu ilk toplantımız olacaktı. Amacımız çay içip, kek yerken yeni arkadaşlar edinmekti. 12 Eylül'dü ve kızlar gergindi.

"Dışarıda olup olmamamız gerektiğinden emin değilim," dedi Sara.

"Korkuyorum," dedi Noreen. "Ortalıkta ve tehlikede olacağız. İnsanlar bir grup Müslüman kadının ne konuştuğunu merak ederek, bizi izliyor olacak."

Ben de endişeliydim. Hedef olabilirdik. Sözlü ya da fiziksel saldırıya uğrasak ne olacaktı? İki kişi agresif bir şekilde amcama saldırmıştı. O sabah markette iki adam babamı itip kakmıştı.

Herkes toplum içine çıkmaktan korkuyor ve "Ya bir sonraki hedef Londra'ysa?" diye düşünüyordu. Caddelerde korku hakimdi. İnsanlar birbirine şüphe ile bakıyordu ve adımlar kaldırımların üzerinde sahiplerini bir an önce evlerine götürmek için takırdıyordu; televizyondaysa bitmek tükenmek bilmeyen haber analizleri yayınlanıyordu ve hepsine takılıp kalıyorduk.

Biz de herkes gibiydik; onlar gibi kaygılı, onlar gibi korku içindeydik. Ama biz iki kat yük taşıyorduk. Hem teröristlerin, hem de İkiz Kuleler'e yapılan saldırı yüzünden korku ve öfke ile köpüren insanların hedefiydik.

Yine de küçük bir kafede buluşmaya karar verdik. Teröristlerin çevremizdekilerde uyandırdığı korkuya yenilmemeye kararlı ve bizi terörist olarak tek tipleştirenlerin hedefi olmayı reddeden beş kişiydik. Sert bir kapuçinonun yanında biraz kurabiye yemek isteyen beş kişiydik. Biz de Londra'nın geri kalanı kadar şaşkındık, korku içindeydik ve şiddete karşıydık ama hayatlarımıza devam etmemiz gerekiyordu.

İnancım yaygın olarak tanınmıyordu ama birden İslam tartışılmaya başlanmıştı. Bazı yorumcular, İslam'ın şiddete ve masum sivillerin öldürülmesine karşı oluşuyla ilgili ateşli tartışmaları yeniden gündeme getiriyordu. Politikacılar, Teröre Karşı Açılan Savaş örtüsü altında yeni politikalar geliştiriyordu. İlk hedef Afganistan'dı ve Bin Ladin'i ortaya çıkarmak için bombalanacaktı. Bu sırada öldürülebilecek masum siviller için çaresizdik. Onların da ölmesi, ölen masum Amerikalıları geri getirmeyecekti. Amerika'ya yapılan bir saldırının, Afganistan'da binlerce sivilin öldürüleceği anlamına geldiğini düşünmek çok korkunçtu. Ardındansa Irak geldi.

Müslümanların günlük aktivitelerini gerçekleştirmesi zor bir hal aldı. Bir Müslüman'ın nasıl göründüğüne ilişkin basit tanımlara uymuyorsanız bile bir Müslüman ismine sahipseniz uçağa binerken sıra dışı ve yersiz kontrollere maruz bırakılıyordunuz. Arkadaşım Şahnaz, aktarmalı yolculuğunda "nedensiz" yere on kez durdurulmuştu. Bunun yalnızca "rutin" bir arama olduğunu söylemişlerdi. Mülakata giden başka bir arkadaşımı "nedensiz yere" yolundan etmişlerdi. Mülakat saatini söylediğindeyse, bir süre tutup özellikle randevu saatinden birkaç dakika sonra serbest bırakmışlardı. Bankalarda çalışan arkadaşlarıma "Müslüman ismi" olan kişilerin hesaplarını dondurmaları söylenmişti. Bir iş gezisinin ardından Londra'ya dönerken uçaktan indiğimde, uçağın çıkış kapısında göçmenlik bürosundan bir kadın bekliyordu. Diğer yolculara aldırış etmeksizin, geride durmam için bana bağırdı. Pasaportuma bakmakta ısrar etti. Yüzlerce insan geçip giderken neden yalnızca benim kontrol edildiğimi sordum. İsteğini tekrarladı. Neden *İngiliz* pasaportumu görmek istediğini tekrar sordum ama beni dinlemedi. "Göstermezsen, seni sorguya götürmek zorunda kalacağız. Ne kadar süreceğini Tanrı bilir," diye fısıldadı huzursuz edici bir şekilde.

Yine o kış, bir sabah ofise varır varmaz, Emma beni bir kenara çekti. Yeni aldığım takım elbiseyle uyumlu olması için siyah bir başörtüsü takmıştım. Çok soğuk bir kasım sabahı olduğu için de şehirdeki pek çok diğer erkek ve kadının yaptığı gibi, soğuktan korunmak için siyah uzun montumu giymiştim. Siyah başörtüsü ve siyah manto kombinasyonunu sorgulamamıştım. Kışın ortasında soğuk bir gündü ve o gün siyah giyinmeyi seçmiştim.

"Tamamen siyah giyinmemelisin bence," diye fısıldadı Emma.

Bozulmuştum. Siyah giymek artık *modaya aykırı* mıydı?

Kaygıyla gözlerini kıstı. "Haberlerde olup biteni düşündüğünde, insanlar yanlış bir izlenim edinebilir. Zarar görebilirsin."

Emma iyi niyetliydi; bundan emindim. Müslüman olduğum gerçeğini umursayan biriydi. Zarar görmemden korkuyordu. Diğer insanların belki de görmediği şeyleri görebiliyordu. İçime bakıldığında ben de herkes gibiydim. Onu bu yüzden seviyordum.

"Teşekkür ederim, Emma, beni düşünmene çok sevindim." Ona sıcak bir şekilde gülümseyip, sıkıca sarıldım. "Baştan aşağı siyahlara bürünmüş Fransız ajanı görünümünün yok olup gittiğini varsay."

"Bunu söylememe kızmadın, değil mi?"

"Tabii ki hayır, benim için kaygılanıyor olman hoşuma gitti."

Emma'nın yorumları, her şeyin yoluna gireceğini, insanlara kendi erdemleri ile davrandığımız ve onların iyiliklerini önemsediğimiz bir dünya için ilham kaynağı olabileceğimize bir kez daha ikna etti beni. Dışarıda başka iyi kalpli Emma'lar bulunduğu konusunda umutluydum. Dünyanın, birbirini önemseyen daha fazla insana ihtiyacı vardı.

Bu yorumlar bir taraftan da kaygılandırdı beni. Siyah giymemek yeterli olacak mıydı? Hedefleri açık ve basmakalıp bir şekilde işaretlenmiş olsa da olmasa da, umursamaz bir şekilde bu durumdan beni suçlu tutanlar intikam arayacaklardı. Başörtümü çıkarmak daha zor fark edilmemizi sağlayacaktı. Başörtüsü takan kadınların, kendi güvenlikleri için bunları çıkarmaları konusunda tavsiye verilip verilmemesine ilişkin bir tartışma sürüyordu. Bunun, düşünebileceğim bir durum olmadığı konusunda kararlıydım. İnancım konusunda katıydım ve onun için direnmeye hazırdım. İnancımı uygulama şeklimi değiştirmeye ve korkunun inandıklarımı gerçekleştirmemi engellemesine karşı çıktım. Bunu yaparsam vatandaş olarak görevimde başarısız olmuş olacaktım.

Ölümsüz hale getirilen basmakalıp Müslüman tipi konusunda endişeliydim. Emma'nın, siyah palto giyip siyah başörtüsü bağlayan kişilerin terörist olarak görülebileceği şeklindeki görüşü de bu basmakalıp durumlardan biriydi. Güvenliğim için endişelenmesi beni gerçekten etkilemişti.

Diğer insanların kafasındaki benimle ilgili ikilemi anlıyordum. Ama bu basmakalıp özellikleri dile getirmesi onları kabul ettiği ve hatta desteklediği anlamına geliyordu. Beni düşünen insanlar bile bu önyargıyı reddetmem konusunda bana yardımcı olamazken, dünyayı nasıl değiştirecektim? İnsanların doğuştan gelen önyargılarını kabul etmek, benim hakkımda neler düşündüklerini sürekli merak ederek hayatımı korku içinde geçirmeme neden olabilirdi. Cesur olmalı ve bu düşünceleri dağıtmalıydım.

Kolay değildi. Korku ve şiddet hepimizi etkiliyordu. Başörtüsü takan arkadaşlarımdan birini, eve gitmek için bindiği trende sessizce otururken yumruklamışlardı ve arkadaşımın burnu kırılmıştı. Saldırgan ona karşı terör uygularken, arkadaşımın inancı ve "terörist aktiviteleri" ile ilgili küfürler etmişti. Arkadaşımı acı içerisinde bırakıp, bir sonraki istasyonda trenden elini kolunu sallayarak inmişti. Adam gittikten sonra bile diğer yolcular burnu kanayan arkadaşıma yaklaşmamıştı.

Barış ve diyaloga inanan bir Müslüman olarak, çeşitli yönlerden karşıma çıkan korku ve saldırıyla karşı karşıyaydım. İkiz Kuleler'e saldıranlar İslami inancın en merkezinde olan, "barış için çabalama" düşüncesine saldırmışlardı. Sert bir şekilde, benim gibilerin "ılımlı" Müslümanlar olduklarını iddia ediyorlardı. Tuhaf olansa, geçen aylarda ve haftalarda olduğu gibi, bu eylemleri gerçekleştirenlerle, "vahşi" ve "aşırı" gibi etiketler yapıştırılarak bağlantılı görülmemdi.

Tüm bu fırtınalı fikirler arasında, Müslüman kadınların konumu ve onlara nasıl davranıldığına ilişkin tartışmalar da devam ediyordu. Küçükken televizyonda, Müslüman kadınlar baskı gören, kullanılan kişiler olarak sunulurken, bu durum son yıllarda biraz değişmişti. Batılı olmayan ülkelerde kadınlara karşı kullanılan neredeyse tüm şiddetin nedeni İslam olarak gösteriliyordu ve oysa ki bu korkunç eylemlerin nedeni genelde kültür, gelişmemişlik döngüsü ve eğitimsizlikti. Bu bölgelerdeki kadınların çektikleri acılar, onları zar zor yaşayacak kadar fakirlik içerisinde bırakan savaşlarla birleşmişti. Başörtüsü takmayı kendim seçmiş olmama rağmen, Müslüman kadınlarla ilgili tartışmalarda, ki Müslüman kadınların kendi sesleri pek duyulmazdı, kendi kararlarımı veremeyecek kadar baskı altında olarak tanımlanırdım. Hatta o kadar baskı altındaydım ki bu tartışmalarda kendi adıma konuşmama bile izin verilmiyordu. Başörtüsü takarak, kendim de bu baskı altında tutma sürecine katkıda bulunuyordum.

Kendi sesim olmaksızın üzerime birçok etiket yapıştırılmıştı:

Baskı gören, mazlum, zapt edilmiş, geri kafalı, umursamaz

Vahşi, aşırı, nefret dolu, terörist, cihatçı, şeytan, radikal

İradesiz, ılımlı, satılmış, kendinden nefret eden, müdafi

Etiketler ve kalıpların hepsinden nefret ediyordum. Yukarıdakilerin hiçbirisi ben değildim.

Aşk arayışım da bu kalıplardan kaçmamı sağlamıyordu.

Hoş bir Asyalı kız

Aşırı sofu, ekşi suratlı, başörtülü Müslüman

Çok bilmiş, ukala

Sıkıcı, dua etmekten başka şey bilmez, evden çıkmayan ahmak

Geleneklere aykırı, modern, kuralları yıkan, bağımsız, uygunsuz, şekillendirilemez

Pek çok kültür ve anlatının beklentileri ve etiketleri ile tartılıyordum. Her biri ne olmam ve ne olmamam gerektiğini söylüyor ve benim adıma konuşuyormuş gibi yapıyordu. Tek başıma kaç tane basmakalıp düşünceyi yok edebilirdim ki?

İnsanların benim adıma konuşmasını engelleyecek bir ses yaratmaya, kendi sesimi yaratmaya karar verdim ve tek amacım "Gerçek nerede?" "Yapılması doğru olan ne?" gibi sorulara cevap vermekti.

İnsanların beni sokmaya çalıştıkları kalıpların tümünü tek bir cümle ile kırdım:

Ben *kendimim.*

Farklı kültürler, geçmişler, dinler ve İngiliz, Asyalı ve Müslüman olmanın bana kattıkları bugünkü beni oluşturdu. Bu farklı standartlar benim için yük değildi. Aksine hepsi, olayları farklı açılardan görmemi sağlayacak farklı, eşsiz bir bakış açısı kazanmamı sağladı. Çok daha umut dolu bir gelecek yaratmaya başlarken, kültürlerimi, inancımı ve İslam'ın sağladığı net vizyonumu kullanabilirdim.

Bu büyük sorularla yalnız başa çıkmaya çalışırken, kendimi terk edilmiş hissettim. Kalbim yalnızlığımda gitgide daha da yalnızlaşan bomboş iç dünyamda parçalanıyordu. Bu soruları paylaşabileceğim bir erkek bulabilecek miydim? Bu yolculukta kendini benim yerime koyabilecek, basmakalıp düşünceleri yıkıp kendi yolunda yürümeye kararlı kişi neredeydi?

Ben *kendimim,* dedim tekrar, *ama o kim?*

ALTI

☆☆☆

Semiyotik Başörtüsü

Onun Altında Ne Var? ☆

11 Eylül 2001 olayları Müslümanların üzerine global bir spot tuttu. *Kuran*'ı daha öncekine kıyasla daha fazla kişi okumaya başladı ve *Kuran* en çok satanlar listesinde zirveye oturdu. *Müslümanların kim olduklarını öğrenmek istedikleri için* okuduklarını söylediler. İşyerindekilerin neler düşündüğümü, İslam'la ilgili olarak duyduklarının doğru olup olmadığını öğrenmek istediklerinin farkındaydım ama sormaya korkuyorlardı. Televizyonda Müslümanlarla ilgili olarak canlandırılan farklı düşünceleri ortaya çıkarmayı deneyip, sonra da bunları ofisin Müslüman'ı olan benimle edindikleri tecrübelerle karşılaştırmaya çalışarak fısıldaştıklarını duyuyordum.

Günler geçtikçe, sorularıyla bana gelmemelerine şaşırdım. Aramızdaki neşeli ilişkiyi bozmaktan korktukları için miydi? Özel hayatıma saygısızlık ettiklerini düşünmüş olabilirler miydi? Onlarla konuşmak *istedim,* haberlerin içeriğini açıklamak ve İslam ve Müslümanlarla ilgili olarak faydalı olabileceğini düşündüğüm bilgileri paylaşmak istiyordum ama vaaz veriyor gibi görünmeden bunu nasıl başaracağımı bilmiyordum. Haberlerin içeriğini ve Müslüman olmanın nasıl bir şey olduğunu tartışacağımız kolay bir sohbet, iş arkadaşlarım için kişisel hayatı iş ortamına sokmak açısından ihtiyatlı ve benim için de hiç kimsenin bizi ve özellikle de beni etkileyen dünya meselelerini konuşmak istememesi nedeniyle hayal kırıklığı dolu bir hal aldı.

11 Eylül eylemi, ardından 7 Temmuz 2005'te olanlar ve diğer saldırılar, aktivitelerin en kritiğine korku salmıştı. Birbirimizle konuşmaya korkuyorduk.

Tüm terörist saldırılar erkekler tarafından gerçekleştirilmiş olmasına rağmen hem sözlü hem de fiziksel şiddetin hedefi Müslüman kadınların başörtüleri olmuştu. Başımızın üzerindeki bu şey, birden ilgi odağı olmuştu. Pek çok Müslüman kadın benim gibi başörtüsü takıyordu ve günlük hayatlarına sessiz sakin devam ediyordu. Bunu bir inanç unsuru ve kişisel bir giyim tercihi olarak görüyorduk. Benim için başörtüsü takmak siyasi bir karar veya bir tür basın açıklaması değil, günlük giyimimin bir parçasıydı. "Topu topu bir parça kumaş," diye düşündüm. "Bildiğimiz anlamda medeniyetin sonu değil." Başörtümün bu kadar üzücü olabileceğini düşünmemiştim.

"SAÇIN NASIL?"

Tüm gözler saçımdaydı. "Benim saçım," diye düşündüm. "Canımın istediğini yaparım. Görmenizi istemiyorsam saçım sizi ilgilendirmez." Bir kez daha yanılmıştım. Halk saçımı görmeyi talep etti. Benim bir parçam olan, sevgili saçım artık halkın malıydı. Kadınların kendi vücutlarını kontrol etme hakkı nereye kaybolmuştu?

Saçımı erkekler merak ediyordu. Kadınlar hiç sormadı. Bunun nedeni erkeklerin ne kadar kadınsı olduğumu saçlarım olmaksızın anlamalarının zor olması mı diye merak ettim. Beni tanımlayıp kategorize edebilmelerini sağlayan parçalardan birini ortadan kaldırmıştım. Durumu sorgulamalarını çirkin bulmuyordum, aksine meraklarının masum ve eğlenceli olduğunu düşünüyordum. Onlarla dalga geçebilirdim ve onlar hiçbir şekilde beni kendi terimleriyle tanımlayamazlardı.

Onlara kendimle ilgili ne söylemek istiyorsam kabul etmek zorundaydılar. Sahte bir isteksizlikle, uzun zamandır düşündükleri soruyu sormalarını söyleyebilirdim.

"Sarı, Mohikan stili," dedim asık suratla. Kabul ettiklerini gösterir biçimde başlarını salladılar.

"Ezilmiyor mu?" diye sordular başımın üzerine bakmamaya çalışarak masum bir şekilde. Sonra kahverengi tenli, koyu kahverengi gözlü ve kirpikli bir Asyalı olduğumu fark ettiler.

Dudaklarımı bir gülümseme kapladı ama ciddiyetimi koruyarak, gözlerinin içine bakmaya devam ettim. "Aslında hiç saçım yok."

Şimdi şüphelenmeye başlamışlardı. Özellikle kafalarını karıştırdığımı fark ettiler.

"Saçın gerçekten nasıl?" diye tekrar sordular.

Bu kez daha ciddiydim. Kendimi çok koruyucu hissettim. Beni hayal etmelerini istemiyordum. "Bu benim kişisel alanım. Saçımı kapadım çünkü görmenizi istemiyorum. Neye benzediğini söylememin ne anlamı var ki?"

Anlamadıkları şey, Müslüman kadınların da kendi saçlarıyla diğer kadınlar kadar ilgilendiğiydi. Saçlarını örtmeyen kadınlar gibi biz de saçlarımıza şekil verdiriyor, onları boyatıyor ve kestiriyorduk. Toplum içinde kapalı olabilirdik ama özel hayatımızda saçlarımız kadınlığımızı gösteren bir şeydi. Kadın gibi hissetmenin bir parçasıydı. Başörtüsü takmak fiziksel olarak kadınlığını reddetmek değil, bunun keyfini özel alanınızda çıkarmaktı.

Giyim kurallarının yalnızca "başörtüsü" kısmına vurgu yapılmasına karşın, başörtüsü takmak sadece saçla da ilgili değildi. Tüm giyiminizin "gösterişsiz" olmasıydı önemli olan. Pek çok Müslüman kadın başörtüsü takmadığı halde giyimindeki ve tavırlarındaki alçakgönüllülük hemen göze çarpıyordu ve en önemlisi de buydu. Tüm gözler saça ve başa çevrildiğinde, başörtüsünün altında yatan alçakgönüllülük felsefesi de görmezden geliniyordu.

"KOCANIN ZORUYLA MI BaşörtüSÜ TAKIYORSUN?"

Kederli bir şekilde iç çektim: "Keşke bir kocam olsaydı." En büyük çelişki de buydu, Müslüman bir kadın olarak kocamın avucunun içinde olduğum varsayılıyordu ama ben daha Bay Doğru'yu bulamamıştım bile.

Herkes sorularına devam etmeye başlamadan ekledim: "Babam da beni başörtüsü takmaya zorlamadı."

Başörtüsü takmak biz Müslüman kadınları çifte belanın içine sokuyordu. Duyguları arzu ve şiddet ile kutuplaştırıyordu. Geleneksel Müslüman erkekler, kadınların İslam'ı savunmak için başörtüsü takmaları *gerektiğini* konusunda ısrarcıydı. Medyadaki, Müslümanların karanlık çağlarda kalmış vahşi teröristler oldukları için korkulmaları gerektiğini ima eden sesler ise Müslüman kadınların başörtüsü *takmamaları gerektiğini* söylüyordu.

"Bir şey söyleyebilir miyim?" dedim içimden.

Konuşmak için ağzımı açtım ama Müslüman bir adam beni savunmak için lafa girdi: "İslam siz Müslüman kadınlara başörtüsünü bir hak olarak verdi, insanlar bunu göremiyor mu? Elbette özgür olmaktan gurur duyuyorsunuz." Söylediklerine katılıyordum ama Müslüman bir kadın olarak *kendimi* savunma hakkımın elimden alınmasına kızmıştım.

"Kendim için bir şey söylemek istiyorum," diye geçirdim içimden tekrar.

Bir kez daha tam konuşacakken, susturuldum. "Müslüman kadınların beyinleri yıkanmış. Bence onu takmak istemenizin nedeni, dini liderlerinizin iyi bir Müslüman kadının yapması gerekenin bu olduğunu söylemesi. Böylece size baskı uygulayanlara suç ortaklığı etmiş oluyorsunuz."

"Bana baskı uygulayanlara suç ortaklığı mı ediyorum?" diye tekrarladım. Bu oldukça karmaşık ve biraz da alışılmadık bir sözdü.

Buna karşı çıktım. Başkaları ne hakla benim adıma konuşuyordu? İslam bana tüm haklarımla insan olma hakkı verdiyse, kendi adıma konuşma hakkına da sahiptim. Madem ezildiğimi düşünüyorsunuz, o zaman bana ne söyleyeceğimi, ne düşüneceğimi söyleyerek beni daha fazla ezmeyin.

Nasıl giyinmek ve çevremdeki dünya üzerinde nasıl bir etki bırakmak istediğimi çok uzun süre düşündüm. Başörtüsü takmak kolay değildi çünkü çevremdeki tüm diğer insanlarla aramdaki fark anında fark ediliyordu. Bu gergin siyasi ve sosyal havada, bu durum beni daha korunmasız ve dışlanmış hale getiriyordu. Başörtüsü takmayı seçmek, bu zorluklar ve gerilimle yüzleşmeye istekli olmak anlamına geliyordu çünkü bunlar katlanılmaya değerdi. İnancımı uygulayabilmek ve kadınlarla özellikle de Müslüman kadınlarla ilgili basmakalıp düşüncelere karşı çıkmak için bunlara katlanmak gerekiyordu. Kadın olarak giyimimle ilgili bir seçim yapmıştım ve bu seçimi sonuna kadar uygulamıştım. Bu benim kararımdı.

Kendi kararımı uygulamanın, din adına ezilen kadınların hayatlarını değiştirmek adına yaptıkları çağrılara karşı sesimi yükselteceği konusunda umutluydum. Ben kendi kararımı vermiştim ama belirli bir şekilde giyinmeleri ve davranmaları için zorlanan Müslüman kadınlar da vardı. Bazıları evliliğe zorlanıyordu ve bu da yanlıştı. Bazılarına eğitim, sağlık güvencesi ve çalışma hakkı verilmiyordu ya da vahşi kültürel gelenekler dayatılıyordu. Yine aynı sözcüklerin söylenmesi gerekiyordu: Yanlış, yanlış, yanlış. Her türlü baskı kesinlikle yasaktı ve İslam'ın ruhuna aykırıydı. Bu tür korkunç şiddet ve baskı eylemleri gerçekleştirenler, gerçekte peşinde oldukları şeyler, yani güç ve kontrol yüzünden ifşa edilmeliydi. Yalan iddialarının arkasına saklanıp bunun kadınların, İslam'ın ya da insanlığın yararına olduğunu söylememeliydiler. Müslümanlar tüm eylemlerine özgür iradeleri ile karar vermeliydiler; yoksa bu kararın hiçbir anlamı olmazdı. *Kuran* çok açıktı: "Dinde zorlama yoktur." Hiç kimseyi yapmak istemedikleri bir şeyi yapmaya zorlayamazsın ve *zorlamamalısın.*

"SICAK OLMUYOR MU?"

"Müslüman kadın" dendiğinde genelde insanların aklına baştan ayağa kadar siyah kaplı bir kadın geliyordu. Başörtüler, uzun, siyah uçuşan kumaş parçalarıydı ve bu parçalar uzun siyah bir pardösünün üzerine düşüyordu ve bazen kadınların yüzleri de siyah bir *nikab,* yani bir peçeyle kapalı oluyordu. Kadınları Batılı gözlere yabancı göstermek için esrarengiz ve insan dışı bir halde fotoğraflar çekiliyordu. Ama hepsinin altında, onları yalnızca siyah kumaş kaplı bir hayalet olarak görenlerin inkar ettiği bir yaşam, bir hikâye, bir kalp vardı. Onları meçhul yaratıklar olarak görenler, onlara bu tek tip tarzı dayatarak isimsiz hale getirmek isteyenlerle suç ortaklığı yapıyordu. Müslüman ya da değil, kadınların, "kısa siyah bir elbise", medyadaki aktrislerin siyah giysileri veya Müslüman kadınların siyah pardösüleriyle tek tip giyinmeleri beni rahatsız ediyordu. Hepsinde tekrarlanan temanın siyah renk olması ise tuhaftı.

Bu uzun, şekilsiz, siyah giyim tarzı, pek çok Müslüman kadın tarafından özellikle, kişiliklerinin dışarı yansımasını engellemek için bir kontrol yöntemi olarak seçilmişti. Kadının mükemmel, yani ince, uzun, sarışın, gösterişli, güzel saçlı, kusursuz ciltli ve mükemmel makyajlı olmak zorunda olduğunun söylenmesinden bıkmışlardı. Bu da kadınlara nasıl giyinmeleri ve nasıl görünmeleri gerektiğinin söylendiğini gösteriyordu. Onlar için uzun siyah giysiler, kendi görünümlerini kontrol etmelerinin bir yoluydu. Tüm kadınlar bu şekilde giyinmeyi tercih etmiyordu. Benim için kişilik ve estetik de önemliydi. "Tanrı güzelliktir ve Tanrı güzelliği sever," ünlü bir İslami sözdü ve ben bunun sadeliğimizi tamamlamak için güzelliğin giyimle birleştirilmesi anlamına geldiğine inanıyordum. Her şeyden önce, tartışmanın kalbindeki İslami değer sadelikti. Başörtüsü ise bunun bileşenlerinden yalnızca biriydi.

Kuran "inanan kadın ve erkeğe" sadeliğin ilk adımının karşı cinsten birine bakarken, gözlerini yere çevirmek olduğunu söylüyordu. Bununla ya doğrudan ya da metaforik olarak söylenen şey, saygı nedeniyle, karşımızdaki insanı yalnızca cinselliğiyle görmemek gerektiğiydi. Bunu denklemden çıkardığımızda, sosyal ilişkiler daha az gergin ve cinsel gerginliğin karmaşasından daha arınmış bir hale geliyordu. İnsanlar görünüşleri ile değil, kişilikleriyle yargılanmak istiyordu ve ne acı ki görünüşleri ve cinsellikleriyle yargılanan taraf daha çok kadınlar gibi görünüyordu.

Sade tavırlar, sade giyinerek tamamlanır. Kadınlar için bu, bol, bileklerden ayak bileklerine kadar kapalı giysiler anlamına geliyordu. Hepsi olmasa da Müslümanların çoğu, bunun saçı da kapatmak, çok az bir kısım ise yüzü de kapatmak anlamına geldiğine inanıyordu.

Sade giyimi ve tavrı kamu alanına taşımaktaki amaç, hayatı kolaylaştırmak, gerilimi azaltmak ve herkes için daha az yargılayıcı olmak anlamına geliyordu. Toplumu yaşamak için daha iyi bir yer haline getirmek istiyorsam, giysilerimi seçerken biraz daha fazla zaman harcayıp, başörtüsü takmaya razıydım. Benim için bu durum, inançla ve içinde yaşadığım toplumu daha iyi bir hale getirmekle ilgiliydi. Sürekli göz önünde bulunan başörtüsü ise giyim seçimimin yalnızca bir öğesiydi. Bazen biraz fazla sıcaklıyordum ama buna değerdi.

"ERKEKLER NEDEN BAŞÖRTÜSÜ TAKMAK ZORUNDA DEĞİL?"

Kuran'da tanımlandığı gibi erkekler de sade giyinmek ve davranmak zorundaydı. Erkekler çoğu zaman bunu yapmak zorunda olmadıklarını düşünüyor hatta dar kot pantolonlar ve vücutlarına oturan tişörtler giyiyorlardı. İslami değerlere uyuyor olsalar, onların da saygılı bir şekilde giyinmeleri gerekirdi. Pek çok Müslüman'a göre erkeklerin de sade giyinmesi gerekiyordu ama sade giyimlerinin bir parçası olarak kadınların yaptığı gibi saçlarını kapatmalarına gerek yoktu. Kadınların, erkekler gibi saçımı merak etmemesi ve erkeklerin görünümümü tamamlamak için saçıma ihtiyaç duymaları, saçların, kadının güzelliğinin önemli bir parçası olduğunu ve erkekler için saçın aynı anlama gelmediğini gösteriyordu.

Erkeklerin saçlarını kapamaları bir zorunluluk olsa da olmasa da pek çok Müslüman ülkede erkekler bunu sıkça yapıyordu. Umman'da *mussar* isimli, türbana benzer bir örtü kullanıyorlardı. Suudi Arabistan'da, *gutra* isimli beyaz bir kumaş parçası takıyorlardı başlarına ve bunu siyah bir halka ile sabitliyorlardı. Körfez'de ve Doğu Akdeniz'de erkekler başlarını aynı şekilde halka ile sabitlenen, *kefiye* isimli kareli bir kumaşla örtüyordu. Alt kıtada *topi* isimli genelde beyaz renkli küçük bir şapka kullanılıyordu ve Malezya'da erkekler *songkok* denen bir şapka takıyordu. Modern Müslüman erkeklerin başlarını kapamamaları tuhaf bir durumdu. Belki de kadınların saçlarını kapamaları gerektiği konusuna o kadar çok takılmışlardı ki aynısını kendileri yapmayı unutmuşlardı, diye düşündüm kendi kendime.

Konu erkeklere ve *hicaba* geldiğinde, onlar adına kızdığım tek bir nokta vardı. Bazı Müslüman kadınlar için *hicab* takmak, kendilerini erkeklerin azgın, kontrol edilemeyen arzularına karşı bir koruma yöntemiydi. Kadınlar *hicab* takmazsa, çıldıran bu zavallı erkekler tarafından zarar görebilirlerdi. Seks için çıldıran canavarlar oldukları fikri nedeniyle, erkekler adına biraz alındım. Erkekleri kontrol etmek kadınların işi değildi. Erkekler vahşi hayvanlar değillerdi. Erkekler, ahlaklıydılar ve kadınlara saygı gösterebilirlerdi. Saygılı, rahat ve her iki cinsin de görünüşleri ile değil kişilikleri ile yargılanacakları bir çevre yaratmak için hem erkeklerin, hem de kadınların sade giyinmesi gerekliydi.

"BAŞÖRTÜSÜYLE Mİ UYUYORSUN?"

Güzel olmak, kadın olmanın bir parçasıdır. Büyüleyici görünmek, güzel kokmak, kadınsı özelliklerini sonuna kadar ortaya çıkarmak, kadınlığın önemli bileşenleridir. Evlenmek için sabırsızlanmamın nedenlerinden biri de bu güzellikleri paylaşabileceğim ve beni beğenen bir erkek olmasını istememdi. *Öhö- öhö,* cinsel yakınlık, İslamca teşvik ediliyordu ve evdeki özel hayatlarında güzelliklerini kullanmak hem erkek, hem de kadın için bir zorunluluktu. Sadelikten yalnızca eş ile değil, özel alanda da çıkılıyordu. Yani eve girdiğim anda başörtümü çıkarabilirdim. Uyku vakti geldiğinde yastıkla aramda hiçbir şey kalmıyordu.

Toplum içindeyken başörtüsü takmak, inancımı uygulamamla ilgiliydi ve inancım giyimimin ve tavırlarımın sade olmasını gerektiriyordu. Bunları ayıramaz ve evde bırakamazdım. Bunun anlamı sosyal değerlerimi özel alanımda bırakmak olurdu ve toplum içerisinde uygulanmayan sosyal değerlerin de hiçbir anlamı yoktu. Bu, nezaketin önemli olduğuna inanıp, toplum içinde nazik davranmamak gibi bir şeydi.

"TERÖRİST MİSİN?"

"Evet!" deyip, çantamdan tanımlanamayan bir obje çıkarmak istedim ama kendimi tutmam gerekiyordu. Derinden gelen bariton sesimle "Ya *siz?*" demekle yetindim ve gözlerimi, süper kahraman çizgi romanlardaki kötü adamlar gibi oynattım.

Okulda öğrenciyken, kariyer beklentilerimi okul danışmanı ile gözden geçirdik. Güçlü yönlerim, zayıf yönlerim ve ilgi alanlarımla ilgili bir anket formu doldurdum. Bana dört kariyer öneriyordu. İlki cezaevi müdürlüğüydü çünkü besleyici bir yanım vardı ve insanların içindeki iyiliği görebiliyordum. İkincisi kütüphane yöneticiliğiydi çünkü kitapları seviyordum. Üçüncüsü teknoloji tasarımıydı; çünkü yeni fikirleri ve bununla ilgili olarak da insanları seviyordum. Sonuncusuysa potansiyel kariyer listelerine yeni ekledikleri bir alan olan teröristlikti çünkü "darbe" yaratmak istiyordum. Bu son seçenek için gerekli niteliklerin ve iş olanaklarının neler olduğundan emin değildim. İyi maaş alabileceğimden emin değildim ve emeklilik ve sağlık sigortası olmadığı da kesindi. Bunun yerine Oxford'da okuyup, sonra da yeni kurulan teknoloji endüstrisinde çalışmaya başladım. Kesinlikle doğru seçimdi.

Tabii ki terörist değilim, ne saçma soru.

"Bir insanı hayatına son verip, çevresinde yıkıma neden olma noktasına ne itebilir?" diye düşündüm. Ne tür bir ölüm ilhamıydı bu? Saf nefret miydi? Bu kana susamış eylemi gerçekleştirmek için gerekli planı hazırlayan şeytani bir akıl mıydı? Hiçbirimiz gerçeği bilemesek de 11 Eylül eylemlerine katılanların bu kategoriye girdiklerini düşünmekten alamıyordum kendimi.

Mutlu, iyi bir hayat, olumlu katkılarım sayesinde birkaç kişi ya da belki birçok kişi tarafından hatırlanacak bir hayat sürmek istiyordum. Bir kariyer, bir ev, bir eş, çocuklar, rahat bir emeklilik istiyordum; pek çok diğer insan gibi. Ayrıca dünyadaki sefalet ve zulmün azaltılmasına da katkıda bulunup, küçük de olsa sonsuza dek sürecek bir değişiklik gerçekleştirmek istiyordum. Tüm diğer insanlar gibi Müslüman kadınların da beklentileri vardı. Giydiğimiz giysiler veya inancımız nedeniyle gerçekleştirdiklerimiz bunu değiştirmiyordu.

Mutlu, tatmin edici ve başarılı hayatlar yaşamak istiyorduk.

Beklentilerim bana göre gerçek ve büyüktü. Yaşam tarzımı etkiliyorlardı. Ama dünyada, hayatlarını fakirlik, savaş, açlık, yıkım, diktatörlük, zulüm ve istila altında geçiren insanlar da vardı. Bazıları kendilerini ateşe vermeyi, kendilerini ve başkalarını öldürmeyi yaşamaktan daha iyi bir seçenek olarak görüyorlardı. Hayatlarında, umudun doldurması gereken boşluğu hayal etmek istemiyordum. Beni dehşete düşürense, bu insanların, hayatlarının yalnızca ölümle düzelebileceğine inanarak bir karar almalarıydı. Beklentileri yalnızca hayatlarına son vermekse, onları hayal kırıklığına uğratmış olmalıydık. Onları hayal kırıklığına uğratmıştım.

"NEDEN BU KADAR ÇOK SİYAH GİYİYORSUN?"

Bazen insanların gerçekten gözlerinin önündekine bakıp bakmadıklarını merak ediyordum. Siyah giyinmiş Müslüman kadın resimleri "Müslüman" ya da daha da kötüsü "Müslüman terörist" için steno olarak kullanıldığından, tüm Müslüman kadınların sürekli siyah giydiklerini sanıyorlardı. Dünya çevresinde Müslüman tavırları üzerinde kendi fikirlerini yayan Suudi Arabistan da dâhil olmak üzere, Körfez ülkelerinde moda buydu. Dünyanın diğer her yerinde kadınların "Batılı" giyim tarzını benimsemesi gibi, Müslüman nüfusun belirli bir kısmı da Müslüman Rönesansı'nın şiddetlenişini temsil etmek için "Suudi" tarzını benimsiyordu. Siyahlara bürülü bu Körfez kadınları, diğer Müslüman ülkelere gittiklerinde yaralı bir parmak gibi duruyorlardı. Çin, Endonezya, Malezya, Nijerya, Türkiye ve pek çok diğer ülkedeki, dünyadaki Müslüman kadınların çoğunu oluşturan Müslüman kadınlar, yeşilden pembeye, maviye ve beyaza kadar rengarenk giysiler giyiyordu.

"Pembe başörtüsü takıyorum," dedim, "genelde, lila ya da açık gül kurusu desenleri oluyor. En sevdiğim renk."

Başörtüsü ile Değerlendirme ☆

Hasan'la bir kahve içmek için buluştuğumuz o gün içimde iyi bir his vardı. Uzun sürmedi.

"Seninle buluşmayı pek istemiyordum," diye itiraf etti. "Kişisel bir şey değil, ama benim için eş arayan anneme de teyzeme de *hicab* takan birini istemediğimi söylemiştim."

İşte yine başlıyoruz. Daha ilk cümlesinde onun için kesinlikle uygun biri olmadığımı söylüyor! "Ama seni çok anlattılar," diyerek gözlerini devirdi bir mimikle. "Ne kadar hoş olduğunu anlattılar. Artık dinlemeye dayanamayacak hâle gelene dek bana ne kadar zeki, güzel ve iyi biri olduğunu söylediler!" Tüm diğer teyzelerden farklı düşünen bu kadınlar da kimdiler? Annesi ya da teyzesinin kim olduğunu anlayamamıştım, o yüzden onları etkileyecek ne yaptığımın farkında değildim.

"Sonunda beni seninle buluşmaya ikna ettiler. Hayır demek gibi bir şansım yoktu." Bu ikna sürecinin komikliğini belirtmek istercesine ellerini havaya kaldırdı. Çok cana yakındı. Kendisine ve bu gülünç duruma gülüyordu.

Ben de hoş bir şekilde gülümsedim. Beklentilerini karşılamadığım bir erkek için elimden gelenin en iyisi buydu. Ona biraz hareket alanı sundum. En azından açık fikirliydi; yarım açık fikirli.

"Aslında çok uzunca bir süredir başımın etini yiyorlar."

Hoş, iyi huylu ve zeki birine benziyordu. Çok kibardı, yeni şeyler denemeye istekli ve yeni olasılıkları değerlendirmeye açıktı. Tanıştığım onca kişiden sonra, kiminle anlaşabileceğimi ve kimin potansiyele sahip olduğunu anlamayı hemen öğrenmiştim. Başörtüm konusundaki direnişi dışında her şey olumluydu. Ayrıca, yapıcı ya da yıkıcı konuları sonraya bırakmak yerine erkenden açabilecek kadar cesur olmanın önemini de öğrenmiştim. Sorunun cevabı sonunda hep aynı oluyordu. Zaman insanların bazı kritik konulardaki düşüncelerini çoğu zaman değiştirmiyordu.

Konuya daldım: "Peki neden *hicab* takmayan birini istiyorsun?"

"*Hicab* takan kızların muhtemelen çok dindar olduklarını ve bütün gün evde oturup dua ettiklerini düşünüyorum. Biraz sıkıcı olmalılar. Dışarı çıkmayı çok seviyorum; o zaman birlikte çıkabileceğim kimsem olmaz."

Kendi cümlesini tekrarladım. "*Hicab* takan biri hep evde oturur, bütün gün dua eder ve dışarı çıkmaz yani. Hem de çok sıkıcıdır." Gülümseyerek ona baktım.

"Benim de *hicab* takan bir kadın olduğumu fark etmişsindir. O zaman burada ne yapıyoruz? Bu arada bana bir de sıkıcı dedin!"

"Biliyorum, biliyorum!"

Biraz daha fazla kıpırdanmaya başladı.

"Başka?" diye sordum.

Biraz kendini savunur halde, kaygılı ve yaramazca, "*Hicab* takan bir kadını götürmek istemeyeceğim bazı yerler var," dedi.

"Ne gibi yerler?" diye sordum. Kolay kolay ağzından laf alınmıyordu.

"Bilirsin işte, bazı yerler."

"Hayır, bilmiyorum." Kaşlarımı kaldırıp kahvemden bir

yudum aldım. "Senin gidebildiğin her yere ben de gidebilirim." Bozulup bozulmayacağını görmek için duraksadım. "Yoksa aslında içten içe gitmemen gerektiğini düşündüğün bazı yerler var da, başörtümle beni orada yanında görmek sana kendini suçlu hissettireceği için mi böyle düşünüyorsun?"

Konuyu değiştirdi. "*Hicab* takan kadınların yanında kendimi rahat hissetmiyorum."

"Gerçekten mi? Kendini rahatsız hissetmene mi neden oluyorum?" Ona güldüm.

"Hayır, hayır!" dedi biraz daha kıvranarak.

Bulmakta zorlandığı cevaplar karşısında sonunda gülmemi daha fazla tutamadım.

"Daha önce senin gibi biriyle tanışmadım. *Hicab* takan hiçbir kadın tanımıyorum. Belki de o yüzden sıkıcı olduklarını düşünüyordum."

Önyargılar. Kendimi bir engelden kurtarmıştım ki diğeriyle karşılaştım. Acaba daha sert bir sorgulama karşısında Hasan nasıl tepki verirdi. Dobra olmaya karar verdim.

"Ne kadar güzel olduğunu görsünler diye arkadaşlarına karınla gösteriş mi yapmak istiyorsun? *Hicab* takarsam beni sergileyemezsin."

Bazı erkekler yüzsüzce, arkadaşlarına gösteriş yapmak için güzel bir eşleri olmasını istediklerini, böylece kimin eşi en tatlı görmek için onları yarıştırabileceklerini itiraf ettiler. *Hicab* takan bir kadın, hiçbir şekilde bu beklentileri karşılayamazdı. *Hicab* takan bir kadın bunu istemezdi.

Konuşmadaki bu dönüşten emin olamayarak bana baktı.

"Ya da belki Müslüman olduğunu anlamalarından korkuyorsundur? Veya kamuflajın ortadan kalktığı için seninle arkadaşlıklarını sonlandıracaklardır?"

Başörtüsü takan Müslüman kadınlar olarak, inancımızı çevremizdekilere açıkça gösteriyorduk. Net bir şekilde seçilebiliyorduk ve inançları konusunda kendilerine güvenen Müslümanlar olarak kimliklerimizi geliştirmeyi öğrenmiştik. Müslüman olarak tanınma yükünü sırtlamıştık. Toplum içerisindeki görünüşümüz, İslam'ı özetliyordu. Gazetelerde, Müslüman kadınlar konuya dâhil olmadığında bile Müslümanlarla ilgili hikâyelerde başörtüsü veya peçe takan kadın resimleri kullanılırdı. İçeride inandıklarımızla, dışarıdaki görüntümüzü dengelememiz gerekiyordu. Başka seçeneğimiz yoktu.

İnançlarını bu kadar göz önünde yaşamak ve diğer insanların Müslüman olduklarını anlamalarını istemeyen bazı erkekler için, inançlarını saklamak çok kolaydı. Dışarıdan görülen herhangi bir işaret taşımak zorunda değildiler. Bu şekilde davranan Müslüman erkekler vardı, çünkü dinlerinden utanıyorlardı ve ilgili görünmek istemiyorlardı. Onlar için, başlarımızın üzerinde "Müslüman! Müslüman!" yazıları parıldıyormuş gibi başörtümün son derece dikkat çekici olduğunu biliyordum.

Gözünün içine baktım. *Hicab* takan bir kadın istemeyen diğer erkeklerle ilgili olarak edindiğim tecrübeler yüzünden onu da haksız yere etiketlememek için çok çabalıyordum.

"Gerçekten çok hoşsun ve Müslüman kadınların dışarı çıktıklarını, seyahat ettiklerini, modaya uygun giyindiklerini ve çekici göründüklerini hiç bilmiyordum..." dedi. Önce o kızardı sonra da ben. "Fark etmemiştim. Sadece... Üzgünüm, sadece kendimi rahat hissetmiyorum."

Daha çok konuştuk ve Hasan'ın gerçek düşünceleri yavaş yavaş ortaya çıktı. *Hicabım* inancımı tüm dünyaya ilan ediyordu ve Hasan bundan, toplum içerisinde dinini kendine özel tutma çabalarını yok edebilecek kadar çok dini görselliğe sahip olduğum sonucunu çıkarmıştı. Ona bir kadının sade giyinip, başörtüsü takma kararını alıp çok büyük bir adım atmış olmasına rağmen bunun, onun her anlamda ya da en azından herhangi bir anlamda mükemmel veya dindar olduğu anlamına gelmediğini anlattım. O da herkes kadar insandı. Ama bunun karşısında verdiği tepki, bunca zaman bilinçli ya da bilinçsiz olarak saklamak için uğraştığı şeyi açığa vurması için onu zorluyormuşum gibiydi.

Başörtümle ilgili olarak aldığım farklı tepkiler, bu erkeklerin aslında kendi içlerinde nasıl hissettiklerini açığa çıkartıyordu. Sevgililer Günü kartımı hatırladım ve erkeklerin *hicab* takan kadınlara verdikleri tepkilerin ne kadar farklı olduğunu, bir kadının giyiminin, insanların onun kişiliğiyle ilgili düşüncelerini ne kadar dramatik bir şekilde değiştirebildiğini düşündüm. Hasan'ın kendince bir fikri vardı ve bunu kendi içinde saklıyordu. Kalbinde yatan inanç tohumları olduğunu ama henüz bunları açığa çıkarıp gözler önüne sermeye hazır olmadığını söylerken dürüsttü.

Hayattaki seyahatimizin farklı aşamalarındaydık. O kadar farklı yerlerdeydik ki bizim için önemli olanları *konuşmak* için kullanabileceğimiz ortak bir dilimiz bile yoktu.

Dünyayla ilgili kendi fikirleri olmasından ama aynı zamanda öğrenme ve büyümenin de devam ettiğini anlamasından hoşlanmıştım. Her şeyden öte dürüstlüğü ve kendi önyargılarına karşı koymaya istekli oluşu beni çok etkilemişti. O da benim kendi önyargılarıma karşı çıkıp, herkesi kendi kişilikleri ve insanlıkları ile algıladığımdan emin olmaya çalışmamı sağlamıştı.

Arayışıma, başörtüsü takma konusunda yaptığım seçime uyacak bir erkek arayarak başlamıştım. Her şeyden önce nasıl giyineceğim, bir kadın olarak kendi seçimimdi. *Hicab* takan bir kadının nasıl olması gerektiğine ilişkin önyargılarla savaşmam gerektikçe, bunu neden taktığımı anlayan ve beni destekleyen bir erkek bulmayı daha çok istiyordum. Onun, benden *hicab* takmamı *istemesini* istiyordum. Toplumumuz için daha iyi bir gelecek sağlayacak vizyona sahip olmasını ve *hicab* takıyor oluşumun geleceğe yaptığım küçük bir katkı olduğunu anlamasını istiyordum.

Bir kişi İslam ve Müslüman olmakla ilgili değişmez ve kültürel fikirlere bağlıysa, bu sabit durumu hiçbir zaman değiştirme şansımız olmazdı. Bunun yerine yeni olasılıklar yaratmak zorundaydık ve bunu yapabilmek için ilerlememizi engelleyen önyargılardan kurtulabilecek kadar büyülü birine ihtiyacım vardı.

Hicab takmak, öylesine aldığım bir karar değildi. *Hicab,* "örtmek" anlamına gelen Arapça bir kelimeydi ve tüm vücudu geniş giysilerle örtmeyi gerektiriyordu ama genelde başörtüsü yerine kullanılıyordu.

Hicab takmaya ilk karar verdiğimde, bunun nedeni "yapılacak şeyin" bu olmasıydı. Sık sık camiye gittim, bir sürü İslami kitap okudum, *Kuran* okudum, Müslüman ülkelere gittim, hacca gitmenin daha az önemlisi olan *umre* için Mekke'ye gittim. Kişiliğimin bir parçası olarak tamamen İslami bir yaşam tarzım olmasını istiyordum ve *hicab* takmanın da bu arzunun çok önemli bir parçası olduğuna karar vermiştim.

Sade giysiler giymek, *Kuran*'da inanan erkeğin ve kadının yapması gereken bir şey olarak tanımlanıyordu. Tanrı'ya ve *Kuran'a* inanıyordum ve bu inanan kadın ve erkeklerden biri olarak kabul edilmek istiyordum. Bu nedenle seçimim oldukça kolaydı. *Hicab* kavramına inanıyordum ve *hicab* takmak istiyordum.

Bu karar, gardırobumda, giyim anlayışımda yavaş bir değişiklikle, *hicab* anlayışımın gelişmesi anlamına geliyordu. Uzun kollular, uzun etekler ve saçı ve kulakları kapatarak başın çevresinde dolanıp çenenin altında iğnelenen eşarplar almam gerektiği anlamına geliyordu. Pek çok İngiliz Müslüman gibi, deneyim konusunda tutucuydum. *Hicab* hâlâ İngiltere ve burada onu takmaya başlayan Müslümanlar için yeni bir kavramdı. Konu modaya uymak değil, sadelik ölçütlerini gözlemlemekti.

Teyzelerin çoğu, İslam'ı "anlamadan" önce giydikleri "modern" giysilerden biraz utanıp biraz gurur duyarak bahsederlerdi.

"İslam inancımızı gerçekten anlamak için evlerimizden, Müslüman ülkelerden taşınmamız gerekti," diyordu teyzeler. Bu duyarlılık, göçmen olarak gelen nesiller boyunca çok daha yaygın hale gelmişti. "Memlekette" kültürün "İslami" olduğu varsayılıyordu. Öyle olduğuna inanılıyordu. İnsanların yaptıklarının gerçekten İslami olup olmadığı sorgulanmıyordu. Yeni evlerinde her hareketlerinin bir kez daha gözden geçirilmesi gerekiyordu. Her eylemin bilfiil İslami olduğu varsayılmıyordu. Yeni nesil İngiltere'de büyürken, diğer kültürlerin kalıntısı olan her eylem incelenmeli ve doğruluğu kanıtlanmalıydı. Bir hareketin "öyle olduğu için" gerçekleştirilmesi yeterli değildi. Anne babalar içinse en zoru buydu. Onlara meydan okunuyordu. Pek çok kişi bunu, olması gerekenden farklı olduğunda kendilerine karşı gerçekleştirilmiş bir isyan olarak görüyordu. İncelenen, insanlar olarak onlar değil, söyledikleri gibi gerçekleştirilen geleneklerin gerçekten "İslami" olup olmadığıydı.

Teyzeler bunu açıkladığında, onları kendi zorluklarını yaşayan gerçek insanlar gibi hayata getirmişti bu. Coğrafyalar ve kültürler arasında hareket ederken yüzleştikleri sarsıntıları ve sosyal değerlerdeki yavaş ama algılanabilir değişiklik kavramını, göçü ve inancın rolünü anlamaya başladım.

Bazı arkadaşlarım *hicab* takmak istiyordu ama aileleri izin vermiyordu. Kendileri için bu kararı vermeleri engelleniyordu. Aileler kızlarının "fanatiklere" dönmelerini istemiyordu. Toplumda "çılgın" veya "tutucu" çocuklar olarak görülmelerini istemiyorlardı.

Post-modernistler ve gelenekçi Müslümanlar bir konuda anlaşıyorlardı: Feminizm kötü bir kelimeydi. Ama *hicab* takmayı seçebileceğim ve bunu kendi seçimim ve yetkim olarak belirleyebileceğim bir toplum yaratmaya çalışan Avrupalı kadınların çabaları beni büyülüyordu. Korseleri atmak, sutyenleri yakmak ve mini etek devrimi gibi yazılar okuyordum. O zamanlar kadınların sorduğu sorular, bugün Müslüman kadınların sorduklarıyla aynıydı. Erkekler kim oluyordu da onlara ne giyeceklerini söylüyordu? Neden kadınlar, aslında hakları verilmediği halde, çoktan haklarını aldıkları düşüncesiyle kandırılıyordu? Kadınlar seslerini neden duyuramıyorlardı? Tüm kalbimle katılıyordum. Kadınlar zincirlerinden kurtulmalı, kendilerini özgür kılmalı, iş hayatına atılmalı ve eşitlik yaratmalıydılar. Öfkeyle havayı yumruklayıp kendime "Yoksa feminist miyim?" diye sordum.

İsteklerinin çok çekici olduğunu düşündüm. 1980'lerin çocuğu olarak bizden önceki kadınların yaşadığı eşitsizliği, baskıyı yaşamadık; onlar gibi çabalayıp, fedakarlık yapmak zorunda kalmadık. Ama ben Batılı feminizmini yanlış yorumlayan Asyalı Müslüman kültürü ve yine yanlış yorumlanıp kadınları ezdiği düşünülen İslam'ın ellerinde acı çekiyordum.

Feminizm çok ilgimi çeken bir alanı, kadınların iş hayatında nasıl davranması gerektiğini keşfetmişti. Ciddiye alınmak ve en büyük etkiyi yaratmak için nasıl iletişim kurmalıydılar? Bu alanda, şaşırtıcı bir biçimde İslami düşüncenin genel inancıyla örtüşüyordu. Kadınlar sade giyinmeliydi, böylece görünüşleri değil, kişilikleriyle ciddiye alınacaklardı.

Cinsiyet ve eşitlikle ilgili sosyal söyleme katkıda bulunmak istiyordum ama kendi seçimleri olarak ve İslam'ı olumlu bir güç olarak benimseyenlerin açılımıyla peçe takan kadınların kendi sözlerini söylemelerine izin verilmiyordu. Yalnızca İslam'ı açık bir şekilde reddeden kadınların tartışmaya katılmasına izin veriliyordu. Kabul görmeyen bir feministtim.

Kadınların eşitliğiyle ilgili küresel tartışma, peçenin kadınları ezdiğini, ikinci sınıf statüsünün bir işareti olduğunu söylüyordu. Kadınların peçe takmak zorunda bırakıldıkları durumlarda, bunun yanlış olduğuna inanıyordum. Ama asıl sorun bunu takmaya zorlanmaları değil, bunun, altta yatan daha ciddi bir eşitsizliğin belirtisi oluşuydu. Eşitsizlik, İslam'ın planının bir parçası değildi. İslam eşit değerden, iki cinsiyetin eşitliğinden ve her ikisinin de eşit olarak yaratıldığından bahsediyordu.

Her kadın ve erkek, kendi bireysel erdemleriyle, yaptıkları her bir iyilik ve kötülükle yargılanacak. En çok da *Kuran*'daki "Tanrı sizi tek bir ruhtan yarattı," sözünden etkileniyordum. Kaburga ya da ikinci konum değil. Kadın ve erkek tek bir ruhtan yaratılmıştı, yaradılışta ve değerde eşitti. Diğer her şey bu bağlamda düşünülmeliydi. Yorumda veya uygulamada eşitsizlik varsa, tam da bu söze dönmemiz ve bulunduğumuz noktayı yeniden düşünmemiz gerektiği anlamına geliyordu. Müslüman olarak anlayışımızın her bir parçası, "tek bir ruhtan yaratıldı" sözünün çerçevesinde olmalıydı.

İslam'ın kadın, erkek ve eşitlikle ilgili fikirleri Müslümanlar ve diğerleri tarafından incelense, dünyadaki kadınların durumlarının iyileştirilmesi için pek çok fikir üretilebileceğini düşündüm. Büyüdüğüm ve inancını benimsediğim Asyalı kültürüm ve İngiliz kültürümün bana ve benim gibi olan diğerlerine eşsiz bir bakış açısı kazandırdığını düşünüyordum. Fark yaratmak istiyordum.

İslam'ın cinsiyet planında, her şeyden çok sevdiğim tek bir şey vardı ve bu "kadınsı" şeylere verilen değerdi. Bunların daha fazla statü ve takdir görmesi gerektiğini düşünüyordum: Eş olmak, anne olmak, besleyici, ilgi gösterici olmak. Feminizm cinsiyet eşitliğini dengelemede uzun bir yol gitmiş olsa da pek çok durumda bunu geleneksel olarak erkeksi işlerin kapılarını kadınlara açarak yapıyordu. Şimdi ise kadınsı şeylere yeniden değer yükleme zamanı gelmişti. Televizyonda kadınların eşleriyle birlikte etiketlenip, yalnızca "ev kadını" veya "sadece anne" olduklarını ilan ettikleri programlar izlemiştim. Annemin sırf bana bakmak için ne kadar çok çalıştığını biliyordum.

Annemi ve diğer tüm annelerin durumlarını düşündüğümde, Muhammed Peygamber'in sözünü tekrarladım: "Cennet annelerin ayakları altındadır." İnançlı bir Müslüman'ın inandığı her şey orada bekliyordu. *Kuran'da* annelerin çocuklarını büyütürken çektikleri acı ve harcadıkları çaba takdir edilerek çocukların asla anne babalarına "of" dememeleri gerektiğinden bahsediliyordu. En şaşırtıcı olansa Muhammed Peygamber'e, çocuğun anneyi mi babayı mı dinlemesi gerektiği sorulduğunda, "Anne, anne, anne sonra baba," demiş olmasıdır.

Annem bu dünyada bana en yakın kişi ve beni herkesten çok sevdiğini biliyorum. Üzgün veya yalnız olduğumu, acı çektiğimi sormadan anlar. Beni her zaman kendi önünde tutar ve sürekli benim iyiliğim ve hayallerimin gerçekleşmesi için dua eder.

Büyüyüp, Doğru Kişi'yi bulma, hayat ve inancı öğrenme yoluna çıktığımda benimle birlikte seyahat etti ve birlikte büyüdük. Ben tecrübelerimi onunla paylaştım, o da kendinininkileri benimle. Koltukta otururken başımı kucağına koyup yatardım; o da saçlarımı okşardı. Kaç yaşında olursam olayım, orası benim için dünyadaki en rahat, güvenli ve sevgi dolu yer olacak. Evlensem bile, bir anne ve kızı arasındaki sevgi her zaman farklı olacak ve hiçbir zaman bir eşin sevgisi ile telafi edilemeyecek. Anne kız olarak, bir kadın olarak bu dünyada yaşamanın mutlulukları ve acılarıyla bir yolculuğu ve hayatımızın en özel anlarını paylaştık.

Annem kocasına ve ailesine bağlılığı ve sadakatiyle yaşayıp nefes alır. Hiç kimsenin en kötü durumlarda bile annem kadar çok gülümsediğini, onun kadar fazla sabır gösterip onun kadar rahat olduğunu görmedim. Pek çok kadın gibi o da tam bir kahraman.

Annem bana "*Hiro*'m" der. Gücerat dilinde "pırlanta" anlamına gelen bir kelime. O *benim* kahramanım, tüm bu yaptıklarımda bana ilham veren kişi. Onun yarısı kadar iyi bir kadın olmayı başarabilirsem, bir kadın olarak başarılı bir hayat sürmüş olacağım.

Karşı Temsil ☆

Herkes gibi benim de sorunlarım vardı. Hayat, inanç, erkekler, maneviyat, iş hayatı dengesi, kültür ve aşk konularında kafamı düzeltmem gerekiyordu. Tüm bunlar beni, dünyada yolunu çizmeye çalışan normal bir insan yapıyordu. Konu "kalıplar" ve "etiketlere", insanların "bu oldum olası böyleydi" ve "böyle olması gerekli, çünkü böyle olması gerekli" gibi düşüncelerine geldiğindeyse, basit bir gerçek gitgide daha da açık bir hale geliyordu. Sorun ben değildim.

Teyzeler ve çöpçatanlar anneme, "Shelina daha esnek olmalı," demişlerdi.

"Daha 'esnek' ne demek?" diye sordum anneme kafam karışık halde. Zaten bana eşek şakası yapan biriyle, kriket maçını izlediği için iki saat geç kalan biriyle ve yıldırım düştüğü için iletişim bilgilerimi kaybettiğini söyleyen biriyle tanışmamış mıydım?

"Seni soruşturan biri var," dedi bana, "çok uygun bir adam. O da Oxford'da okumuş ve şimdi şehirde çok iyi bir işi varmış. Ailesi çok iyi ve babasının gençken çok yakışıklı olduğunu hatırlıyorum. Annesi de çok güzeldi, o yüzden muhtemelen o da çok yakışıklıdır. Eskiden çok dindar olmadığını ama her geçen gün İslam'la daha fazla ilgilenmeye başladığını ve dindar biriyle evlenmek istediğini duydum."

"Hepsi oldukça iyi geliyor kulağa," diye yanıtladım. "O zaman onunla buluşmalıyız, değil mi? Uzun zamandır ilgilenenlerin en iyisi."

Annem beni şüphelendiren hoşnutsuz bir ifade takındı yüzüne.

"Bu kez nesi var?" diye sordum çekinerek. Pek çok görücüye iyimserlik ve umutla yaklaştıktan sonra, sonunda "asıl meseleyle" en başında yüzleşmeyi öğrenmiştim. Bunu yaptığımı ilk fark ettiğimde, gitgide artan kötümserliğimi durdurup, iyimser kalmayı denemiştim. Belirli bir seviyenin altında birçok kişiyle tanışıp bağlanacak daha az hayalim kaldığı için, gerçekle en başta yüzleşmenin daha iyi olduğu sonucuna varmıştım ve her zaman pek de iyi olmayan bir şey çıkardı. Zaten, tüm ayarlamaların ve tanışmaların da amacı bu değil miydi? İyice düşünüp, karşınızdaki kişinin sizde uyandırdığı hisleri gerçekliğin de destekleyip desteklemediğini görmek değil miydi?

"*Hicab* takan birini istemiyor," diye devam etti. Bunu daha önce de duymuştum. En basit yanıt, onun yalnızca *hicab* takmayan kadınlarla tanıştırılmasıydı. Bu senaryonun bir sonraki adımı gibi göründü. Anneme de aynısını söyledim.

"Belki de ona bir şans vermelisin, istediğin her şeye sahip. Zeki, entelektüel, hayat konusunda ileri görüşlü, faal ve sosyal, ailesi de oldukça açık ve iyi niyetli. Bunların hepsi başka yerlerde bulmakta zorlandığın özellikler," dedi.

Analizi doğruydu. Bu özellikleri bulmakta *zorlanıyordum*. İç çektim. "Ne öneriyorsun?" Bunu daha önce yaşamıştık; *hicab* takmayan bir kadın istediğini özellikle söyleyen erkeklerle, beni gördüklerinde, görünümüm, çekiciliğim veya cazip kişiliğimden etkilenip, hipnotize olmuş gibi hemen "evet" demeleri umuduyla veya hesaplı bir risk alarak tanışmıştım. Her defasında "hayır" demişlerdi.

"Bunu *ben* önermiyorum," dedi annem üzerine basarak. "Teyze sana bunu düşünmeni söylememi istedi. Karar vermen için sana seçeneği sunmam gerekiyordu."

"*Hicabımı* telafi etmek için, on üzerinden görünüşümü değerlendirip, ona zafer kazandıracak kadar güzel olup olmadığıma karar versin veya giysilerimin modaya uygun olup olmadığını, yeterince tarz sahibi olup olmadığımı değerlendirsin diye başka bir adamın daha önüne koyulmak istemiyorum."

Başörtüsü *takmıyor* olmam gerektiğinin bana *söylenmiş* olması gerektiğine ilişkin öneri tatlı sert bir çelişki içeriyordu. Takmamamın talep edilmesi, baskı yaratıyordu.

"Teyze, *hicab* takmanı uzun vadede önemsemediğini söyledi. Hatta ileride muhtemelen takmanı isteyeceğini söylüyor. Dinle ilgileniyor olmandan hoşlandığını ve senden pek çok şey öğrenebileceğini söylüyordu.

"O zaman sorun ne? Anlayamadım."

"O noktaya gelene kadar, *hicab* takmayı bırakıp bırakamayacağını soruyor."

Gözlerim yuvalarından fırladılar; duvara çarpıp yere zıpladılar. Onları yerden aldım, yerlerine taktım ve kendisinin bir sonuç çıkarmasını bekledim.

"...bir yıllığına," diyerek bitirdi.

"Doğru anlamış mıyım bir açıklayayım. Bir yıllığına bir şeyi bırakmamı istiyor ama aslında bunun yapılması gereken şey olduğunu düşünüyor. Bunun inancın bir parçası olduğuna da katılıyor."

"Evet."

Bu oldukça kafa karıştırıcıydı. En kafa karıştırıcı olansa, anne babasının, sonra da teyzenin bu konuyu onunla konuşmuş olmasıydı ve hepsi de bu teklifin mantıklı olduğu konusunda hemfikirdi. Sırf çocuğu evlendirmek için, bir insandan, hepsinin de yapılması gerektiğini düşündüğü doğru olan bir şeyi yapmamasını istemeye ve bunu kabul etmezsem, beni zavallı, pasif, her şeyi kabul eden kadını, yeterince esnek olmamak, evlilik idealine bağlanmak ve yeterince nazik ve anlayışlı olmamakla suçlamaya hazırdılar. Buna karşı bir yanıt verdiysem, bunun nedeni gerçekten karşı olmamdır.

İnancım ve yaşamak istediğim hayat tarzı ile ilgili bir tercih yaptım. Bu kararları almak için çok düşündüm ve inandığım şey doğruydu. İnancımı, bu sahte sosyal ve kültürel kabul edilebilirlik tanrısına göre şekillendirmek zorunda değildim. Çocuğun üstün kültürel konumunun kartlarını ve ne olursa olsun evlilik tavrını kabul etmek zorunda değildim.

Evlilik önemliydi ama bunun amacı inancımı yok etmek değil tamamlamaktı.

Kendi dünyamı değiştirdim ve bunun anlamı dünyayı da geri itip değiştirmeye hazır olduğumdu. Anneme sırıttım. Annemin kaygılı bakışı, küçük, komplocu bir sırıtışa dönüştü ve ardından sonunda her şeyi olduğu gibi kabul etmeyi öğrenen kendi kızı için gururla gülümsedi. Kızının –ve kendisinin– erkeğin ailesinin tüm kartları elinde tuttuğu ve tüm inanç standartlarına aykırı olduğunu bildikleri anlamsız isteklerde bulunabilecekleri yüz yıllık gelenekler tarafından ezilmesini istemiyordu.

Kapıcıları suçladım, kayınvalideleri, teyzeleri, çöpçatanları. Evliliğin kutsallığını koruyor olmaları gerekiyordu. Kızlara yüzeysel olanın ötesine bakmalarını, aşkın zamanla büyüyeceğini, evliliğin almaktan çok vermek olduğunu söylüyorlardı. Dindar olmamızı ve inancımıza tutunmamızı söylüyorlardı ama şimdi, genç bir erkek evlenebilsinler diye Müslüman bir kızdan dinini uygulamayı bırakmasını istemesi için teşvik ediliyordu.

"Bunu Müslüman bir kadının yapması gereken bir şey olarak gördükleri halde, *hicab* takmamı istemiyorlarsa, onlara, o bir yıl içerisinde namaz kılmayı ve oruç tutmayı bırakmamın sorumluluğunu da üstlenmeyi kabul ederlerse, memnuniyetle *hicabımı* çıkaracağımı söyleyebilirsin."

YEDİ

☆☆☆

Aşk

Tek Bir Ruhtan, Çift Olarak Yaratıldık ☆

Yazın sonunda, arkadaşlarımla bir turla Ürdün'e ve Mısır'a gittik. Çok heyecanlıydım. Mısır, Arabistan ve Kuzey Afrika'yı ayırıyordu ve yüzlerce yıl yaşayan Müslüman imparatorluklarının merkezindeydi. Mimarisini görmek ve meşhur pazarlarında dolaşmak için sabırsızlanıyordum. Tarihi, Yusuf ve Musa'nın İncil ve *Kuran* hikâyelerinde de geçen Eski Mısır'ın muhteşem medeniyetine kadar uzanıyordu. Çocukluğumdan beri piramitleri görmek, firavunlara, El Alameyn'e ve Süveyş Kanalı'nın inşasına tanıklık eden kumların üzerinde yürümek istiyordum. Yalnızca tarihini değil, doğal güzelliklerini de görmek istiyordum. Vahşi bir güzelliğe sahip çölünde dolaşmak, bu büyük ulusun arteri olan Nil boyunca gün batımında tekne turuna çıkmak istiyordum. Annemin ve babamın doğum yeri olan Tanzanya'nın sınırlarından doğduğu için, Nil Nehri yüzünden Mısır'la aramda bir bağ olduğunu düşünüyordum. Doğu Afrika'ya yaptığım yolculuklarda, uçağın penceresinden, kendi gözlerimle suyun, içinden yeşil bir yılan gibi kıvrılarak geçtiği çölü nasıl değiştirdiğini görmüştüm.

Mısır'ın başkenti Kahire'de birkaç gün geçirdik. Şehirdeki inanılmaz hareketliliğe ve merkeze hakim olan Nil'in ortaya çıkardığı görkemli manzaraya rağmen, bizi sürekli şaşırtan tek bir şey vardı: Aldığımız evlenme tekliflerinin sayısı. Her günün sonunda tekliflerimizi saymak için notlarımızı karşılaştırıyorduk. Birkaç teklif taksi şoförlerinden gelmişti. Teklifte bulunmak ve bu teklifin değerini anlatmak için araba gezilerini kullanıyorlardı. İki teklif, tezgahtarlardan ve geri kalan pek çok teklif de bizi anıtların çevresinde gezintiye çıkaran at sahiplerinden gelmişti.

Süleyman'ın, turistleri piramitlerin çevresinde gezdirmek için at ve rehber sağlayan bir tur şirketi vardı. Dördümüz de birer at aldık ve Süleyman yürüyerek benim atıma eşlik etmeyi seçti. Daha önce hiç ata binmemiştim ve at dörtnala koşmaya başlarsa ne olur diye merak ediyordum. Süleyman, ata binmek kadar basit bir şeyi bile yapamayan bu yumuşak, kadın turistlerle içinden dalga geçerek çelimsiz, şehirli sinirlerime gülüyordu. Toynaklar ritmik bir şekilde kuma batıp çıkarken, uzaktaki küçük noktalar piramitlere dönüştü. Güneş yavaşça ufka yaklaşırken piramitleri ve kümeler halindeki turistleri geçtik ve diğer tarafta bir daire çizdik. Gökyüzündeki sıcak kırmızı çizgiler kuma yansıyordu.

Tam piramitlerin hizasında durup, arkamızdaki tarihi manzaraya bakarken, güneşin batmasını bekledik. Manzaranın tadını iyice çıkarmamıza izin veren Süleyman, rehberlik görevlerini yerine getirme konusunda dikkatliydi.

Turistler, Kahire'deki hayat, iş ve Londra hakkında konuştuk. Sonra birden, hiç beklenmedik bir anda, doğrudan gözlerimin içine baktı ve "Çok güzelsin," dedi.

"Teşekkür ederim," diye geveleyip, sessiz kaldım. At, sığ bir su birikintisinden su içmek için kıpırdandığında, bocaladım.

"İyi bir işim var," diye devam etti sözüne. "Çok atım var."

"Ne güzel," diye yanıtladım sıkıcı bir şekilde. Şimdi de bu sohbetin gittiği yönü merak ediyordum.

"Pek çok devem de var."

Gözlerimi piramitlere dikmiş bir şekilde ve heyecansız bir tonda "Ne güzel," dedim. Süleyman büyük adımlarla uzaklaşıp, bir dakika geçmeden yeni bir atla geldi ve kendi de o atın üzerine atladı. Yürürken avantajsız konumdaydı ama şimdi oturduğu yerden benimle göz kontağı kurabiliyordu.

"Harika, değil mi?" Duraklayıp bana baktı. "İnsan bu krallığı her gün incelemek istemez mi?"

Londra'dan, hayatım boyunca her gidip gelişimde beni farklı masalara yönlendirecek olan kirli, kalabalık bir trenle sıkıcı masa başı işime gitmekten uzakta, önerisini düşündüm. Bugüne kadar öyle olması bundan sonra da öyle olmak zorunda olduğu anlamına gelmiyordu. Sıcak, rahat bir iklimde bir yazlık almak için neden kırış kırış olup, hayatın beni hırpalamasını bekleyecektim ki? Beni kısıtladığını düşündüğüm bu parametrelerden kurtulup, eğlencenin keyfini şimdi çıkarabilirdim. Şimdiden kendime her gün, eşim olacak insanda neler aradığıma ilişkin zorlayıcı ve sıra dışı sorular soruyordum zaten. Aynı tür zor soruları, hayat tarzımla ilgili olarak da sormalıydım.

"20.000 tane devem var."

Yanlış elimde takılı da olsa, yüzüğümü gösterdim ve evli ya da en azından nişanlı olduğum sonucuna varmasını bekledim.

Her devenin bin paund ettiğini bilsem belki de kabul ederdim; eder miydim? Yıllar boyunca beni tamamlayıp, ruhani yolculuğumda elimi tutacak birini aradıktan sonra, bu arayışımı sırf çok parası olan bir yabancı için bırakabilir miydim?

Çok çabuk reddettim. Bu durumda düşünülmesi gereken

pek çok başka şey vardı. Sadece bir saattir tanıdığım bir erkekle birlikte yeni bir kültür ve yeni bir ülkeyle yüzleşecektim. Yabancı bir yerde, bunca insanın arasında sıkışıp kalma riskini fark ettim. Her şeyden önce, iyice düşününce, öncelikle gerçekten bu kadar çok zengin olup olmadığını ve bana karşı niyetinin ciddiyetini sorgulamam gerekiyordu. Pek çok korkunç öykü dinlemiştim.

Papirüs dükkanında, Eski Mısır'ın en bilinen sembollerinden biri olan kamışlardan yapılmış çeşit çeşit hatıra eşyasına bayıldım. Hafif, küçük ve ucuz olan ideal hediyeler için yapılmış büyüleyici, resimli kâğıtlar. Kendimi değişik resimlere bakarken buldum ama çok uzun sürmedi. Dükkan çalışanlarından biri bana yardım etmek için yanıma geldi ve hiç tereddüt etmeden benimle açık duygularla konuşmaya başladı.

"Çok güzelsiniz."

Yine başladık, diye düşündüm. Papirüslere bakmaya devam ettim. "Ne kadar güzel olduğunuzu fark etmediklerine göre, geldiğiniz yerdeki erkekler kör olmalı."

Durup, Yaşam Ağacı'nın geleneksel resmine baktım.

"Sizi korur ve size bakardım. Sizin gibi bir kadına nasıl davranılması gerektiğini görmenizi sağlardım. Size, hayatındaki en önemli şeymişsiniz gibi davranan bir erkekle birlikte olmalısınız. Ben olsam sizi böyle yalnız bırakmazdım. Çantalarınızı taşır, nereye giderseniz sizinle gelip ilgilenirdim."

Oldukça şık ve etkileyici bir konuşmaydı. Gülümsedim, birkaç kez ağzımı açtım ama söylemek için uygun bir söz bulamadım. Böyle bir anda dökülen duygular karşısında ne söylenebilirdi ki?

Bu erkeklerin bize böyle doğrudan yaklaşmasına neden olan neydi? Belki de bizi bir istatistik oyunu olarak görüyorlardı ve yeterince çok kadına sorarlarsa, birinin kabul edeceğini düşünüyorlardı. Yoksa bize böyle yalakalık yaparlarsa daha çok alışveriş yapacağımızı mı düşünüyorlardı? Kendi aralarında ahmak kadın turistlere gülerlerken, onlar için eğlence olma ihtimalimiz vardı.

Aramızdan biri evet dese ne olurdu diye merak ettim. Onunla evlenir miydi? Onu arkamızda Mısır'da bırakıp mı dönerdik? Yoksa yeni evli çift Londra'ya mı taşınırdı? Çok şüpheliydik. Pasaportlarımızı bizden daha çekici bulduklarını düşünüyorduk. Bu bağlamda, aşkın bir oyun olduğunu düşündük.

Bunların hepsi turist hizmetlerinin bir parçası mıydı? İstenmeyen ilgiyle ilgili şikayetlerimize rağmen, kadın ziyaretçiler, iltifatlar ve dalkavukluktan hoşlanıyorlar mıydı? Bana ne kadar güzel olduğum pek söylenmezdi. Hiç bu kadar sık teklif almadım. Bu adamların tek yaptığı, kendimizle ilgili, arzulanan, statü sahibi kadınlar olduğumuza ilişkin inançlarımızı ortaya çıkarıp, bu inançları beslemekti. Komplimanlarının kafamıza girmesine izin vermiştik ve bu hiç hoş olmayan bir gerçeği açığa çıkarmıştı. Bir şekilde üstün olduğumuzu düşünüyorduk, çünkü "Batılıydık".

Söyledikleri sık sık duraksayıp, bunu yapma nedenleri konusunda çok mu şüpheciyim, diye düşünmeme neden oldu. Onları karikatür gibi mi algılıyorduk? Bu neşeli sohbetin altında ne yattığını öğrenmek istiyordum. Bu yalakalığa bir son verip, onlara doğrudan hayatlarıyla ilgili sorular sorup, onlarla arayış içerisindeki bir insanmış gibi konuşmaya karar verdim. Hayatlarıyla ilgilenmem onları şaşırttı. Konuştukça, yaşam tarzları, hayatlarını kazanmak için harcadıkları çaba, aileleri ve beklentileri ile ilgili güçlü duygular uyandırdılar bende. Ülkelerini ne kadar çok sevdiklerini ve burayı daha iyi bir yer haline getirmeyi ne kadar çok istediklerini çok büyük bir arzuyla dile getirdiler.

Mağazadaki satış sorumlusu benimle konuşmaya devam etti. "Ben de Müslüman'ım ve dini gereklilikleri yerine getiren iyi bir Müslüman'la evlenmek istiyorum. Londralıysan ve orada *hicab* takıyorsan, çok güçlü biri olmalısın. Bu senin için çok zor olmalı."

Dönüp ona baktım. İletişimimizin boyutu değişmişti ve aynı yolculuğa çıkmış, birbirinden bir şeyler öğrenen iki kişiye dönüşmüştük. Artık avı değildim. Bunun yerine beni, en derinden, inancımdan konuşmaya davet ediyordu. *Ümmet,* Müslümanların inandığı en önemli kavramlardan biriydi. Dünyanın neresinde olursanız olun, aynı toplum ve birliktelik duygusunu paylaşan tek bir insan ulusunun bir parçası olmak anlamına geliyordu. *Ümmet* içindeki her bir birey ve toplum farklı fikirlere ve kültürlere sahip de olsa, herkesi birlik ve aidiyet duygusu yoluyla bir araya getiriyordu. Biz ise kutsal olana yaptığımız yolculuğu ve dünyayı daha iyi bir yer haline getirme isteğimizi paylaşıyorduk. "Küreselleşme" ve "küresel köy" fikirlerinden 1400 yıl önce, İslam'ın ilk zamanlarında ilk küresel kimlik yer etmişti. Büyük bir aileymişçesine, *ümmetin* her bir üyesi değerliydi ve onların mutlulukları ve acılarını da hissederdiniz. Müslümanların her zaman dünyanın farklı yerlerindeki diğer Müslümanların yaşadıkları tecrübeler ve sorunlarla ilgili olarak kendilerini çok güçlü bir şekilde ifade ediyor gibi görünmelerinin nedeni de buydu. Fiziksel konumları neresi olursa olsun, bir aile üyesi gibi hepsi de çok canlı ve gerçekti.

Konuşurken ona gülümsedim. "İngiltere'de neredeyse 2 milyon Müslüman olduğunu biliyor musun? Çok şanslıyız. Üniversiteye ve işe giderken *hicab* takabiliyorum. Namaz kılıp oruç tutabiliyoruz. Kendi camilerimiz var."

"Gerçekten mi?" Şaşırmış ve etkilenmişti. "Bazen biz de burada bu kadar özgür olmak istiyoruz. Söylediklerimize dikkat etmek zorundayız. Özellikle de çok dindar biriysen, başını belaya sokmak çok kolay."

Diğer Müslüman ülkelerde de benzer hikâyeler duymuştum. Suriye'de yabancılar pek siyaset hakkında konuşmuyorlardı. Tunus'ta hükümet Ramazan'ı yasaklamaya çalışmıştı. Tanıştığımız Tunuslular, eğitimli bir kadının başörtüsü taktığını görmenin çok sıra dışı olduğunu çünkü Tunus'ta üniversitelerde başörtüsü takmanın yasak olduğunu söylemişlerdi. Hatta erkekler, cuma namazına giderlerse, hapse atılma tehlikelerinin olduğunu fısıldamışlardı. Suudi Arabistan'da bir kadın onun için her şeyin ne kadar zor olduğunu ve dinimi uygularken sahip olduğum özgürlüğe sahip olabilmeyi ne kadar çok istediğini söyleyerek ağlamıştı. Bu insanların karşılaştıkları durumu değiştirmek için özgürlüğümü kullanma sorumluluğu hissettim.

Yüz yıl önce Müslümanların çoğu, dünyanın belirli bölgelerinde yaşıyordu. Dünyaya hükmeden tüm imparatorlukların yıkılmasıyla ve ardından seyahat imkanlarının, göç modellerinin ve küresel ekonominin değişmesiyle birlikte, Müslümanlar artık dünyanın her yerindeki toplumların parçaları oldular. Benim kendi ailem de buna bir örnekti. Bu varoluşun genişliği ve Müslümanların bulundukları ülkelere katkıları, Müslüman çoğunluğun yaşadığı bölgelerde bilinmiyordu. Geleneksel merkezlerde yaşayan Müslümanların aslında ne kadar yayıldığımızı gördüklerinde şaşırmaları çok doğaldı.

"*İnşallah* bu yıl *hacca* gideceğim," dedi. Yüzünde büyük bir gülümseme vardı. *Hac* her Müslüman'ın hayatında en az bir kez sahip olmak istediği bir fırsattı ve Mekke'ye yapılan bir yolculuk anlamına geliyordu. Ben de gidip, pek çok insanın hayatını değiştiren bu olayı yaşamak istiyordum.

"Oraya gidip, sağ salim dönmen için dua edeceğim," dedim ona. Ona sunabileceğim en iyi hediye dualarımdı. Bir şey istediğimizde, diğerlerinin istekleri için dua etmemiz karşılığında bizim dileklerimizin de gerçekleşeceği anlatılırdı. "Güzel ve harika bir eş bulman için de dua edeceğim."

"Teşekkür ederim, kardeşim, ben de senin *hacca* gidebilmen ve çok iyi bir eş bulman için dua edeceğim," diye yanıtladı. *Hacca* gidebilmem için, ben talep etmeden ettiği dualardan çok etkilenmiştim. Kardeş kelimesini kullanması, saygısını ve konuşmanın boyutunun değiştiğini gösteriyordu. Kendimi güvende ve iyi hissetmemi sağlıyordu.

Burada, Kahire'de, kendi kendime bu imkansız mükemmel erkeği bulmaya harcadığım zaman, çaba ve ısrarın yanlış yönlendirilmiş olup olmadığını sormaya zorlandım. Belki de, aşkın gerçeği, temelinde benim idealize edilmiş, cilalanmış beklentilerimden çok daha sıkıcıdır. Kimin mükemmel ama elde edilemez bir aşkın peşinden koşarak geçirecek bunca zamanı var ki? İmamın da dediği gibi: "Aşk, evliliğin ardından gelir. Aşkın ne demek olduğunu ancak bağlandıktan sonra anlarsınız."

Aşk, ilişki resmi olarak onaylandıktan sonra ortaya çıkıyorsa, tamamen "bulma" kısmına odaklanmak yerine, daha çok "ilişki" kısmıyla ilgilenmeliyiz. Daha az sorup soruşturma yapmak; sonrasındaysa ilişkiyi canlı tutmak, ailelerimizi birleştirmek ve evlilik birimini toplumun temeli haline getirmek için daha fazla enerji harcamak gerekliydi. Bu durumda da teklif kısmı, Mısır'da yaşadığım kadar kolay, hızlı ve doğrudan olmalıydı. Evlilik hedefine ulaşmak için reddedilmek utanç verici bir durum olmamalıydı. Resmi bir bağlılık gerçekleştirmek, gerçek aşk hikâyesine giriş noktasıydı.

Tüm buluşmalarımdan sonra, aşkın en sıra dışı insanlarda ve yerlerde olduğunu öğrenmiş olmalıydım. Burada kendim için aşkı bulamamış olsam bile o, burada da, farklı bir şekilde, insanlara ve topluma uyum sağlayarak var olmuştu. Yoksa aşk, şu dar pazar sokaklarında mı gizleniyordu? Kendini hangi kültür ve geleneğin ortasında bulursa bulsun, aşk, insan olmanın en temelinde bulunuyordu. Ruhumuzda yanan kıvılcım da, onun sönmemesini sağlayan da aşktı.

*

Ürdün sınırına vardığımızda, *Indiana Jones ve Kutsal Hazine Avcıları* isimli filmin mistik seti olan Petra yönüne saptık.

Keşke Indiana Jones da bizimle olsaydı diye iç geçirdim. Erkeksi, keskin bakışları ve korkusuz kahramanlığı ile ona tutulmuştum. Kim 1930'lardan, çapkın bir maceracı olarak ikili bir hayat süren bir tarih ve arkeoloji profesörünün engin entelektüel birikimine karşı koyabilirdi ki?

Petra yüzlerce yıldır ticaret yollarının kesiştiği bir noktadaydı ve tarih öncesi dönemlerden beri bir yerleşim yeriydi. Bu ticaret kavşağının, Çin, Hindistan, Arabistan, Mısır, Yunanistan ve Roma arasında ipek ve baharat taşıyan yolcularla dolup taştığını hayal ediyordum.

Petra'nın "Gül Şehrine" varmak için, karanlık ve zaman zaman üç, dört metreye kadar daralan bir buçuk kilometrelik bir boğazdan geçip yavaşça ilerlemek zorundaydık. İki yanı kapalı patika boyunca terlerken, kiremit renkli tepeler korkutucu bir şekilde gökyüzüne uzanıyor ve üzerimize çok ince bir ışık inmesine izin veriyordu. Yürüyüşe sabah 6.30'da başlamamıza rağmen, sıcaklık çoktan dayanılamaz bir hal almıştı. İzlediğimiz patika daha dar hale geliyor, koyu turuncu tepeler ise her iki yanımızda daha da yükseliyordu. Sonunda koridor genişledi ve girişe vardık.

Saat 7'de tarihi bölgenin girişinde dikilmiş, çevremize, kıpır kıpır görünen bir köye bakıyorduk. Etrafında şimdiden vızıldayan bir turist kalabalığının dolaştığı küçük kafeler ve çok sayıda lokal vardı. Alçak masalar boyunca gölgeler uzanıyordu ve sandalyeler ziyaretçileri memnun etmek için, geleneksel Arap tarzında yerleştirilmişti. Ama gezginler Petra'nın tarihi kalıntılarını keşfetmeye odaklandıkları için günün bu saatinde boştular. Daha sonra, öğlen uzayıp, alacakaranlık yaklaştığında, kurt gibi aç müşterilerle dolacaklardı. Biz de önlerinden geçip gittik. Orada çalışanlar varlığımızı not ederek, bize doğru başlarını sallıyorlardı.

Tepeler iki yana ayrılıp geniş bir alan oluşturduğunda, çenelerimiz düştü. Önümüzde, neredeyse 40 metre yüksekliğinde, yarı inşa edilmiş yarısı kayalardan oyulmuş devasa bir bina duruyordu. Onun ötesinde, dağ oyularak yapılmış ve binlerce yılın ardından tüm detayları korunmuş evler ve yapılar görünüyordu. Yamaçlar şık bir şekilde ikiye bölünmüştü ve ruhları ve boyutları korunduğu için yamaçlar oluştuğundan beri odalar da varmış gibi görünüyordu. Beni en çok şaşırtansa, bir insanın herhangi bir insandan binlerce kat uzun olan bu geçilmez dağların önünde dikilip, burada bir ev, bir tapınak, bir mahzen ve burada yaşayan bir insan toplumunu kafasında canlandırabilecek bir hayal gücüne, yaratıcılığa sahip olmasıydı.

Kuran'da "Tamud"un insanlarının evi olan Petra olduğuna inanılan bir yerden bahsedilir. "Kendilerini güvende hissederek, dağları oyup kendilerine ev yaptılar..." der. Bu epik dağların büyük koruması altında bu vadiye yerleştirilip de kim kendini güvende hissetmez ki? İnsanlar, kaya oyma konusundaki becerileriyle ünlüydüler ama *Kuran* onları daha derin bir anlam aramakla ya da İlahi Olan'la ilgilenmeyen kişiler olarak tanımlıyordu. Başarılarını maddi konularda açıkgözlülük yaparak, çoğu zaman insanları dolandırarak elde etmişlerdi. Başarılarının sonsuz ve yok edilemez olduğuna inandıkları için hem parasal hem de mimari açıdan elde ettikleriyle gurur duyuyorlardı.

Kuran'da onların hikâyesi, yanlış eylemlerde bulunursanız ve kibirliyseniz, bilgelik ve yüceliğin son bulacağını belirtmek için anlatılır. Tamud'un insanlarında durum dolandırılmaydı. *Kuran* insanlara, seyahat edip, Petra gibi medeniyetlerin kalıntılarını görmelerini tavsiye eder ve olan bitenin yazılı olarak tanımlanabilecek olmasına karşın, bir yeri ilk elden görmenin etkisiyle hiçbir şeyin kıyaslanamayacağını söyler. Bölgede dolaşıp, yanında durduğum yapının büyüklüğünü gözlemlerken, büyük imparatorlukların bile, dolandırıcılık yoluyla yıkıldığını açıkça gördüm. *Kuran'ın* insanları tarihi kalıntıları gezmeye teşvik etmesine şaşmamak gerekirdi. Görülen şey unutulmuyordu.

Petra da pek çok kurulup yıkılan imparatorlukların, büyük binalar inşa edip kendilerini ölümsüz, yıkılmaz zanneden insanların anlatıldığı hikâyelerden biriydi. Binlerce masum bebeği öldüren firavunsa başka bir hikâyeydi. Sahip olduğunu iddia ettiği ilahi güç ile Cennet'e uzanan spiral şeklinde bir merdiven inşa edip, bu yolla Tanrı'ya ulaşıp onu öldürmek istiyordu. Ama firavunun hikâyesinde, kendisinden çok karısı Asiye ile ilgileniyordum. Kesinlikle gerçek bir kadındı.

Mısır'a gittiğimizden beri onu sık sık düşünüyordum. Firavunun en güzel ve en zeki karısıydı. Bu nedenle de gözdesiydi. O zaman Mısır çok büyük bir medeniyetti ve Asiye de bu ülkenin kraliçesi olarak var olan en güçlü kadınlardan biriydi. Hayal edebileceğiniz her türlü lüks, zevk ve statünün tadını çıkarmış ve dünya ayaklarının altına serilmiş olmalıydı. Asiye başka bir şey isteyemezdi. Mısır'ın kraliçesiydi.

Asiye'ye hayran olmamın nedeni, çevresindeki refah ve güçten fazlasını görebilmesiydi. Firavun onu ayrıcalıklı tutuyor olmasına rağmen, onun bir cani ve katil olduğunu biliyordu. Onun adalet ve eşitliğe inanmadığını ve masum insanları öldürdüğünü biliyordu. Firavun Tanrı olduğunu söylüyordu ama Asiye bunu kabul etmiyordu. Firavun çok kızgındı. Nasıl olurdu da Asiye ona itaatsizlik edebilirdi? Ama bunun yerine Asiye, doğruya giden yolda kendi kalbini izlemiş ve kocasının ona söylediklerini körü körüne kabul etmemişti. Bir yaratıcı ve can veren, tek bir Tanrı olduğuna inanmayı seçmişti. Bu İlahi Varlık'ın gerçek olduğuna ve adalet, eşitlik, saygı gibi bu doğrudan gelen tüm prensiplere elinden geldiğince uyması gerektiğine inanmıştı. Firavuna karşı çıkıp onu ve aşağılık yollarını kabul etmedi.

Herhangi bir fiziksel konumu bulunmayan Tanrı'ya ruhsal olarak yaklaşabilmek için dua etti. *Cennet'te yanında olmak istiyorum.*

Firavun karısını çok sevmesine rağmen onun idam edilmesini istedi çünkü tek bir Tanrı olduğuna ve firavunun bir ilah olmadığına inancı ile ona baş kaldırıyordu. Yalnızca kraliçe olmanın tadını çıkarıp, firavunun ülkeyi nasıl yönettiğiyle ilgilenmemeliydi. Firavun, karısına fikrini değiştirmesi için yalvardı ama kadın reddetti. Kocasının korkunç hatalarını göstermese nasıl bir eş olurdu? Kendi hayatını doğruluk ve adaletin yoluna adamasa nasıl bir kadın olurdu?

Çevremdeki büyük binalara baktığımda, Asiye'ye saygım iyice arttı. Tüm Mısır'ın Kraliçesi'ydi. Piramitlerin

Kraliçesi'ydi. İstediği her şeye sahip olabilirdi ama o, zamanının en güçlü adamına meydan okuyup insanlık için direnmek adına aşkından, hayatından ve statüsünden vazgeçti.

Tapınaklara, mahzenlere, banyolara ve yaşam alanlarına hayran kalıp, tur rehberi, kitapçığımızdaki maddelerin her birini görev bilinciyle işaretlerken, mağaraya benzeyen büyüleyici bir odadan diğerine geçiyorduk. Güneş batıp sıcaklık yumuşamaya ve gölgeler uzamaya başlayana kadar her bir bölgenin tüm sanatsal yapılarını gezdik.

Küçük kafelerdeki ışıklar yanmaya ve gün batımında romantik bir şekilde parıldamaya başladı. Gülmeye, çevremizdekilere hayran kalmaya ve bu deneyimin tadını çıkarmaya kendimizi o kadar çok kaptırmıştık ki gecenin bir anda nasıl çöktüğünü, biz kapılara varana kadar havanın nasıl karardığını fark edemedik. Geçirdikleri zor günün ardından rahatlamak için yerli erkekler kafelerde toplanmışlardı. Tüm ziyaretçiler ayrıldıktan sonra, gerçek kişilikleri ortaya çıktı ve atmosfer değişti. Turistlerin beklentilerini karşılamak için takındıkları Disney'i çağrıştıran şaklabanlık hali değil, yerel hayatlarından bir kesitti bu. İçeceklerimizi yudumlarken onlarla konuşup, aylak aylak dolaştık.

"Bu saatte Petra'dan çıkmanın yolunu bulamayacaksınız," dediler. "İsterseniz burada kalıp, sabah ayrılabilirsiniz."

Turistlerin Petra'da kalmasına izin verilmiyordu. Yerli halk bunu biliyordu. Ama bizi davet ettiklerine göre, başka hiçbir ziyaretçinin tadamayacağı bir deneyim yaşayabilirdik. Petra'da ay ışığında bir gece, kulağa macera dolu ve romantik geliyordu.

"Bu pastaları deneyin," dediler. "Çay ister misiniz?"

Bu tek günlük heyecan verici teklifi kabul edip etmeyeceğimizi tartışmaya dalmışken, başlarımızı salladık. Bu hem sıra dışı bir tecrübe olacak hem de bizi, bir sonraki durağımıza gitmek için gecenin bu saatinde bir araç bulma zahmetinden kurtaracaktı. Petra, diğer tüm kasabalardan taksi ya da otobüs bulunamayacak kadar uzaktı.

Dördümüz aramızda hızla fısıldaşıyorduk. Konuştuklarımız duyulmasın diye sesimizi alçak tutuyorduk ama turist endüstrisine hizmet edenler oldukça hünerliydi ve konuşmaları fısıldadığımızda ya da homurdandığımızda bile her dilde takip edebiliyor gibi görünüyorlardı. Kalmanın iyi yönleriyle ilgili ortaya attığımız her yeni fikirde yüzlerindeki ifade değişiyordu. Aniden onlara dönüp, "Tamam," dedik.

Adamların yüzlerinde büyük bir şaşkınlık ifadesi vardı. Dördümüz de başörtüsü taktığımız için, Müslüman olduğu açık olan bir grup kadındık. Geceyi Petra'da geçirmeyi kabul etmiştik. Yüzlerine kocaman bir gülümseme yayıldı ve dudaklarını yaladılar.

"Peki o zaman," diye sırıttılar, "bu gece kesinlikle eğleneceğiz." Bir kahkaha patlattılar.

İşte o anda, ne yapacağımızı biliyorduk. Maceracı, bağımsız ve cesur olmak bir şeydi, güvenliğimizi umursamamak başka bir şey. Dördümüz de dönüp birbirimize baktık ve ardından onlara döndük. "Hayır, teşekkürler!" Kararımızı koro halinde değiştirdik ve topuklarımız üzerinde dönüp, kapılardan çıkıp tepeye doğru koştuk.

Ertesi sabah, Ürdün Çölü'nde bir tur için bir kamyonetin arkasına bindik. Açık havada, gitgide ateş gibi yakıcı hale gelen güneşin altında oturduk. Sara ve ben iki İngiliz bir oğlan ve bir Fransız kızın karşısına oturduk. İki beyaz suratlı çocuk, Pan-Arabistan turunun başındaydılar. Henüz bronzlaşmamış ciltlerini korumak için beysbol şapkası takıp, geniş tişörtler ve büyük şortlar giymişlerdi. Yaklaşık bizim yaşlarımızda olan Fransız kız da şort ve dekolte bir atlet giymişti. Sara ve ben her zamanki keten pantolonlarımızı ve uzun kollu gömleklerimizi giymiş ve beyaz başörtülerimizi takmıştık. Kamyonet çölün üzerinde hoplaya zıplaya ilerleyip, tuhaf kaya oluşumlarına bakmak için sık sık dururken pek sohbet etmedik. Sonsuz kum tepeciklerinin ve kum denizlerinin bu inanılmaz, uzayımsı yapılarına bakarken, çok sayıda fotoğraf çektik ve şaşkınlık nidaları attık.

Fransız kız Anne, sonunda konuştu: "O başörtüler kafanızdayken yanmıyor musunuz?"

"Bu sıcakta bunları takmak, takmamaktan daha iyidir. Sen de takmazsan güneş çarpacak," dedi Sara beysbol şapkaları başlarını kapayıp gölgelerini yüzlerine düşüren iki çocuğu göstererek.

"Ama burada bunu giymeye zorlayacak kimse yok," diye devam etti Anne.

"Kimse bizi bunu takmaya zorlamıyor," diye yanıtladım. "Bu kendi seçimimiz."

Anne karşı çıktı. Tercih yapmak Müslüman kadınlardan beklenen bir hareket değildi. "Siz Müslümanlar sürekli dininizi sitayiş ediyorsunuz."

Bu kelimeyi daha önce hiç duymamıştım ama neyse ki Sara söze girdi. "Başka kimseden kapanmalarını istemiyoruz." Ardından tekrarladı: "Kapanmak kendi tercihimiz."

Sara da ben de dilimizi ısırmak zorunda kaldık. Sade giyimin, kültürün bir parçası ve aynı zamanda kendinizi sıcaktan korumak için çok yaygın olduğunu, açık giyinmenin dikkat çekeceğini anlatmaya çalışmak boşuna gibi görünüyordu.

"Sizler geri kafalısınız, cahil Arapların diniyle Orta Çağ'da yaşıyorsunuz. Eğitim almalı ve Avrupa'da bizim geliştirdiğimiz gibi belirli değerleri öğrenmelisiniz."

Yüzsüzce duygularını dile getirişine gülümsedim. Bu kadar çabuk sadede gelmesinden etkilenmiştim. En azından gerçek, kötü düşüncelerini saklamıyordu.

"Sara," dönüp yüzüne baktım, "Oxford'dayken 'aydınlanmış' Avrupa öğretilerini çalışmadın mı sen? Rasyonalist düşünürlerle ilgili olarak yazdığın makaleyle birincilik ödülü aldığını sanıyordum?"

Sara sohbete devam ederken mükemmel bir Fransızcayla konuşmaya başladı ve ben de onu izledim. "Ben Arap değilim, sen öyle misin, Shelina?" diyerek dalga geçti benimle.

Havalı İngiliz aksanıma geri döndüm. "Ben Avrupalıyım, sen değil misin, Sara? Londra'da doğdum ve hayatım boyunca orada yaşadım." Duraksadım. "Tabii Oxford'da okuduğum dönem hariç." Bu bilgiyi, beni yargılamasını istemediğim görücülerden bilerek saklarken, bu durumda özellikle sırf bu amaçla kullandım.

Anne üstünlük sağlayamamıştı. "Siz Müslüman kadınlar, eziliyorsunuz, kapanmaya zorlanıyorsunuz ve kendinizi ifade edemiyorsunuz. Evde oturup, kocaların her işi halletmesini beklemek zorundasınız."

Cep telefonumu çıkardım. "Sara, kocanı arayabilir misin? Aaa, doğru, senin kocan yoktu. O zaman dur benimkini arayayım. Ah! Benim de kocam yok."

"O zaman hadi babanı arayalım," diyerek karşı atak yaptı. Telefonu kulağına götürdü. "Shelina'nın babasıyla mı görüşüyorum? Evet, evet. Kontrol etmek için aramıştım. Kendisi ezik, değil mi? Evet, evet anlıyorum. Ne kadar baskı gördüğünü ve kontrol altında tutulduğunu göstermek için tek başına seyahat ettiğini söylemeye zorladınız onu, değil mi? Evet, evet çok mantıklı. Evet, tabii ki yanında kimsenin olmaması konusunda siz ısrar ettiniz."

İç içe geçmiş güvensizliklerim böyle durumlarda hâlâ zaman zaman baş kaldırıyorlardı. Sıcak güneşin altında küstahça buharlaştım. Nasıl bizim ezildiğimizi söyleyebiliyordu? Dünyanın en prestijli üniversitelerinden birinde eğitim görmüştük, aramızda neredeyse on dil konuşabiliyorduk; farklı kültürlerden ve dillerden çok sayıda edebiyat eseri okumuştuk ve çok sayıda ülke gezmiştik. İşte buradaydık; Anne'in tam önünde tek başımıza Orta Doğu'yu geziyorduk. Kimse baskı gördüğümüzü söyleyemezdi. Bize ördek pisliğiymişiz gibi bakıyordu. "Siz özgür olduğunuzu sanıyorsunuz ama siz kadınları hâlâ kontrol ediyorlar. Kendinizi kandırmaktan vazgeçin. Müslümanlar şeytandır ve İslam, Müslüman olmayan insanları ölümle tehdit eden barbarların dinidir."

Müslümanlar Anne gibi birine şu sözlerle yanıt verirdi: "Sizin atalarınız karanlık çağlarda hâlâ peştamal giyerken, Müslümanlar simya ve cebir kurallarını keşfediyor, modern bilim, felsefe ve Avrupa Rönesansı'nın temellerini atıyordu." Ama artık ona bunu açıklayacak ve ona sunduğu hiçbir şey olmadığını ve barbarlarla dolu olduğunu düşündüğü halde Orta Doğu'yu geziyor olmasının anlamsızlığına vurgu yapacak halimiz kalmamıştı. Dinleme havasında olmadığı belliydi.

Sara ve ben, Anne gibi insanların doğrudan onlarla sohbet edebilecek, onlarla tartışıp bir bağ kurmak isteyecek ve hatta belki de sonuçta yine hemfikir olmamaya razı Müslümanlarla karşılaştıklarında bile, Müslümanların söylediklerini gerçekten dinleyip dinlemediklerini düşünmeye başladık. Anne'nin daha önce hiç Avrupalı bir Müslüman'la tanışmadığını fark ettik ve düşünceleri tamamen gazetelerde okudukları ve televizyonda gördüklerine dayalıydı.

Müslüman olmayı *seçmiş* olabileceğimizi hiç düşünmemişti. Evet, Müslüman ailelerin çocukları olarak doğmuştuk. Evet, "Müslüman olarak doğmasaydın, Müslüman olur muydun?" sorusunun cevabını bilmiyorduk, çünkü bu cevaplamanın imkansız olduğu varoluşsal bir soruydu. Ama dinlerini uygulayan Müslümanlar olmak için bilinçli bir karar aldığımızı biliyorduk. Müslüman olarak doğan insanların çoğu, bunu yapmıyor ve Müslüman olmayı yalnızca miraslarının ve kültürlerinin bir parçası olarak görüyorlardı.

Özgür irademizle yaptığımız bu seçimin, bilinçaltımızın ihtiyaçlarına bir yanıt olduğunu ve bilincimizi daha iyi anlamamızı sağladığını hissediyorduk. İslam'ın insan olmakla ilgili büyük sorulara basit yanıtları olduğuna inanıyorduk. Çok temel bir önerme ile yola çıkıyordu: Tanrı yoktur. Birleşmiş tek bir İlahi Varlık dışında hiçbir şey yoktur. Kimileri buna "Nirvana" dedi. Kimileri "Aydınlanma", kimileri "Gerçek" veya "Adalet", "Yahova", "Tanrı" ya da "Aşk". Müslüman olarak, bu İlahi Varlık tüm bu isimlere sahipti ama en çok *Allah* olarak anılıyordu.

İçimizdeki ilahi yönü bulmak çıkmamız gereken bir seyahatti ve hepimiz buna devam etmek zorundaydık. Bu Yaratıcı'yla bir bağ kurmak anlamına geliyordu. Aynı zamanda, tüm insanların istekleri yani eşitlik, adalet, sevgi, uyum için çalışarak dünyayı üzerinde yaşayan insanlar için daha iyi bir yer haline getirmek anlamına geliyordu. İslam'ın bu evrensel hedeflere ulaşmak için çok güçlü bir yol olduğuna inanıyorduk. Bizi insan olarak özgür kıldığına inandığımız için İslam'ı seçmiştik. Körü körüne değil, bizim için bir anlam ifade ettiği için Müslüman olmayı seçmiştik.

*

Ürdün'deki çöl, *Arabistanlı Lawrance*'ın hayaleti gibiydi. Göz kamaştırıcı altın renkli kumun üzerine serpilmiş gibi görünen tuhaf kaya oluşumları, sonsuzluğa uzanıyor gibi görünen korkunç, yılmaz bir enginlik oluşturuyordu. Toprağa bugüne kadar gördüğüm en geniş gökyüzü ayna tutuyordu. Sıcak geceleri orada, açık havada, parıldayan yıldızların altında kamp yaparak geçirdik. Açık havada uyumayı kendim seçtiğimi iddia etmek isterdim ama güzel giyimli bir şehir kızı olarak bu kendi seçimim değildi. Tüm yataklar dolmuştu. Kamp yapıyorduk.

Kendimi bu zorluk konusunda, bir Arap prensesi olduğumu hayal ederek teselli ettim. Karakterimi, rüzgarın uçurduğu siyah saçlara sahip, sürmeli gözlü, devenin üzerinde küçük bir perdeyle örtülü koltuğunda oturur halde çizdim. Arap güzellerinin on dokuzuncu yüzyıl tasvirlerinin, zamana dayanmış ve hatta benim hayallerime bile sızmış olmasına güldüm. Kendi kendime, birkaç günlüğüne Prenses Yasemin olabilirim, dedim. Alaaddin'imin nerede olduğunu merak ettim. Prenses fantezim kısa sürdü.

"Her yerini iyice kapattığından emin ol," diye uyardı resepsiyonist, "çok fazla sivrisinek var." Karanlık ufku işaret ediyordu ama görünürde hiçbir şey yoktu. Belirtilen yöne doğru gözlerimi kısıp baktım. Bir anlık sessizliğimin ardından, tekrar konuşmaya başladı.

"*Habibi,* hayatım, nerede uyumak istersen iste, ortada

uyumak zorundasın," diye dalga geçti.

"Ortalıkta yaramaz böcekler olup olmadığını kontrol et. Yerde daha az kaya olan bir bölge seç, sabaha sırtın ağrımaz böylece." Sözlerini vurgulamak için vücudunu dışa doğru bir yay şeklinde gerdirip, kollarını esnetti. "Merak etme, boş ver. En azından burada uyumak bedava."

Sara'yla sırt çantalarımızı alıp, açık alana geri döndük. Uzaktan bir bas sesi geliyordu. *Dam dam daf daf.* Sese doğru çekiliyorduk ve karanlıkta görünmez bir şekilde yayılan ritmin büyüsüne kapılıp yürümeye devam ettik.

Sara bir kahkaha patlattı. Yeni görüş alanımıza giren devasa, aydınlık bir dikdörtgeni işaret ediyordu. Burada, ışıklar, sesler ve insanlarla capcanlı şehir hayatımızın uzak bir hatıradan ibaret olduğu sessiz Arap çölünde, karşımızda gişe rekorları kırmış bir Bollywood filminin gösterildiği dev bir ekran vardı. İçerisinde bulunduğumuz Arap dekoruna rağmen, tüm şarkılar ve konuşmalar Hintçeydi ve Arapça alt yazı ile gösteriliyordu. Dans sahneleri başladığında, kendini kaptıran seyircilerin omuzları ve elleri, aktörlerin hareketleriyle eşzamanlı bir şekilde aşağı yukarı sallanmaya başlıyordu.

Biraz daha yürüdük ve sonunda, gece için kamp kuran diğer kişilere uygun bir mesafede biraz açık alan bulduk. Hep yanımızda taşıdığımız sivrisinek ağlarımızı ve çok amaçlı örtülerimizi çıkardık. Bu örtüler piknik bezi olarak, içinde veya altında uyumak için çok kullanışlıydı. Ayrıca üzerlerinde namaz kılmak için veya hava soğuduğunda kendimizi sarmak için de kullanıyorduk. Hatta çok umutsuz kaldığımızda havlu olarak bile kullanabiliyorduk. Kendimizi bulaşıcı hastalık taşıyan ve kan emen, uçan yaratıklardan korumak için kozalar oluşturduk. Sonra da günün getirdiği yorgunlukla sessizce yattık.

Gözlerimi kapatmak yerine açtım. Safir renkli gökyüzünde, yıldızlar çiçek dürbünü gibi parıldıyordu. Hayatımda hiç, bu kadar ihtişamla parıldayan ve sönmemek için birbiriyle yarışan yıldızı bir arada görmemiştim. Çevrede hayal edilemeyecek kadar geniş bir alanda tek bir şehir ışığı bile yoktu ve en yakın şehir de Ürdün'ün başkenti olan oldukça küçük Umman şehriydi. Ay, hiç alışık olmadığım, farklı bir açıdan battı. İngiltere'de hilal çapraz gelecek şekilde yukarı bakan bir açıyla dururdu. Burada ay onu tamamlayan kedi burnuna benzer bir yıldızla kendini beğenmiş, gümüş renkli bir gülümseme gibi duruyordu. Yatay ay ve yıldız İslam'ın sembolleriydi. Pek çok kitabı, siyasi hareketi, bayrağı, internet sitesini, bayram kartını ve posteri süslemişlerdi. Onları böyle kendi gözlerimle daha önce hiç görmemiştim.

Bir saat boyunca sadece baktım. Baktım ve baktım. Londra'daki gibi gelişigüzel serpilmemişlerdi. Kalın, yoğun ve hissedilebilir görünüyorlardı. Peri masallarından ya da uzak rüyalardan fırlamış bir şey değildi; şimdi, buradaydı ve hayatımızın bir parçasıydı. Yıldızların çölde geceye nasıl hakim olduklarını görünce yön bulma ve astronomi için dünyaya yol gösteren cihazları Müslümanların bulmuş olmasına şaşırmadım. Orta Çağ hayatı, seyahatleri ve kaderinin tarihine yıldızların yol vermiş olması birden anlamlı ve gerçek göründü gözüme.

Balayımda buraya gelip, sevgilimle bu yıldızların altında oturmak istiyorum.

Bu görkemin büyüsü bozuldu. Romantik sevgi bu deneyim diyarına neden girmişti? Bu dakikalar benim, yalnızca benim olmalıydı ve sadece nefesim ve yıldızların bembeyaz ışığının kalp atışları duyulmalıydı. Bir erkek bulup ona âşık olmakla ilgili bu uygunsuz düşünce nereden aklıma gelip, benimle evren arasındaki bu anı mahvetmişti? Bu an, özel birini bulma telaşının, tanışmaların, çöpçatanların, teyzelerin, utangaç gülümsemelerin ve kırpılan kirpiklerin dünyasının bir parçası değildi. Bu, iş hayatının, giysilerin, sosyal döngünün, alışverişin, kıkırdamanın, üzülmenin, planlamanın, stresin ve gözyaşlarının yüzeyselliğinden bir kaçış anıydı. Şimdi uzak bir hatıra gibi görünen Londra'daki eski hayatımdan yalnızca umut ve sevgi kalmıştı.

Doğuştan gelen aşk ve umut duyuları birbirinden ayrılamazdı. Ne umut ettiğimi bilmiyordum. Amacım sevgi, romantik sevgi, efsanevi epik sevgi miydi? Bu beni bir insan olarak dolduracak mıydı? Kumun üzerinde yatmış, yıldızlara bakarken bu soruyu sormayı bildiğimi bile sanmıyorum. Umut ettim. Anlam bulmayı, kim olduğumu ve ne yapmam gerektiğini bulmayı umut ettim. Balayımla ilgili düşüncem de kalbimin en derininde umut ettiğimin aşk olduğu fikrini sabitleştirdi. Aradığım kişi, burada bir bağ bulabilirdi. Yıldızlar kendi başlarına yeterli değildi. Bir erkek de tek başına yetmeyecekti. Bu ikilinin birleşmesi bir kıvılcım oluşturacaktı. Bu, aşk arayışıydı. Tek boyutlu bir uzun boylu, esmer, romantik kalp çarpıntısı arayışı değildi. Bir rahibin ya da rahibenin dünya zevklerinden sıyrılmaya adanmışlığı değildi. Bir eşin sevgisi ve Görkemli Olan'ın sevgisi için gerçekleştirilen bu iki arayış ve iki sevgi birbirine geçmiş bir şekilde ilerliyordu. Bunu nasıl açıklayacağımı bilmiyordum ama daha sonra, bu ikisinin kendi başlarına var olamayacak, beslenemeyecek ve büyüyemeyecek olan aynı arayış, aynı aşk olduğunu fark edecektim. Bu yüzden romantik aşkla başlamak çok doğru geliyordu çünkü daha başka, daha derin bir aşka ulaşmayı sağlıyordu. İşte bu yüzden de daha derin, daha uzun süreli bir aşk ile değiştirilmediğinde romantik aşk zamanla boş gelmeye başlıyordu.

Bu dizide, Yakışıklı Prens'e duyulan aşkta romantik aşk bir atlama taşıydı. Tüm kalbimle onun dışarıda bir yerlerde olduğuna inanıyordum. Elbette ki oradaydı. O olmadan hayatın anlamı ne olurdu ki? Sevecek kimse yoksa sevginin anlamı neydi? Bir adam bulup, âşık olup, sonsuza dek mutlu yaşamak çok basit bir formüldü. İnsanlar bunun hayalini kurmuyor muydu? Belki de genç kadınlar olarak bunu daha iyi tanımlayabiliyorduk; dile getirirken daha rahattık ve hassasiyetimiz yüzünden bize gülmüyorlardı ama erkeklerin de aynı şeyi istediğine emindim.

Ruhuma iyi gelen ve onu büyütecek, büyük A harfiyle Aşk'ı öğretecek ve bu Aşk'ın parçası olacak bir ruh eşi arıyordum. Kadın ve erkeğin tek başlarına yarım olduklarını ve sadece birlikteyken bütün olabileceklerini açıklayan yin ve yang fikrini çok sonra keşfedecektim. Bugüne kadar romantik insan sevgisinin, Yaratan'a duyulan sevginin bir parçası olduğunun konuşulduğu pek çok cami vaazı ve seminer dinlemiş, pek çok düğüne katılmıştım ama ancak şimdi anlıyordum. Çöl manzarası gökyüzünü yansıtıyordu. Çölün gökyüzüne ve gökyüzünün de çöle ihtiyacı vardı ama her ikisi de ne iseler öyle kalmalı ve birbiri olmaya çalışmamalıydılar. Birleşen iki sıra dışı ufuk bunu daha da açık hale getiriyordu. Her ikisi de kendi başına güzeldi ama bir araya geldiklerinde yeni, kutsal bir anlam oluşturuyorlardı.

Yıldızların altında yatarken ilk kez, saf sevginin kalbimde yattığını ve Müslüman olarak inancımın temellerinin köklenmeye başladığını fark etmiştim. "Aşk, evliliğin ardından gelir," sözlerini pek çok kez, pek çok farklı şekilde duymuştum ama işte tam o an, İlahi Sevgi'yi arayışımın, bir erkek için aradığım sevgiyi bulmama nasıl yardım edebileceğini anlamamı sağladı. İnancım bana, O'na karşı sevgiyi bulabilirsem, bunun bir kişi için arzuladığım sevgiyi doğuracağını anlatmaya çalışıyordu.

"O'nun işaretlerinden biri de, aranızdan sizin için eşler yaratmış olmasıdır, böylece birbirinizde huzur bulacaksınız ve O da aranıza aşk ve merhamet tohumları ekecek." Kalbimin derinliklerinden *Kuran'ın* bu sözlerinin yankılandığını duyabiliyordum. Bu sözler hep içimi ürpertmişti. Ben de kendi eşimi ve bu bilinmeyen aşk ve nezaket türünü tecrübe etmeyi arzuluyordum. Denge, eş olma ve uyum fikirlerini hâlâ anlayamamıştım. Bu şeylere susamıştım. Ama hangisi seraptı hangisi gerçek? Onu bulmam için aşkın basmakalıp bir tanımını yapmışlardı. Müslüman olsun ya da olmasın ben de tanıdığım tüm diğer kadınlar gibiydim. Bulduğumuz ilişkiler bizi memnun etmiyordu, aksine romantik aşkın yeterli olmadığını fark ettiğimizde keyifsizlik ve memnuniyetsizlikle karşılaşıyorduk.

Kuran'da güneşin, ayın ve yıldızların nasıl tanımlandığını düşündüm. Hepsi de diğerlerini geçmeden kendi yolunda ilerler. Ayrıca *Kuran'da* her şeyin bir eşi olduğundan bahsediliyordu. Gün ve gece, yer ve gök, aydınlık ve karanlık. İnsanlar da bundan farklı değildi. Yıldızlar memnuniyet ve huzurla, yerlerini bilerek parıldadılar. Ben gülümsedim. Benim yaşadığım dünyada bu pek sık görülebilen bir şey değildi. Yıldızlardan biri kayıyordu. Bunun benim için neyi işaret ettiğini hâlâ çözemedim ama bir gün bana verdiği lütfu anlayacağım.

"Sizin için bir eş yarattı," sözlerini yineledim.

Hazırdım.

Aşkın 3 Y'si: Yol, Yordam, Yorum ☆

Uzundu ama çok da uzun değildi. Keskin ama çok da sert olmayan yüz hatlarıyla yakışıklıydı da. Saçları kısa ve koyu kahverengiydi; bir dâhinin elleriyle gelişigüzel dağıtılmıştı. Küçük keçisakalı, çikolata kahvesi gözlerini ortaya çıkarmak için sık sık çıkardığı metal çerçeveli gözlükleriyle birlikte yüzünü çerçeveliyordu. Dalgınlığını ortaya çıkarıyor ve nadide ama bulaşıcı gülümsemesi için mükemmel bir ortam sağlıyorlardı.

Giyim tarzı şık ama abartısızdı, ayrıntılı olarak tanımlamak zor ama sanki her bir giysi, iyi görünümünü vurgulayıp abartmadan diğeriyle karışıyordu. Cambridge'te mühendislik okumuştu. Kendi deyimiyle yüksek öğrenimi "kafasına koymuş ve peşinden gitmişti". Tüm bu zaman boyunca gizlice ve isimsiz bir şekilde uzak sosyal çevremizde bulunan bir aile dostunun iyi arkadaşıydı. İslam konusunda çok tutkuluydu ve felsefe, meditasyon, namaz, bilgelik ve diyalektikle ilgili kitapları bir nefeste bitiriyordu. Geri döndü, iyice düşünüp gülümsedi. Adı *Muhammed'di,* seçilmiş kişi, *Habib,* sevilen.

Bir aile dostumuzun kızının beşinci yaş gününde karşılaştık. Kız üç fırfırlı pembe, pullarla süslü bir elbise giyiyordu. Yüzü kelebek gibi boyanmıştı. Muhammed'i kutlamanın başlangıcında gördüm. Çok çekiciydi ve üzerinden asalet fışkırıyordu. Aynı şekilde koyu renk saçlı ve gözlük takan bir adamla konuşmaya dalmıştı. Yemek masasının köşesinde, birbirlerine dönük, têtê-a-têtê, göz göze oturmuşlardı ve elleri felsefi siyah kahve dolu Denby fincanlarını kavramıştı Önlerinde dokunulmamış bir tabak dondurulmuş frambuazlı pasta vardı. *Seyr-ü Süluk* hakkında konuşuyor ve İlahi Olan'a giden yoldaki seyyahın ruhani yörüngesini tartışıyorlardı. *Uff!* Burnumun ucundan geçip başörtümün üzerini sıyırdı. Daha önce "seyyah" kelimesini hiç duymamıştım.

"Son üç aydır namazın başındaki *kıyamın* içsel anlamını araştırıyorum. Araştırdıkça, daha çok bilgi ve soru ortaya çıkıyor," dedi diğer adam Muhammed'e. Her namaz, ayakta durulan *kıyam* pozisyonu ile başlar. Dik ve hareketsiz bir şekilde, Mekke'deki *Kâbe* yönüne dönülür. Her gün eğilip secde etmeden önce pek çok kez, hareketsiz ve hüzünlü bir şekilde böyle dikiliyordum. Bu hareketin üç ay düşünmeyi gerektirecek nesi vardı?

"Ben hâlâ *ezanın* ilk mısraları üzerinde çalışıyorum," diye yanıtladı Muhammed Habib. *Ezan,* namaz çağrısıydı. Bir grup insanı namaza çağırmak ya da yalnızca bir kişiyi günlük rutin dualarına, *namaza,* çağırmak için okunabilirdi. Bir satırında üzerinde çalışılacak ne olabilirdi ki?

Ezanın basit ve doğrudan açılış kelimelerinin altında hangi gizli anlamların yattığını merak ettim. "Tanrı büyüktür, Allah büyüktür." Sohbetlerine dalıp, bu sözün altındaki gizli anlamın ne olduğunu sormak istedim.

Bu çok önemli İslami söz "Tanrı büyüktür" için daha önce hep basit ve inandırıcı bir açıklama yapmışlardı. İmamın bunu açıklarkenki sesini hâlâ duyabiliyordum. "Tanrı hayal edebileceğiniz her şeyden büyüktür. İlahi olan *Her Yerdedir, Sonsuzdur, Hep Var* olmuştur, *En Bağışlayıcıdır* ve *En Adildir*. Allah hayal edebileceğiniz her şeyden yücedir çünkü hayal ettiğiniz her şey hayal edilebilirdir; yani zihninizin sınırları dâhilindedir. Zihninizi de Tanrı yaratmıştır. Hayal gücünüzü İlahi Olan yaratmıştır."

Bu noktaya kadar söylenen her şey Aziz Anselm'in Tanrı'yı kanıtlamak için söylediklerinin aynısıydı. Anselm, Tanr'nın var olmak zorunda olduğunu söylüyordu çünkü Tanrı mükemmeldi ve mükemmelliğin niteliği varlıktı, falan filan! Tanrı var olmak zorundaydı. Tanrı'nın bu şekilde kanıtlanmasını seviyordum çünkü mantığı çok düzdü. Sadeliği beni hep güldürürdü ama Tanrı'nın varlığını kanıtlayan bir şeye gülüp gülmemem gerektiğinden emin değildim.

Bu kanıt ağdalı diline rağmen, çok kısıtlıydı çünkü Görkemli Olan'ı bu şekilde hayal etmek bile kısıtlıydı. "Tanrı" kelimesi bile çok dardı çünkü kelimenin kendisi anlam yüklüydü.

"Tanrı'nın 'nasıl'ını anlayamazsın, çünkü 'nasıl'ı yaratan Tanrı'nın kendisidir. Tanrı'nın 'ne' olduğunu anlayamazsın çünkü 'ne'yi yaratan Tanrı'nın kendisidir. Tanrı'nın 'neden'ini anlayamazsın çünkü 'neden'i yaratan Tanrı'nın kendisidir. Bunlar, ruhani iç görüleri mistik deneyim ve bilgelik konusunda İslam'da çok büyük bir miras bırakan Muhammed Peygamber'in damadının sözleriydi. Tanrı sınırlı değildi ve zihnin kısıtlamalarıyla anlaşılamazdı ama aynı zamanda İslami bilgi, "Tanrı, insanın kalbi dışında evrenin herhangi bir yerinde olamaz," diyordu.

Gizli anlamın katmanlarını açmakla ilgili bu sohbete sadece kulak misafiri olmak bile bilgili, dinini uygulayan bir Müslüman olduğum konusundaki varsayımlarıma meydan okumaya yetti.

O anda doğum günü kızının anne babası geldi ve beni dinlemiyormuş gibi yaptığım iki adamla tanıştırdılar. İsimlerinin Muhammed ve Yasir olduğu söylendiğinde gergin bir şekilde gülümsedim. Yasir bir evlilik yüzüğü takıyordu, Muhammed takmıyordu. İşler, üniversiteler, doğum günü partileri konusunda birkaç klişe laf ettik ve tanıdıklarımızı ve ailelerimizi karşılaştırdık. Muhammed muhasebeciydi. Üniversitede okuduğu mühendislik bölümüne kıyasla, sıkıcı olmasına rağmen muhasebecilik uzun vadede daha fazla kariyer imkanı ve ücret sağlıyordu.

Daha çok Yasir'e, sonra da bana, "Daha *canlandırıcı* ve *önemli* şeylere konsantre olmamı sağlıyor," dedi. Sohbetlerini renklendirmesi için teşvik eder bir şekilde Yasir'e baktı. Muhammed hoş ve kibar biriydi ama hep beraber sohbetimize devam ederken, sürekli Yasir'e bakıyordu. Doğum günü pastasını kesmem için çağrıldım ve ikisi hararetli ve kayıp bir şekilde sohbetlerine devam ettiler.

Muhammed'i ve sohbeti unuttum. Önemli olanı unutmak kolay olabiliyordu.

*

Muhammed'le birkaç ay sonra bir yetişkinin doğum günü partisinde tekrar karşılaştım. Grup sohbet edip, kahkahalar atıp çaylarını yudumlarken tek başına oturuyordu. Boş bakıyordu, omuzları düşmüştü ve gözlerinde bir karanlık vardı. Sürekli çalışmalarına, işine ve en çok da ruhani yolculuğuna konsantre olduğunu anlatarak başladı sözüne. Muhammed, kariyerini sona varmak için bir yol olarak, ruhani arayışına devam edebilecek kadar para kazandığından emin olmak için kullanan, tanıdığım ilk erkekti. Diğerleri *din* ve içinde bulunduğumuz *dünyayı* dengelemekten bahsediyorlardı. Tanıdığımız insanların çoğu *din* ve *dünyaya* eşit değer verilmesi gerektiğini düşünüyor ve bu dengeyi yakalayabilenleri kutluyordu.

Muhammed'in sözleri ve hareketleri, maddi ve ruhani yaşam arasında bir değiş tokuş gerçekleştirmeyi reddediyor gibi görünüyordu. Bunlar onun için iki ayrı şey değildi. Maddi yaşam, manevi yaşamın bir *parçasıydı* ve o kendini bunları birleştirmeye o kadar çok adamıştı ki ikisi de aynı şey olmuştu artık.

Muhammed, resmi, geleneksel ve iyi çalışılmış İslam öğretileri ile büyütülmüştü. Camilerde, imamlar tarafından açıklandığı gibi iyi bir Müslüman'ın hayatını yaşamak onun tüm dünyasıydı. Onu iyi bir yerde tutup ailesinin ve toplumun gurur duyabileceği iyi bir insan olmasını sağlıyordu. "Namuslu vatandaş" onun için en uygun tanımdı. Bu noktaya kadar ona çok benziyordum.

Ardından, ona öğretilenlerin altında gizli, çok daha fazla, çok daha derin bir şey olduğunu fark etmişti. Onun için yeni bir kapı açılmıştı. İslam'ın bildiği kuralları ve temel ilkelerinin ve bilgi ve anlayışının temelini oluşturan bilimin altında yeni bir anlam katmanı keşfetmişti. Bulduğu şey, zaten sahip olduğu temeller üzerine kuruluydu ama yeni bir paradigma yaratmıştı. "Newton fiziğinden Einstein'ın kuantum teorisine geçmek gibiydi."

Konuyu birden değiştirdi. Geçtiğimiz birkaç ay içerisinde tanıştığı ve ona kendini unutturan bir kadından bahsederken yüzüne yorgun bir ifade takındı. "Bunun olmasını beklemiyordum, olabileceğini sanmıyordum. Çok hassas bir şekilde yetiştirilmiştim ve çok hassas, sade bir yaşam sürmüştüm. Bana hissettirdiklerini daha önce hiç hissetmemiştim. Bu kadar güçlü duygular hissetmemem gerekiyordu. Çok kısa bir zamanda birbirimiz için yaratıldığımızı anlamıştık. Birkaç hafta içerisinde ona evlenme teklif ettim ve o da 'evet' dedi." Başını bile kaldırmamıştı, yas tutar gibi çay fincanına bakıyordu. Sonra neyin kötü gittiğini merak ettim.

"Anne babasıyla çoktan tanışmıştım, o da benimkilerle tanışmıştı. Kitapta yazan ne varsa hepsini yapmıştık. Mükemmel eşti, doğru aileye ve doğru geçmişe sahipti. Ona karşı çok büyük duygular besliyordum." Çoşkusu söndü.

"Sonra bir gün, artık benimle ilgilenmediğini söyledi." Çölde aşkını arayan Mecnun gibi baktı bana.

Mecnun, Romeo ve Juliet ya da Orfeus ve Eurydike'ye benzer klasik bir doğulu aşk hikâyesi olan Leyla ve Mecnun'daki adamdı. Adı Kays'tı ve çocukken okulundaki Leyla'ya âşık olmuştu. Farklı kabilelerden geliyorlardı ve aileleri evlenmelerini engellemişti. Tüm hayatını Leyla'yı arzulayarak ve çorak çölde sevdiğinden ayrılmış olmanın verdiği çaresizlikle avare bir şekilde gezinmişti. Bilge bir adam ona Leyla'yı kaçırmak için onun kabilesine karşı savaş açmasını tavsiye etmişti ama Leyla'nın babası onu başka bir adamla evlendirmişti. Bu, Kays'ı daha da delirtmişti ve Aşk'a bu kadar bağlanmış olması diğer herkese çılgınca geldiği için ona Mecnun, yani "Deli Adam" ismini takmışlardı. Leyla'nın kocası öldüğünde, bu kez de ona akıllı gibi davranmasını böylece Leyla'yı elde edebileceğini söylemişlerdi.

"Âşık olan biri nasıl âşık değilmiş gibi davranabilir ki?" diye yanıtlamıştı.

Leyla ve Mecnun ancak öldüklerinde, yan yana gömülünce birbirlerine kavuşabilmişlerdi.

Mecnun'un hikâyesi, aşk arayışına kendini tam anlamıyla kaptırmış bir aşığın korkunç hikâyesiydi. Kendini aşkın kendisine adamıştı. Hikâyede âşık olunan Leyla mıydı yoksa İlahi Aşk'la ilgili daha derin bir anlamı mı vardı? Mecnun'un aşkı, artık vücudun engelinden kurtulana kadar elde edilemeyecek, İlahi Olan'a duyulan aşktı. Eric Clapton da Leyla ve Mecnun'la ilgili bu efsaneyi okuduğunda benim kadar etkilenmiş ve "Leyla" isimli şarkısını yazmıştı. Ama keşke yazmasaydı. Benim için hikâyeyi mahvetmişti.

Muhammed kırılan kalbiyle ilgili konuşmaya devam etti. "Artık umursamadığını söyledi. Bu nasıl olabilir ki? Beni güvenli, sağlam varlığımdan çekip aldıktan sonra, yürüyüp giderek hayatımı nasıl altüst edebilir? Tüm benliğimi yırtıp attı ve ne için? Neden?"

Çok hassas görünüyordu. Bir çocuk gibi kalbi kırılmıştı. Hissedebileceğinden bile haberi olmadığı duygular yaşamış ve bu, evrenin, daha önce hiç fark etmediği yönlerini görmesini sağlamıştı. İslam adı verilen, zorlu, ahlaklı ve dindar bir insan olma yolunda yürümeye çalışan bir Müslüman'dı ve bu yolculukta birinin onu tamamlayabilme ve onu serbest bırakma ihtimalini görmüştü.

Manevi bir arayış içerisinde, iyi bir adamdı. Bunu daha önce neden bu kadar açıkça görememiştim ki? Duyguları beni derinden etkiledi. Çevremizde sohbet eden insanların gürültüsüne rağmen, kafamın içinde tiz bir ses onunla ilk tanıştığımda neden onun da bir talip olabileceğini görmediğimi bilmek istiyordu. Zekasını, inancını, maneviyatını ve tabii ki yakışıklılığını fark etmiştim ama yine de, onun hakkında daha fazlasını öğrenmeye çalışmamıştım. Ailemden rahatlıkla, onunla bir buluşma, bir eşleşme ayarlanıp ayarlanamayacağını öğrenmelerini isteyebilirdim. Safura'nın elindeki fırsatı değerlendirip kendisi bir buluşma ayarlayacak kadar kendine güveniyor olması yeniden aklıma geldi. Oysa ki Muhammed'i ancak kalbi çoktan kırıldıktan sonra ve tek istediği birilerinin onu dinlemesiyken fark etmiştim. Düğünlerde ve aile, arkadaş toplantılarında ara sıra Muhammed'le birkaç kelime ediyorduk. Acı veren ama zaman içinde yavaş yavaş azalan acısını dinledim. Bunun karşılığında o da yavaşça ve detaylı bir şekilde manevi arayışını açıkladı. Daha Ürdün'de, yıldızlı gökyüzünün altında yatarken, aşk arayışımın, Aşk'ın kendisini bulma amacımın önemli bir parçası olduğunu fark etmiştim. Arayışta olandım ve bu arayışı sürdürmeye kararlıydım.

Aşka giden yolu tarif ettikçe, ben de bu yol üzerinde sıkıca duruyordum. Bu sohbetlerde hissettiğim kadar enerjik ve duygusal hissetmemiştim daha önce kendimi. Her zaman olmak istediğim gibi, özümdeki gibi biri olmakta sakınca görmüyordum. Beni büyüleyen o değil, İslam'la ilgili edindiğim tüm bilgilerin birden, dünyamızda yaşayan bir insan olarak gerçek yolcuğumda bir şeyler ifade etmeye başlamasıydı.

Bana tanımladığı bu yolculuğa bazılarının "*tasavvuf* yolu" dediğinden söz ediyordu.

"Sufi olmak gibi bir şey mi?" diye sordum.

Gülümsedi. "Bugünlerde Sufi olmak çok moda. Kimse bu kelimenin gerçek anlamını bilmiyor. Bazıları bu ismin Sufilerin eskiden giydikleri yünlü giysilerin adı olduğunu, bazılarıysa bunun kendilerini sağlığa adamış olmalarıyla ilgili olduğunu düşünüyor."

Kendi kendine gülmek için duraksadı. "İnsanlar Sufi olmanın, çok karizmatik, havalı, gizemci, kolay ve kuralsız olduğunu düşünüyor." Arkasına yaslandı. "Sufiler dünyayı değiştiren kişilerdir. Ruhun yolculuğunun, dünyayı daha iyi bir yer haline getirmeye adanmış bir yaşam sürmeyi nasıl sağladığını anlamışlardı."

Gözlerimi iyice açmıştım. "Sufi misin?" diye sordum şaşkınlıkla. Sufiler genelde, popüler İslam anlayışına sahip insanlar arasında çok da iyi bir üne sahip değillerdi; çünkü *salat* ve namaz gibi günlük tavır ve eylem kurallarından öte mistik deneyime önem verdikleri düşünülürdü.

Bilgece gülerken, gözleri sevgiyle kırış kırış oldu. "Arayışta isim önemli değildir. Kelimeler, isimler, etiketler konusunda hepimiz çok takıntılıyız. Tüm bu karışıklıkları engellemek için, buna ruhani bilgi anlamına gelen *irfan* demek istiyorum. *İrfanın* ise nihai amacı, 'İlahi Olan'ın bilgisi' anlamına gelen 'maarif'i elde etmektir. *İrfan* ve *maarif;* ikisi de 'bilmek' kelimesinden geliyordu." Bu sözleri söylediği anda, bunca zamandır aradığımın bu olduğunu anladım.

Muhammed'e göre, İlahi Olan'la ilgili her şeyden üçer tane vardı. Evrenle ilgili olarak bilinmesi gereken ilk şey, onun üç noktadan yani iki uç nokta ve bir denge noktasından oluştuğuydu.

"Cesareti düşün," diye açıkladı Muhammed. "Mükemmel bir özelliktir. Pek çok insan 'iyi' olduğunu düşünür ve korkaklığın zıddı olduğunu söylerler, ki o da 'kötü'dür. Ama cesaret bir çiftin tek parçası değil, bir üçlünün parçasıdır. Bir yanda cesaretin olmaması yani korkaklık varken, diğer uçta ise çılgınlık derecesine varacak kadar fazla cesur olmak yani çılgınlık vardır. Cesaret orta yoldur, kendini ve durumu bilmenin getirdiği doğru dengedir. Müslüman olarak yolunu çizdiğinde bilmen gereken, amacının uçlardan kaçınıp, *orta* yolda yürüyen bir insan olmak olduğudur. Buna *sıratel mustakim,* denir."

Bilginin de üç türü vardı. İlki insanların söyledikleriyle edindiğimiz bilgilerdi. Bunlar, anne babalarımızdan öğrendiklerimiz, okul, dersler, kitaplar ve sohbetlerden öğrendiklerimiz gibi hepimizin yola çıkış noktalarıydı. Muhammed bunların diğer bilgi türlerine nazaran daha zayıf olduğunu ve hepsinin kulaktan dolma olduğunu söyledi. Doğrudan mesajı ileten kişinin otoritesine dayalı olarak önem kazanıyordu.

İkincisi gözlerimizle görerek edindiğimiz bilgiydi. Bu her

zaman için daha güçlüydü; ne de olsa görmek, inanmak demekti. Pek çoğumuz hayatımızı bu şekilde inşa ediyorduk. Bir olay mahallinde olanlara verilen otoriteyi düşündüm. Bir şeyi gördüyseniz ondan eminsinizdir ama aynı şeyi yalnızca duyan bir kişi hiçbir zaman bundan kesin bir şekilde emin olamaz.

"Emin olmanın son noktası," diye devam etti, "kendi tadına baktığınız bilgidir. Kendi tecrübe ettiğiniz bir şeyin yanlış olduğuna kimse sizi ikna edemez. Kendiniz tecrübe ettiğinizde, en ağır olan sizin bilginizdir. O yüzden böyle kişileri durup dinlerler. Kendi deneyimlerini anlatan bir kişi, kitaplardan öğrendiklerini anlatan bir kişinin asla elde edemeyeceği bir anlayış sağlar."

Lafını kesip, "Bu yüzden 'verdiğin nasihati uygula' diyoruz çünkü ancak bu şekilde etki yaratabiliriz," dedim. Tavırlarımın benim hakkımda neleri ortaya çıkardığını merak ediyordum. İyi huylu olduğumu mu gösteriyordu? Ben de aynı şekilde başkalarına ilham veriyor muydum?

"Kesinlikle!" derken elini kaldırıp arzulu bir şekilde havayı yumrukladı. "İşte bu yüzden Muhammed Peygamber sözleriyle bu kadar büyük bir etki yarattı. İyi huylu olmanın, nezaketin ve görgülü olmanın önemini anlattığında insanlar onu dinledi, çünkü kendisi de söylediklerini gerçekleştiriyordu. Tavrı o kadar inceydi ki bugün hâlâ onu dinliyoruz. Daha da önemlisi *maarife*, yani Aşk'ın gerçek bilgisine ulaşmak istiyorsan, Peygamber'in sözleri daha da büyük önem kazanıyor çünkü bizzat kendisi İlahi Olan'ı gördü." Gözleriyle değil kalbiyle gördü. İşte bu yüzden aşk tüm deneyimlerimizi bir araya getiriyor.

"Aslında bunu tattı. Kendisi Aşk'ı en saf haliyle deneyimledi ve bu da bilginin nihai aşamasıdır."

Kafam karışmış bir halde ona baktım. Tüm bunlar çok karmaşıktı. Hem "İlahi Aşk'ı tatmak" da ne demekti?

Kafamın karıştığı belliydi, bu yüzden açıklamaya çalıştı. "Birinin sana yan odada yangın olduğunu söylediğini hayal et." Daha sonra bunları bilindik bir felsefi örnekten aldığını öğrendim. "Onlara inanabilirsin de inanmayabilirsin de. Bu, sana anlattıkları bilginin ilk aşamasıdır."

İkinci el bilgi fikrini anlayarak kafa salladım.

"Odaya girip yangını kendin gördüğünü hayal et. O zaman yangının varlığından emin olursun. Bir de yangının ortasında oturduğunu hayal et. O zamansa yangının ne olduğunu çok iyi bilirsin. Onu tatmış ve tecrübe etmiş olursun."

Bir şeyi sadece biliyor olmanın yeterli olmadığını yavaş yavaş fark ederken ona dikkatlice baktım. Bu evrenin, aradığım Aşk'ın sırlarını bulmaktan çok uzaktı. Onu kendim tatmak istiyordum.

"Bunlar İlahi Olan'ın üç bilgisine benzer. Deneyimin en derinine inersen orada kaybolabilirsin. İşte o zaman sen olan 'ben'in ve ben olan 'ben'in yok olduğu yere varmış olursun. 'Yok olmak' denen aşamaya geçmiş olursun. Kendin ve çevrendekiler arasındaki ayrımdan kurtulacağın aşamayı geçtikten sonra, geri kalan sonsuzluğa, yani *bakaya* ulaşırsın. İşte hepimizin arzuladığı ölümsüzlük odur." İnsanların sonsuza dek yaşama arzularını karşılamak için pek çok efsanede anlatılmış olan iksir parmaklarımızın ucundaydı. Ama Muhammed'in anlattığı, oraya ulaşmak için çıkılan yolculuk çok tutkulu ve korkutucuydu.

Bu ayet, insanların Müslüman olmak istediklerinde söyledikleri sözleri hatırlattı. Öncelikle "Tanrı yoktur." Bu hiçbir şey kısmı. "İlahi olandan başka." Bu ise, çevremizdeki maddi dünyanın ardında kalan her şeydir.

Kuran'ın "Seven ve Merhamet Eden" isimli bir ayetinden bazı bölümler hatırladım. "Her şey sonunda hiçbir şey olacak." Bu tüm insanların kabul ettiği sert ve uyandırıcı bir gerçekti. "Hayat Veren'in yüzü tüm görkemi ve onuruyla sonsuza dek kalacaktır." Ruhlarımız da O'nun bir parçası olarak sonsuza dek kalacaktı.

Muhammed tutkulu bir şekilde konuşmaya devam etti. "'Ben' olmanın verdiği kibir seni İlahi Olan'dan ayırır ve aranıza perdeler çeker. Egomuz ne kadar yüksekse insan olarak üstünlüklerimizden o kadar fazla söz ederiz ve İlahi Olan'ın ve evrenin sırlarından o kadar çok uzaklaşırız. Kalbimiz ve sonsuz olan arasındaki bariyerleri kaldırmamız gerekir. Yeniden doğup her şey olmak için 'hiçbir şey' olmalıyız."

Yine aynı sinir bozucu konuya geliyordu. Hiçbir şey olmak mı? Ama sözler çok anlamlıydı. Her şeyden önce, Tanrı'ya yaklaşmak İlahi Olan'a inanmanın doğal bir şekilde devamı değil miydi?

Bu yüzden, gizemli yolda yürüyen eleştirmenlerin sorduğu soruyu sordum. Peki ya kurallar? Peki ya sınırlar, kılavuzluk ve ritüeller? Bunların hepsi İslam öğrenimimizin bir parçasıydı. Yok olma hedefiyle bunları bırakamazdık."

Gülümsedi. "Bu, insanların inanç ve içsel anlamla ilgili her zaman yanlış anladığı bir durum. Gururumuzu kaybedip, içsel şeytanlarımızı yok etmek çocukça bir aşk ve şarkılar anlamına gelmiyor."

Böyle bir kalemde silip attığı kişiler adına bozularak kaşlarımı kaldırdım. "İçsel yollarını izleyen kişiler aynı zamanda Tanrı'ya ulaşmak için ellerinden geleni yapıyorlar."

"Ama içsellik tek başına anlamsızdır," diye yanıtladı. "'Bilme' noktasına varmak için, seni çevreleyen fiziksel dünyada yaşayabiliyor olman da gerekli. Çevreyle ve diğer insanlarla uyum içerisinde olmalısın. Dengeli bir insan olmakla kastedilmek istenen de bu. Bunu yapmak içinse, davranış kuralları ve hukuka uymalısın. Aksi takdirde diğer insanlarla birlikte huzur içinde yaşayamazsın."

Onu doğrulayarak kafamı salladım. Diğer kişilerle iletişim kurarak, daha iyi bir insan olmayı öğrendiğimiz doğruydu.

"Hukuk, arzu ve aşka ihtiyacın var." Yine üçlülere dönmüştük. Kendi kendime gülümsedim.

"Üç yol var," diye açıklamaya başladı. Bu kez numaralandırmasına yüksek sesle güldüm.

Bunu komik bulmama şaşırarak bana baktı ama bu kadar yakından ilgilenmemden memnundu.

"İlki tüm dünyada insanların gerçek anlamını bilmeksizin İslam'la ilgili bütün tartışmalarda kullandığı bir sözcük olan *şeriat.* Şeriat, insanların kafalarını uçurup, kadınları hapsetmek anlamına gelen şiddet içerikli bir kelime değil."

Haklıydı. *Şeriat* hukuku, Orta Çağ'a ait korku hikâyeleriyle aynı kategoriye koyulduğunda çok üzülüyordum. "Geriye dönük" İslam anlamında tembelce kullanılıyordu. Günlük hayatta ise *şeriat,* hukukçuların, üniversitelerde ve Baro'da İngiliz Hukuku'nu çalıştıkları gibi üzerinde yıllarca çalışılan ve yerel hukuk olarak kullanılan yasal düzenlemeydi. Bu yerel yasa Müslüman dünyasında, bilim adamlarının hukuk kaynaklarına ekledikleri farklı yorumlar ve kültürlerinin gerektirdiği farklı bakış açıları ve ihtiyaçlar nedeniyle değişiklik gösteriyordu.

"Şu anda bizi düşündüren şeylerin hiçbiri *Şeriat* değil," diye belirtti Muhammed. "Büyük resme baktığımızda *şeriat,* evreni düzene sokan prensipler, yani ilahi düzenleme anlamına gelir. Bizi çevreleyen muhteşem dünya bu şekilde işler ve fiziki ve ruhani yasalar onu bir arada tutar."

"O zaman 'ne ekersen onu biçersin' gibi bir toplum yasası *şeriatın* parçası olabilir mi?" diye sordum ona.

"Evet, elbette. 'İyilik iyiliği getirir' de başka bir toplum yasasıdır. Üzerinde yaşadığımız dünyanın kurallarından biridir bu. Dünya *şeriatla* işler ve dengede kalır. Müslümanlar *şeriatla* yaşamak istediklerini söylediklerindeyse bu, çevrenizdeki her şeyle uyum içerisinde yaşamamızı sağlayacak 'dış' düzenlemeye uymak anlamına gelir."

Bu, her şeyi oldukça açık bir hale getirmişti. *Şeriat,* kendiniz ve diğerleriyle ilişkilerinizi düzene sokmanız için kılavuzluk ediyordu. Vücudunuza mümkün olan en iyi şekilde nasıl bakacağınızı anlatıyordu. Yalnızca *helal* et yemenin temelinde, iyi ve sağlıklı yemek yemek yatıyordu. Oruç tutmak formunuzu korumanızı ve toksinlerden arınmanızı sağlıyordu. Alkol kullanmamak vücudunuzu sağlıklı kılıyordu. Sarhoş olmamak çevrenizde olan biteni en doğru haliyle görmenizi, hareketlerinizi her zaman kontrol etmenizi ve İlahi Olan'la her zaman doğrudan, ayık kafa ile konuşabilmenizi sağlıyordu. *Şeriat* ayrıca nasıl namaz kılınacağı, nasıl evlenileceği, nasıl oruç tutulacağı gibi bir Müslüman olarak kişisel hayatta ihtiyaç duyduklarımızla ilgili açıklamalarda da bulunuyordu. Son olarak ise çalmadan, öldürmeden, eşitlik ve adalet için savaşmaya çalışarak, insanlara iyi davranıp, çevrenize ve diğer insanlara karşı sorumluluklarınızı yerine getirerek diğer insanlarla birlikte nasıl yaşayacağınızı da gösteriyordu.

Muhammed inançlı insanlar için en zor olan şeylerden birini dile getirdi. "*Şeriatın* en zor kısmı eşitlik ve adalet için çalışmaktır. Tüm bu kuralların temelinde bu yatar. İnsanlar yalnızca yerine getirmeleri gereken ritüelleri düşünüyor ancak bunlar daha büyük dışsal bir düzenlemeyi oluşturan ögeler yalnızca. Müslümanlar detaylarla o kadar fazla uğraşıyor ki bu ayrıntılara dikkat etmelerinin sebebini, mutlu insanlardan oluşan düzenli bir toplum yaratmak olan nihai amacı unutuyorlar."

Kurallara bu kadar saplanılmış olmasından yorulmuştum. Pek çok kuralı uyguluyordum ama bunlar beni nasıl özgür kılacaktı? Muhammed, sanki düşüncelerimi okumuş gibi, "*Şeriat, tarikatın* yani eylemlerimizi gerçekleştirme *şeklimizin* basamak taşı. Yalnızca hukukun kendisine uymak yeterli değil, ruhunu da uygulamak zorundayız. Bu yüzden nezaket ve arzu çok önemli."

Bu bana Karim ve yıldırım düşmesi hikâyesini hatırlattı. Beni oyalayıp, yıldırımın girdiğine ilişkin mantıksız hikâyesini anlatana kadar, benimle ilgilenmediğini söyleyebilirdi ya da daha benimle görüşmeden, kısa olduğum için beni reddeden ama yine de benimle buluşmak isteyen ve elimden paramı alan Khalil.

Ne yaptığınız kadar, onu *nasıl* yaptığınızı unutmak çok kolaydı. Kuralları oldukları gibi uygulamakla, hayatı bir gülümseme, biraz nezaket, cömertlik ve istekle yumuşatmak arasındaki fark buydu. Kitaba göre sorumluluklarınızı yerine getirdiyseniz, bu yalnızca yöntemi, yani *şeriatı* izlediğiniz anlamına geliyordu. *Tarikat* görevlerinizi yerine getiriş şeklinizdi. *Tarikat* her şeyi mümkün olan en iyi şekilde gerçekleştirmekti.

Muhammed üçüncü yol, yani *hakikatle* ilgili konuşurken daha da canlı ve hevesli hale geldi.

Gözleri parıldadı. "Bu, gerçeği tam olarak bildiğin andır. İlahi olanın tadına bakıp, ona tanıklık edebilirsin. Bu ruhun, *şeriat ve tarikatı* izleyerek çoktan özgür kaldığı ve artık

Sevilen'in kollarına akabileceği andır."

Sevilen mi? Kim Tanrı'dan *Sevilen* olarak bahseder ki? Kulağa çok romantik geliyordu ama belki de asıl konu buydu. Tanrı'yı tanımlayan pek çok isim vardı. Tanrı *Adil*'di, *Merhametli*'ydi, *Şefkatli*'ydi. Tanrı *Güzellik*'ti, *Görkem*'di ve *Hayat*'tı. Aynı zamanda *Aşk* da olduğunu kabul ettim. Ama gerçekten de, kim *Sevilen* gibi sevgi dolu bir kelime kullanırdı ki?

Sonra Muhammed daha önce binlerce kez duyduğum bir şey söyledi bana; ama bu kez bu söz hayatımı değiştirdi. "Allah insanı *tanınmak* için yarattı. Tanınmak için birinin ya da bir şeyin tanıma eylemini gerçekleştirmesi gerekir." Duraksayıp bunu sindirmemi bekledi. "Allah ayrıca, insanı *sevilmek* için yarattığını söyler. Sevilmek için de sevme eylemini gerçekleştirecek bir kişi veya bir şey gereklidir." Hepsinin bir araya gelmiş halini duymak için bekledim. "Tanrı'nın tanınması ve sevilmesi için, birinin ya da bir şeyin *Yaratıcı'yı tanıma* veya *sevme* eylemini gerçekleştirmesi gerekir. İnsanlar tüm canlıların en üstünüdür ve İlahi Olan'ı tanımak ve sevmek için varlıklarını sürdürürler. Çok basit, tek bir neden için yaratıldık: Sevmek için."

Aradığım yeri, anlamı bulmuştum. Doğru Kişi'yi, Yakışıklı Prens'i bulmak için giriştiğim arayışın, O'nu, *Sevilen*'i bulmak için giriştiğim arayışın bir parçası olmasının mantığını şimdi anlıyordum.

Filmler, müzik, kitaplar, sanat, hayat ve rüyalar yoluyla, modern hayatlarımızda gerçekleştirdiğimiz tüm bu arayışta hepimiz, aynı şeyi, bir insanın, bir Hollywood oyuncusunun veya İlahi Olan'ın yüzünü arıyorduk. Çevremizle dengede olmanın getirdiği bir tamamlanma hissiydi bu. Sevgi vermek ve sevilmekten geliyordu.

Her insan, bir partner, bir eş, bir sevgili arzular. Onu sevecek kimse yoksa kalp neye yarar ki? Onu paylaşacak kimse yoksa hayat nedir? İşte bu yüzden, doğru kişiyi bulacağımı biliyordum. Kalbimin aşkın karmaşası ile şekillendiğini biliyordum ve verecek çok sevgim vardı. Tek yapmam gereken, onu bulmaktı. Bu zamana kadar bilmediğimse içten içe aşk ve onun için attığım çığlıkların aynı zamanda Aşk ve O'nun için bir arayış olduğuydu.

Aşk, ilahi bir prensipti ve Âşık olmak "tanımak"tı. Bu yüzden insan kalbi evrenin sırlarını barındırabiliyordu.

Kuantum Teorisi ☆

Bir koca aramak, beni kendi iç dünyamı keşfetmekten alıkoymuştu. İnsan olarak odak noktam, ruhumun çiçek açmasını sağlamak olmalıydı. Bir eş bulup evlenmek, insan olarak gelişmek için çıkılan yolculuğun parçasıydı. Evliliğin altında yatan İslami düşünce buydu. Bense Bay Doğru'yu dışarıda aramaya o kadar odaklanmıştım ki sorumluluklarımı yerine getirmenin en iyi yolunun bu olduğuna ikna etmiştim kendimi. Bunun sonucunda da içsel hayatımı ve ruhsal gelişimimi beklemeye almıştım. Muhammed'le gerçekleştirdiğim sohbetler tüm bunlara bir son verdi ve keşif seyahatimde bir kuantum zıplayışı gerçekleştirdim. Eşimin ve inancımın iç içe geçmiş oluğunu fark ettikten sonra, yavaşça, gerçekten kendi hayatımı yaşamaya başladım. O olmadan da insan olarak bir değerim vardı ve öğrenmeye, birey olarak büyümeye devam edebilirdim. Hazır olduğumda karşıma çıkacaktı ve birlikte, el ele bir yolculuğa adım atacaktık. Yanlış bir şekilde zihnime takılıp kalmış olan düşüncelerden kurtulunca, adım adım, kalbimi çevremdeki hayat potansiyeline açmaya başladım.

Muhammed'le konuşmak, yıllardır önümde duran kapıları açmamı sağladı. Benim için çok farklı bir özgürlük sağlamıştı. Onunla evlenmek istememin nedeni, öğrencinin öğretmenine duyduğu hayranlık ya da bilgisini paylaşan birine duyulan aşk değildi. Aksine onun, manevi yolculuğa birlikte çıkabileceğim bir erkek olduğunu düşünüyordum. Maddi ve manevi olarak bana bakabilirdi. Onunla konuştukça, hayatımın geri kalanını birlikte geçirebileceğim bir erkek olduğuna da emin oluyordum.

Yavaş yavaş kalp kırıklığı iyileşiyordu ama yine de hâlâ fikrimi onunla paylaşamayacak kadar gergindim. Anne babam uzun zamandır onu tanıyordu ve herhangi bir başka durumda, onlardan resmi yolu izleyip bir çöpçatan aracılığıyla ailesine yaklaşmalarını isterdim. Ama durum bu kadar hassas olunca, ailesini işin içine sokarsak kendini köşeye sıkıştırılmış hissedebileceğini düşündük.

İş yerindeki Jack'e güveniyordum ve ondan tavsiye istedim. "Bana yardım edebilirsin, sen de Muhammed gibi bir erkeksin," dedim. "Ne yapmalıyım?"

Muhammed'in, arkadaşlarından evlenmek için onu kadınlarla tanıştırmaya başlamalarını istediğini anlattım. Buluşmalarının ardından Muhammed, tüm kusurlarını teker teker ortaya döküp kadının neden ona göre olmadığını anlatırdı bana. Ama onu düşünüp düşünemeyeceğimi bana hiç sormadı. Umut ederek beklemeye devam ettim.

Hâlâ duygusal olarak hassas olduğunu, bu yüzden diğer tüm kadınları ne için reddettiyse, yani hazır olmadığı için, beni de reddedeceğini söyleyerek kendimi avuttum. Ne kadar çok kadınla tanıştırılırsa, kaybının verdiği acının da o kadar çabuk iyileşeceğini düşünüyordu. Bu beni kızdırıyordu. Bu kadınlar onunla kalplerini açıp bir şeyler umut ederek buluşuyorlardı ve Muhammed onları acısını dindirmek için kullanıyordu. Not almış olmalıydım.

Jack dikkatli bir şekilde beni dinledi ve fikrini söylemeden önce dramatik bir şekilde duraksadı. "Ondan gerçekten hoşlanıyorsan ve senin için doğru eş olduğuna inanıyorsan ona bunu söylemelisin."

"Ama benden hoşlanmadığı ortada, yoksa şimdiye kadar söylerdi!" diye yakındım.

"Söyler miydi? Belki o da aynen senin gibi hissediyordur ve konuşmaktan korkuyordur."

Dudak büktüm. Jack konuşmaya devam etti. "Şöyle düşün, bir eş ya da ev istiyorsan, peşinden gidersin değil mi? İnsanların kariyerleri için ne kadar çabaladıklarını düşün. Diğer taraftan söz konusu özel hayatları olduğunda, ki bir eş hayatının en önemli parçasıdır, çok pasifler ve 'kendiliğinden olmasını' umut ediyorlar. Bunu *gerçekleştirmelisin.*"

Bilgeliğinin teyzelerinkine benzemesine çok şaşırdım. Onların seslerini de duyabiliyordum. "İyi erkek bulmak zordur, hayatım, gidip kendin almalısın." Onların tavsiyesinin de bir eş bulmayı her şeyden önde tutmam olacağından emindim. Bu durumda gelenek ve sağduyu aynı fikirdeydi.

Kulağım çekilmiş gibi hissettim kendimi. Uzun yıllardır bu süreci izliyor olmama rağmen, arkasındaki evrensel, anahtar prensibi, doğru eşin peşinden gitmek konusunda iyice ve mantıklı bir şekilde düşünmeyi hâlâ anlayamamıştım. Parçası olduğum tüm geleneklerin, düşüncelerin davranışlarımı belirlemesine izin vermiştim. Hollywood'dan Bollywood'a kadar "bunu yapan erkek olmalı"ve "kendiliğinden gerçekleşmeli" gibi düşünceler, içimde hayal edebileceğimden çok daha fazla kök salmıştı.

Bu farklı gelenekleri İslam'ın üzerinde tutanları eleştiriyor olmama rağmen, kendimi aynı şeyi yaparken buldum. Muhammed Peygamber'in ilk ve en sevdiği eşi Hatice'nin, Muhammed'in kendisi ile evlenmek isteyip istemediğini öğrenmek için doğrudan bir aracı göndermesinin anlatıldığı hikâyeyi seviyordum. Safura da ipleri kendi eline almış ve babasından Musa'yı evlerine, işlerine davet etmesini istemişti.

Bu güçlü, bağımsız ve kararlı kadınların Müslümanlara ilham kaynağı olması gerektiğini düşünüyor ama dediğimi kendim uygulayamıyordum.

Jack, Muhammed'e duygularımı açıklamamın bir ültimatom olmayacağını, bu yüzden de bu kadar çok korkmamam gerektiğini söyledi. Diğer erkeklerle tanıştığımda yaptığım konuşmanın aynısını Muhammed'le de yapabileceğimi düşündüm. Kendimizi evli bir çift olarak görüp görmediğimize ilişkin bir tartışmanın başlangıcı olabilirdi bu. Bugüne kadar buna benzer çok sayıda konuşma yapmıştım ve bu yüzden korkmamam gerekiyordu. Muhammed'in doğru kişi olduğuna inanıyorsam, onunla hayatlarımızı birlikte geçirme ihtimali üzerine konuşma şansını da kaçırmamalıydım.

Çok şey görmüş, çok sayıda görücü ile tanışmış, bu süreçten geçmiş, kültürü reddetmiş ve sonra kültürün içinde kendi yerimi bulmuştum. Aşkın ne olduğunu ve ne olabileceğini öğrenmiştim. Bu fırsatı kullanmazsam kendimi hayal kırıklığına uğratmış olacaktım. Beni bu noktaya getiren yolculuğumu yarıda kesmemem gerektiğini düşündüm. Bunu yapabilmek için kendimle ilgili çok şey öğrenmiştim.

Muhammed'le kahve içerken, amaçsızca iş, camiler, edebiyat, sanat, tatil ve yemek üzerine amaçsızca sohbet ettik. Sonra ikimizin de kahvelerimizden birer yudum aldığımız sessiz bir anda, ona söyledim.

"Senden hoşlanıyorum."

Merakla gözlerini bana dikti.

"Sadece sana söylemem gerektiğini düşündüm, bilirsin..." Ne söyleyeceğimi bilemeyip biraz lafı ağzımda geveledim.

Cesur ol, dedim kendime, *buraya kadar geldin.*

"Merak ediyordum da..." Ona doğrudan benden hoşlanıp hoşlanmadığını soracak cesaretimi kaybettim. Sesim bir anda beni terk etti gitti. Kurbağa gibi bir sesle "Bu konuda ne düşündüğünü merak ediyorum," demeyi başardım.

İşte bu, söyledim. Fincanımı elime alıp, koyu renkli opak sıvının içinde yüzümü gizledim. Odanın içi çok sessizmiş gibi geldi.

Sessizliği devam etti. Başta, beklenmedik bir şey söylediğim için böyle olduğunu düşündüm. Belki de söylediğimi düşünüyordu, belki de sözlerim çok derinlere gizlediği duygularını hareketlendirmişti. Hâlâ hiçbir şey söylemiyordu. Düşündüğüne göre belki de şimdi duygularının derinliğini anlatacak sözcükleri seçmeye çalışıyordu. Kendimi rahatsız hissetmeye başladım. Hisleri bana söylemek için böyle çok düşünmesini gerektirecek kadar görkemli ya da tatsız olamazdı.

Sessizliği bozmak istercesine kıpırdandım. Ama bu, söylediğim şeyi tekrarlamak istediğim anlamına gelebilirdi ki bu sessizliği daha da uzatırdı; ya da konuyu değiştirebilirdim. Duygularımı açıklamak için o kadar çok cesaret gösterip enerji harcamıştım ki söyleyeceği şeyi bekleyip görmem gerekiyordu.

Bu sessizliğin bir anlamı olduğunu bilmeliydim. Ama emin olmak için bunu kendim duymak istiyordum. Beni reddederse üzülürdüm ama en azından, denediğimi bilerek yoluma devam ederdim. Aradığım eşi bulmaya bu kadar yaklaşıp reddedilmenin verdiği acıyı iyileştirecek bir şey bulmak zorunda kalabilirdim.

Ona ne hissettiğini soracak kadar cesur olmanın karşılığını almak üzereydim; çünkü yanıtı, bana duygusal durumu ile ilgili olarak yıllarca süren bir evliliğin verebileceğinden çok daha fazla bilgi veriyordu. Çünkü insanların duygusal baskı altındayken, gerçek karakterlerini ortaya çıkardıklarını öğrenmiştim.

Yanıtı hayal edebileceğimden çok daha iyi ve bilgilendiriciydi: Cesaretim ve hassasiyetimi umursamadığını ve benim umut ettiğim kadar iyi bir hayat arkadaşı olmadığını açıkça gösterdi bana.

Yanıtı hayal ettiğimden daha da kötüydü: Yalnızca duygularımı incitmekle kalmadı, ayrıca bunu gayet saygısızca ve hiçbir erdem göstermeden yaptı.

"Shelina," dedi kahvesine bakarak, "ben bir bilim adamıyım. Einstein'ın izafiyet teorisinin doğru olmayabileceğini daha yeni keşfettim. Bu, dünyamı altüst etti ve başka hiçbir şey düşünemiyorum. Hiçbir şey. Tükendim." Kahvesini yudumlamaya devam etti.

SEKİZ

☆☆☆

Çok Evrenli

ACIMA

Teyzeler benim için üzülmeye başladılar. "*Ne kadar* da hoş bir kız," diyorlardı. "*Çok* da iyi huylu."

"*Neden* hâlâ evlenemediğini *anlayamıyorum,*" dedi biri diğerine, sözcükleri vurgulayarak.

Daha erken evlenmediğim ya da bana *önerilen* uygun olmayan o adamlardan birini seçmediğim için beni suçlayacaklarını sandım. Çelişkiyi vurgulamak için sözcükleri kendi kafamda italik hale getirdim. Ama teyzeler beni çok şaşırttılar.

"Bu kadar *güzel,* bu kadar zeki, bu kadar hoş ve *dindar* bir kız... onun için kim *doğru* olur *hayal edemiyorum,*" deyip iç çekti diğeri de yanıt olarak.

Merhametleri güvenimi sarsmıştı. Arayışımın böyle işkenceye dönüşmesindeki paylarını unutmuş muydular? Yoksa onlar da mı kendi yolculuklarına çıkmışlardı?

Ne zaman odaya girsem bana döndüler ve sevgiyle saçlarımı okşadılar. "Doğru kişiyi bulduğunda, onu beklediğine değdiğini göreceksin," diye teselli ettiler beni. "Hâlâ çok genç ve güzelsin, çok zamanın var! Seninle evlenmek istemeyen adam *deli* olmalı."

Gözlerim doldu. Eğitimime, bağımsızlığıma, kariyerime ve seyahat etmeye çok zaman harcadığımı hissettim. Tüm bunlar süresince de ailem, toplumum ve inancımla yakın ilişkiler kurmaktan alıkoymuştum kendimi. Diğer pek çok bekâr Müslüman kadın gibi yeni bir ortamda büyümenin, iyi bir eğitim ve kariyer sahip olma isteğinin, etnik yapı, inanç ve kimliğin önemine saygıyı sürdürmenin karmaşasını aşmayı başarmıştım. Aynı anda hem "bağımsız" ve "sosyal zihniyetli", "modern" ve "geleneksel"dim. Kısacası, teyzelerin saygısını kazanmıştım.

Sözleri canımı da yaksa, merhamet dolu da olsa, teyzeler hâlâ en çok istediğim tek bir şeyden, bir eşten bahsediyorlardı. Onlara göre, bir eş sosyal statülerini güvence altına alıyor ve geleneği ebedileştiriyordu. Evliliğin yapısı onlarda işe yaramıştı ve bu yolla kendi yerlerini bulmuşlardı.

Evlilikle ilgili olarak ilk kez bu aşamada açıklamaya başladıkları bir şey vardı ve keşke bunu en başından beri söylüyor olsalardı: "Birlikte Olacak Biri"ne sahip olmanın verdiği tatmin. Annem ve babam düşüncelerini yinelediler. "Sadece sana ait olan birine sahip olmanı istiyoruz; sana arkadaşlık edecek, birlikte dışarı çıkacağınız, birlikte bir şeyler yapacağınız biri."

Haklıydılar. Tek başıma yapmak istediğim her şeyi çoktan yapmıştım bile. Beklentilerin, dedikodunun ve basmakalıp düşüncelerin beni engellemesine izin vermemiştim. Tek başıma yapmak istediğim her şeyi yapabildiğimi fark ettim. Artık bunları tek başıma yapmak *istemiyordum.* Onları paylaşacak biri olursa deneyimlerim daha anlamlı ve zengin olabilirdi. Başlangıçta Yakışıklı Prens'i istiyordum. Hâlâ onu istiyordum ama rahat bir arkadaş, birlikte zaman geçirebileceğim biri, hayatta birlikte ilerleyebileceğim biri... biri, herhangi biri, *herhangi bir kişi* yeterli miydi artık?

Jee Teyze: Shelina için birini bulmalıyız.

Aitch Teyze: Yakışıklı doktora ne dersin? Adı neydi? "M"yle başlayan bir şeydi. Mehdi? Mesut? Malik?

Jee Teyze: Mazin mi?

Aitch Teyze: Hayır, hayır, dur bir düşüneyim...

Jee Teyze: Musa?

Aitch Teyze: Hayır, Musa da değil, Munir de.

Jee Teyze: Malcolm?

Aitch Teyze: Malcolm mu? Malcolm da kim?

Jee Teyze: Sabin'in oğlu. Çocuklar doğduğunda çok moderndiler. Hepsine böyle isimler verdiler. Şimdi Maulana'nın kendisinden bile daha dindar! Mahbub'u mu kastediyorsun?

Aitch Teyze: Evet, evet o! Mahbub!

Jee Teyze: O nerdeyse 50 yaşında! Çok yaşlı! Ayrıca daha önce boşandı ve kendisiyle birlikte yaşayan üç çocuğu var. *Hayır, hayır, hayır! Uygun* değil. Ayrıca karısının onu terk etme nedeniyle ilgili de çok kötü dedikodular vardı. Kız arkadaşlar, ilişkiler, *içki.*

Aitch Teyze: Çok seçici olamaz biliyorsun, bu yaşta, bu kadar iyi çocuğu reddettikten sonra. Titizlendikçe titizlenirler. Titiz kargayla ilgili neler söylediklerini bilirsin.

Jee Teyze bilgeliğini göstermek için tuhaf bir şekilde iç çekti.

Aitch Teyze: Titiz karga zengin meyvelere burun kıvırıp sonunda gübreye kalır.

ÖFKE

Nereye gitsem bana üzüntüyle bakıyorlardı. Toplum neden şimdiye kadar kapışılmadığımı anlayamıyordu. Onlara söylemek istediklerimi kafamda canlandırıyordum.

"İyi bir eş olamayacak kadar iyi eğitimli olduğumu söylediniz..."

"Erkeklerin daha genç kızları istediklerini söylediniz..."

"Çok dindar olduğumu söylediniz..."

"Yeterince dindar olmadığımı söylediniz..."

Kızgın ve hayal kırıklığına uğramış hissediyordum kendimi. Daha da kötüsü rafta kalan son kadın da değildim. Bu yükseklikte gerçek bir ayaklanma vardı.

Toplum sonunda sorunlar olduğunu ve artık insanların uygun bir eş bulmasının daha zor olduğunu anlamaya başladı. Çok sayıda bekâr, genç kadın olmasına rağmen, hâlâ gizemli bir şekilde, yeterince genç erkek yoktu. Bazıları gerçekten ortadan kaybolmuştu. Diğerleriyse evlenmek için "memlekete" dönmeye devam ediyordu. Bu elbette ki onların hakkıydı. Eş seçimi tamamen kişisel bir konuydu. Ama verdikleri kararın sonucunda, geçim, hayat tecrübesi, kimlik ve yeni İngiliz Müslüman değerlerimiz ve kültürümüze dayalı olarak benim gibi kadınlar için mükemmel birer eş olarak doldurabilecekleri boşluklar, boş kalmaya devam ediyordu. Neden erkekler onlar için ne kadar iyi eşler olabileceğimiz konusunda aynı şeyi hissetmiyorlar?

Cevap; kadınların yaşadığı deneyimler ve karşılarına çıkan fırsatlarla kendilerini yeniden tanımlamaya zorlanıyor olmasıydı bence. Kadınlık değişmiş ve karşılaştığımız zorluklarla güncellenmişti. Bunun sonucunda ise daha güçlü daha bencil kadınlar haline gelmiştik. Eksik olan ise erkeklerin kendi erkeklik anlayışlarını güncelleyecek bir zorluğun bulunmamasıydı. Bu meydan okumaya karşılık vermek yerine, pek çoğu, ileriye yönelik maddi ve manevi bir yaşam isteyen canlı, enerjik kadınları en kötü ihtimalle kendilerine tehdit olarak görüyor ya da en iyi ihtimalle onlarla ilgilenmiyordu.

İhtiyacımız olan, İslam'ın, erkek ve kadının bağlantısız, işlevsiz değil de eş ve dost olduğu kökenlerine dönüp, yeni bir cinsiyet yapılandırması ile kadın olmanın ve erkek olmanın ne demek olduğunu genel olarak tekrar değerlendirmekti.

Her şeyden önce, *Kuran,* kadın ve erkeğin çift olarak yaratıldığını söylüyordu. Tam anlamıyla işleyen bir toplum olmak için ihtiyaç duyduğumuz cinsiyet yapılanması, ki bu hem benim içinde yaşadığım küçük topluluk hem de daha geniş anlamıyla toplum için geçerliydi, bulanık bir hal almıştı, hatta kaybolmuştu ve bu da gerçekte olduğumuz insanlar için birbirimizi sevebilme yeteneğimizi kaybettiğimiz anlamına geliyordu.

Ben ve arkadaşlarım, öncü olmanın ya da değişiklik yaratmanın bedelini sosyal baskı ve acı ile mi ödemek zorundaydık? Rol modeli veya lider olarak gösterebileceğimiz hiç kimse yoktu ve bu kalıbı kendimiz kırmak zorundaydık. Hatta bazı camiler ve imamların da değişmesi gerekiyordu. Evlilik ve eş arayışının asimetrisini düzeltmek için yalnızca genç kadınların değil, erkeklerin de ilişkiler ve evlilik konusunda eğitim almaları gerekiyordu. Erkekler evli olmaya hazır değilse veya evlilikle baş edebilecek beceriye sahip değillerse kadınların bekâr olmak ya da artan boşanma oranıyla nasıl bir ilgisi olabilirdi?

Toplum Liderleri bu konuyu tartışmak için bir araya geldiler. Uygun eşleri bir araya getirip onları bir arada tutmakta zorluk yaşadıkları konusunda anlaştılar. Tekrar bir araya gelip, sorunları tartışmaları gerektiğine karar verdiler. Tekrar bir araya gelip, sorunların artmakta olduğunu ve bunları çözmenin toplumsal bir öncelik olduğunu tartıştılar. Her şeyden önce, toplum, sağlam ailelerin oluşturduğu yapı taşlarından meydana geliyordu. Fikirlerini tartışıp, toplumu meşgul etmek için seminerler düzenlediler. Toplum bu toplantıları usulüne uygun bir şekilde gerçekleştirdi ve sorunların artık önemli bir boyutta olduğu ve "bir şeylerin yapılması gerektiği" konusunda anlaştı. Gençlerin evlenmesinin önemli olduğu sonucuna vardılar. Uzmanlarla daha detaylı tartışacaklardı. Uzmanlar durumun dehşet verici olduğu ve hiçbir şey yapmamanın "bir seçenek olmadığı" konusunda fikir birliğine vardılar. Hiçbir şey yapılmazsa her şey daha da kötüye gidecekti. Eylem talep ediliyordu. Bu konuyu tartışmak için yeniden bir araya geleceklerdi.

ÜZÜNTÜ

Anne babam, imamlardan, şeyhlerden ve mollalardan yardım istemek için çok sayıda cami gezdiler. Bunlardan birinde, kibar Şeyh, masasının altından büyük bir kitap çıkardı. Bu çok büyük bir ciltti ve yüzü masanın diğer tarafında oturan anne babama dönüktü. Her sayfada temiz bir şeffaf dosya içerisine yerleştirilmiş bir yaprak A4 kâğıdı vardı ve üzerlerinde "Büyük Kitap"a reklam verecek kadar hevesle eş arayan kişilerle ilgili ayrıntılar sıralanıyordu. Üzerinde bir fotoğraf vardı ve ardından biyolojik verileri sıralanmıştı.

Kendilerini ve inançlarını tamamlamak için eş arayan erkek ve kadınlarla dolu bir sürü sayfa vardı. Hem mutlu evlilikler oluşturma konusundaki kolektif başarısızlığı hem de Doğru Kişi'yi bulmaya ilişkin kişisel korkuları barındıran post-modern bir günlüktü. Şeyh, anne babama, resmimle birlikte kendi sayfamı hazırlamamı ve En İyi Bekârlar Kitabı'nın sorumlusu olduğu için, camiye gelip onunla birlikte bu cilde bakmamı söylemişti. Herkesin görebileceği bir evlilik kataloguna reklam verme düşüncesiyle yüzleşemiyordum. Bir erkek bulabilmek için gururumu ön planda tutmaktan vazgeçmeli miydim? Kitaba verdiğim tepki sayesinde, eş aradığınızı itiraf etmenin oldukça kabul edilebilir bir durum olduğuna hâlâ kalpten inanmadığımı gördüm.

Genel anlamda toplumdaki tüm kadınların acı çekmesine yol açan yalnızlık benim de çevremde büyüyordu. İşte hepimiz aynı anda sıkılıyorduk. Emma bekârdı, Elaine ve Nicola'da öyle. Tuhaf olansa erkeklerin hepsinin evli ya da uzun süreli bir ilişki içerisinde olmasıydı. Bu evrensel bekârlık patlaması da nereden çıkmıştı ortaya?

Kadınlığımızdan zevk almak için, öğle yemeklerinde parıltılı kadın dergileri alıp başlıkları paylaşıyor ve abartılmış iddialarına gülüp bekâr kadınlar olarak durumumuzu nasıl da zavallı bir hale getirdiklerine üzülüyorduk.

Emma, dergilerden birini eline aldı. "Başkaları bizi sevmeden önce kendimizi sevmek zorundayız," diye okudu yüksek sesle.

Elain yanıtladı: "O zaman bekâr olmamız *sevilmemiş* olduğumuz anlamına gelir ve bu da sevilmeye *hazır* bile olmadığımızı gösterir." Duraksadı.

"Bu çok *korkunç*. Artık vazgeçmeliyim."

Nicola, başka bir dergiden tüm bir komut serisini okudu. "Bir erkek ne ister?" "Bağımsızlık en iyisidir." "Kendi hayatını yaşa!" "O doğru kişi değilse, diğerine geç!"

"Bunlar çılgınca, hepiniz aptal dergilersiniz," diye ateş püskürdüm parıltılı yayınlara, "Bekâr olmayı denedik ve bir erkek *istediğimize* karar verdik. Bağımsız da *olabiliriz,* bir ilişki içerisinde de. Ya Doğru Kişi diye bir şey yoksa? Belki de onu Doğru Kişi'ye dönüştürmemiz gerekiyordur."

Daha önce, bekâr kadınlara evli erkeklerin daha cazip geldiğini hep fark etmiştim. Çünkü daha dengeli ve daha yontulmuş bir haldeydiler ve kadınlarla iletişim kurmayı biliyorlardı. Belki de bunun nedeni evli olmaları ve hayatlarındaki kadınla zaman geçirmeleriydi. Belki de potansiyeli olan bir erkek seçip, onunla evli olmanın onu Bay Doğru'ya dönüştürmesini beklemeliydik. Teyzelerin de dediği gibi bu, zaman içerisinde mükemmel bir uyum sağlamak için birbirinin şeklini alan bir nehre ve nehir yatağına benziyordu.

Belki babam da bu zamana kadar hep haklıydı. Altı özelliğin dördüne sahip birini seçmemi ve geri kalan özellikler için daha sonra çabalamamı söylemişti. Bu da kendim de dâhil hiç kimsenin mükemmel olmadığı anlamına geliyordu.

"Belki de çok fazla eleştiriyorum," diye konuşmaya başladı Emma, "ama belki de dergilerde tavsiye veren insanlar hayatımızı bekâr geçirmemizi *istiyordur,* böylece biz de, bulunmaz Bay Doğru böyle istiyor diye süslenmeye devam ederiz. Büyün paramı harcadım ama hâlâ bir adam bulamadım!" Emma, depresyonunun kontrolden çıkmasına izin veriyordu.

Emma, iyi ve katı bir şekilde Alman tarzıyla yetiştirilmişti. "Belki de sade eşler olmamızı engellemek istiyorlar ve biz de tuzaklarına düşüyoruz. Belki de bize eskiden ev hanımlarının yaptığı gibi, bütçe yapmayı, her kuruşumuzu Tupperware ve reçellere yatırmayı öğretmeliler, değil mi?"

Hepimiz Tupperware partilerine katılma fikrini duyunca kıkırdamaya başladık. "Bence tasarımcı elbiseleri *kadar* gösterişli ve çekici değillerdir," diye ekledi Emma.

Belki de dergilerin henüz fark etmedikleri ya da itiraf etmek istemedikleri mutlu bir orta yol vardır ve bu yolda bir taraftan kendimiz de mükemmel olmadığımızı bilerek Bay Neredeyse Mükemmel'le mutlu bir evlilik sürerken, aynı zamanda şık ve gösterişli olabiliriz. Her şeyden önemlisi dergiler bize halimizden memnun olma olasılığı sunmuyor ve bu konuda ilham vermiyordu. Kendimizi sürekli baskı altında hissetmemiz çok normaldi.

Emma konuyu değiştirip o haftaki fiyaskolardan bahsetmeye başladı: "Bir düğünde nedimeydim ve herkes çiftler halinde, sevgi doluydu. Benim dışımda herkes. Sağdıç bile kapılmıştı! Benim ne *kusurum* var?"

Jackie, "Geride kalan bekârların hepsi, bir çöp tenekesinden bile daha fazla tekmelenmiş, çürük olanlar," diye yanıtladı. Bu çok kötü bir benzetmeydi ama bir şey söylemedik çünkü çok sinirliydi. "Hepsi de *Seinfeld*'deki George'a benziyor."

Tiksinti ve sempatiyle tüylerimiz diken diken oldu.

Elaine kıskanç bir şekilde bana dönüp, "En azından senin için birilerini bulmaya çalışan insanlar var," dedi.

"Doğru," dedim, "bu dünya ve sizin için bir erkek arayıp buluşmalar ayarlayan çöpçatanları varken bile birini bulmaya çalışmak çok zor, sizin bunu kendi kendinize yapmak zorunda oluşunuzun ne kadar zor olduğunu tahmin bile edemiyorum."

Başımı çevirdim ve gözyaşlarından kurtulmak için gözlerimi kapadım. Ailem bana bir eş bulmak için pek çok kişiden yardım istemiş olmasına rağmen o sıralar çok az kişiyle tanışıyordum. Yardım istediğimizde daha çok baş sallayıp daha az eyleme geçiyorlardı ve önerdikleri bazı kişiler kesinlikle çok uygunsuzdu. Onları göz önünde bulundurmak zorunda bırakılıyordum çünkü minnettar kalmak zorundaydım.

Son on yıldır tek başına Macaristan'da yaşayan Arif'le tanıştım. Bir eş bulmak için geri dönmüştü. Kırklarının başındaydı ve uzun zamandır acı çeken annesi artık bekâr kalmamasını ve hemen evlenip çocuk yapmasını istemişti. İngiltere'de bir iş bulmak için çok çabalamış ama bunun yerine Budapeşte'nin banliyölerinden birinde küçük bir yatırım firmasında finansal direktör olarak bir iş bulmuştu. On yıldır orada yaşıyor olmasına rağmen, kendini kendine sakladığını, hiç arkadaşı olmadığını, yerel caminin veya toplumun nerede olduğuna dair hiçbir fikri olmadığını ve Macar hayatına dâhil olup, yerel halkı tanımak için zaman harcamaya gerek duymadığını kendiyle gurur duyarak anlatmıştı. Uzun süre orada yaşamaya devam edecekti ve eşinin de tek odalı dairesine uyum sağlamaktan memnun olacağını düşünüyordu. Arif, eşinin rahat etmesi için, çalışmaya, sosyal bir hayata sahip olmaya ve Macarca öğrenmeye gerek olmadığını düşünüyordu.

En azından Arif kendi belgelerine ve vatandaşlığa sahipti. Nabeel şimdiki pasaportunu İngiliz pasaportuyla değiştirmek için Kuveyt'teki küçük bir topluluktan geliyordu. Bunun benim yararıma olduğunu, biriyle tanışıp, belgeleri garantiye almak için hemen evlenmek istediğini söylediler. Bu da benim Evliler Diyarı'na giriş vizemi hemen alabileceğim anlamına geliyordu.

Hemen ardından Asgar, Sadık ve Jabir geldi. Hiçbirinin de *vizesi* ve *işi* yoktu ve uygun değildiler. Bir kadından, eşten ve evlilikten beklentileri benim beklentilerimden tamamen farklıydı. "Memleketten" gelme "geleneksel" bir evlilik modeli ile büyütülmüşlerdi ve benim yüzleştiğim zorluklarla ve yeni kültürün kısıtlamaları ile karşılaşmamışlardı; bu da sosyal hayattan ve evlilik hayatından farklı beklentileri olmasına neden oluyordu. Onlara göre eş eşti, evlilik de evlilikti ve coğrafya ve kültür ne olursa olsun beklentileri aynı olacaktı. Tek farkı bunun İngiliz pasaportu avantajını sağlıyor olmasıydı. En iyi özelliğimin İngiliz pasaportuna sahip olmak olabileceğini düşünmemiştim hiç. Biyolojik verilerim yalnızca *"Bekâr, Kadın, Pasaport Sahibi"*ne mi düşürüldü diye merak ediyordum.

UTANÇ

Cuma namazından sonra kibar amcalardan biri babamın cebine yırtık bir kâğıt parçası atmıştı. Tedbirliydi ve onları izleyen biri olup olmadığını kontrol ediyordu. Onun bu bilgiyi verdiğini, babamınsa aldığını kimse görmemeliydi. "Buna bir bakmasını söyle Shelina'ya," diye fısıldamıştı babamın kulağına. "Hepimiz onun için en iyisini istiyoruz," diye ekledikten sonra, dönüp arkasına bile bakmadan namaz salonundan ayrılmıştı.

Evimizin mahremiyetinde, babamla birlikte kenarları yıpranmış kâğıt parçasını açtık. Ama bu sıradan bir internet sitesi değil, *evlilik* sitesinin adresiydi. O zamanlarda internet oldukça yeniydi, test edilmemişti ve güvenilmezdi. İnternetin kendisiyle ilgili büyük bir histeri söz konusuyken evlilik sitesi anlamsız bir şekilde iki kat utanç vericiydi. Amca güvenilir bir kaynaktı ve toplumda çok saygın bir yeri vardı. O yüzden bu yeni siber-seçenek, yetkili bir kişi tarafından güvenilir bir halde gelmişti ve annem babam da internet aracılığıyla eş arama fikrini desteklemişlerdi.

Binden fazla profilin sıralandığı internet sitesini ziyaret ettim. Hiç isim yoktu, yalnızca numaralar vardı. Çok fazla ayrıntı ve çevrimiçi bir Biyolojik Veri Bankası vardı. İkincisi hâlâ biraz sancılı olsa da yaş, ülke, şehir, hatta boy ile bile arama yapılabiliyordu. Kendinizi tanımlayabildiğiniz serbest bir bölüm ve aradığınız kişiyi tanımladığınız bir bölüm vardı.

Bir araştırma yapmaya karar verdim. "Erkek arayan kadın" bölümünü seçtim. Daha sonra, ne var ne yok görmek istediğim için geniş bir yaş aralığı seçtim. Parametrelerimi çok kısıtlarsam, mükemmel olmaktan küçücük bir adım ötedeki birini kaçırabilirdim. Ülke bölümünden İngiltere'yi seçip, şehir bölümünü boş bıraktım ve boy kısmında herhangi bir seçeneği işaretlemekten de özellikle kaçındım.

Aramanın sonucunda birkaç yüz sonuç geldi. Siber gelin arayan olası kocalarla dolu bu havuzda kendimi çok mutlu hissetmem gerekiyordu. Bunun yerine ben, uygun bir eş olup olmadıklarına bakmak için sırayla taradığım profillerin ağırlığı altında ezildim. Çetin geçecek, uzun bir maraton için kendimi bilgisayar ekranının karşısına zincirledim.

Profilleri okumak şaşırtıcı bir şekilde bağımlılık yaratıyordu. Bir tane okudum, sonra bir tane daha, bir tane daha, bir tanecik daha ve son bir tane daha. Bir an "zihnimde bir ampul yandı". Önümde, bekâr Müslüman erkeklerle dolu bir köle havuzu vardı. Ama bunlar nasıl erkeklerdi? İnternette birini aradıklarına göre, bir kusurları mı vardı? Ben de kendimle ilgili ayrıntıları evlilik sitesine koymak üzere olduğuma göre, yalnızca iki olasılık vardı: Ben normaldim ve dolayısıyla onlar da normaldi ya da onlar çok tuhaftı ve bir kusurları vardı ve dolayısıyla ben de öyleydim. Bu şüpheyi kendi çıkarıma kullanıp hepimizin de normal olduğunu varsaydım. Şüpheme yanıt olarak yapabileceğim en mantıklı analiz de buydu.

Erkeklerin bazıları, kendilerini tanımlamaları için ayrılan yeri tamamen boş bırakmıştı. Kendilerini ve ne aradıklarını tanımlamaya zaman ayıracak kadar umursamıyorlar gibi görünüyordu. Bu süreci ciddiye almadıkları için onları hemen eledim. Diğerleri uzun makaleler yazmışlardı. Onları da dikkatlice okudum. Bazıları kuralcıydı, bazıları kendini beğenmiş, bazıları da tam anlamıyla gülünçtü. Bana, küçükken Sunrise radyosunda dinlediğimiz gerçekçi olmayan, dengesiz evlilik ilanlarını hatırlattı. Bu ilanların bazıları çocuğun ailesi tarafından gönderiliyordu.

Sık sık hem hassas hem de akla yatkın olduğu için oldukça çekici görünen bir profil görüyordum ve zekası, espri anlayışı ve maneviyatı ile ekrandan çıkıp bana dokunuyordu. İlanın üzerine tıklayıp, kendi listeme ekleyebilirdim ama bu durumu daha da ileri götürüp, siber arayışa tamamen dâhil olmaya çekiniyordum.

Bu noktada bile, internette arayışın utanç verici bir sır olduğunu düşünüyordum. İleri gidersem kendimi ifşa etmek ve kendimle ilgili bazı ayrıntıları paylaşmak zorunda kalacaktım. İsmim bilinmese de bu işin içinde olacaktım. Kendimle ilgili bilgileri paylaşmak zorunda kalacak ve insanların kim olduğumu anlayacaklarını ve sonra birini bulmak için "İnternet Utancı"nı kullanıyor olduğumu yayacaklarını düşünüyordum. Belki de hemen evlenmek istiyor olmamın erdemlerimi azalttığını hissediyor ve onu elimden geldiğince korumak istiyordum.

Birkaç hafta boyunca hareketleri kenar çizgisinden takip ettim. Bir gün profillerden biri gözüme takıldı ve bir adım atmaya karar verdim. Benim yaşlarımdaydı, Londra'da yaşamıştı ve kendisiyle ilgili olarak birini bulmayı gerçekten istediğini, bencil ve kendini beğenmiş olmadığını gösteren bir tanım yazmıştı. Ona mesaj gönderebilmek için kendi profilimi de göndermek zorundaydım ve sonunda bunu yapmaya karar verdim.

Bir kez daha biyolojik veri cehennemindeydim. Bu kez beklentilerimi ve kendimi istediğim kadar çok paragrafla anlatıp, bunu doğrudan ilgisi olabilecek kişilere gönderme şansım vardı. Ayrıca aradığım kişiyi de daha ayrıntılı bir şekilde açıklama şansına sahiptim. Benim düşüncelerimi yansıtıp yansıtmadığıma karar vermesine yardımcı olacaktı. Sözlerimi dikkatli bir şekilde şekillendirmek için acı dolu birkaç saat geçirdim ve "kayıt" tuşuna bastım.

İşte oradaydım, internette herkesin içinde, evlenecek birini arıyordum.

Arayış daha da bağımlılık yaratır hale gelmişti. İnternette çok sayıda potansiyel talip olduğu gerçeğinin yanı sıra, ülkenin hatta dünyanın her yerinden değişik erkeklerin profillerini gördüm ve daha önce görmediğim ve ulaşamadığım yerlerde neler olup bittiğini öğrenmeye başladım. Tamamen benimle aynı durumda olan insanlardan oluşan yeni bir dünyaydı bu. Profilleri okumak, tuhaf e-postalar göndermek, profil sahibinin özel bir anlam yükleyip yüklemediğini anlamak için her kelimenin anlamını, nüansını iyice incelemek derken bu süreç çok ilginç bir hal aldı. "Eski" yollarla buluşmalar ayarlanmıyordu ama en kötüsünden en potansiyeline kadar seçeneklere gömülmüştüm.

Her hafta, zamanımın bir kısmını çeşitli evlilik sitelerine göz atıp, yeni profillere bakıp, eskileri yeniden okuyup sonra kendi taleplerimi gönderip bana gelen talepleri yanıtlamaya ayırıyordum. Ara sıra karşılıklı bir eşleşme oluyor, sonra ilk e-posta geliyor, ardından da her şey yolunda giderse çılgınca e-posta yoluyla mesajlaşma dönemi başlıyordu. Biriyle yüz yüze görüşmenin, karşınızdaki kişinin evlenmek isteyip istemediğini bilmemenin ve sizinle ilgilenip ilgilenmediğini düşünmenin neden olduğu utangaçlık ortadan kalkmıştı.

Çoğu zaman, daha önce reddedilmiş olan veya her şeye burnunu sokmakla meşgul üçüncü bir taraf aracılığıyla geleneksel yollardan tavsiye edilmemiş taliplerle tanışıyordum. Kusurları bulunan çöpçatanlık sürecine ilişkin olarak aynı anlayışı paylaştığımız için siber alemde karşılıklı gülüşüyorduk. Sonunda, arayış denemelerini ve buna ilişkin hisleri bu kadar açık bir şekilde paylaşabiliyor olmak oldukça cesaret vericiydi. İnternetin yarattığı yansızlık ve isimsizlik durumu oldukça rahatlatıcıydı. Yalnız olmadığımı hissettim.

Orta Doğu'dan, Kanada'dan, Amerika'dan, Avustralya'dan, hatta hayal edebileceğiniz tüm ülkelerden profiller vardı. Zaman dilimleri arasında e-postalar gönderip, dünyada neler olup bittiğini öğrendim ve çok basit, tek bir sonuca vardım: Hepimiz aynı şeyi arıyorduk. Hepimiz bir eşimiz olmasını ve sonunda sevecek birini bulmayı arzuluyorduk ve bu isteğin peşinden çok büyük bir azimle gidiyorduk. Küresel bağlantılar, ben ve iletişimde olduğum Müslümanlar için yeni bir dünyanın kapılarını açtı. Yeni yerler ve deneyimlerle ilgili bilgiler edindim ve çok uzaklardan e-posta arkadaşlarım oldu. Küreselleşme ve dünya çevresindeki insanlara kolay bir şekilde ulaşabiliyor olmak tüm parametreleri değiştirmişti. Daha önce olası eşlerle tanışmak için yurt dışından İngiltere'ye gelmiş erkeklerle tanıştım ama ilk kez dünyanın neredeyse her yerinden gelen erkeklerle tanışmayı kendim seçiyordum. Bu, dünyada ve Müslüman toplumunda büyük bir değişikliği işaret ediyordu, çünkü herkese, her yere kolayca ve hızlı bir şekilde bağlanabiliyorduk.

Kendime güvenim ve benlik algım güçlendikçe, bu küresel bağı canlandırıcı ve heyecan verici bulmaya başladım. Her yere gidip herkesle konuşabilirdim. Bir dünya vatandaşı olarak bu, duyarlılıklarımla karışıyordu. Ayrıca inanç bilincime de katkıda bulunuyordu çünkü kendim olarak kullandığım dilim ve değerlerim sınırları ve kültürleri aşıyordu. Dünya çapındaki bu bağlantı, geniş anlamıyla Müslüman toplumunda da bir değişikliği yansıtıyordu. Telefon etmenin daha ucuz olması, internetin yaygınlığı ve haberlerin paylaşılması, Müslüman diyasporalarında var olan katmanlar arasındaki bağlantıları daha da sıkılaştırıyordu. Bu ayrıca genel küreselleşme akımını ve sınırları aşan toplumları da yansıtıyordu. Tanımlayıcı faktör artık ulusal sınırlar değil, ilgi alanları, inanç ve program dışı aktivitelerdi. Haberler, etkinlikler, trendler, espri anlayışı, hepsi de küresel köyün her yerinde paylaşılıyordu. Bu köylerden biri de, ikametimin geçici olduğunu umduğum Bekâr Müslümanlar Köyü'ydü.

Internet ayrıca benim gibi İngiltere'de ya da diğer Batılı ülkelerde büyüyen Müslümanlar için kiminle paylaşacağımızı bilmeden kendi içimizde geliştirdiğimiz çok katmanlı kimlikleri keşfetme fırsatı tanıyordu. Etkinliğin, yazıların ve fikirlerin katlanarak artması sonucunda haber grupları, ilan panoları ve bloglar siber alemde patlama yaptı. Eskiden İngiliz, Asyalı, Müslüman bir kadın olarak çok evrenli kimliğim nedeniyle kendimi yalnız hissediyorken, şimdi aynı benim gibi hisseden başka insanlar da olduğunu biliyordum.

Dünyanın farklı yerlerinden mesajlar almak, kendilerine bir eş arayan ve profilinizi beğenen erkeklerin saygılı bir şekilde ve doğrudan yaklaşmaları beni çok heyecanlandırıyordu. Çoğu zaman kibarlardı ve eş arayışının ciddiyetinin farkındaydılar. Artık üçüncü bir tarafın araya girmesine gerek yoktu. Onun yerine kendiniz, doğrudan birini tanıyabiliyordunuz. Mesajlar size, sizinle tanışmak isteyen kişilerle ilgili beklenmedik şeyler söylüyordu. Bazen iş gününün ortasında mesaj almanın çekiciliği ve hoşluğu eşsizdi ve bir noktada, e-postalar belirli bir eşiği geçtikten sonra, sıra karşınızdaki kişinin resmini görüp sesini duymak için telefona sarılmaya geliyordu.

Resmi gördükten sonra hemen karar vermemeye çalışıyordum, çünkü resimler aldatıcı olabiliyordu. Telefonda konuşmak çok daha fazlasını açığa vuruyordu. Numaramı kimseye vermedim ama onların numaralarını istedim ve kısa sohbetler ettim. E-postaların yanlış yönlendirebildiğini öğrendim. Satır aralarından okumak istediklerinizi okumak çok kolaydı. Telefonda bile fiziksel olarak karşınızda olmamalarının ve kişinin gerçekten potansiyele sahip olup olmadığını gösteren sözsüz ipuçlarının eksikliği duyuluyordu.

Tanışma süreçlerim sayesinde, çoktan tanımadığım biriyle telefonda konuşma ya da buluşma konusunda yeteneklerimi geliştirmiştim. Ama dikkatli olmaya daha çok ihtiyaç duyuyordum. Bunlar incelenmemiş ve haklarında hiçbir arka plan bilgisine sahip olmadığım kişilerdi. Nadiren de olsa biriyle buluşma ayarladığımda ise güvenliğimi garantiye alıyordum. Her zaman ya yanımda biri oluyordu, ya kalabalık yerlerde görüşüyorduk ya da tanımadığınız kişilerle gerçekleştirdiğiniz buluşmaların arka kapısı olan bir kaçma bahanesi yaratıyordum.

SUÇLULUK

Birkaç ay sonra, Tayyab'ın profiline rastladım. Benim yaşlarımda bir Amerikalıydı ve teknoloji endüstrisinde çalışıyordu. İnternet üzerinden evlilik süreciyle ilgili sağlıklı bir espri anlayışı vardı ve kendinden bahsettiği bölüm bana kahkahalar attırmıştı. Kendini çok ciddiye almıyordu ama kulağa hassas ve ilginç biriymiş gibi geliyordu. Onunla iletişime geçmek için talep gönderdim, o da kabul etti ve birbirimize e-postalar yollamaya başladık. Büyük bir Müslüman nüfusa sahip, her açıdan kozmopolit bir şehir olan Houston'da yaşıyordu. Başlangıçta yalnızca kendimizle ilgili gerçeklerden, fikirlerimizden söz ettik. Sonra yavaş yavaş umutlarımızdan ve evlilik hayallerimizden konuşmaya başladık.

Tayyab da Hint asıllıydı, ABD'de doğmuş ve büyümüştü. Houston'daki yenilikçi camilerden birinin çok faal bir üyesiydi. Spor yapıyordu, yazmayı seviyordu ve dünyayı daha iyi bir yer haline getirmek istiyor ve onu paylaşacak birini arıyordu. Yirmili yaşlarının sonundaydı ve bir dost, bir eş istiyordu. Yalnız olduğunu keşfetmişti. Bazı ilginç siyasi ve sosyal fikirleri vardı. Haberleri izlemeyi seviyordu ve dünyada olup bitenlerle çok ilgiliydi. Amerika başkanlığı, modern bilim, İslami hukuk sistemi ve duygusal zekayla ilgili fikirlerimizi anlattık birbirimize. Beni canlandırmış ve bana meydan okumuştu. Kendimi kaptırmıştım. Doğru kişi olabileceğine inanıyordum.

Telefonda konuşurken ve birbirimize e-postalar gönderirken hayal ettiğim her şeye sahipti. Eğlenceliydi, hassastı, duygusaldı, sıcaktı ve zekiydi. Gece, karanlık gökyüzü altında bir nokta gibi göründüğü bir resmini yolladı bana. Yirmili yaşlardaki normal birine benziyordu. Onu düşündüren tek şey boyunun 1.65 olmasıydı. Kısa boyluydu, görünüşe bakılırsa benden yalnızca birkaç santim uzundu ama bunun benim için sorun olmadığını söyledim ona. Daha önce boy ayrımına maruz kalmıştım ve aynı şeyi ben de yapmayacaktım.

"Gelip seni Londra'da ziyaret edeceğim," dedi bana bir gün e-postasında. Bu çok büyük bir şeydi, devasaydı, çok önemliydi. Tayyab daha önce Amerika'dan hiç çıkmamıştı. Gelin arama turlarında, yurt dışından Londra'ya beni görmeye gelenler olmuştu ama internette tanıştığım hiç kimse daha önce böyle bir şey yapmamıştı.

Tayyab'ın seyahat düzenlemelerini gerçekleştirmesi biraz zaman aldı. Pasaport alması ve iş yerinden bir süre izin alması gerekiyordu. O gitgide daha çok heyecanlanırken, ben de gitgide daha çok geriliyordum. İçimde heyecan zamanla büyüyordu. Anne babam Tayyab ve ailesi ile ilgili araştırma yapmış olsa da, geçmişiyle ilgili fazla bilgimiz yoktu. O yüzden ailem de benim kadar kaygılıydı ama yine de ona bir şans vermem için beni teşvik ediyorlardı. Bu onlar için de keşfedilmemiş bir bölgeydi.

Geldiğinde, ailemle tanıştı ve benimle her buluştuğunda onlarla de görüşüyordu. Böylece hepimiz birden onu daha iyi tanıyacaktık. Kişiliği telefonda konuştuğumuz zamanlara göre daha keskin ve daha köşeliydi. En zor olanı ise onu neredeyse tamamen yeni bir kişi olarak tanımaktı; çünkü telefonda konuştuğumuzda onun için bambaşka bir karakter yaratmıştım. Bunu daha önce tanıştığım kişilerle de yaşamıştım ama Atlantik'i geçerek yaptığı bu epik seyahat ve kişisel olarak buluşmamızın, nişanlanmadan önce gerçekleştirdiğimiz bir formalite olması konusundaki ciddiyeti, İnternetteki Tayyab ve Gerçek Tayyab arasındaki tezatı vurgulamıştı. Ayrıca telefonda olduğundan çok daha aceleciydi. Mesafe ve aralıklı iletişimimiz, bunu benden gizlemişti ama kişisel olarak görüşünce her şey çok açıktı ve sonunda bu ihtimalin sona erdiğinin sinyalini veren de bu durum olmuştu.

Beni kızdırmaya başladı. Turist olarak İngiltere'de bulunmak, onu benimle buluşmaktan daha çok heyecanlandırıyormuş gibi davranıyordu. Plakalarımızın ne kadar farklı olduğundan, yolun farklı tarafında araba kullanıyor oluşumuzdan, herkesin nasıl sevimli aksanlarla konuştuğundan, evlerimizin ne kadar küçük, arabalarımızın ne kadar ufak tefek ve caddelerimizin ne kadar dar olduğunu söyleyip aşağı yukarı zıplayıp duruyordu. Her şeyden çok, maaşının yüksekliğiyle gösteriş yapmaya çalışıyordu. Tüm dünyayı geçip Londra'ya gelmek için seyahat masraflarını o ödediği için, ortak masraflarımıza katkıda bulunmaktan, hatta tamamını ödemekten çok mutluluk duyuyordum. Ödeme konusunda ısrar etti ama kısa süre sonra kahvemizin ne kadar pahalı olduğu, yemeklerimizin ne kadar pahalı olduğu ve her şeyin nasıl pahalı olduğu konusunda söylenmeye başladı. Başlangıçta maddi gücü ve kendi cömertliğiyle gösteriş yaparken, kısa süre sonra ise hesabı ödeme ya da paylaşma konusundaki teklifleri bilerek ve anlamlı bir şekilde yok olmaya başlamıştı. Yeni baştan diş hekimi vakasını yaşıyorduk. Bu, evlilik için hiç de iyiye alamet değildi.

En son kararı vermemi ise Tayyab'ın tahmin edilemez öfkesi sağladı. Bunca yolu beni görmek için geçtiğini düşündüğümde kendimi çok suçlu hissediyordum. Ama kendi kendime, suçlu hissetmek için hiçbir sebep olmadığını söyledim. Onu buraya gelmesi için ben zorlamamıştım. Herkes bir eş bulmak için payına düşeni yapmalıydı. Tayyab da bu yolculuğa çıkarken hesaplı bir karar vermişti. İşlerin yolunda gitmeme ihtimali olduğunu biliyordu.

Yürümemesi benim hatam mı? Daha mı fazla denemeliydim? Her şeyin ötesinde, bunun dışında her şey yolunda gibi görünüyordu ve anne babam yeni referanslar aramaya başlamışlardı bile. Suçluluk hissetmemeliydim. Tayyab'ı daha önce hiç yapmadığı ve evlilik ihtimali söz konusu olmasa belki de hiç yapmayacağı bir şeyi yapmaya teşvik etmiştim. Bu katkımdan dolayı kendimi memnun hissetmeliydim.

Ama yaptığım her şey kendimi suçlu hissetmeme neden oluyordu. Bu yalnızca Tayyab'a karşı hissettiğim bir şey değildi; aileme karşı da aynı şekilde hissediyordum. Evlenmemi ve sonsuza dek mutlu yaşamamı o kadar çok istiyorlardı ki isteklerini gerçekleştiremediğim için kendimi suçlu hissediyordum. Evlensem o kadar mutlu olacaklardı ki neredeyse onların mutluluğunu görmek için, oldukça uygun görünen herhangi bir kişiyle evlenmeme değecekti. Bu mutluluğu onlara verememek kendimi suçlu hissetmeme neden oluyordu. Ama Bay Vasat'la evlenseydim, umutlarım ve hayallerimden ve bu süreçte de ailemin umutlarından ödün verdiğimi anlayacaklardı. Bu zorluklar, kalp kırıklıkları ve yalnızlık süresince beni desteklemişlerdi ve şimdi vazgeçersem yine kendimi suçlu hissedecektim.

Ailem bunca yıl kendi kararlarımı vermem konusunda beni destekledikten sonra, yapmam gereken, arayışıma devam etmekti. Pek çok Müslüman kadın, ailemin bana herkesin istediği kişiyle evlenme ve istemediği zaman zorla evlendirilmeme hakkı olduğunu söyleyen İslami prensipler gereği sunduğu özgür tercih hakkı ve desteği bulamıyordu. Bu değerlere tutunmaya çalışıyordum ama içimden gelen sert bir ses, yanaklarımdan aşağı süzülen suçluluk damlaları gönderiyordu. Hepsi de benim hatam mıydı? Yakışıklı Prens ve Sonsuza Dek Mutlu Yaşadılar hayalleri ile kendimi mi kandırmıştım? Kendime ve aileme bu acıyı boşuna mı yaşatmıştım? Herhangi bir şansı kaçırmış mıydım? Yanıt çok netti: Hayır. Rafımdaki menüde kesinlikle pişmanlığa yer yoktu.

Harika Meryem ☆

Kendime bir erkek bulamasam da düğün yapmaya karar verdim. Umudumu kaybetmemiştim, sadece bunun gerçekleşmeyebileceği fikrine kendimi alıştırmaya çalışıyordum. Güzel bir elbise, romantik bir salon, bir sürü iyi yemek, mükemmel bir kavalye. İlgi odağı olmamın vakti gelmişti. Yakışıklı Prens olmadan evliliğin ürünlerini toplayamazdım ama en azından güzel bir düğünüm olabilirdi. Damada ihtiyacım var mıydı? Hayalimdeki gelinliği almayı aklıma koymuştum, çünkü başka türlü onu giyme şansım olmamasından korkuyordum. Her yeri parıldayan kristallerle işlenmiş, uzun, beyaz, yere doğru akıp giden bir elbise ve saf mutluluğumu ortaya çıkaracak transparan, kısa bir duvak canlandı gözümün önünde. Fildişi renkli ipek ve el işlemesi boncuklar hayal ettim.

İsa'nın annesi Meryem, bu süreçte benim için mükemmel bir ilham kaynağı olmuştu. İslam geleneğinde kendisinden büyük bir saygıyla söz ediliyordu ve "cennetin kadınları"ndan biri olarak kabul ediliyordu. *Kuran'ın* bir bölümü bile ismini ondan almıştı. Meryem'in babası umutsuzca bir çocuk istemiş, Tanrı'ya dua etmiş ve kendisine bir çocuk bahşedilirse evlatlarını tapınakta Tanrı'ya hizmet etmeye adayacağını söylemişti. Karısı dünyaya bir çocuk getirdiğinde Meryem'in babası çok mutluydu, ama kızı olduğunu gördüğünde çok şaşırdı. Tanrı'ya, kendisine bir erkek çocuk yerine kız çocuk vermiş olmasının her şeyi beklenmedik bir şekilde değiştirdiğini söylemişti. Çocuğunu Tanrı'ya adayacağına söz vermişti ama tapınakta yalnızca erkek çocuklar hizmet verebiliyordu.

Tabii ki Tanrı, her şeyi bildiği için bunun da farkındaydı. Bilgeliğinden ötürü, kendi yoluna adanması için bir kız yaratmıştı ve bu, o dönemki insanların düşüncelerine meydan okumuş, Tanrı'nın gözünde kadının da eşit ölçüde değerli olduğunu göstermişti. Varlığı, kadının yalnızca itaat eden bir yaratık olduğu ve İlahi Olan'a tapacak kadar değerli olmadığına ilişkin gelenekleri yok etmişti. Kadını tapınma eyleminin dışında bırakanlar, bunu yalnızca "gerçek" insanların Tanrı'ya tapınabileceği ve kadınların tam anlamıyla insan olarak kabul edilmediğine inandıkları için yapıyorlardı. Meryem'in doğumu kendi başına, kadınların eşitliği için bir ayaklanmaydı ve İlahi Hüküm ile kadınların da eşit değere ve manevi kıymete sahip oldukları belirtiliyordu.

Dönemin geleneklerine rağmen, Meryem tapınağa verildi ve örnek karakteri ve yoğun maneviyatı ile tanınan bir kadın olarak büyüdü. Tüm varlığı İlahi Olan'la çok güçlü bir ilişki kurmaya adanmıştı. Amcası tapınağa onu ziyarete gelmiş ve onu lezzetli, taze meyveleri yerken bulunca çok şaşırmıştı. Bunların nereden geldiğini sorduğunda Meryem, o dua ederken yiyeceklerin Tanrı'nın hediyesi olarak melekler tarafından getirildiğini söylemişti.

Meryem en saf kadınlardan biri kabul edildiğinden, Tanrı en muhteşem mucizeleri için, çocuk doğuracak bakire olarak onu seçmişti. Ama İslam geleneğinde, doğum hikâyesinde İsa'dan ya da bu hikâyede kadının merkezi rolünü indirgeyecek herhangi bir erkekten söz edilmiyordu. Bunun yerine Meryem, kendi haklarına sahip, parıldayan, bağımsız bir ikon, yaşamında kendi yolunu çizen bir kadın olarak sunuluyordu.

Meryem doğum yapmak üzereyken, ağaç gölgesinde, oldukça sessiz bir yer bulmuştu. Doğum yaparkenki hali

Kuran'da tüm kadınların kendileri ile bir bağ kurabilecekleri sözlerle anlatılmıştı. Uzak, erişilmez bir figür değildi; hepimizle aynı kadınlık tecrübelerini paylaşıyordu. Doğum sancısı ile "Keşke ölsem," diye bağırdı. Bu sancı yüzünden pek çok kadın aynı sözü söylüyor. Annem, beni kollarında gördüğü o ana kadar kendisinin de aynı şeyi istediğini söylediğini, sonrasında tüm acıyı unuttuğunu söylemişti. Meryem ağaca tutundu ve acıdan kurtulabilmek için onu elinden geldiğince sıktı.

Lekesiz ününe rağmen, döneminin dedikoducu teyzeleri onu ahlak dışı davranışlar ile suçlamışlardı ve bu güç kullanan kabile reisleri tarafından da desteklendi. Meryem'in karakterini korumak için, küçük bebek, bir mucize eseri konuşmaya başlayıp Meryem'in saf ve el değmemiş olduğunu açıklamak ve kendisinin de doğruyu, Kitab-ı Mukaddes'i ve insanların dua etmesi, bağış yapması ve Tanrı'ya tapması gerektiği mesajını vermek için Tanrı tarafından bir peygamber olarak gönderilen bebek İsa olduğunu açıklar.

Meryem'in evlendiğine inanmıyorum, aslında İsa'yı kendi başına büyüttü. Ona hayran olmamın nedeni ibadette ve sosyal hayatta kadının eşitliğinin vücut bulmuş hali olmasıydı. Tanrı, kadınların değerinin bir işareti olarak onu göndermişti. Yaşadığı zorluklar da çok gerçekti; bekâr bir anne olarak, arkasından konuşulan bir kadın olarak ve elinden geldiğince iyi bir hayat süren bir insan olarak çevresindeki tüm o insanlarla birlikte yaşamıştı. İsa gibi harika bir çocuk yetiştirdiyse, gerçekten iyi bir anne olmalıydı.

Meryem'in hikâyesini ve anne olarak rolünü özellikle seviyordum, çünkü annemin adı Maryam da Meryem'in Arapça versiyonuydu. O da, çevresindekilerin dedikoduları karşısında soğukkanlılığını korumuş ve arayışım süresince beni destekleyip bana ilham kaynağı olmuştu. Her ikisi de kadın olarak bana umut veriyordu; hayatımda bir erkek olsa da olmasa da büyülü hayallerimin peşinden gidebilir ve mükemmel bir insan olabilirdim.

Damatsız düğün hiçbir zaman gerçekleşmeyecekti. Bunun yerine, biriyle tanışmak için üretilen yeni yöntemlerden birinin bana Yakışıklı Prens'imi getirmesini umut ediyordum. İşte bu yüzden bir akşam Noreen'le kendimizi bir hızlı randevu etkinliğinde bulduk. Oraya gittikten sonra çok kötü olduğunu düşünürsek birlikte ayrılabileceğimize karar verdik. Hızlı randevu etkinliğini düzenleyenler bize başka bir yerde bulamayacağımız bir şey vaat ediyorlardı: Kanlı canlı, çok sayıda erkek. Etkinlikte yirmi kadın ve yirmi erkek bulunması gerekiyordu ve her katılımcı o kişinin doğru kişi olup olamayacağına karar vermek için karşı cinsten tüm katılımcılarla üç dakika geçirmek zorundaydı.

Sonunda salonun belirsiz adresini bulduğumuzda, bir gece kulübüne geldiğimizi gördük. Bu kendimizi hemen rahatsız hissetmemize neden oldu. Uygun bir eş bulmak için doğru yere mi gelmiştik?

Yeşilaycı Müslümanlar olarak, barlarda vakit geçirmiyorduk ve her ikimiz de dinini uygulayan Müslüman erkekler aradığımız için, bu etkinliğe katılan erkeklerin beklentilerimizi karşılayıp karşılamayacakları konusunda şüpheliydik. Oda büyük ve loş bir şekilde kırmızı ve turuncu fenerlerle aydınlatılmıştı. Zevkle seçilmiş, egzotik kumaşlar mekana duygusal bir hava katıyordu. Bu durum hızlı randevu etkinliğini hemen tahminimizden daha zorlayıcı bir hale getirdi.

Organizatörler hepimize birer kart verdi. Kartların sol alt köşesinde birden yirmiye kadar sayılar vardı. Her kartta üzerinde "kesinlikle", "belki" ve "hayır" yazan üç kolon vardı. Onların yanında ise not almak için bir kolon daha bulunuyordu. Hepimiz üst sağ köşeye kendi profil numaralarımızı yazdık. Her katılımcının, üzerinde büyük bir şekilde profil numaralarının yazılı olduğu, yakalarına taktıkları yapışkanlı etiketleri vardı. Hiç kimsenin kendi ismini söylemesine izin verilmiyordu.

Her kadının kendi masası vardı ve her üç dakikada bir erkekler ayağa kalkıp yanlarındaki masaya geçiyorlardı. Sonunda yirmi erkeğin her biri, yirmi kadının her biri ile konuşmuş oluyordu. Belirli bir kişiyi hatırlayabilmek için kartların kenarına küçük notlar almamızı ve o kişinin "kesinlikle" mi, "belki" mi yoksa "hayır" mı olduğuna karar vermemizi önermişlerdi. Sonunda kartlar toplanıyor ve organizatörler tarafından iki kişinin karşılıklı olarak "kesinlikle" yanıtı verdiği belirlenirse, e-posta adresleri birbirlerine verilip, konuşmalarına doğrudan devam etmeleri için kendi hallerine bırakılıyorlardı. Biri "kesinlikle", diğeri "belki"yse, "belki" diyen kişinin e-posta adresini vermek isteyip istemeyeceğini araştırıyorlardı.

Sonunda katılımcıların büyük çoğunluğu geldi: Yirmi kadın ve on altı erkek. Her zaman ki gibi yine daha az erkek vardı. Erkekler odanın ortasında barın çevresinde gergin bir şekilde gezinirken kadınlar odayı çevreleyen masaların önünde oturuyordu. Odada başörtüsü takan tek kadının kendim olduğunu fark ettim. Kadınlardan bazıları işten çıkıp takımlarıyla gelmiş gibi, diğerleri ise Bollywood'da bir ödül törenine katılacakmış gibi süslenip gelmiş gibi görünüyordu. Ev sahibinin yaptığı giriş konuşmasının ardından, erkekler her masada bir kişi olacak şekilde yerlerini almak için odaya dağıldılar. "Adın ne? Nerelisin?" gibi klişe sorular sormak ve hayati istatistikleri almaktansa kişiliklerini sezebileceğimiz sohbet parçaları ile açılış yapmamız söylendi.

Masama gelen ilk birkaç adam yüzeysel bir şekilde hevesli görünüyordu. Yanımda oturan kız, odaya girdiğinde tüm gözlerin kendisine dönmesini sağlayan gösterişli, yuvarlak hatlara sahip biriydi. Masama oturan erkekler, benimle kibar bir konuşma yapmak için bile dillerini toplamak zorunda kalıyorlardı. Başlangıçta denediler ama başörtümün onları tamamen kapattığı ortadaydı. Ayrıca yanımdaki Aishwari Rai'ye benzeyen kadın yüzünden beyinlerine yeterince kan gitmiyordu. Gece ilerledikçe her şey sade bir hal aldı, çünkü sonunda onlara doğrudan, kültürel ya da ailesel nedenlerle değil, inancı yüzünden Müslüman olmayı seçmiş bir eş isteyip istemediklerini sordum. Bu nedenle onların düşüneceği bir seçenek değildim. Deney yapmak için her bir "kesinlikle" kutucuğunu işaretledim; böylece benimle ilgilenen herhangi biri olup olmadığını görebilecektim. Hiç yanıt almadım.

Ümidimi kaybettiğim halde, kendi kendime zaten katılan erkeklerden hiçbirini istemeyeceğimi söyledim. Ama hayal kırıklığı nedeniyle, bu his ne kadar mantıksız olursa olsun midem ağrıyordu.

Meryem'in azminden ilham alarak, kendimi toparlamayı yeniden denemeye karar verdim. Bunun, farklı bir izleyici topluluğuna hitap ettiği için benim için yanlış bir hızlı randevu etkinliği olduğunu varsaydım. Belki de diğerlerinde bana daha uygun talipler olabilirdi.

Hızlı randevuda daha sofistike bir yol izlediklerini iddia eden diğer şirketle karşılaştım. Organizatör, bütün olası katılımcıların güvenlik taramasından geçirilerek temizlendiği konusunda ısrar etti. Bir kişi, ancak doğru tavır, gerçekçi beklentiler ve kaliteli bir anlayış, kişilik ve kişisel başarılara sahip ise katılımına izin veriliyordu. Bu, zamanını harcamak için gelenlerin ve bizim aklımızdaki gibi bir "evlilik ilişkisi" istemeyenlerin elenmesini sağlıyordu. Bu, kadın ya da erkek her talibin uygun ölçülerden olduğu her şeyi kapsayan tam bir "teyze süreci"ne benzediği için çok şey vaat ediyordu.

Değerlendirmeyi yapacak kişiyi aramam ve mülakatım için belirlenen mevkide bulunmam gerektiği söylendi. Evlilikle ilgili düşüncelerimin, ne aradığımın ve neler sunabileceğimin her bir parçasını anlatmak için yaklaşık 30 dakika boyunca tutuldum. Seansın sonunda, etkinliğe kabul edildiğim için beni tebrik ettiler. Kendini beğenmiş ve kadınlığı onaylanmış gibi hissettim kendimi. Av olarak nitelenmiştim. Hızlı randevu şirketinin mükemmel pazarlama stratejisiydi bu. Organizatör bana tarihleri verdi ve her biri için bir fiyat gösterdi. Yüksek, çok yüksek ama dışarıda geçirilen güzel bir gecede harcanan kadar yüksek de bir miktar değildi. Hem, kim bilir? Belki de iyi bakılmış, yüksek kaliteli bir potansiyel eş ile buradan çıkabilirdim. Çok fazla bir fiyat değildi ama "Çok pahalı değil, bir deneyeceğim, kötüyse de çıkarım," demekten çok daha ciddiydi. Gerginliğimi hissetti ve başlangıçta üç ya da daha fazla seans için yer ayırtırsam indirim yapabileceklerini söyledi. Bu aklıma yatmıştı ama organizatörlerin birkaç seansa katılmak isteyeceğimi veya katılmaya ihtiyaç duyacağımı düşünmeleri kafamı kurcalamıştı. Bir önceki hayal kırıklığına uğratıcı hızlı randevu etkinliğimden sonra, başlangıçta yalnızca bir tanesini denemeye karar verdim.

Ahlaki desteğe sahip olduğumdan emin olmak için Noreen'le katılmaya karar verdim. Bu etkinlik, altı kişi için hazırlanmış resmi masaları ile bir öncekine kıyasla çok daha şıktı. Uygulama başladığında, her masada üç kadın ve üç erkek oturacaktı. Yirmi dakika sonra erkekler masaları dolaşmaya başlayacaklardı. Grup ortamı sohbetin akışını kolaylaştırmak için hazırlanmıştı ve daha uzun olan oturum ise daha derin tartışmalara girilmesini sağlayacaktı. Bir önceki deneyimime kıyasla mantıklı geldi ve umutlandım.

Oturumun başlamasında biraz gecikme oldu. Belirlenen başlangıç saatinde yine yaklaşık 20 kadın varken, yalnızca bir avuç dolusu erkek vardı. Hafta içi olduğu için erkeklerin bazılarının işten geç çıktıkları ve kısa süre sonra aramıza katılacakları söylendi. Gelmelerini sabırla bekledim ama yaklaşık 45 dakika sonra, kadınlar sinirlenmeye başladıkları için bazı erkeklerin son anda vazgeçtikleri bildirildi. Görünüşe bakılırsa oturuma katılamayacak kadar çok gerginlerdi ve korkmuşlardı.

Organizatörler ortadan kayboldu ve sinirler gerilmeye başladı. Kadınların pek çoğu, erkek sayısının düşük olduğu oturumlara katılmış ve geri ödeme talep etmişlerdi. Organizatör, saçlarını kaygı dolu alnından geri atarak bir ileri bir geri koşuşturuyordu. 45 dakika daha geçtikten sonra salona bir kaç erkek girdi. Artan öfkeye rağmen kadınlar daha umutlu görünmeye başladı. Erkekler! Sonunda!

Gece yavaş yavaş endişeden etkinliğe dönüştü. Erkeklerin tavırlarında bir tuhaflık vardı; bu sürece yeterince dâhil olmamış gibi ve fazlasıyla rahat görünüyorlardı. Kadınlarla ilgili sorular sormak yerine daha çok kendi aralarında sohbet ettiler. On iki erkekle tanıştıktan sonra, yine vaat edildiği gibi 20 kişi yoktu bir kez daha başörtüsü takan tek kadın olduğumu ve buradaki erkeklerden hiçbirinin *hicab* takan bir kadın istemediğini fark ettim. Yüksek kalibre adaylar vaat edilmiş ancak yalnızca birkaç tane vasat tür gelmişti; tüm gece kendimi dolandırılmış hissettim. En azından erkeklerden birinin, buraya katılmak için kedilerine para ödendiğini ağzından kaçırmasını istedim.

Hızlı randevu masalarının çevresinde dönüp, gitgide sersemliyorduk ve umutlarımız artıyordu ve bu da her defasında daha sert düşmemize neden oluyordu. Sürekli azalan umut ile birlikte sürekli daralan çemberler döndükçe, bir gün karşıma bir erkeğin çıkacağını ve bu ürkütücü müziğin kesileceğini hissettiriyordu bana.

Her Müslüman'ın hayatında en azından bir kere üstlenmesi gereken *Hac* görevini gerçekleştirmek üzere Mekke'de Kâbe'nin önünde dururken hızlı randevu döngüleri ve evlilik çemberi tamamen unutulmuştu. Bu büyük insan denizini tavaf ederken görmek beni çok derinden etkiledi. Burası Muhammed Peygamber'in büyüdüğü topraklardı. Burası Kâbe'yi yaptıran İbrahim'in ayak izlerinin muhafaza edildiği, bugün bildiğimiz kadarıyla İslam'ın doğduğu, her gün namazımı kılarken yüzümü döndüğüm yerdi. Bu devasa kalabalık durmadan dönüyordu.

Kâbe, çevresindeki her şeyin üzerinde on beş metre yüksekliğinde, on iki metre derinliğinde ve on metre genişliğindeydi. Bu büyük, küp şeklindeki yapı genelde siyah bir örtüyle kaplı oluyordu, bu da ona sembolik bir görüntü kazandırıyordu. Tanrı'nın Evi olarak biliniyordu, ancak Tanrı'nın fiziksel bir konumu olmadığından, Müslümanlar için gerçek bir ev yerine üzerinde odaklanılacak bir konsept olarak görülüyordu. Bir köşesinde cennetten düşen bir kaya parçası olduğuna inanılan bir Karataş vardı. Kâbe beyaz mermerle kaplı geniş bir avlu içindeydi ve yüz binlerce insan bu avlu içinde Kâbe'nin etrafında saat yönünün aksi istikametindeki dönüşlerini gerçekleştiriyordu. Yedi tur döndükten sonra *Haccın* ilk bileşeni olan *tavaf* tamamlanmış oluyordu.

Avlunun bir kenarında Kâbe'nin etrafında bir halka içinde inşa edilmiş büyük bir cami vardı. Bu cami hacılara yol gösteriyordu ve özellikle gündüz vakti Arap çöllerinin aşırı sıcağından korunmaları ve dinlenmeleri için gölge sağlıyordu. Bu muhteşem caminin merdivenlerinde durduğumda tüm dünyadaki Müslümanların odağı olan Kâbe'ye bakarken yavaş yavaş siyah bir küp etrafında dönen yüz binlerce beyaz giysili insan gördüm. Onlar da benim gibi *Hac* görevlerini yerine getirmek üzere buradaydılar. *Hac* zorunluluğu olmasaydı, muhtemelen köylerinin veya ülkelerinin dışına çıkmayacaklardı. Maddi durumu pek parlak olmayan pek çok Müslüman için burada bulunmak bir hayaldi. Bizim gibi Batı'nın konforuyla, ancak geleneksel eski Müslümanlığın göbeğinden uzakta yetişmiş insanlar içinse İslam'a yönelik olarak daha bütünsel, hep var olan ve çoğunluğu içeren yeni bir bakış açısı getiriyordu.

Hac hem fiziksel hem de ruhani bir yolculuktu. Neredeyse üç milyon insan ruhani enerjilerini İlah'a odaklamaya çalışıyordu. Ayrıca kendilerini fiziksel olarak da dünyanın en küresel ve en çeşitli topluluğunun bir parçası olarak görüyorlardı. Herkese mümkün olan en sade şekilde beyaz giymeleri söylenmişti. Erkekler üzerlerini iki adet dikişsiz kumaşla kapatıyordu, kadınlarsa basit, uzun beyaz elbiseler giyiyordu. Yanınızdakinin halktan biri mi yoksa bir kraliçe mi olduğunu anlayamazdınız. Buradaki amaç da zaten buydu: Maddi ve fiziksel dünyanın eşitsizliklerini silmek ve yerine ruhani bir konum kazandırmak. Yanınızdakinin mal varlığı veya unvanı konusunda hiçbir şey bilmiyordunuz. İnsanları, selamlarken gülümseyip gülümsemedikleri, itişme veya kakışmaya neden olup olmadıkları ve size ne kadar iyi davrandıklarıyla tanıyordunuz. Herkesin herhangi bir aksesuar, süsleme veya farklılık olmadan giydiği beyaz elbiselerle, kimse moda, stil veya mal varlığına göre yargılanmıyordu. Herkes sadece bir ruhtan ibaretti.

İslam dünyasında her ne kadar Müslümanlar bunu kabul etmek istemese de ırkçı önyargı çok yaygın ve dini bağlılıkların burası gibi tavan yaptığı yerlerde akla gelebilecek tüm farklı etnik kökene sahip insanlar eşit bir şekilde bir arada bulunuyor. İnsanlar arasındaki ara bağlantılar anlık ve yakın. Bir an Afrika'nın oyun alanlarından biriyle karşılaşırken, başka bir an Çin'den bir Uygur vatandaşı görebilirsiniz; diğer bir tarafta İnka eteklerinde büyümüş biriyle iletişim halindeyken, bir Bedevi Arap, sarışın bir Bosnalı veya parlak gülümsemeli bir Nijeryalı size yardım elini uzatabilir. Birbirine geçmiş ama bir o kadar da birbirinden bağımsız kimlikler arasında bir yaşam sürdürürken karşı karşıya kaldığım bütün sorunlar bir anda çözüldü. Pek çok farklı kimliğin aynı yerde nasıl birbirinin içine geçerek yaşayabileceklerini kendi gözlerimle gördüm. Kim olduklarından duydukları cesaret ve gururla her birini ayrı ayrı değerlendirebilirsiniz.

Etkin köken, din veya inançlarına bakılmaksızın "yan yana, çalışarak, okuyarak, yaşayarak, iletişime geçerek, birbirine saygı duyarak" aynı yolda ilerleyen tüm bu farklı insanları izlerken kendi kendime "İşte İngiltere'de de böyle yaşamalıyız," dedim. Etrafımızdaki insanları "ötekiler" olarak görmek bir seçenek değil. Her şeyin temelinde gözümün önünden geçen beyaz çarşaflı ruhlar gibiydik; aslında çarşafın altında hepimiz aynıydık, birer insandık!

Eş ve inanç arayışımda içimi rahat ettirmeyi ve insanlarla bağlantı kurarken onları, dinleri, inançları fark etmeksizin insan olarak görmeyi öğrendim. Hepimiz anlam ve gerçeğin peşindeydik. Önümdeki kalabalığa bakarken farklı olduğumu biliyordum; farklıydım, çünkü bendim; ancak aynı zamanda herkesle aynıydım, çünkü insandım. Her birimiz uzayda bir alan kaplıyor ve bir kimliğe sahibiz ve bu da bizi özdeş yapmak yerine çok evrenli kılıyor.

Sevecek bir eş arıyordum ve İlahi Aşk'ı tanımaya çalışıyordum. Önümde vazgeçilmez bir tür sevgi olduğunu fark ettim: Diğer insanlara duyulan sevgi. Karşılaştığım her erkek önümdeki kalabalıklar gibi insan çeşitliliğinin bir parçasıydı. Onlardan hoşlansam da hoşlanmasam da her birini sevmeli, kabul etmeli ve onlardan öğrenmeliydim. Önceden duymuş olduğum "İslam Yaratan'a ve yaratılışa hizmet etmektir," sözü mantıklı gelmeye başlamıştı, çünkü diğer insanlara duyulan sevgi İlahi Aşk'ın ayrılmaz bir parçasıydı.

Kâbe'nin yanında İbrahim'in karısı, İsmail'in annesi Hacer'in mezarı vardı. Hacılar Kâbe'yi tavaf ederken, hacılık görevlerinin tamamlanması için Hacer'in mezarının bulunduğu bölgeyi de tavaf ediyorlardı. Hacer, İbrahim'le evlenmeden önce bir köleydi ve bu da onu şovenistlerin gözünde alt sınıfların da en altına düşürüyordu. Ancak yine de bazı şovenistler onu Tanrı huzurunda yüksek bir statü sembolü olarak ibadetlerinin bir parçası haline getirmek zorunda kalıyordu. Bu ince çelişki karşısında gülümsedim. Aslında güldüm. *Hac* ibadetine bu şekilde dâhil edilen bir erkek yoktu.

Kâbe'yi tavaf ettikten sonra hacılar Safa ve Merve Tepeleri'nin arasında kalan bir buçuk kilometrelik düzlüğe gidiyordu. İbrahim, Tanrı'nın emri üzerine Hacer'i ve küçük oğlu İsmail'i bu düzlükte bıraktı ve o gelene kadar burada beklemelerini söyledi. Oğlu için su bulması gereken Hacer bir su kaynağı bulmak için iki tepe arasında bir ileri bir geri koşuyordu. Hacılar da *Hac* görevlerinin bir parçası olarak bu iki tepe arasında yürüyerek, dünyevi ihtiyaçların karşılanmasının da namaz gibi Yaratan'a daha da yakınlaştıran eylemlerden biri olduğunun önemini belirtiyorlardı. Hacer'in bu iki tepe arasındaki koşuşuna öykünen bu bölümü de dâhil olmak üzere *Hac* görevinin tamamı bir Müslüman için ruhani bağlılığın zirvelerinden biriydi.

Müslümanların takip etmek zorunda oldukları izlerin bir kadına ait olduğu gerçeği Müslüman kadınlara hakları olan yüksek bir statü verilmesinde nasıl göz ardı edilmişti? Pek çok İslam kültüründe bariz gerçekleri göz ardı etmek ve Müslüman kadınlara zayıf, boyun eğen ve mazlum olmaları gerekiyormuş gibi davranmak tercih edildi. Burada gözlerimizin önünde Kâbe'nin tavafında ve Safa ve Merve Tepeleri arasındaki yürüyüşlerde kadınlar bariz bir şekilde en yüksek konumlarda görülüyordu. Acaba yanlış giden ne oldu?

Kadınların olağandışı bir şekilde yüksek bir ruhani konumda olduklarının mesajını vermesinin yanı sıra Hacer, benim de dengelemekte zorlandığım çok özel bir esinlenmeye neden oldu: Gıda ve barınak arayışı da namaz gibi ibadetin bir parçası olarak kabul ediliyordu. Her gün doğumunda ve gün batımında Kâbe'yi tavaf etmek, İlah'ın Müslümanlığın temelinde olduğunun bir kanıtıydı. Evrenin kendisi her biri kendi yörüngesini takip ederek İlahi düzende yerini bulan döngülerin bir tekrarıydı. Ancak Hacer'in bir ileri bir geri koşuşu resmen her gün evden işe, işten eve giderek geçen hayatımın resmen bir özetiydi. Bu iki bölüm birbirini çok iyi dengeliyordu ve ben hem arınmanın hem de dünyevi işlerin birbirine uyduğunu fark ettim.

Her ne kadar Hacılar yakından veya uzaklardan ruhani bir yolculuk için geldiyseler de bu tabii ki diğer olası taliplerle tanışmak için mükemmel bir fırsattı. Farklı insanların bir araya geldiği her ortam için geçerli bir durum değil mi ki bu? Bilge teyzeler evliliğin ruhani bir eylem olduğuna ve doğru bir eş bulmanın, bir de o eş Tanrı'nın Evi'nin eteklerinde karşınıza çıktıysa, daha uygun olacağına işaret ediyordu. Bu çok ilginç bir iddiaydı. Herkes ihramlıklar içindeyken, dış görünüşe verilen önem en aza indirilmişken ve günlük yaşam çalımları yokken, birileriyle gerçekten kim olduklarını bilerek tanışmak için bir fırsattı. Bazı çiftler nişanlandıktan sonra buraya geliyor ve çok fazla gülümsedikleri için suçlanmamak amacıyla aralarına saygılı bir mesafe koymaya çalışıyorlardı. Diğerleriyse, H*ac* görevlerini tamamlamalarının yanı sıra bir de nişanlıyla dönmeyi umut ediyorlardı.

Fatma ve Abdu da *Hac* sırasında tanışan çiftlerdendi. Yolculuktaki teyzeler her zaman her şeye karşı hazırlıklıydı. Ben aralarındaki bu görüşmenin veya teklifin ne zaman gerçekleştiğini bilmiyordum. Bu özel zamanda, eşleşmelerle uğraşamayacak kadar manevi işlerle meşguldüm. Tek istediğim kendi yerimi bulmanın ve küresel birlikteliğin bu büyüleyici ortamını tecrübe etmenin tadını çıkarmaktı.

Ayrıca diz çöküp, secdeye kapanıp ağlamak istiyordum. Müslümanlığın kalbinde olmanın keyfi için ve Yaradan'ın küçük çocuklar kadar saf ve masum olduğumuzu söylediği bir yerde yalnızlığımın ve çaresizliğimin son bulmasını diledim. Umudumu kaybetmeyi reddediyordum, ancak Bay Doğru'yu bulabileceğim yerler tükenmişti. John Travolta kapımı çalmamıştı. Milk Tray Adam ise şimdiye kadar tüm çikolataları kendisi yemiştir. Tanıştığım en sıradan adamlar bile evlenmişti. Bu insanlar denizinde ne kadar küçük bir kum tanesi olduğumu gördüğümde kendimi çok küçülmüş hissettim ve gururumun kırılmış ve geriye sadece bir diğerine bağlanmayı bekleyen yalnız bir ruh bırakmış olmasını umuyordum. Deneyimler listesine yeni bir duygu daha ekledim: Sabır.

Yin'imde ☆

Aşırı sabretme durumunda yapmakta özgür olduğunuz bir şey vardı: Diğer tarafta gözden çıkardığınız olasılıkları düşünmek. Bu durum sizi, daha önce ilk bakışta hiç değer vermediğiniz bir durumun potansiyelini tekrar düşünmeye zorluyordu. Dürüst olmak gerekirse, herhangi birini düşünmeye çok açıktım. Hac sırasındaki deneyimlerim, biraz daha yumuşamamın yanında, benliğimin derinliklerine yönelik ilk değerlendirmelerimi düşünmemi sağladı. Tanıştığım herkese, gerek birisi tarafından tanıştırıldığım gerekse günlük hayatta karşılaştığım herkese, altında yatan insancıl yönü keşfetme çabası içinde farklı bir gözle bakmaya başladım.

Öfkeyle veya kişiliğinden hoşlanmadığım için normal olarak gözden çıkardığım erkeklerin gizli dünyalarını merak ettim. Acaba Muhammed Habib, benden keşfetmemi beklediği için mi gizemli dünyasını sakladı? Sessiz, sıradan görünen o adamın, İlahi sırlarının yanında aşk ve huzuru, sakin ve sıradan dış görüntüsünün altında mı saklıydı? Yoksa benimle olan ilişkisinde farklı bir yerde olsaydı aynı şekilde mi devam ederdi? Başlangıçta fiziksel olarak ondan hoşlanmasaydım, zaman içinde ahlaki değerler ve kişiliğini tanımak daha derin ve sıcak bir çekim gücü ortaya çıkarabilir miydi? Peygamber'in belirttiği gibi, fiziksel güzellik geçicidir ve zaman içinde yok olmaya mahkumdur.

İç güzellik ise benimle birlikte büyüyen başlıca arama kriteriydi (sadece bu konuda bir derecelendirme sunan internetteki evlenme siteleri için).

Sadece insanların nasıl olduğuyla ilgilenmeye başlamıştım. Davranışlarımda daha açık, düşünceli, nazik ve daha meraklıydım. Peki, hangi özelliği doğru kişi olmasını sağlıyordu? Her insanın kişiliğinde, tadının çıkarılması gereken hoş anlar vardır. Potansiyel talip olarak değerlendirmek yerine, ben onları yeni bir dünyaya açılan pencerler olarak görmeyi tercih ediyordum. İnsanları oldukları gibi tanımak hoşuma gitmişti.

Gerçek aşkı bulmak için çıktığım zorlu yolun, etrafımdaki hayatı daha yakından anlamama yardımcı olduğunu ve her biri eşsiz ve hayret verici olan insanların içindeki küçük dünyalarını kavramamı kolaylaştırdığını fark ettim. Evrenin içinde değil de insanların kalbinde olsaydı, İlahi ışığı aramak için oraya bakmak gerekmez miydi? Kendi yolculuğumda görmediğim şekilde her birey Tanrı'ya giden yolu temsil etmekteydi.

Vardığım ruhani keşiflerin verdiği büyük mutluluk, yüzüme Çaresizler İstasyonu'na vardığımda kesinlikle ortadan kalkması gereken bir ışıltı getirmişti. Aslında, her zamankinden daha rahat ve daha önce hissetmediğim kadar mutluydum. Hayatımın tadını çıkarıyordum ve bir koca, devam eden kendimi keşfetme ve tamamlama yolunda bana eşlik edebilirdi.

Ve tahmin edebileceğiniz üzere aşk tam da en beklenmedik anda karşıma çıktı. Parıltılı dergilerde söyledikleri gibi kendimi sevmeyi öğrenmiştim ve böylece bir başkasının beni sevmesine de hazırdım. Her zaman kendisini seven ve sevilmeye hazır biri olmama rağmen, bu sefer farklı hissediyordum. Hayatımı yaşamak hoşuma gitmişti ve kendim olmak beni mutlu ediyordu; ancak yine de daha genç yaşta evlenip,

Ali'ye daha önce ilgi göstermeyi düşünmekten kendimi alıkoyamıyordum. Mükemmel bir kocada olması gereken tüm özelliklere sahipti ve o şekilde de çok mutlu bir yaşamım olabilirdi. Girdiğim bu yolculukta "hiçbir şeyi değiştiremem" fikrine katılmıyordum. Çok anlamsız bir ifadeydi. Farklı bir hayat yaşasaydım, bu hayatta görmediğim çok farklı şeyleri keşfedebilir ve muhtemelen mutlu, daha mutlu biri olabilirdim. Bu sorunun cevabını asla bilemeyecektim.

Aşkın "en beklenmedik anda" karşına çıkmasını beklemek, hayatının en önemli kısmı üzerindeki kontrolünü, onu kiminle geçireceğinin kontrolünü tamamen bırakman anlamına gelen son derece kaderci bir klişeydi.

Hollywood ve Bollywood romantik komedilerinde benim hikâyem, ayaklarımı yerden kesen, beklenmedik bir Beyaz Atlı Prens'in olduğu masalsı bir sonla biterdi. Daha akılcı bir senaryoda ise, tam tersine, hikâye giderek heyecanını yitirir ve ben de aşkı bulamayacağımı kabul ederdim. Yazgıma boyun eğip, üretken, evde kalmış kadın hayatıma devam ederdim. Geçtiğim ve tanıdığım herkesin geçtiği olağanüstü yaşamı tüm bilgeliğimle yansıtırdım. Hikâyemi, rahatlatıcı bir analiz ile bitirirdim: Yarışmaya katılmak, kazanmaktan daha önemlidir. "O'nu bulmak" yanlış ödüldü, ödülümün hayatı yaşamak olduğunu anladım.

Bunu gerçekten öğrendim. İngiliz kültürü, İslami inanç ve Asya kültürü arasındaki keskin noktada kalmıştım. Yolculuğum sırasında, bu keskin nokta avantaja dönüşmüş ve içinde bulunduğum durumu gözlemlememi, bunun keyfini çıkarmamı ve paylaşmamı sağlamıştı. Bu deneyim, çok basit bir gerçeği gösterdi; aşk, bir eş ile cinsellikte, ailede, toplum ve çevrede ve evrensel İlahi Aşk'a giden her türlü yolda karşınıza çıkabilirdi.

Kendi Bay Doğru'mu bulma yolculuğum, bolluk, aşırılık ve haz çağında bizi birbirimize bağlayan şeyin bu çok manevi aşk arayışı olduğunu gösterdi. Bilim ve her şeyi gerçeklerle açıklama ihtiyacı bizim sosyal geleneklerimizi belirlediği için, oldukça soyut, yönetilmesi veya tanımlanması en zor durum olan Aşk'ın, en fazla çekim gücünü, heyecanı yarattığını ve insanları bir araya getirdiğini görmek gerçekten inanılmazdı. Aşkta birçok miras ve geleneği yaşatmaya mecbur bırakılmıştık. Aşk Tanrısı bir tarafta her şeye hükmederken, diğer tarafta gelenekler ağır basmakta ve bunun üçüncü ayağını coğrafyalar ile kültürlerin altında yatan inanç prensipleri oluşturmaktadır. Burada garip olan şey, bütün hepsinin kesiştiği noktanın beni rahatsız edip, kafa karıştırıcı bir acıya yol açması. Diğer yandan bu durum beni kışkırtmakta ve bu gerilim bir yerlerde keşfedilmemiş olanı ortaya çıkarmaktaydı. Çok katmanlı aşk için yeni bir güven ortamı oluşmuştu.

Erkek ve kadınların geçmişte tabu olarak bilinen soruları sormasını sağlamıştı; sorulması gereken ne çok hayati soru vardı. Bir eşin nasıl seçileceğini gelenek mi belirlemelidir? Birey, eş bulmaktan tamamen kendisi mi sorumlu olmalı, yoksa cemaat de işin içine girmeli midir?

Eş seçmekle ilgili öncelikler ve kriterler nelerdir? Modernite bu kriterleri bozmuş mudur? Öyle değilse, aşk ve arkadaş bulma konusunda bu kadar umutsuz iken, neden gittikçe daha fazla insan tek başına yaşamakta ve boşanma hızı sürekli artmaktaydı? Aşk, arkadaşlık ve ilişkiler arasındaki bağ neydi ve hangisi öncelikli olmalıydı? Uzun süreli beraberlik yerine yüksek adrenalinli, kısa süreli romantik heyecanları seçmek daha cazip mi olmuştu?

Neden sürekli adrenalinin yüksekliğiyle ilgilenmek zorunda kalıyorduk? Sizi tamamlayabilecek bir eş ile sadece vakit geçirip, huzurlu ve mutlu olmanın nesi yanlıştı? Adrenalin, değişkenlik demekti; sonun başlangıcından önceki ilişkilerin koparılması, kötü çocuklarla takılma ve sırf heyecanlı olduğu için ilişkiye girmekti. Öyleyse neden dengeli olmayı ve rahatlığı tekrar moda haline getirmiyorduk? Gelenekler ve inanç beklenmedik bir anda ortaya çıkarak insanlara bu değerlerin aslında bizi daha mutlu edeceğini hatırlatmıştı. Seksi olmanın çok önemli olduğu bir anda gelen bu mesaj seksi değildi. Her şeyin, özellikle kadınların, daima ve tümüyle seksi olmasına ilişkin bir kültürel baskı vardı. Halkın arasına kabul edilebilmeniz için kesinlikle seksi olmanız gerekmekteydi. Aşk konusunda ise güzel, seksi ve göz kamaştırıcı bir aşk yaşamak zorundaydınız. Bunları, türban takan bir Müslüman kadının kabul etmesi çok zordu. Zaten bu yüzden bir Müslüman kadının aşk hakkında konuşması insanlara çok aykırı bir fikir olarak gelmekteydi. Aşkın, sadece romantizm veya cinsellik anlamına geldiğine karşı çıkmaktaydı. Halk arasında "Seksilik", esasen türban ve başörtüsü ile zıttır; başörtüsü sadece özel hayatında seksi olmayı gerektiriyordu. "Seksi olmak", kesinlikle bir kadın olmanın en önemli parçası olmakla birlikte kontrol edilerek, eş ile aşk yolculuğunda ve beraberlik sırasında ortaya çıkarılması gereken gizemli yöndü. Benim için bir eşe duyulan aşk, halka açık bir deneyim veya cinsellik olmamıştı.

Diğer Müslüman kadınlar gibi ben de aşka ilgi duymaktaydım; ancak sadece aşkı tanımlamamı bekleyen ve özellikle seksi olmayı şart koşan bir aşk değildi benim arzuladığım. Benim görevim, tüm yönleriyle aşkı anlamak ve kendi kelimelerimle onu ifade etmekti. İnsanlar soruyorlar: Onu nasıl buldun? Özel bir şey yaptın mı? Yoksa kader mi karşılaştırdı sizi? Bu durumda, artık yapacak bir şey olmadığını ve en hayırlısını beklemek zorunda olduklarını söylüyorlardı. Benim için, "en beklenmedik anda" klişesinin dışında bir durumdu. Ben bekliyordum ve hazırdım.

Kimileri kendine güvenip ve kendini tamamlayıp, aramaktan vazgeçtiğinizde eşinizin sizi bulacağını söylerler. Ben arıyordum. Bir eş istiyordum. "En beklenmedik anda" klişesine boyun eğmemiştim. Bir eş bulmak ve biriyle yaşama gerçeğiyle yüzleşerek, aslında aşkın nasıl bir şey olduğunu öğrenmek önceliğimdi. Hayatı doyasıya yaşamak, dağların zirvesindeki veya çoktan unutulmuş medeniyetleri barındıran vadilerdeki ıssız bölgeleri keşfetmenizi sağlıyordu. İster arkadaşlarımız, annelerimiz ve babalarımız veya Kerim'ler, Khalil'ler ve Muhammed Habib'ler gibi karşılaştığımız insanların kalplerinde, ister hac gibi büyük buluşmalarda olsun, Tanrı'yı bulmanızı sağlıyordu. Hepsinin ötesinde, aşkı bulma ve tanıma deneyimini size veriyordu; bilimin modern tanrılarının anlayamadığı ve insanın varlığına tamamen ve bütünüyle hükmeden gerçek deneyimdi.

Aşk beraberinde sevgi ve dürüstlük, kendini ve başkalarını anlamayı da getiriyordu. Ancak, bir başkasının gözünde kendinizi gördüğünüzde tamamlanmış oluyordunuz. Ancak böylece gerçekten kendinizi tanıyabilirdiniz. Aşk memnuniyet getirir; çünkü kendinizi ve başkalarını anlayıp kabul etmişsinizdir; çünkü onların eksik yönlerini görmenizi engeller. Mükemmel masalsı aşkı bulma telaşı içinde, zamanla büyüyen ve dikkatli bir şekilde beslenmesi gereken asil, sakin aşkı unutmuş gibiydik. Romantizme indirgenmiş aşk, uçucuydu ve doyurucu değildi. Bizi sonunda güvensiz, beslenmemiş ve yarım halde bırakırdı. Uzun süreli, sağlam, doyurucu aşka yönelik derin açlığımız yerine sadece yüzeysel isteklerimize cevap verirdi.

Romantizm yüksek kalorili olup, kestirme bir yoldur ve besin değeri düşüktür.

İnsanlar, onun en beklemediğim anda karşıma çıkacağını söyledikçe daha fazla sinirleniyordum. Onu beklemediğim bir an yoktu ki… Her zaman onu bekliyordum.

Bu yüzden o gün *Coco Chanel* tarzı giyinmeyi seçmiştim. Her ihtimale karşı hazır olmak istemiştim. Onun sevdiği bir elbise giymem güzeldi. Daha sonra bu konunun, farklı, kurnazca bir hareket olduğunu belirtmişti. Düz, şık, özenle siyah olarak hazırlanmış, altta, hemen diz üstünde biten krem rengi kenarları olan bir elbiseydi. Zarif, kadınsı ve cüretkar bir elbiseydi. Elbiseyi, şık bir krem rengi ipek pantolon ve ona uygun siyah, krem rengi başörtüsü ile tamamladım. Yüksek ve siyah topuklu ayakkabılar giyip görünüşüme neredeyse fark edilmeyecek bir ruj ekledim.

Arkadaşlarım tarafından organize edilen bir Müslüman yardım derneği konferansına katılmayı planlamıştım. Onları bir süredir görmemiştim ve görüşmek için çok iyi bir fırsattı. Ayrıca, bir taliple karşılaşma fırsatım da olacaktı. Büyük salona vardığımda, konuşmalar iyice hararetlenmiş ve salon neredeyse tamamen dolmuştu. Işıklar karartılmıştı ve ben, panele katılanlarla birlikte sahnede duran konuşmacıyı dinlerken düşünceli bir şekilde sakallarını okşayan amcalar arasında gözlerimi gezdirmekteydim.

Tekrar baktım ve mutluluk içinde, onun yanında birçok bayan olduğunu fark ettim. Erkekler ilk on beş sırayı kapatmıştı ve arka kısmında, sağ tarafındaki on sıra ise bir avuç kadına ayrılmıştı. Bu kadar az kadın olması beni hayal kırıklığına uğratmıştı.

Çok fazla boş sandalye vardı. Birkaç dakika konuşabileceğim birilerinin olup olmadığını gözlemledikten sonra herhangi bir yere oturup verilen arada tanıdıkları tespit etmeye karar verdim.

Sıranın sonunda, tanımadığım bazı teyzelerin yanına oturup etrafa bakmaya başladım. Saçımın birkaç telini başörtümün altına sıkıştırdım.

Birkaç dakika sonra, son zamanlarda bir yardım işinde beraber çalıştığım iş arkadaşım Abdullah'ı gördüm. Dikkatlice onun oturduğu yere doğru adım attım. Abdullah da sıranın sonunda, bana yakın bir yerdeydi.

21 MAYIS, CUMARTESİ, 14.31

O da Abdullah'ın yanında oturuyordu; sık koyu saçları ve küçük, temiz sakalları olan genç adam. Koyu bir takım giymişti ve sağ yanağındaki sevimli gamzesi uzaktan bile fark ediliyordu. Sanki onu tanıyordum, ancak asla tanışmadığımızdan çok emindim. Abdullah ile ciddiyetle fısıldaşırken onu izliyordum. Konuştukça, düşünceli bir şekilde parmaklarını saçlarının arasından geçiriyordu. Sıcak, zeki ve karakterli biri olduğu yüzünden anlaşılıyordu. Büyülenmiştim. Konuşmak için Abdullah'ın yanına giderken bu adımların yaratacağı büyük etkinin farkında olmaksızın, bu gizemli yabancı ile konuşabilmeyi umut ediyordum. Çok şükür, Abdullah'ın yanına gittiğimde hâlâ oradaydı. Her ikisini de utangaç bir gülümseme ile selamladım. Uzun, gizemli, yakışıklı yabancı benim için bir sandalye çekti.

Abdullah, hiç belli etmeden ortadan kayboldu. Bunun rastlantı mı olduğunu yoksa kasıtlı olarak mı yapıldığını asla bilemeyeceğim. (O, aklındaki eşi bulduğunu ve o gün yollarımızın kesiştiğini, onun buluşmamızı bilerek ayarladığını iddia ediyor.) Daha sonra Abdullah, onun için övgü dolu bir referans sunacaktı. Abdullah'ı nereden tanıdığını sordum. "Bir aile dostumuz," diye yanıtladı. "Ya sen?"

"Birlikte bir projede çalışmıştık. Onunla bazı önemli konular hakkında konuşmak için gelmiştim ancak..." Etrafıma baktım, Abdullah'ın bizi bırakıp gittiğini vurgulayarak "sanırım ortadan yok olmuş," diye devam ettim.

Ne söyleyeceğimizi bilemeden, acemice kalakaldık. Oldukça yakışıklı biriydi, ancak cazibesinin farkında değildi. Hemen yeni tartışma konuları bularak, dikkatini çekmeye çalışıyor ve uzaklaşmasını engelliyordum. Şansıma, o da konuşmaya devam etti. "Önceki yıllarda bu konferansta bulundun mu?" diye tarafsızca soruverdi.

"Hayır, bu ilk gelişim," dedim. "Çok etkileyici bir iş," diye ekledim, organizatörlerden biri olduğunu fark ettiğimde. Yabancı bir adam oradan geçerken, onu gördü ve durdu; elini sıktı ve sıcak, dostane bir şekilde sarıldılar. Oturdu ve konuşmaya başladılar, bu sırada ikinci bir adam geldi ve az önce gelen adam tarafından tanıştırıldıktan sonra yine birbirlerine sarıldılar. Hatırı sayılır ve oldukça sevilen biri olduğu çok açıktı.

Bana dönerek "Kusura bakma, böyle şeyler hep oluyor. Onlara saygısızlık etmek istemedim," dedi. "Sorun değil," diyerek gülümsedim. "Senin için büyük bir fırsatı böldüğümün farkındayım. En iyisi seni yalnız bırakayım." Son cümlemden dolayı kafamı taşlara vurmak istiyordum. Onu orada bırakmak istememiştim ve böyle söylememeliydim. Çok aptalca davranmıştım. Çok şükür, sözlerime aldırış etmedi. "Hayır, hayır sorun değil. Bensiz de işleri yürütebilirler."

Salonun arkasında oturmuş konuşuyorken, defalarca iş için bir yerlere koşturmamasını veya birileriyle konuşmamasını umut ettim.

Her nefeste, gitmemesini rica ettim; böylece daha uzun konuşabilecektik.

Ya çekip giderse? Kibar ve nazik bir şekilde ayrılırsa ve konuşma aniden biterse ne olacak? Artık bana, oradan kalkıp gidenin ben olacağımdan endişelendiğini ve durup gün boyunca sohbet ettiğimize inanamadığını söylüyor.

Salonda yabancı yüzlerce insan olmasına rağmen, ilk konuşmamız sırasında etrafımızda kimse yokmuş, sadece ikimiz varmışız gibi hissettiğimizi daha sonra itiraf etmiştik. Konuştukça, başka bir insanı tanımanın verdiği o saf memnuniyet içimi kaplıyordu.

Tipik Asyalı portföyü dışında bir kariyer seçmişti ve başlangıçta ilgimi çeken tarafı buydu. Ayrıca, zamanının büyük bir kısmını bu yardım işlerine adamıştı. Sıradan biri olmaması, nazik ve sıcak kişiliğinin içinde çok yönlü ve karmaşık olması, beni, dünyanın, hayran olacağım ve insanlık için iyimser olmamı sağlayan kişileri keşfetmem için gizlediğine ilişkin umutlandırdı. "O" olabileceğini düşünmemeye cesaret ettim.

Konuşmamızda isimlerimiz dışında başka bir bilgi paylaşmadık. Ben de bunun üzerinde birkaç gün sonra onu internette araştırdım. Sinirli bir şekilde, ne çıkacağını bilmeden, ismini arattım. İnternette profiliyle birlikte, e-posta adresini buldum. Bir not göndermeye karar verdim. Doğal ve arkadaşça konuşmamıza rağmen, onun nasıl düşündüğü konusunda emin değildim, bu yüzden kısa ve eğlenceli bir e-posta gönderdim: *Konuştuktan sonra, gerçekten olduğun gibi biri mi, yoksa bir casus mu olduğuna karar veremedim ve adresini buldum, bu sen misin?*

Birkaç dakika sonra, masaüstümde yanıtı duruyordu: *Evet benim. Maalesef, James Bond ben değilim. Sadece sıradan bir iş yapan, sıradan bir adamım. Eminim, işim seninki kadar heyecanlı değildir.*

Not: Aslında bir casus da olabilirim, ama bu bilgiyi sana açıklayamam.

Gülümsedim. Bu durum eğlenceli olacağa benziyordu. O gün kısa e-postalar gönderilirken tonundaki sıcaklığı koruyor olsa da soğukkanlıydı. Artık, konuşmamızdan sonraki günlerde, beni bir daha göremeyeceği için çok endişelendiğini itiraf ediyor.

E-postalar ve telefon görüşmeleri devam ettikçe, benzer değerleri ve idealleri paylaştığımızı ve aynı yolda ilerlemeye çalıştığımızı fark etmeye başladım. Orta yolda, el ele, birbirimize destek olarak yürüsek fena mı olurdu?

Tüm bunların yanı sıra, gülümsemesi kalbimin çılgınca atmasına neden oluyordu ve onunla çok daha fazla zaman geçirebilmek için sabırsızlanıyordum. Bir gün işyerime kocaman bir buket çiçek gönderdi. Büyüleyici görünüyorlardı ve onları resepsiyondan alırken nefesim kesildi. Onları aldığım için çok sevinmeme rağmen gergindim. Acaba o da benim kadar güçlü duygular hissediyor muydu? Bir anda, içimde çok derinlerde, bu kez olacağını hissettim. Onunla ilgili özel bir şeyler olduğundan emindim ama bunun kalıcı olmasını sağlayan, ikimizin de bu ortaklığa istekli olduğumuzu göstermemizdi. Doğru Kişi'ydi çünkü onu kendi Doğru Kişi'm yapacaktım. O da aynı şeyleri hissettiğini söyledi.

İsminin her söylenişinde dudaklarımda oluşan gülümseme anne babamı mutlu ediyordu. Bunun hayatımda yeni bir dönemin başlangıcı olduğundan emindiler. O da ismimi her duyuşunda ya da e-postasında beliren yeni bir mesaj gördüğünde gülümsemesine engel olamadığını itiraf etti.

Ona da tanıştırıldığım diğer taliplere götürülen referanslar götürülmüştü. Ailem resmi bir tanışma için onu evimize davet etti. Ardından onunla ilgili kritik bilgilere ve referanslara ulaşabilecekleri güvenilir kaynaklar bulana kadar çevrelerini sorup soruşturdular. İlişki nasıl başlarsa başlasın, aynı güvenlik ve istikrar testlerinden geçiriliyordu. Başlı başına çok geniş bir güvenlik incelemesine tabi tutulmuş ve tüm süreci başarıyla tamamlamıştı.

Birbirimiz için, eş, hayat arkadaşı, *Kuran*'da evli bir çiftin tanımlandığı şekliyle "birbirimizin giysileri" olabileceğimizi fark ettim. Bir hayat arkadaşına sahip olabilme ihtimali birden gerçeğe dönüşmüştü. Yin-yang sembolünün erkeği ve dişisi gibi tam bir daire oluşturana kadar onun kendini benim çevremde, benimse onun çevresinde şekillendirebileceğimizi düşündüm. O dairede kadın ve erkek dengedeydi; siyah ve beyaz, aktif ve pasif, yer ve gök. Daire bir bütündü ve etkisi, değeri de kadın ve erkek birbirlerine aktıkça gelişiyordu. İki yarım, çaplarından çizilmiş bir çizgiyle ayrılmıyordu. Aksine, her bir yarım birbirinin içine eriyordu; kıvrılarak, sonsuz bir çoşku ile. Daha da büyüleyici olanı ise her bir yarımda diğerinin bir damlasının olmasıydı.

Kadınlığın tam kalbinde zıt renkli bir erkeklik çemberi vardı. Erkeklik tam kalbinde parıldayan bir kadınlık mücevheri taşıyordu.

Bana evlenme teklif edip ailemden izin istediğinde, düğünümüz yaklaşırken, duygularımızı temsil etmesi için peri masalından çıkma, küçük, masum bir kalp çizdim. İki yanında isimlerimizin yazdığı bir kalbi her çizişimde gülümsüyordum.

Aşk geleceğimizi çizmek için kalemi eline aldığındaysa, yumuşak dokunuşları beni tamamlayacak ve karşılığında benim de onu tamamlayacağım bir eş, bir arkadaş, bir sevgili çizdi ve bana birbirimize bağlı olduğumuzu hatırlatmak için içine o son noktayı damlattı.

Her dönüp bakışımda oradaydı; romantik, ilahi, eşsiz Aşk.

Sonsöz: Başlangıç ☆

Bugün, önümdeki güne hazır bir şekilde aynamın karşısında dikiliyorum. Daha önce, talipler eve geldiğinde tam bu noktada pek çok kez durdum. Her defasında gergin, sinirli bir şekilde, gelenin doğru kişi olup olmadığını merak ederek gözlerinin içine baktım. Bugün gergin ya da endişeli değilim. Başlangıcımın geldiğini biliyorum.

Aşk her zaman hikâyenin başlangıcıdır. Aşktan önceki varlığımız ne kadar karmaşık olursa olsun, onu siyahtan beyaza, nefes kesici, güzel, ilham verici renge dönüştüren aşktır. Bunun anlamı aşksız hayatın anlamsız olduğu değil, aksine tüm bu önemsiz ayrıntılarıyla hayatın aşkın kendisi olduğuydu. Her bir erkek ve kadının varoluş nedeni Aşk'tır ve hepimiz hayatlarımızda zaten aşka sahibiz. Aşkı cesur, açık ve dürüst bir yürekle kabul edip koşulsuz şartsız hayatlarımıza davet ettiğimizde, gerçek hikâye başlar.

Pembe, mor, mavi ya da yeşil giyinmedim. Ne giyeceğime karar vermek için çok düşünmedim. Bu an benim için zamansız; çünkü çok uzun bir süre bekledim. Gözlerimi açıp aynaya bakıyorum. Kalp atışlarım sakin ve aynada pek çok hayali ve umudu, düşüncesi ve zorluğu olan bir genç kızın, inancını, hayatını ve aşkını birleştirmeye hazır bir kadına dönüştüğünü görüyorum.

Elbisem hep hayalini kurduğum gibi fildişi renginde ve ipek. Kendi özel tasarımcım tarafından hazırlandı, kesildi, dikildi ve el ile işlendi. Üst kısmı üzerime tam oturuyor.

Bel bölgesinde, pahalı kumaş yüzlerce parıltılı kristalle kaplanıyor ve parıldayan boncuklarla bezeli ipek ve organza etek kısmı başlıyor. Buna uygun bir dupattam, uzun, fildişi renkli, üzeri kristaller ve boncuklarla işlenmiş organza bir duvağım var. Saçıma iğnelenmiş ve omuzlarımın üzerinde büyülü bir şekilde süzülüyor.

Kınalı ellerim ve ayaklarımla binlerce yıllık gelinlere ait bir geleneği sürdürüyorum. Geçen gece bu desenleri cildime çizmek için bir kına sanatçısı tam beş saatini harcadı ve şimdi renkleri koyulaşıp yalnızca bir gün kalacak eşsiz bir sanat eserine dönüştüler.

Başlangıç için güzel bir gün. Gökyüzü açık mavi ve güneş mevsimler değişirken her zaman olduğu gibi yine parlıyor. Evdeki hava rahat ve eğlenceli. Endişesiz ve memnun hissediyorum kendimi. Kendimi buldum ve aynaya bakarken canlı gözlerle bana baktığını gördüğüm kişinin kendim olduğunu fark ediyorum. Buradayım, kendimim. Kahvaltıdan sonra anne babamla, onların evinde, kızları olarak anne baba sevgileri ile ısınarak son bir fincan kahvemi içiyorum. Birkaç saat sonra hâlâ onların kızı olacağım ama aynı zamanda da bir eş olacağım.

Teyzelerim geldi ve annem ve görümcem çevremde dolanıp, elbiseme ve bana, ne kadar güzel göründüğümle ilgili iltifatlar etmeye başladılar. Her biri kendi düğün günlerine ait hikâyeleri hatırladıkları için bir kadın dayanışması söz konusu. Anın tadını çıkarıyorum.

Annem ve babam yanıma geliyor. Ailem beni koruyucu bir çember içine aldıkları için bu, sevgi vakti. Evden ayrılan gelini kutsamak için hep birlikte kısa bir dua okuyoruz. Hayatımda çok büyük bir değişimin eşiğinde olduğum için gözlerim doluyor. Ne olmak istersem olabileceğime her zaman inanmış olan babama ve sabır, umut ve inançla istediğim her şey olan anneme, kalbime bakıyorum.

Anne babam beni öpüp gelen konukları karşılamak için düğün yerine gidiyorlar. Uzun beyaz başörtümü sarıp iğneleyen görümcem bana gülümsüyor.

Gelin arabasına giderken yürümeme yardım etmek için elimi tutuyor. Evden dışarı çıktığımızda güneş pırıl pırıl. Bense gülümsememe engel olamıyorum. Önüme geçip kapıyı açıyor.

"Aracınız hazır," dyerek gülümsüyor bana. Dönüp evime, yuvama bakıyorum. Duygusalım ama üzgün değilim çünkü onu arkamda bırakıp gitmiyorum. Hâlâ benim bir parçam ve hep öyle kalacak. Farklı bir hayata taşınmıyorum ki; içinde yaşadığım çok taraflılığı genişletecek sadece.

Benimle dalga geçiyor: "Hadi ama! Bugün için yeterince bekledik!"

Yolculuğuma başlamak üzereyim ve bir şey yapmaya başlarken hep söylediğim gibi *"Bismillahirrahmanirrahim,"* yani *"Esirgeyen ve Bağışlayan Allah'ın adıyla,"* deyip arabaya biniyorum. Bu her insanın çıktığı, bir olmaktan, çift olmaya geçilen bir yolculuk. Eş olmakla bize, huzur, memnuniyet ve sevgi vaat ediliyor. Ben de bunları bulabilecek miyim? Bu şeyleri bulmak için girişilen yolculuk faydalı olabilir ya da belki de yararın ta kendisidir.

Arabanın kapısını kapatıyorum. Geri dönüp evime bakıyorum ve önümde uzanan yola koyuluyorum.

Teşekkürler ☆

Doğru Kişi'den bahsetmeden teşekkürlerimi yazmam imkansız. Bunun asıl nedeni listenin ilk sırasında olmak için ısrar etmesi ve bu yaratıcı delilik döneminde onun çok sabırlı biri olduğunu görmüş olmam. Onu tanıyan herkes çok kibar ve centilmen biri olduğunu ve çok sabırlı ve ilgili olduğunu görecektir. Ayrıca çok zeki, yakışıklı, oldukça eğlenceli ve hassas da. Çok büyük bir vizyonu ve kocaman bir kalbi var. Yararlanabilecek kadar şanslı olduğum pek çok yeteneklerinden bazıları da yaratıcılığı, ilham verici ve destekleyici oluşu. Tabii ki güzel zamanını ayırıp ortaya çıkmasaydı, bu kitap da yazılamazdı. Ortaya çıktığın için teşekkür ederim. Sonunda. Mithu, beklemeye değdi.

Anne babam da en az onun kadar ilham vericiydiler ve onların koşulsuz sevgileri, inançları ve teşvikleri sayesinde benim içime sürekli yeni şeyler, yeni fikirler üretme ve sahip olduğum her şeyi çevremdeki dünyayla paylaşma beklentisi yerleştirdiler. Onlar arkamda olduğu sürece hiçbir şey imkansız değil ve onların güveni, dünyayı daha iyi bir yer haline getirmenin ve sevgi ile doldurmanın mümkün olduğuna dair inancımın daha da güçlenmesini sağlıyor. Daha inanılmaz ve mükemmel bir anne baba isteyemezdim. Anne, baba, sizin için dua ediyorum.

İsimlerinin belirtilmesini istemeyen o kadın ve erkek, kim olduğunuzu biliyorsunuz. Desteğiniz ve bazı çılgınca düşüncelerim karşısında kaşlarınızı kaldırdığınız için teşekkür ederim.

Yazıda olduğu kadar hayatta da onlara ihtiyacım var ve yardımlarını benden esirgemiyorlar. Size ihtiyaç duyduğumda orada olduğunuzu bilmek bile benim için çok minnettar olduğum büyük bir şans. Bunu bilmiyor olabilirsiniz ama her ikinizden de pek çok şey öğrendim. Bu şeyler beni daha iyi biri haline getirdi ve hâlâ daha iyi biri olmama yardım ediyor.

Büyükanne ve büyükbaba, amcalarım, teyzelerim ve kuzenlerim, her birinize sadece kendiniz olduğunuz için ve çalışmalarımı desteklediğiniz için teşekkür ederim. Yaptığınız en küçük şeyler bile bir fark yaratmaya yetti.

Var olmasalardı bu kitabın da bugünkü haliyle var olmayacağı bazı kişiler var. Aklıma ilk gelen teyzeler ve talipler. Gerçek ve fazlasıyla insan olan inanılmaz karakterlerdiler ve sonradan fark ediyorum ama hepsi de eşit ölçüde sevimli ve sinir bozucu kişilerdi. Açık ve gizli yollardan onlardan öğrendiğim bilgilerin yerini hiçbir şey tutamaz, bu yüzden hepsine de çok teşekkür ediyorum. Her ne kadar artık aramızda olmasa da bahsi geçen imamın da hayatımdaki varlığı yadsınamaz; tutkuları, ileri görüşlülüğü ve bilgeliği için Tanrı onu kutsasın.

Aynı derecede korkutucu olan yolculuklarında benimle gözyaşlarını ve kahkahalarını paylaşan tüm diğer kızlar, arayışımda yalnız olmadığımı bana gösterdiğiniz için teşekkür ederim. Unutmayın, bu yolculukta siz de diğerleri de yalnız değil.

Benimle birlikte yürüyüp, elimi tutan diğer kişileri de unutmamak gerekir: Malika Chandoo, Shaheen Bilgrami, Masoma Khoee, Tim Lloyd, Gary Ellis, Remona Aly, Peter Hobbs, Gillian Cargill, Mukul Devichand, Emily Buchanan ve Irfan Akram.

Ahmed Versi, benim gibi daha önce test edilmemiş bir çıraktan, gazetesi *The Muslim News*'te yazmasını istediği ve bana düzenli bir sütun vermeyi çılgınca kabul ettiği için ayrı bir teşekkürü hak ediyor. Yazı yazma böceği tarafından ısırıldım, kendi blogumu kurdum, birkaç ödül kazandım ve şimdi ise bir kitap yazdım. Ayrıca tüm okurlarıma da teşekkür ediyorum; her biriniz çalışmalarımda bir fark yaratıyorsunuz ve desteğiniz ve yorumlarınız benim için çok önemli.

Luqman Ali de dinginliği, konuşmaları, yaratıcı anlamda verdiği ilham ve de her şeyi anlaması nedeniyle unutulamaz.

Abdulaziz, sen de suçun bir kısmını paylaşıyorsun. Ne yaptığını biliyoruz ve bunun için sana tüm kalbimizle teşekkür ediyoruz.

Son olarak, sıra kitaba geldiğinde ilk kez yazarlığı deneyen birinin elinden çıkmış ham yazıların bir örneğinde o potansiyeli gören ve güzel bir eser olabileceğini düşünen birkaç kişi var. Dan Nunn, ilk kişi sendin; bunu birlikte gerçekleştiremediğimiz için üzgünüm. Diane Banks, benim hep neşeli olan yetenekli menajerim, hikâyemi okuduğunda ekrana yapıştığını söylediğin zaman sana neredeyse sarılacaktım. İnatçı ve azimli olmanı ve (menajer olmana rağmen) tam bir insan olmanı çok seviyorum. Bana inandığın için teşekkür ederim. Sabırlı editörüm Karen, kitabın nasıl olabileceğini gördüğün ve birlikte yürüdüğümüz bu uzun yol için teşekkür ederim. Özellikle de "yaratıcı gerginliklerimizde" beni sakinleştirebildiğin için seni tebrik ediyorum. İyi ki siberalem ve Londra'da gerçekleştirdiğimiz geziler işe yaradı.

Muhteşem, zeki ve güzel Nahla El Geyoushi ve Elaine Heaver'ı unutmamın imkanı yok. Onlar olmasaydı kitabım bu kadar güvenle ve heyecanla dünyaya gelemezdi. Bu süreç boyunca bana inandılar, beni desteklediler, benimle birlikte ağladılar, benimle birlikte güldüler ve bu kadar yakın arkadaşlarım olduğu için ne kadar şanslı olduğumu görmemi sağladılar.

Hayatımı ve yazılarımı eğlenceli hale getiren sizlere, hepinize çok teşekkür ederim.